W0387360

LES DISPARUS DE LA PURPLE LINE

Deepa Anappara

LES DISPARUS DE LA PURPLE LINE

Traduit de l'anglais (Inde)
par Élisabeth Peellaert

LES PRESSES DE LA CITÉ

Publié à Londres sous le titre original *Djinn Patrol on the Purple Line* par Chatto & Windus, une marque de Penguin Random House, en 2020.

Ce livre est une œuvre de fiction. Les noms, les personnages, les lieux et les événements sont le fruit de l'imagination de l'auteur ou sont utilisés fictivement. Toute ressemblance avec des personnes réelles, vivantes ou mortes, serait pure coïncidence.

Les Presses de la Cité, un département Place des Éditeurs
92, avenue de France 75013 Paris

ISBN 978-2-258-19374-1
Dépôt légal : avril 2021

Presses de la Cité | un département **place des éditeurs**

place des éditeurs

Pour
Divya Anappara
et
Param

Pour tous les mots en hindi figurant dans cet ouvrage, vous pouvez vous référer au glossaire p. 407.

Un

CETTE HISTOIRE VOUS SAUVERA LA VIE

Quand Maboul vivait encore, il était le boss de dix-huit ou vingt garçons qui travaillaient pour lui et sur lesquels il ne levait presque jamais la main. Chaque semaine, il leur donnait des barres chocolatées 5Stars ou des paquets de Gems à se partager. Il les soustrayait aussi à la police et aux évangélistes de tout poil qui voulaient les sortir de la rue, aux hommes aux yeux avides qui les regardaient courir sur les voies pour ramasser des bouteilles en plastique, au risque qu'un train les percute.

Maboul ne disait rien si ses petits éboueurs ne lui apportaient que cinq bouteilles vides au lieu de cinquante, ou s'il les trouvait dans leurs plus beaux habits devant le cinéma, en train de faire la queue pour la première séance au lieu de travailler, alors qu'ils n'avaient de toute façon pas de quoi payer leur place. Mais s'ils revenaient le nez rougi, bredouillant, leurs mots se mélangeant comme sang et eau, les pupilles rondes comme des lunes d'avoir sniffé du Tipp-Ex, il les punissait. Il écrasait une de ses Gold Flake Kings sur leurs poignets ou leurs épaules et disait que c'était gaspiller une bonne cigarette.

Les garçons laissaient dans leur sillage une odeur âcre de chair brûlée qui dissipait les frissons doux et passagers procurés par la colle ou les solvants. Il leur mettait de force du plomb dans la cervelle, Maboul.

Nous, on ne l'a jamais rencontré, car il habitait ce quartier bien avant notre époque. Mais ceux qui l'ont connu, comme le barbier qui rase les joues depuis des décennies et le fou qui se barbouille le torse de cendre et se prend pour un saint, en parlent encore. Ils disent que les garçons de Maboul ne se disputaient jamais pour savoir qui sauterait le premier dans un train en marche, ou qui garderait la peluche ou la petite voiture à friction dénichée derrière une couchette. Maboul leur apprenait à être différents. Et de tous les enfants qui travaillaient dans chaque gare du pays, ils étaient ceux qui vivaient le plus longtemps.

Mais un jour, Maboul est mort. Ses garçons savaient qu'il n'avait rien vu venir. Il était jeune et en bonne santé, et il avait promis de louer une camionnette pour les emmener voir le Taj avant l'arrivée de la mousson. Les gamins l'avaient pleuré des jours entiers. Arrosé de leurs larmes, le sol sec s'était couvert de mauvaises herbes.

Après ça, il leur avait fallu travailler pour des hommes différents. Dans leur nouvelle vie, plus de barres chocolatées ni de films, rien que des mains brûlées par les rails qui étincelaient comme de l'or sous le soleil d'été, sous quarante-cinq degrés dès onze heures du matin. En hiver, la température chutait jusqu'à un ou deux degrés et parfois, quand le brouillard se changeait en poussière blanche et granuleuse, la lame tranchante du métal glacé arrachait la peau de leurs doigts couverts d'ampoules.

Tous les jours après avoir fouillé les ordures, les garçons se lavaient la figure à la gare, avec l'eau qui dégoulinait d'un tuyau percé, et adressaient à Maboul une prière collective pour qu'il vienne les sortir de là avant qu'un train ne les réduise en bouillie d'os ou qu'une courroie sifflant dans l'air ne leur brise le dos, leur interdisant à jamais de marcher.

Au cours des mois qui avaient suivi sa disparition, deux garçons étaient morts en courant après les wagons. Des rapaces avaient tournoyé au-dessus de leurs cadavres disloqués et des mouches embrassé leurs lèvres bleu-noir. Pour ceux qui les employaient, faire ramasser et incinérer leurs corps était une perte d'argent. Les convois ne s'étaient pas arrêtés et les locomotives avaient continué à hurler tard dans la nuit.

Un soir, peu après ces morts, trois des garçons de Maboul avaient traversé la route qui séparait la gare d'un chaos d'échoppes et d'hôtels dont les toits étaient encombrés d'antennes-relais rouge et blanc et de citernes noires. Des enseignes au néon clignotaient, délivrant leurs messages : **PURE** CUISINE **VÉGÉTARIENNE** et **VUE** SUR LA GARE ; **INCREDIBLE** !NDIA et CONFORT **FAMILIAL**. Les garçons étaient allés inspecter le mur de brique avec une balustrade en fer sur laquelle Maboul mettait autrefois ses vêtements à sécher, et sous laquelle il dormait la nuit venue, tous ses biens enfermés dans un sac qu'il serrait étroitement contre lui comme si c'était sa femme.

Dans la lueur jaune-rose de l'enseigne HOTEL **ROYAL** PINK, on discernait les petites divinités en argile qu'il avait disposées dans une niche creusée dans le mur : Ganesh et sa trompe enroulée sur le ventre, Hanuman soulevant une montagne d'une seule main, Krishna jouant de la flûte. À leurs pieds, des œillets d'Inde desséchés posés sous des cailloux.

Les garçons s'étaient tapé la tête contre le mur en demandant à Maboul pourquoi il avait fallu qu'il meure. L'un d'eux avait murmuré son vrai nom, un secret connu d'eux seuls, et une ombre était passée dans la ruelle. Ils avaient cru à un chat ou une roussette, mais il y avait de l'électricité dans l'air, un goût métallique sur leur langue, puis un éclair de lumière couleur d'arc-en-ciel leur était apparu, si vite évanoui qu'ils l'avaient sans doute seulement imaginé. Ils étaient épuisés d'avoir ramassé des bouteilles, étourdis par la faim. Le lendemain, dans un train, en fouillant parmi les ordures qui jonchaient le sol, chacun des trois garçons avait trouvé, sous différentes couchettes, un billet de 50 roupies.

Ils savaient que l'argent était un cadeau du fantôme de Maboul, car l'air frémissait de son haleine tiède, parfumée aux Gold Flake Kings. Il était venu à eux parce qu'ils l'avaient appelé par son vrai nom.

Les garçons s'étaient alors mis à lui laisser des cigarettes au pied de son mur, et des bols en papier aluminium remplis de pois chiches épicés relevés de jus de citron vert, d'oignons rouges et de coriandre fraîche. Ils avaient fait des blagues grossières à propos des odeurs et des bruits produits par Maboul l'après-midi où il en avait, d'un coup, ingurgité une demi-livre, et son fantôme n'avait pas apprécié car, après ça, ils avaient découvert des trous de cigarette dans leurs chemises.

Les garçons de Maboul sont maintenant éparpillés aux quatre coins de la ville. On dit que certains sont mariés et pères de famille. Aujourd'hui encore, pourtant, celui qui s'endort affamé avec le vrai nom de Maboul sur ses lèvres gercées peut, à son réveil, se voir offrir une crème glacée par un touriste blanc ou un paratha par une vieille femme. Ce n'est pas grand-chose, mais Maboul n'était pas riche de son vivant, et son fantôme n'est pas riche non plus.

Le plus drôle avec Maboul, c'est qu'il avait été baptisé ainsi par ses garçons. Quand ils l'avaient rencontré, l'homme leur avait semblé coriace, mais à la vue d'un orteil amputé ou d'une cicatrice qui se tordait, tel un poisson à l'agonie, au dos de leurs cuisses pour avoir été fouettés à coups de chaînes chauffées à blanc, son regard s'attendrissait. Les gamins avaient décidé qu'il fallait être *Maboul* pour avoir un peu de compassion dans ce monde pourri. Mais ils l'avaient d'abord appelé *Frère* et les plus jeunes *Oncle*, et c'est bien plus tard qu'ils s'étaient mis à dire : « *Maboul*, regarde combien de bouteilles j'ai ramassées aujourd'hui », et il laissait faire. Il savait pourquoi ils lui avaient choisi ce nom.

Des mois après être devenu Maboul, une nuit de printemps où il avait vidé plusieurs verres de bhang au cannabis, il leur avait acheté du phirni bien sucré dans des bols en terre cuite et leur avait chuchoté le nom reçu de ses parents. Il leur avait dit s'être sauvé de chez lui à 7 ans parce que sa mère le battait quand il manquait l'école pour traîner avec les dragueurs de rue, qui se mettaient à chanter d'une voix perçante dès qu'ils voyaient passer une fille.

Au cours de ses premières semaines en ville, Maboul avait vécu dans la gare, mangeant les restes de nourriture que les passagers jetaient par les fenêtres des wagons, caché sous les passerelles pour échapper à la police. Chacun des pas au-dessus de lui résonnait comme un coup sur la tête. Pendant un temps, il avait cru que ses parents viendraient le chercher, le gronderaient pour le punir de leur avoir fait peur, puis le ramèneraient à la maison. La nuit, il dormait d'un sommeil agité et entendait sa mère crier son nom, mais ce n'était que le vent, le fracas d'un train ou une voix de femme monocorde annonçant un retard de quatre heures pour l'Express Nord-Est en provenance de Shillong. Maboul avait bien songé à rentrer chez lui, mais il ne l'avait pas fait parce qu'il avait honte, et parce que la ville transformait les garçons en hommes, qu'il en avait assez d'être un enfant et voulait être un homme.

Maintenant que Maboul est un fantôme, il regrette de ne plus avoir 7 ans. C'est sans doute pour ça qu'il veut entendre son ancien nom. Il lui rappelle ses parents, et le garçon qu'il était avant de sauter dans un train.

Le vrai nom de Maboul est un secret. Ses garçons ne le révéleront à personne. Il doit être si beau que, si Maboul était allé à Mumbai plutôt qu'ici, une star du cinéma le lui aurait volé.

Les Maboul sont nombreux dans cette ville. Il ne faut pas en avoir peur. Nos dieux sont trop occupés pour entendre nos prières, mais les fantômes, eux, n'ont rien d'autre à faire qu'attendre et rôder, rôder et attendre, et ils nous écoutent parce qu'ils s'ennuient et que c'est une manière comme une autre de passer le temps.

Bien sûr, rien n'est jamais gratuit. Ces fantômes nous aident à condition de recevoir quelque chose en retour. Pour Maboul, c'est une voix qui l'appelle par son vrai nom, pour d'autres, c'est un verre de gnôle, une guirlande de jasmin ou un kebab de chez Ustad. Il n'y a guère de différence avec ce que les dieux demandent aux gens de faire pour eux, si ce n'est que la plupart des fantômes n'exigent pas que l'on jeûne, qu'on allume des bougies ou qu'on écrive encore et encore leur nom dans un carnet.

Le plus difficile est de trouver le bon fantôme. Maboul n'aide que les garçons, car il n'a jamais employé de filles, mais pour elles il existe des femmes fantômes, des vieilles femmes fantômes, et même des fillettes fantômes. Nous, les garçons des gares, qui n'avons ni parents ni foyer, avons besoin de ces fantômes plus que quiconque. Si nous sommes toujours en vie, c'est parce que nous savons comment les invoquer à volonté.

Certains pensent que nous croyons au surnaturel parce que nous sniffons de la colle, de l'héroïne, et buvons un desi-daru assez fort pour faire pousser la moustache à un bébé. Mais ces gens, ceux qui ont des sols en marbre et des radiateurs électriques, n'étaient pas avec les garçons de Maboul cette fameuse nuit d'hiver où la police les a chassés de la gare.

Cette nuit-là, un vent glacial soufflait sur la ville, rayant même la pierre. Les garçons n'avaient pas, à eux tous, les 20 roupies nécessaires pour louer un duvet pendant huit heures, et quand ils avaient demandé au loueur de leur faire crédit, ils s'étaient fait injurier. Ils s'étaient donc assis, transis de froid, sous un réverbère cassé, devant un foyer qui n'avait plus aucun lit disponible pour la nuit. Leurs bras et leurs jambes leur faisaient mal. Quand la douleur était devenue insupportable, ils avaient appelé Maboul.

« Désolés de te déranger une fois de plus, mais nous allons mourir. »

Le réverbère cassé s'était rallumé en crépitant. Les garçons avaient levé la tête et senti sur eux la chaleur sirupeuse de sa lumière jaune.

« Une seconde, leur avait répondu le fantôme de Maboul. Je vais voir ce que je peux faire. »

Je regarde notre maison...

... la tête en bas et je compte cinq trous dans notre toit de tôle. Il doit y en avoir plein d'autres mais je ne les vois pas, car dehors le smog noir a effacé les étoiles dans le ciel. Je m'imagine un djinn accroupi là-haut en train de nous épier à travers un trou, son œil tournant comme une clef dans une serrure. Il attend impatiemment que Ma, Papa et Runu-Didi, ma sœur aînée, s'endorment pour dérober mon âme. Les djinns n'existent pas, mais si c'était le cas, ils ne voleraient que les âmes d'enfants, parce que ce sont les plus exquises.

Mes avant-bras faiblissent sur le lit, alors j'appuie mes jambes contre le mur. Runu-Didi cesse de compter les secondes que j'ai passées à l'envers et dit :

— Arrey, Jai. Je suis juste à côté et t'arrêtes pas de tricher. T'as pas honte ?

Sa voix excitée monte dans les aigus. Elle est trop contente que je ne puisse pas tenir dans cette position aussi longtemps qu'elle.

Ma sœur et moi, on fait un concours de poirier, mais on n'est pas à égalité. Dans notre école, les cours de yoga commencent à partir de la sixième, et comme Runu-Didi est en cinquième, elle a droit à un vrai professeur. Moi, je suis en CM2, et je dois me contenter de Baba Devanand à la télé. Selon lui, les enfants qui font le poirier :

— n'auront jamais besoin de lunettes ;

— n'auront jamais de cheveux blancs ni de caries ;

— n'auront jamais le cerveau ramolli, ni les bras ou les jambes lourds ;

— seront toujours numéro un à l'école + à l'université + au bureau + à la maison.

Je préfère de loin le poirier aux exercices de respiration que Baba Devanand nous fait faire, les jambes croisées en position du lotus. Mais pour l'heure, vu que je suis sur le point de me briser le cou si je reste comme ça plus longtemps, je me laisse retomber sur le lit qui sent la coriandre en poudre, l'oignon cru, Ma, la brique, le ciment et Papa.

— C'est prouvé, Jai est un tricheur ! hurle Runu-Didi, qui ressemble à ces présentateurs dont le visage rougit sous l'effet des nouvelles révoltantes qu'ils doivent lire chaque soir à l'écran. Notre nation va-t-elle rester les bras croisés ?

— Aïe, Runu, tu me donnes mal au crâne à crier comme ça, lance Ma depuis le coin-cuisine de notre maison.

Elle est en train de préparer des rotis parfaitement ronds avec le même rouleau à pâtisserie dont elle se sert pour me dérouiller quand je dis des gros mots pendant que Didi discute avec les grands-parents, les nana-nani, sur son portable.

— J'ai gagné, j'ai gagné, j'ai gagné ! chante Didi.

Elle fait plus de bruit que la télé des voisins d'à côté, que le bébé qui hurle chez les voisins des voisins d'à côté, et que les voisins qui se disputent tous les jours pour savoir qui a volé de l'eau dans la citerne de l'autre.

Je me bouche les oreilles. Les lèvres de ma sœur remuent mais on dirait un poisson dans son bocal, c'est comme si elle parlait le langage des bulles. Je n'entends plus un mot de ses bêtises. Si je vivais dans une grande maison, je prendrais mes écouteurs, je grimperais les marches quatre à quatre et j'irais m'enfermer dans un placard. Mais nous habitons dans un basti, alors notre maison se résume à une seule pièce. Papa dit toujours qu'elle contient tout ce dont nous avons besoin pour être heureux. Il veut parler de moi, de Didi et de Ma, pas de la télé, qui est pourtant ce qu'on possède de mieux.

De là où je suis, allongé sur le lit, je vois parfaitement le poste. Il me regarde du haut d'une étagère où sont aussi posées des assiettes et des boîtes en métal. Des lettres rondes sur l'écran annoncent : **Dilli** : **on a aperçu le chat du chef de la police**. Parfois, les informations en hindi sont écrites avec des lettres qui semblent dégouliner de sang, surtout quand les journalistes posent des questions auxquelles on ne peut pas répondre, du genre :

La Cour suprême est-elle hantée ?

ou :

Les pigeons sont-ils des terroristes entraînés par le Pakistan ?

ou :

Le meilleur client de ce marchand de saris de Varanasi est-il un taureau ?

ou encore :

Le mariage de la star Veena a-t-il été brisé par un plat de rasgulla ?

Ma adore ce genre d'histoires, parce que Papa et elle peuvent ensuite en discuter pendant des heures.

Mes émissions préférées sont celles que, selon elle, je n'ai pas l'âge de regarder, comme *Police Patrol* et *Live Crime*. Il arrive qu'elle éteigne la télé en plein milieu en disant que c'est vraiment à vomir. Mais elle la laisse aussi parfois allumée, parce qu'elle aime deviner qui sont les méchants et me répéter que les policiers ne sont que des abrutis, incapables de trouver les assassins aussi vite qu'elle.

Runu-Didi a arrêté de parler pour étirer les mains derrière son dos. Elle se prend pour Usain Bolt, alors qu'elle est juste dans l'équipe de relais de l'école. Et le relais, ce n'est même pas un vrai sport. C'est pour ça que Ma et Papa la laissent participer, même si certains chachas et chachis de notre basti disent que courir apporte le déshonneur aux filles. Didi, elle, répond qu'elle leur clouera le bec, aux habitants du basti, quand son équipe aura gagné le tournoi interdistricts et les championnats d'État.

J'ai des fourmis dans les doigts, alors je les retire de mes oreilles et les essuie sur mon pantalon cargo déjà taché d'encre, de boue et de graisse. Tous mes vêtements sont aussi sales, y compris mon uniforme.

J'ai supplié Ma de me laisser porter l'uniforme neuf que j'ai eu gratuitement à l'école cet hiver, mais elle l'a rangé sur une étagère hors de ma portée. Elle dit que les riches sont les seuls à jeter des vêtements qui peuvent encore servir. Quand je lui montre que mon pantalon marron m'arrive au-dessus des chevilles, elle me répond que même les stars de cinéma portent des habits qui ne leur vont pas, que c'est la dernière mode.

Elle invente encore des histoires pour me faire marcher, comme quand j'étais plus petit. Ce qu'elle ne sait pas, c'est que tous les matins, en me voyant arriver, Pari et Faiz se marrent et disent que je ressemble à un bâton d'encens, mais du genre qui pue le pet.

— Ma, écoute, mon uniforme...

Je m'arrête net parce qu'on entend un cri dehors, si puissant que j'ai l'impression qu'il va faire s'écrouler les murs de notre maison. Runu-Didi sursaute et Ma touche sans le vouloir une casserole brûlante : son visage se crispe et se ride comme la peau d'un melon amer.

Ce doit être Papa qui veut nous faire peur. Il chante toujours de vieilles chansons hindies d'une voix effrayante, qui dévale les allées de notre basti comme une bouteille de gaz vide, réveillant les chiens errants et les bébés, qui se mettent à hurler. Mais quand le cri fait de nouveau trembler les murs, Ma éteint le feu et on se précipite tous dehors.

Le froid s'empare de mes pieds nus. Des ombres et des voix s'affolent dans la ruelle. Le smog passe dans mes cheveux ses doigts enfumés et humides. Des gens hurlent : « Qu'est-ce qui se passe ? Il s'est passé quelque chose ? Qui a crié ? Quelqu'un a crié ? » Des chèvres, affublées de vieux pulls et de vieilles chemises par leurs propriétaires pour les protéger du froid, se cachent sous les charpais. Dans les immeubles de riches non loin de notre basti, les lumières clignotent comme des lucioles, puis s'éteignent brusquement. Une coupure de courant.

Je ne sais pas où sont passées Ma et Runu-Didi. Des femmes dont les bracelets de cheville tintinnabulent s'éclairent avec leurs portables et des lanternes à pétrole, mais leurs lumières sont voilées par le brouillard.

Vu que je suis le plus petit, les hanches et les coudes inquiets me cognent le visage, tandis que les discussions se poursuivent à propos des cris. On sait maintenant qu'ils proviennent de chez Laloo l'Ivrogne.

— Il se passe quelque chose de grave là-bas, dit un chacha qui habite dans notre ruelle. La femme de Laloo a couru dans tout le basti en demandant si quelqu'un avait vu son fils. Elle est même allée à la décharge en criant son nom.

— Ce Laloo, tout le temps à battre sa femme et ses enfants, dit une voisine. Vous verrez, un jour, elle va disparaître, elle aussi. Et pour l'argent, il fera comment, ce bon à rien ? Comment il se paiera sa gnôle, hein ?

Je me demande lequel des fils de Laloo l'Ivrogne a disparu. L'aîné, Bahadur – le bègue –, est dans ma classe.

Le sol tremble lorsqu'une rame de métro passe en grondant sous nos pieds. Elle va émerger d'un tunnel, passer devant des immeubles en construction, gravir un pont puis s'arrêter dans une station aérienne – le terminus de la Purple Line – avant de regagner la ville. La station est neuve et Papa est l'un de ceux qui ont élevé ses murs étincelants. À présent, il construit un immeuble si haut qu'on est obligé de mettre des lumières rouges clignotantes au sommet pour avertir les pilotes de ne pas voler trop bas.

Les cris ont cessé. J'ai froid et mes dents s'entrechoquent, comme si elles se parlaient. Au même moment, la main de Runu-Didi surgit de l'obscurité, m'agrippe et m'entraîne derrière elle. Elle sprinte, comme si elle disputait une course de relais et que j'étais le témoin qu'elle s'apprêtait à passer à une coéquipière.

— Arrête, je dis en freinant des quatre fers. On va où ?

— T'as pas entendu ce que disent les gens à propos de Bahadur ?

— Il a disparu ?

— Tu veux pas en savoir plus ?

Runu-Didi ne peut pas me voir dans le smog, mais je hoche la tête. Nous suivons une lampe qui se balance dans les mains de quelqu'un, malheureusement elle n'est pas assez puissante pour éclairer les flaques d'eau de vaisselle, et nous marchons dedans. L'eau est poisseuse, il vaudrait mieux que je fasse demi-tour, mais j'ai envie de savoir ce qui est arrivé à Bahadur. En classe, les professeurs ne l'interrogent jamais parce qu'il bégaie. Quand j'étais en CE1, j'ai essayé de pa-pa-parler comme ça moi aussi : je n'y ai gagné qu'un coup de règle en bois sur les doigts. Les coups de règle font bien plus mal que les coups de canne.

Je me cogne presque dans le buffle de Fatima-Ben couché au beau milieu de la ruelle, gigantesque tache noire qui se fond dans le smog. Ma dit que ce buffle est comme un sage qui médite depuis des centaines et des centaines d'années, au soleil, sous la pluie, dans la neige. Un jour, Faiz et moi, on a fait semblant d'être des lions et on lui a rugi dessus, et puis on lui a lancé des cailloux, mais Baba Buffle n'a pas levé au ciel ses grands yeux, ni secoué ses cornes recourbées en arrière pour nous menacer.

Toutes les lanternes et les lampes de portables se sont arrêtées devant chez Bahadur. On ne voit rien à cause de la foule. Je dis à Runu-Didi d'attendre et me fraye un chemin entre des pantalons, des saris, des dhotis et des mains qui sentent le pétrole et la sueur, la nourriture et le métal. La mère de Bahadur est assise sur le seuil, pliée en deux comme une feuille de papier. Ma est à sa droite et notre voisine Shanti-Chachi à sa gauche. Laloo l'Ivrogne est accroupi à côté d'elles et dodeline de la tête pendant que ses yeux plissés, parcourus de ruisseaux rouges, se posent sur nos visages.

Je ne sais pas comment Ma a réussi à arriver avant moi. Shanti-Chachi caresse les cheveux de la mère de Bahadur et lui masse le dos en lui disant des choses comme : « C'est un enfant, il n'a pas pu aller bien loin. »

La mère de Bahadur sanglote toujours, mais avec des pauses de plus en plus longues. C'est que Shanti-Chachi a des mains magiques. Ma prétend qu'elle est la meilleure sage-femme du monde. Si un bébé est tout bleu et ne crie pas à la naissance, Chachi est capable de lui redonner des couleurs et de le faire hurler rien qu'en lui massant les pieds.

Ma m'aperçoit dans la foule et demande :

— Jai, Bahadur était à l'école aujourd'hui ?

— Non.

Sa mère a une expression tellement triste que je m'en veux de ne pas me rappeler la dernière fois que je l'ai vu. Bahadur ne parle pas beaucoup et personne ne remarque s'il est en classe ou pas. La tête de Pari émerge alors de l'océan de jambes.

— Il n'est pas venu. La dernière fois qu'on l'a vu, c'était jeudi dernier.

On est mardi, Bahadur a donc disparu depuis cinq jours. Pari et Faiz marmonnent « poussez-vous, poussez-vous, poussez-vous », comme des serveurs portant leurs plateaux de thé fumant, pour que les gens s'écartent sur leur passage. L'instant d'après, ils sont à côté de moi. Tous deux ont gardé leur uniforme. Ma veut que je me change dès que je rentre de l'école pour éviter de salir encore plus le mien. Elle est trop sévère.

— T'étais où ? demande Pari. On t'a cherché partout.

— Ici, c'est tout.

Pari a remonté ses cheveux si haut qu'elle a l'air d'avoir une demi-coupole de mosquée posée sur la tête. Avant que je puisse demander pourquoi l'absence de Bahadur est passée inaperçue jusqu'à aujourd'hui, Pari et Faiz me répondent, car ce sont mes amis et ils lisent dans mes pensées.

— Sa mère… Elle est partie presque une semaine, chuchote Faiz. Et son père...

— ... est le champion du monde des bewda. Une gerboise pourrait lui arracher l'oreille qu'il ne s'en apercevrait pas, vu qu'il est tout le temps rond comme une queue de pelle.

Pari parle fort. Elle veut que Laloo l'Ivrogne l'entende.

— Les chachis d'à côté auraient quand même pu remarquer que Bahadur avait disparu, non ?

Pari est toujours prompte à blâmer les autres, car, à ses yeux, elle est parfaite.

— Les chachis s'occupaient du frère et de la sœur de Bahadur, m'explique Faiz. Elles le croyaient chez un ami.

Je donne un coup de coude à Pari en regardant Omvir, qui se cache au milieu des adultes et fait tourner autour de son doigt une bague dont les éclats blancs brillent dans le noir. C'est le seul ami de Bahadur. Il est en sixième mais ne va pas souvent à l'école parce qu'il doit aider son père, un press-wallah, qui efface les plis sur les costumes des riches.

— Dis, Omvir, tu sais où est Bahadur ? demande Pari.

Omvir rentre la tête dans son pull marron, mais la question est déjà parvenue aux oreilles de la mère de Bahadur :

— Il ne sait pas. C'est le premier que j'ai été voir.

Pari incline son demi-dôme en direction de Laloo l'Ivrogne.

— Tout ça, c'est forcément de sa faute.

Tous les jours, on voit Laloo l'Ivrogne tituber dans le basti, la bave à la bouche. Il ne fait rien d'autre qu'avaler de l'air. C'est le genre à mendier et il nous demande parfois des pièces, à Pari et moi, pour s'acheter un verre de kadak chai bien noir. L'argent, c'est l'ammi de Bahadur qui le gagne, comme nounou et femme de ménage dans un de ces immeubles de riches près de chez nous. Ma mère à moi et un tas de chachis du basti travaillent aussi là-bas.

Je me retourne pour regarder les immeubles aux noms ronflants – Palm Springs, Mayfair, Golden Gate, Athena. Ils sont tout près mais semblent très loin à cause de la décharge qui les sépare du basti, et du grand mur de brique surmonté de barbelés, pas assez haut selon Ma pour éloigner la puanteur des montagnes d'ordures. Il y a beaucoup d'adultes derrière moi, mais dans les interstices entre leurs passe-montagnes, je vois que la lumière est revenue dans les immeubles des riches. Sûrement parce qu'ils ont des générateurs. Notre basti, lui, reste dans le noir.

— Pourquoi est-ce que je suis partie ? se plaint la mère de Bahadur à Shanti-Chachi. Je n'aurais pas dû les laisser seuls.

— La famille pour qui elle travaille est allée au Neemrana et l'a emmenée, m'explique Pari. Pour s'occuper des bébés.

— C'est quoi, le Neemrana ?

— Un fort-palace dans le Rajasthan. Au sommet d'une colline.

— Bahadur est peut-être chez ses nana-nani, dit quelqu'un à sa mère. Ou chez un de ses chacha-chachi.

— Je les ai appelés. Personne ne l'a vu.

Laloo l'Ivrogne essaie de se relever en prenant appui sur sa main. Quelqu'un l'aide à se mettre debout, il tangue et vient jusqu'à nous d'un pas lourd.

— Où est Bahadur ? Vous jouez avec lui, non ?

On recule en bousculant les gens. Omvir et son pull marron disparaissent dans la foule. Laloo l'Ivrogne s'agenouille devant nous, tombe presque par terre, mais réussit à placer son regard de vieil homme à la hauteur de mon regard d'enfant. Il me saisit par les épaules et me secoue comme une bouteille de soda qu'il voudrait faire mousser. J'essaie de lui échapper. Au lieu de venir à mon secours, Pari et Faiz détalent.

— Tu sais où est mon fils, n'est-ce pas ?

Je pourrais peut-être l'aider à retrouver Bahadur, parce que j'en sais des tonnes sur la façon de mener une enquête, mais son haleine puante me fouette le visage et tout ce que je veux, c'est prendre mes jambes à mon cou.

— Laisse ce garçon tranquille ! crie quelqu'un.

Je doute que Laloo l'Ivrogne l'écoute, mais il m'ébouriffe les cheveux et marmonne : « Ça va, ça va ». Puis il me relâche.

D'habitude, Papa part toujours travailler de bonne heure, quand je dors encore, mais le lendemain matin je me réveille avec l'odeur de térébenthine de sa chemise dans les narines et ses mains rêches qui me grattent les joues.

— Sois prudent. Tu vas à l'école et tu reviens avec Runu, tu m'entends ?

Je fais la grimace. Papa me traite comme un enfant, alors que j'ai 9 ans.

— Après la classe, tu rentres directement à la maison. Pas question de traîner tout seul dans le Bhoot Bazar.

Il m'embrasse sur le front et répète :

— Tu seras prudent ?

Qu'est-il arrivé à Bahadur d'après lui ? Est-ce qu'il pense qu'un djinn l'a enlevé ? Pourtant, les djinns, Papa n'y croit pas.

Je l'accompagne dehors pour lui dire « OK, à plus », puis je me brosse les dents. Les hommes de l'âge de Papa se savonnent le visage, se raclent la gorge et crachent comme s'ils voulaient qu'elle se retourne comme un gant et tombe par terre. J'ai envie de voir jusqu'où peut aller mon crachat blanc écumeux, et je fais faire à ma bouche des boum-boum explosifs.

— Jai, arrête tout de suite, me lance Ma.

Runu-Didi et elle rapportent les jarres et les seaux d'eau qu'elles sont allées remplir à l'unique pompe qui fonctionne dans notre basti, et encore seulement entre six et huit heures du matin, et parfois une heure durant la soirée. Didi soulève les couvercles des deux citernes qui encadrent la porte et Ma y verse l'eau, en s'éclaboussant de la tête aux pieds dans sa hâte.

Je termine de me brosser les dents.

— Quoi, tu es toujours là ? aboie Ma. Tu veux encore arriver en retard à l'école ?

En fait, c'est plutôt Ma qui est en retard pour son travail, et elle part en courant tout en rattachant ses cheveux qui se sont dénoués sur sa nuque. La riche patronne chez qui elle fait le ménage est une femme méchante. Deux fois déjà elle a traité Ma de tous les noms parce qu'elle était en retard. Un soir où je faisais semblant de dormir, Ma a raconté à Papa qu'elle l'avait menacée de la couper en tout petits, petits morceaux et de les jeter ensuite depuis le balcon aux vautours qui volent en cercles autour de l'immeuble.

Runu-Didi et moi, on va aux douches qui font aussi toilettes publiques à côté de la décharge, munis de seaux dans lesquels on a jeté des savons, des serviettes et des bols en plastique. Le smog noir plane toujours, maussade, au-dessus de nos têtes. Il me pique les yeux et fait jaillir des larmes qui roulent sur mes joues. Didi se moque de moi, elle dit que je me languis de Bahadur.

— Ton copain te manque ?

Je lui dirais bien de la fermer, mais il y a une longue queue devant les toilettes malgré les deux roupies qu'il en coûte pour entrer, et je m'efforce de déplacer mon poids d'une jambe sur l'autre pour ne pas me faire dessus.

L'employé, assis derrière un bureau devant la porte principale où l'on sépare les dames des messieurs, met des siècles pour prendre l'argent et laisser les gens passer. Il est censé travailler de cinq heures du matin à onze heures du soir, mais en réalité il ferme l'établissement quand ça lui chante. Dans ce cas, on est obligés d'aller dans la décharge. C'est gratuit, mais tout le monde peut voir nos fesses : nos copains, les porcs, les chiens et les vaches, aussi vieilles que des nana-nani et qui nous mangeraient les vêtements sur le dos si elles le pouvaient.

Runu-Didi fait la queue chez les dames, et moi chez les messieurs. D'après elle, les hommes essaient tout le temps de regarder chez les dames. Sans doute pour savoir si leurs toilettes et leurs douches sont plus propres.

Dans ma file, les hommes parlent de Bahadur. « Ce garçon doit se cacher quelque part dans l'espoir que sa mère jette son père dehors », dit un chacha. Chacun murmure en hochant la tête. Ils conviennent qu'il rentrera dès qu'il sera fatigué de se battre contre les chiens errants pour un vieux roti au milieu d'un tas d'ordures.

Ils parlent des cris perçants que poussait hier soir la mère de Bahadur, perçants au point d'effrayer les fantômes qui vivent dans le Bhoot Bazar. Ils se demandent en plaisantant combien de temps il leur faudrait, à eux, pour s'apercevoir qu'un de leurs enfants a disparu. Des heures, des jours, des semaines, des mois ?

Un chacha dit que même s'il s'en apercevait, il ne dirait rien.

— J'en ai huit. Un de plus, un de moins, ça changera quoi ?

Tout le monde rit. Et comme le smog leur pique aussi les yeux, ils pleurent en même temps.

Mon tour arrive et je paie l'employé. Je me dépêche de faire ce que j'ai à faire. Je me demande si Bahadur s'est enfui quelque part où il y a de belles toilettes bien propres et des salles de bains qui sentent le jasmin. Avec une salle de bains comme ça, je me laverais tous les jours.

De retour à la maison, Didi me donne du thé et une biscotte pour le petit déjeuner. La biscotte est dure et n'a aucun goût, mais je la mange docilement. Je n'aurai rien d'autre avant l'après-midi. Puis je mets mon uniforme et on part pour l'école.

Papa a eu beau me l'interdire, je décide de semer Runu-Didi dès que possible. J'aperçois alors une foule de gens amassés autour de Baba Buffle. Certains, debout sur des chaises en plastique ou des charpais, tendent le cou pour mieux voir. Ils nous empêchent de passer. Une voix, que j'ai déjà entendue hier soir, s'élève : « Ramène mon fils, Seigneur, ramène-moi mon fils. Je ne bougerai pas d'ici jusqu'à ce qu'on retrouve mon Bahadur. »

C'est Laloo l'Ivrogne qui pleure.

— Ah bon, s'écrie une femme, tu ne peux pas vivre sans ton fils, maintenant ? Tu aurais pu y penser quand tu le battais, non ?

— Il n'y a que la police qui peut nous aider, dit une autre. Six nuits dehors. C'est trop long.

Je crois que c'est la mère de Bahadur.

— On va vraiment être en retard, dit Runu-Didi.

Elle place son sac devant elle et s'en sert pour foncer dans les gens et les obliger à bouger. Je fais pareil. On parvient enfin à s'extraire de la foule, les cheveux en bataille et nos vêtements froissés.

Runu-Didi lisse son kameez. Avant qu'elle puisse réagir, j'enjambe un caniveau et pique un sprint, laissant derrière moi des vaches, des poules, des chiens, des chèvres vêtues de pulls plus beaux que le mien, une femme qui balaie la ruelle en écoutant de la musique à fond sur son portable, les écouteurs dans les oreilles, une grand-mère aux cheveux blancs qui épluche des haricots. Mon sac cogne dans un vieil homme assis sur une chaise en plastique dont un pied, plus court que les autres, s'appuie sur des briques pour compenser la différence de hauteur. La chaise se renverse et l'homme finit par terre le derrière dans la boue. Je frotte mon genou gauche qui me fait un peu mal puis reprends ma course, poursuivi par les insultes de l'homme jusque dans une autre ruelle qui embaume le chole-bhature.

Là, Pari et Faiz m'attendent devant un magasin qui vend des Tau-Jee, des Chulbule et d'autres en-cas salés enduits de masala. Aujourd'hui, le smog semble délaver les rouges, les verts et les bleus vifs des emballages, et le couple qui tient la boutique est assis derrière le comptoir, le visage couvert d'une écharpe. Je résiste mieux, peut-être parce que je suis fort.

— Faiz est un idiot, dit Pari dès que je les ai rejoints.

Sa coiffure en forme de minaret menace de s'effondrer d'une seconde à l'autre.

— C'est toi, l'idiote, réplique Faiz.

— Vous avez vu ? Laloo l'Ivrogne est en train de prier Baba Buffle comme si c'était un vrai dieu.

— La mère de Bahadur veut aller au commissariat, me répond Pari.

— Elle est folle, dit Faiz.

— La police nous fera évacuer si on dépose plainte, je dis. Ils menacent tout le temps d'envoyer les bulldozers raser le basti.

— Ils peuvent rien faire. On a des cartes de rationnement, avance Pari. Et aussi, on leur paie un hafta. S'ils nous jettent dehors, à qui ils extorqueront de l'argent ?

— À des tas de gens, je réponds. L'Inde a plus d'habitants que tous les autres pays du monde. Sauf la Chine.

J'ai un morceau de biscotte coincé entre les dents. Je le déloge du bout de la langue.

— Faiz pense que Bahadur est mort, annonce Pari.

— Bahadur a le même âge que nous. On n'est pas assez vieux pour mourir.

— Je n'ai pas dit qu'il était mort, proteste Faiz, qui se met à tousser.

Il recrache une glaire et s'essuie la bouche.

— Ce qui est peut-être arrivé, suggère Pari, c'est que son asthme s'est aggravé à cause du smog, qu'il est tombé dans un fossé et n'a pas réussi à en sortir. Vous vous rappelez la fois où il pouvait plus respirer, en CE1 ?

— T'avais pleuré, je dis.

— Je pleure jamais. Ma mère, oui. Pas moi.

— Si Bahadur était tombé dans un fossé, quelqu'un l'aurait tiré de là, affirme Faiz. Regarde tout le monde qu'il y a ici.

J'observe les gens qui passent, en cherchant à deviner s'ils sont du genre à donner un coup de main. Mais leurs visages disparaissent à moitié derrière des mouchoirs censés empêcher le smog de rentrer dans leurs oreilles, leur bouche, leur nez. Certains aboient dans leur portable à travers leur masque improvisé. Il y a un vendeur de chole-bhature sur le trottoir. Son visage à lui n'est pas couvert d'une écharpe, mais flotte dans le nuage de fumée qui s'élève d'une cuve d'huile bouillante dans laquelle il fait frire des bathuras. Ses clients sont des ouvriers qui se rendent à l'usine et sur des chantiers, des balayeurs, des charpentiers, des mécaniciens et des vigiles qui travaillent dans des centres commerciaux et rentrent chez eux après leur service de nuit. Les hommes pêchent les petits pains avec des cuillères en métal et les mâchouillent ensuite, le mouchoir baissé sur le menton, les yeux fixés sur leur assiette pleine de nourriture chaude. Si, à cet instant précis, un démon venait se jeter sur eux, ils ne le verraient même pas.

— Écoutez, je dis. Pourquoi on n'irait pas chercher Bahadur ? Soit il est malade et il est à l'hôpital…

— Sa mère a fait le tour de tous les hôpitaux près du basti, répond Pari. Dans les douches, les femmes ne parlaient que de ça.

— Si quelqu'un l'a kidnappé, on peut aussi résoudre une affaire d'enlèvement. Dans *Police Patrol*, ils expliquent exactement comment s'y prendre pour retrouver une personne disparue. D'abord, il…

— C'est peut-être un djinn qui l'a enlevé, m'interrompt Faiz en touchant l'amulette dorée accrochée à son cou sur un cordon noir effiloché.

Ce taweez le protège du mauvais œil et des esprits malfaisants.

— Même les bébés savent que les djinns n'existent pas, rétorque Pari.

Faiz fronce les sourcils. La cicatrice blanche qui court sur sa tempe gauche et s'arrête juste avant son œil s'enfonce comme si elle voulait rentrer à l'intérieur de sa peau.

— On y va, je dis.

Les regarder se disputer est ce qu'il y a de plus barbant au monde.

— On va être en retard au rassemblement.

Faiz met le turbo, y compris dans les allées du Bhoot Bazar, grouillantes de monde, de chiens, de rickshaws à vélo, à moteur ou électriques. Pour tenir le rythme, je dois renoncer à compter les sabots de chèvres sanguinolents sur l'étal de Afsal-Chacha ou à chaparder une tranche de melon chez le vendeur de fruits comme j'en ai l'habitude.

Personne ne veut me croire, mais c'est sûr et certain, quand je suis dans le bazar mon nez s'allonge à cause des odeurs – thé, viande crue, petits pains, kebabs. Mes oreilles grandissent elles aussi, à cause des bruits : louches qui grattent les casseroles, couteaux de boucher qui cognent sur les billots, rickshaws et scooters qui klaxonnent, coups de feu et obscénités qui résonnent dans les salles de jeux vidéo dissimulées derrière des rideaux crasseux. Aujourd'hui pourtant, mon nez et mes oreilles gardent leur taille normale parce que Bahadur a disparu, que mes amis font la tête et que le smog rend tout flou.

Devant nous, jaillissant d'un nid de fils électriques suspendus au-dessus du bazar, une pluie d'étincelles tombe sur le sol.

— C'est un avertissement, dit Faiz. Allah nous conseille d'être prudents.

Pari me regarde. Ses sourcils remontent sur son front.

Pendant le reste du chemin jusqu'à l'école, j'inspecte tous les fossés avec attention, au cas où Bahadur serait tombé dans l'un d'entre eux. Tout ce que je vois, ce sont des emballages vides, des sacs en plastique troués, des coquilles d'œufs, des rats crevés, des chats crevés et des os de poulet et de mouton récurés par des bouches affamées. Nulle trace de djinns, nulle trace de Bahadur.

Notre école est barricadée…

… derrière une muraille d'un mètre quatre-vingts coiffée de barbelés et une grille en fer avec une porte peinte en mauve. De l'extérieur, elle ressemble aux prisons que j'ai vues dans des films. Nous avons même un gardien, mais il n'est jamais là parce que le directeur l'oblige à faire ses courses : il doit récupérer le chemisier de Mme la Directrice chez son tailleur dans le Bhoot Bazar, ou remplir de gulab-jamuns une boîte à bonbons en métal pour elle et ses fils Numéro 1 et Numéro 2.

Aujourd'hui non plus le gardien n'est pas à son poste. En revanche, il y a la queue devant la porte, qui est trop étroite pour nous laisser passer tous à la fois. Le directeur refuse d'ouvrir la grille en grand, car il craint que des étrangers ne s'introduisent dans l'école avec nous. Il répète toujours qu'en Inde cent quatre-vingts enfants disparaissent chaque jour. Que « l'Étranger, c'est le danger », une expression qu'il a volée dans la BO d'un film hindi. Mais s'il redoutait vraiment les étrangers, il n'obligerait pas le gardien à s'absenter tout le temps.

Le directeur doit nous détester. Sinon je ne vois pas pourquoi il nous force à attendre devant la porte les matins d'hiver comme aujourd'hui, dans le smog, quand notre souffle dessine des nuages blancs. Même les pigeons aux plumes ébouriffées, perchés en rang d'oignons sur les câbles électriques affaissés au-dessus de nos têtes, n'ont pas encore ouvert les yeux.

— Pourquoi personne n'attend son tour ? lance Pari, furieuse à la vue des autres files, plus courtes, qui se sont formées à partir de la première. On va y passer la journée.

Elle dit ça tous les jours.

À ce moment-là, une des files d'attente s'ébranle, comme pour lui prouver le contraire. Je cours me placer derrière un garçon qui est dans la classe de Runu-Didi. Un peigne, couleur thé au lait, sort de la poche arrière de son pantalon. Il le prend, le passe dans ses cheveux, enlève ceux qui s'y sont accrochés et le remet dans sa poche. Son visage moucheté me fait penser à une banane trop mûre.

Pari et Faiz me passent devant. « Faut pas vous gêner ! » je dis, mais ils savent que je plaisante et ils rient, et je ris à mon tour. Je regarde partout autour de moi pour voir si Bahadur est revenu. Peut-être ignore-t-il que, dans le basti, sa mère est sur le point d'appeler la police. Mais il n'est pas là, et je préfère ne pas parler de lui pour ne pas voir disparaître les sourires de Pari et de Faiz. Ils ont déjà oublié qu'ils se disputaient il y a quelques minutes à peine.

J'aperçois Quarter, le fils du chef de notre bidonville, qui s'approche de la porte de l'école. Il est en troisième, mais il a redoublé deux ou trois fois avant ça. Son père est le pradhan du basti et aussi un membre de l'Hindu Samaj, un parti gueulard qui déteste les musulmans. On ne le voit pratiquement plus parce qu'il a acheté un appartement dans un immeuble de riches et ne fréquente maintenant que des riches. Enfin, je ne sais pas si c'est vrai ou si c'est juste un truc que raconte Ma quand la pompe à eau du basti reste à sec plusieurs jours de suite et que tout le monde doit se cotiser pour faire venir le camion-citerne.

Quarter est maintenant à côté de la porte et gère le trafic comme un policier sur une route embouteillée. Il lève sa longue main droite en l'air, paume vers le ciel, et fait signe à notre file de s'arrêter. J'obéis aussitôt, et tout le monde fait de même.

Dans notre école, Quarter est à la tête d'un gang qui frappe les professeurs et loue de faux parents aux élèves à problèmes dont la famille est convoquée chez le directeur. Quarter ne travaille pas pour rien, et je me demande comment ces élèves se procurent l'argent pour acheter des figurants. Faiz fait plein de petits boulots, il donne presque tout son argent à son ammi mais il réussit à en mettre un peu de côté pour acheter ses savons favoris, Lux, Purple Lotus et Lux Enrichi, et aussi son shampooing Sunsilk Superbe Soleil Noir. Eh bien, Faiz dit que ces faux parents coûtent plus cher qu'une douzaine de savons et de shampooings.

Quelques garçons patientent en bavardant avec Quarter. Ils lui parlent tout le temps de la seule et unique fois où ils ont répondu à un professeur ou à un policier, histoire de prouver qu'ils peuvent eux aussi être des caïds. Mais nul ne peut égaler Quarter parce que :

1/ Tous les jours, il s'arrête dans un débit de boissons du Bhoot Bazar où il se prend un quart de daru, d'où son surnom de Quarter. Il a toujours les yeux rouges et gonflés et il sent aussi le daru.

2/ Il ne porte jamais l'uniforme de l'école.

3/ Il ne s'habille qu'en noir : chemise noire, pantalon noir et écharpe noire dont il s'enveloppe les épaules quand il a froid.

4/ Tous les matins, après le rassemblement, le directeur le renvoie chez lui parce qu'il ne porte pas l'uniforme. Les professeurs menacent sans cesse de le rayer des listes parce qu'il ne vient jamais en cours, mais jusqu'ici ils n'ont rien fait.

Au lieu d'aller en classe, Quarter traîne dans le Bhoot Bazar jusqu'à l'heure du déjeuner. Puis il regagne l'école et va se planter en plastronnant sous un margousier dans la cour, entouré d'élèves qui veulent faire partie de son gang ou utiliser ses services, et de filles de troisième. Ces idiotes jouent à se tirer dessus à coups de revolver et se font appeler les Revolver Ranis. La plupart des autres filles l'évitent parce qu'il les reluque constamment.

Quarter est l'unique délinquant que j'aie vu de près. Les policiers ne l'ont jamais arrêté, sans doute parce que son papa-pradhan leur verse des pots-de-vin. Je me demande si quelqu'un a payé Quarter pour faire disparaître Bahadur. Mais qui ferait une chose pareille ?

Notre file avance de quelques pas.

Je fais de Quarter mon principal suspect. Lui et les djinns, mais eux, je ne peux pas les interroger. Ils n'existent probablement pas.

Une fois devant la porte, je décide de faire preuve de courage :

— Un garçon a disparu dans notre basti.

Je n'ai jamais adressé la parole à Quarter, mais là je me tiens droit comme si je m'apprêtais à chanter l'hymne national. J'observe son visage, pour voir s'il a l'air pris de court, parce que les flics et les enquêteurs, les bons, devinent si quelqu'un ment à la façon dont il cligne des yeux ou pince les lèvres.

Il adresse un sourire dégoulinant à une fille de troisième derrière moi et caresse les poils qui poussent au-dessus de ses lèvres et sur ses joues, trop clairsemés pour dessiner une moustache ou une barbe dignes de ce nom, alors qu'il doit être très vieux, dans les 17 ans.

— Allez, allez, allez, dit-il en me poussant vers la porte.

Mais j'insiste :

— Le garçon qui a disparu… Il s'appelle Bahadur.

Quarter fait claquer ses doigts trop près de mes oreilles. Leur pointe me brûle.

— Dégage, gronde-t-il.

Je me précipite dans la cour.

— T'es dingue ou quoi ? me demande Faiz. Pourquoi tu parles à ce type ?

— Quarter aurait pu te couper le bras et le jeter dans une de ces poubelles, ajoute Pari en me montrant le pingouin en plastique à côté de nous.

Son bec jaune est si largement ouvert qu'on pourrait y mettre la tête. Son gros ventre blanc hurle UTILISEZ-MOI UTILISEZ-MOI. Tout autour, des papiers de bonbons jonchent le sol parce que les élèves visent la bouche du pingouin et ratent tout le temps leur cible.

— Je menais mon enquête.

La prochaine guerre entre l'Inde et le Pakistan, dont les journaux affirment qu'elle éclatera d'un jour à l'autre, a commencé dans notre classe. Elle concerne le futur vainqueur du concours Sa Re Ga Ma Pa. Du côté indien, on dit que le meilleur chanteur est Ankit, un garçon grassouillet que tout le monde surnomme Jalebi, comme le gâteau, parce qu'il a une voix sirupeuse. Du côté pakistanais, on veut la victoire de Saira, la jeune musulmane voilée qui doit avoir une bonne tête de moins que moi, parce qu'elle va à l'école le matin et que l'après-midi elle chante dans les rues de Mumbai pour nourrir sa famille. Pari et moi, on essaie de dire à tout le monde que Bahadur a disparu. La moitié des élèves le savent déjà, ils habitent dans notre basti, mais ça ne les intéresse pas en ce moment. Pas en pleine guerre.

— Les gens comme Saira tuent les vaches, et ils tuent aussi les hindous, dit Gaurav dont la mère, tous les matins, lui imprime sur le front un tilak rouge du bout du doigt, comme s'il allait livrer bataille.

Faiz ne me tuera jamais. Parfois, il oublie même qu'il est musulman.

— Gaurav est un âne, dis-je à Faiz en chuchotant.

Dans notre classe, sans compter Faiz, il y a neuf ou dix musulmans. Ils sont assis en silence, livres ouverts devant les yeux.

Faiz et moi nous installons à notre pupitre au troisième rang. Pari s'assoit à côté de nous. Elle partage son pupitre avec Tanvi, dont le sac à dos a la forme d'une pastèque, rose avec des pépins noirs.

— Et si Quarter avait vraiment enlevé Bahadur ? je demande à Pari. C'est peut-être son nouveau business, le kidnapping d'enfants ? Peut-être qu'il livre de faux rejetons à des adultes de la même façon qu'il nous loue de faux parents ?

— Quarter ne connaît même pas Bahadur, rétorque Pari.

— J'ai vu Quarter se moquer de lui, déclare Tanvi, en caressant son sac à dos comme si c'était un chat. Il l'appelle Ba-Ba-Ba-Bahadur.

M. Kirpal entre dans la classe.

— Silence, silence ! crie-t-il en se tournant vers le tableau noir, un bout de craie serré entre les doigts.

Sa main tremble. Brisée il y a un an, elle ne s'est pas bien réparée. Il écrit **CARTES** tout en haut du tableau et **INDE** en bas, puis se met à dessiner une carte du pays, informe.

— Bachao, bachao, à l'aide[1], dis-je tout bas à Pari. Je

1. Référence à une campagne lancée par l'État indien pour lutter contre l'infanticide des petites filles. *(Toutes les notes sont de la traductrice.)*

ne suis qu'un pauvre petit bout de craie et ce professeur m'étrangle, il veut me tuer.

Tout le monde se parle en chuchotant, mais le visage de Pari se ferme et elle siffle :

— Chut, chut…

Ma main droite prend la forme d'une tête de cobra, les crocs s'enfoncent dans son épaule gauche.

— Monsieur ! crie Pari.

Je glisse de mon siège jusqu'à ce que la quasi-totalité de mon corps se retrouve sous la table. M. Kirpal ne peut plus me voir. Grâce au smog, la classe est plus sombre que d'habitude.

Pari se lève, main en l'air, et crie de nouveau :

— Monsieur Kirpal !

— Qu'est-ce qu'il y a ?

Il a l'air fâché, il n'aime peut-être pas dessiner.

— Vous ne devriez pas d'abord faire l'appel ?

Des élèves ricanent. Faiz éternue sans quitter des yeux le gros mot qu'il est en train de graver au compas sur notre pupitre.

— Monsieur, insiste Pari, si vous faites l'appel, on saura si tout le monde est là ou pas.

Je me redresse. Bien sûr, Pari n'allait pas me dénoncer.

M. Kirpal pose son morceau de craie sur la table. Celui-ci roule vers le registre de présence, qu'il n'ouvre jamais. Son nez remue comme c'est toujours le cas quand il s'apprête à prendre sa règle en bois pour fendre l'air.

— Monsieur, vous vous souvenez de Bahadur, il s'asseyait toujours ici, poursuit Pari en indiquant un siège du dernier rang. Hier, on a appris qu'il n'était pas rentré chez lui depuis cinq jours.

— Que voulez-vous que j'y fasse ? Que j'aille le chercher au marché ? Ses parents doivent déposer plainte auprès de la police.

— Quand un élève est absent pendant deux ou trois jours, l'école ne doit-elle pas prévenir sa famille ?

Pari ouvre de grands yeux et parle d'une voix chantante, mais M. Kirpal n'est pas dupe de sa comédie.

— Oh, oh, marmonne Faiz, sans cesser de graver ses lettres au compas. Pari va avoir des ennuis. De gros ennuis.

On sait tous pourquoi Pari pose ces questions à M. Kirpal. Rien ne justifie de laisser passer cinq jours avant de signaler une absence. Mais même s'il faisait l'appel maintenant, c'est trop tard pour Bahadur.

Je suis le seul à pouvoir arranger les choses. Je peux retrouver Bahadur parce que j'ai vu des centaines d'émissions et de séries télé et que je sais exactement comment s'y prennent les enquêteurs comme Byomkesh Bakshi pour arrêter les voleurs d'enfants, qui volent aussi de l'or, des femmes et des diamants.

Tête baissée, M. Kirpal fait le tour de son bureau comme si c'était un temple et qu'il priait en silence.

— Si je fais l'appel tous les matins, qui fera cours ? Toi ? C'est toi qui feras cours ? Toi ?

Il pointe du doigt les élèves du premier rang les uns après les autres, puis se frotte le poignet droit.

Pari semble sur le point de pleurer. Faiz range son compas dans sa boîte de géométrie sans avoir fini de graver ha-ra-mi sur la table, une flèche pointant vers le « bâtard » à sa gauche.

— Vous êtes combien ici ? Quarante ? Cinquante ? demande M. Kirpal. Vous savez combien de temps il me faudrait pour appeler tous les noms ?

Pari se rassoit et enfonce un crayon dans son dôme de cheveux. Quelques mèches s'en échappent. Elle essaie de cacher ses larmes. C'est nouveau pour elle. Elle n'a pas l'habitude qu'on lui crie dessus comme nous autres.

— Et puis, vos parents vous font tout le temps manquer

les cours sans nous en avertir pour vous emmener dans leur village natal, continue M. Kirpal alors que Pari n'a jamais manqué un seul jour d'école. Aucun d'entre vous n'aurait sa place ici si j'obéissais au règlement.

— Monsieur, on vous fera rien si vous nous marquez absents, je dis. On est petits.

— T'es cinglé, me fait Faiz à voix basse. Tu sais pas fermer ta gueule ?

La classe entière se tait, hormis ceux qui reniflent et qui toussent. Dans d'autres salles, on entend les professeurs poser des questions et les voix criardes des élèves répondre à l'unisson. Les sourcils de M. Kirpal forment un V. Il reprend sa craie poussiéreuse et se retourne vers le tableau.

— Un autre t'aurait donné quelques bons coups de canne, chuchote Faiz.

Ce n'est pas vrai. Je n'ai rien dit de mal.

L'année dernière, Quarter a jeté un sort à M. Kirpal et l'a changé en souris. C'est arrivé après qu'il a rayé les noms de trois élèves de troisième dans le registre parce qu'ils étaient absents depuis quatre mois. Une semaine plus tard, alors que M. Kirpal rentrait chez lui sur son vieux scooter Bajaj Chetak, des gars de Quarter l'ont suivi et, quand il s'est arrêté à un feu rouge, ils l'ont frappé sur la tête à coups de barres de fer. Il portait un casque, ils n'avaient donc pas l'intention de le tuer ; c'était un avertissement, comme lorsque Ma pose son regard noir sur moi quelques secondes avant d'être obligée de me crier dessus, histoire de voir si j'arrête de faire ce qui la rend furieuse.

Les gars de Quarter lui ont quand même cassé un os de la main droite. Après ça, on n'a pas eu cours pendant plusieurs jours, parce que les professeurs se sont mis en grève pour exiger la protection du gouvernement, puis ils sont revenus et nous aussi, on a dû revenir. Au final, les deux garçons qui ont été arrêtés par la police ne venaient pas de notre école, et Quarter n'a donc pas été renvoyé. À partir de là, M. Kirpal a cessé de faire l'appel, mais il emporte le registre de présence partout, serré sous son bras. Ce n'est pas un secret. Même le directeur sait qu'il ne renverra plus personne pour absentéisme.

La craie de M. Kirpal recommence à crisser. Des garçons du premier rang se tordent le cou pour me regarder. Je retrousse ma lèvre supérieure et montre mes dents de devant. Ils ricanent et se retournent.

Pari gribouille sur la feuille de papier journal qui recouvre son livre de sciences sociales. Faiz a une crise d'éternuements. Je me penche sur le côté, pour que sa morve ne gicle pas sur moi.

— Silence ! crie M. Kirpal.

Il me semble qu'il prononce ce mot plus souvent que tous les autres ; il le hurle sûrement dans son sommeil. Il lance le bout de craie dans ma direction, me rate, et la craie tombe entre mon pupitre et celui de Pari.

— Mais, Monsieur, j'ai rien fait.

Il attrape le registre de présence de la main gauche et en tourne les pages de sa main droite, toute flasque.

— Ah, te voilà, dit-il en haussant les sourcils.

Puis il prend le stylo accroché à la poche de sa chemise, écrit quelque chose à l'intérieur du registre, le referme d'un coup sec et le laisse tomber sur le bureau.

— Voilà, c'est fait. Content ?

Je ne sais pas pourquoi je devrais être content.

— Qu'est-ce que tu fabriques encore ici ? dit M. Kirpal. Allez, Jai, ramasse tes affaires. Je t'ai noté absent pour la journée, comme tu le voulais. Ça veut dire que vous avez un jour de vacances, Votre Seigneurie.

Là-dessus, ses deux mains esquissent un mouvement de balai.

— Dehors.

— Quand on te donne un jour de congé, dit Faiz, tu te fais pas prier, mon pote.

Je ne veux pas de jour de congé. Je ne veux pas manquer le déjeuner, sans quoi j'aurai faim jusqu'au dîner, et je n'ai pas assez de mes dix doigts pour compter le nombre d'heures qui m'en séparent.

— Allez, dehors !

La classe est silencieuse. Ils sont tous sous le choc de voir M. Kirpal exprimer sa colère plutôt que de la ravaler, comme d'habitude.

— Monsieur…

— Il y a des élèves ici qui, contrairement à toi, ont envie d'étudier. Ils rêvent de devenir médecins, ingénieurs. Mais – bulles de salive aux coins de sa bouche – ta vocation est d'être un goonda. Mieux vaut que tu apprennes ça dehors, derrière la grille, avec les autres crapules.

La colère dans mon ventre remonte jusque dans ma poitrine, gagne mes bras et mes jambes. Je regrette que les gars de Quarter n'aient pas tué M. Kirpal. C'est un très mauvais professeur.

Je fourre mes affaires dans mon sac, sors dans le couloir et me dresse sur la pointe des pieds pour regarder de l'autre côté du mur. Quarter est peut-être là, dehors. Je lui demanderai si je peux faire partie de sa bande.

Furieux, M. Kirpal sort de la classe à son tour, le visage couvert d'une étrange sueur hivernale.

— Dis donc, espèce de fainéant, tu vas y aller, oui ou non ? Pas de repas gratuit aujourd'hui.

On m'a déjà renvoyé de la classe pour avoir oublié de faire mes devoirs ou pour m'être mêlé à une bagarre, mais on ne m'a jamais viré de l'école. Je me dirige vers la grille en donnant au passage un coup de pied dans les pingouins, sans me retourner une seule fois. Je vais quitter cet endroit pour de bon et mener une vie de criminel, exactement comme Quarter. Je deviendrai le caïd le plus cruel de toute l'Inde, et le monde entier aura peur de moi. On verra mon visage à la télévision, mais je me cacherai derrière de grosses lunettes noires. Je me ressemblerai un peu, mais personne ne me reconnaîtra vraiment, pas même Ma, ou Papa, ou Runu-Didi.

Je me promène dans le Bhoot Bazar en imaginant ma vie…

… de criminel. Ça ne sera pas facile. Pour qu'on me prenne au sérieux, il va me falloir grandir et m'épaissir un peu. Pour l'instant, même les marchands me traitent comme un chien galeux. Quand j'écrase mon nez contre les vitrines derrière lesquelles ils étalent leurs produits – halvas orangés en provenance de Karachi, gujiyas en demi-lune décorés de poudre de cardamome verte –, ils me donnent des petits coups de manche à balai sur la tête en menaçant de m'asperger d'eau froide.

Mes pieds se prennent dans les trous des trottoirs. « Regarde où tu marches, fiston », dit un chacha dont le visage est aussi fripé que ma chemise. Il sirote un chai dans une échoppe qui déborde sur l'allée. À l'intérieur, la radio diffuse une vieille chanson tirée d'un film hindi, la préférée de Papa. *Qu'il est beau, ce voyage*, chante le héros.

Les hommes assis à côté de cet obligeant chacha, sur des barriques et des caisses en plastique retournées, ne me voient pas. Leurs yeux sont pleins de tristesse de ne pas avoir trouvé de boulot ce matin. Toute la matinée, sur la bretelle près de l'autoroute, ils ont sûrement attendu les contremaîtres qui viennent, en jeeps et en camions, embaucher de la main-d'œuvre pour des besognes de maçonnerie ou de peinture. Ils sont trop nombreux et il y a trop peu de contremaîtres, ils n'obtiennent donc pas tous du travail.

Papa aussi allait attendre sur l'autoroute avant de trouver ce bon boulot à la station de la Purple Line, puis sur le chantier. Il m'a parlé de certains patrons, des brutes qui volent l'argent des ouvriers et les obligent à se suspendre à des harnais en corde usée pour laver les vitres des immeubles de riches. Papa dit qu'il ne veut pas que j'aie ce genre de vie dangereuse, et que c'est pour ça que je dois bien travailler à l'école. Pour obtenir une place dans un bureau et devenir riche moi aussi.

Les yeux me piquent quand j'imagine combien il aurait honte si je devenais un criminel. Finalement, je ne veux pas devenir Quarter 2.

Je prends la ruelle qui conduit à notre basti et je tousse, la main devant la bouche. Comme ça, si une des femmes-relais du basti que connaît Ma me voit et lui rapporte que je n'étais pas à l'école, elle sera obligée d'ajouter que j'avais l'air bien malade.

Je me rends compte que ma toux fait autant de bruit qu'un avion. Il y a quelque chose qui cloche, mais je ne sais pas quoi. Je m'arrête, je regarde autour de moi. Retiens ma respiration, écoute. Mon cœur cogne contre mes côtes. J'ouvre grande la bouche, j'expire et j'inspire comme Baba Devanand à la télé. Lentement, mon ventre se dénoue. Et je comprends ce qui ne va pas.

La ruelle est silencieuse et déserte. Tout le monde a disparu : les grands-pères qui lisent le journal, les hommes désœuvrés qui jouent au rami ou au poker menteur, les mères qui font tremper leur linge dans de vieux seaux de peinture, les petits enfants qui se dandinent autour d'elles, les genoux couverts de boue. Des assiettes sales, certaines à moitié lavées, traînent autour des citernes en plastique qui montent la garde devant chaque porte du basti. Quelque chose gronde derrière le smog. Un djinn, peut-être ? J'ai un mauvais pressentiment. J'ai envie de pisser.

À ma gauche, une porte s'entrouvre. Je sursaute. On va me kidnapper. Mais ce n'est qu'une femme en sari. Elle a appliqué une pâte rouge sur la raie de ses cheveux et s'en est mis partout sur la figure.

— Tu n'as pas de cervelle, petit ? gronde-t-elle. Il y a des policiers partout dans le basti. Tu veux qu'ils t'attrapent ?

Je secoue la tête. Je n'ai plus envie d'aller aux toilettes. Les policiers me font peur, mais pas autant que les djinns. Je veux demander à la femme pourquoi les flics sont là, s'ils sont venus avec des bulldozers pour nous effrayer et s'il ne faudrait pas commencer à se cotiser pour leur graisser la patte, mais au lieu de ça, je dis :

— Vous avez du sindoor sur les joues.

— Que va penser ta mère ? Elle travaille tellement dur qu'elle n'a pas le temps de prier au temple, et regarde-toi. Tu sèches l'école et tu t'amuses, hein ? Ne fais pas ça, mon garçon. Ne déçois pas ta mère. Retourne à l'école tout de suite. Sinon, un jour, tu le regretteras. Tu comprends ce que je te dis ?

— Oui.

Je ne crois pas qu'elle et Ma soient amies.

— Que je ne t'y reprenne plus, dit-elle en me claquant la porte au nez.

Incroyable ! La mère de Bahadur a fait venir la police dans notre basti ! C'est pour ça que tout le monde se cache. Moi aussi je devrais me cacher, mais j'ai envie de savoir ce que font les policiers. Ils sont censés *Servir et Protéger*, mais ceux que je croise dans le Bhoot Bazar font tout le contraire. Ils harcèlent les marchands, se remplissent l'estomac à l'œil en se servant sur les étals, et à tous ceux qui tardent à leur payer leur hafta, ils demandent de choisir entre un passage à tabac ou la visite du bulldozer.

Le smog se révèle bien utile, car il me permet de passer inaperçu. Je reste dans l'ombre de la ruelle, le long des citernes, même si le sol est boueux de ce côté-là. Je dépasse deux charrettes de marchands qui couvrent leurs légumes et leurs fruits sous des bâches. Puis trois cordonniers, accroupis, dont les brosses aux poils noirs dépassent des sacs qu'ils ont jetés sur leurs épaules. Ils sont à leurs marques, prêts, partez au premier signe de danger.

Contrairement à ces hommes, je n'ai pas peur. Et je ne suis pas faible non plus, comme le second mari de Shanti-Chachi. Tout le monde sait qu'il fait tout ce qu'elle veut : il lui prépare à manger, lui lave ses sous-vêtements et les met à sécher au vu et au su de toute la ruelle. Et en tant que sage-femme, Chachi gagne un paquet d'argent, plus que son mari, alors qu'il a deux boulots.

Devant moi, j'aperçois Baba Buffle, à sa place habituelle, et un policier en uniforme kaki. Fatima-Ben ne le quitte pas des yeux, craignant peut-être que le flic ne s'en prenne à son buffle. Et puis, il y a des grands-pères, les mains croisées sur le torse, des mères avec des bébés sur les hanches, des enfants qui ne vont pas à l'école et restent à la maison pour faire de la broderie ou préparer des snacks qui seront ensuite vendus, la mère de Bahadur et Laloo l'Ivrogne, qui pourtant n'habitent pas ici.

Je me rapproche, caché sous les cordes à linge chargées de chemises et de saris mouillés. À deux maisons de là où tout le monde se tient, je repère une citerne noire devant une porte fermée. La planque idéale. Je pose mon cartable, m'accroupis derrière la citerne et me mets en mode respiration superficielle pour qu'on ne m'entende pas. Puis je jette un œil.

Le policier donne des petits coups de pied à Baba Buffle et demande à Laloo l'Ivrogne :

— Alors, c'est vrai ? Cet animal ne se lève jamais ? Comment il fait pour manger ?

Il pense peut-être que Baba Buffle cache Bahadur sous son flanc couvert de bouse.

Un deuxième policier sort d'une maison. Il porte une chemise kaki dont les manches sont ornées d'insignes rouges – des pointes de flèche dirigées vers le bas.

Seuls les gradés portent ce genre d'insignes. Je le sais parce que le mois dernier j'ai regardé un épisode de *Live Crime* dans lequel un escroc arnaquait les gens en se faisant passer pour un officier de police. Le faux flic se rendait même à la caserne de Jaipur, buvait du thé avec les vrais flics et repartait avec leurs portefeuilles.

— Tu fais ami-ami avec un buffle ? Bien, bien, dit le gradé à son collègue, dont l'uniforme kaki ne porte aucun insigne, ce qui signifie qu'il est un simple agent.

L'homme enjambe la queue de Baba Buffle et vient se planter devant la mère de Bahadur.

— Votre garçon a un problème, si j'ai bien compris, dit l'officier. Il est un peu attardé, c'est ça ?

— Mon fils est un bon élève, répond la mère de Bahadur, la voix éraillée d'avoir trop pleuré et crié, mais toujours pleine de colère. Allez demander à l'école, on vous le dira. Il a un petit souci d'élocution, mais les professeurs disent qu'il progresse.

Le gradé fait la moue et souffle au visage de la mère de Bahadur. Elle ne tique même pas.

— À mon avis, le mieux est d'attendre quelques jours, dit l'agent. J'ai vu beaucoup de cas semblables. Les enfants fuguent parce qu'ils veulent être libres, puis ils reviennent en courant quand ils comprennent que la liberté ne leur remplira pas l'estomac.

— Cependant, reprend le gradé, il semble que votre mari… eh bien… comment dire… – il lance un regard en direction de Laloo l'Ivrogne, qui baisse la tête –… a été violent avec votre fils ?

Un silence pénible se répand dans la ruelle, interrompu par le caquètement des poules et le bêlement d'une chèvre venu de l'intérieur d'une maison.

Personne, dans notre basti, ne souhaite voir Laloo l'Ivrogne finir en prison. Mais il ne faut pas mentir non plus, car ce gradé est intelligent. Je le sais parce qu'il a l'âge d'être étudiant, qu'il est déjà officier, et qu'il pose les questions comme les bons flics à la télé. Il n'en veut pas à notre argent. Tout ce qu'il veut, c'est mettre les criminels derrière les barreaux.

— Qui n'a jamais battu ses enfants, hein, saab ? répond un homme qui se tient à côté de Laloo l'Ivrogne. Ils ne s'enfuient pas pour autant. Nos enfants sont plus intelligents que nous. Ils savent que nous voulons ce qu'il y a de mieux pour eux.

L'officier scrute le visage de l'homme, qui rit nerveusement et regarde ailleurs, vers l'intérieur argenté des paquets de namkeen vides jonchant le sol et les petits enfants qui cherchent à échapper à leurs mères.

Laloo l'Ivrogne ouvre la bouche. Aucun mot n'en sort. Et puis il se met à trembler comme si du courant remontait de la terre et parcourait son corps.

Pari et Faiz ne me croiront pas quand je leur décrirai la scène. L'avantage avec mon uniforme gris, c'est qu'il permet un excellent camouflage dans le smog.

— Toi ! crie l'officier de police en me pointant du doigt. Viens ici tout de suite.

Je me baisse aussitôt et ma tête cogne contre la citerne, mais je sais que je n'ai pas été assez rapide. Je me dis : « Il va te faire bouffer ta merde. » C'est ce que j'ai un jour entendu dans la bouche de Gaurav, mon camarade de classe qui hait les musulmans ; il parlait de ce que Quarter ferait à quiconque le mettrait en rogne.

— Il est allé où ? Où est le garçon ?

Mon regard se fixe sur le réflecteur blanc d'une antenne parabolique dirigée vers le ciel, sur un toit en tôle, de l'autre côté de la ruelle. Si je ne la quitte pas des yeux, si je la regarde vraiment, je ne verrai plus rien d'autre. Tout disparaîtra, même le policier.

Mais il est debout, à côté de moi, et ses doigts pianotent sur le couvercle de la citerne. Il retire sa casquette kaki. La bande élastique à l'intérieur lui a laissé une marque rougeâtre au milieu du front.

— Voyons si elle te va mieux qu'à moi, dit-il en souriant et en agitant le couvre-chef sous mon nez.

Je recule devant la casquette qui pue la transpiration, et la prison peut-être.

— Tu ne veux pas l'essayer ?

— Non, je dis, d'une voix si faible que je ne l'entends pas moi-même.

Le policier replace la casquette sur sa tête, mais sans l'enfoncer. Puis il gratte la boue sur ses souliers noirs contre une brique. La semelle du gauche retombe, bouche ouverte, les fils décousus tremblant comme des filaments de salive. Ses chaussures sont aussi mal en point que les miennes.

— Pas d'école aujourd'hui ? demande-t-il.

Vu que j'ai omis de tousser, je réponds :

— Dysenterie. Le professeur m'a renvoyé à la maison.

— Oh, oh. Tu as mangé quelque chose que tu n'aurais pas dû, hein ? La cuisine de maman n'est pas à ton goût ?

— Non, elle est bonne, très bonne.

Tout va de travers aujourd'hui. Tout ça à cause de Bahadur.

— Ce garçon qu'on recherche, tu le connais ? Il est dans ton école ?

— Oui, on est dans la même classe.

— Il a déjà parlé de fuguer ?

— Bahadur ne peut pas parler. Il est bègue, vous savez. Il ne sait pas former des mots comme les enfants normaux.

— Et son père ?

L'officier baisse le ton.

— Le garçon a déjà dit que son père le battait ?

— Possible, c'est peut-être pour ça qu'il a fugué. Mais Faiz pense qu'il a été kidnappé par des djinns.

— Des djinns ?

— Faiz dit qu'Allah a créé les djinns. Il y en a des bons et des mauvais, comme pour les gens. C'est peut-être un méchant djinn qui a enlevé Bahadur.

— Faiz, c'est ton ami ?

— Oui.

Je me sens un peu coupable de cafter à l'officier de police, mais je l'aide dans son enquête. Un détail fourni par mes soins pourrait se révéler un indice important et l'aider à résoudre cette affaire. Et ensuite, un enfant-acteur jouera mon rôle dans un épisode de *Police Patrol* dont le titre sera : **« La mystérieuse disparition d'un enfant des bidonvilles » – 1re partie** ou : **« À la recherche du bègue disparu : L'histoire bouleversante d'un bidonville »**. Les épisodes de *Police Patrol* ont toujours des titres géniaux.

— Dans nos prisons, on n'a plus assez de place pour les gens. Alors si on commence à arrêter des djinns, où veux-tu qu'on les mette ? demande le gradé.

Il se moque de moi, mais ça m'est égal. Je voudrais juste savoir ce qu'il veut entendre, pour que je le dise et qu'il retrouve Bahadur. Et puis mon cou me fait mal à force de lever la tête vers lui.

L'homme se gratte les joues. Mon estomac gronde. D'habitude, Faiz m'aide à le faire taire en me donnant du saunf, des graines de fenouil enrobées de sucre qu'il a toujours dans ses poches, et qu'il chipe au dhaba où il travaille certains dimanches comme serveur.

— Tu crois que Bahadur en avait assez de vivre ici ? demande l'officier.

Mon estomac recommence à grogner et j'appuie les deux mains sur mon ventre pour qu'il se tienne tranquille.

— C'est sa mère qui vous a dit ça ? C'est elle qui vous a appelés, n'est-ce pas ? Nous, on n'appelle jamais la police.

J'en ai trop dit, mais le visage de l'officier reste de marbre. Il remonte son pantalon kaki, ajuste sa casquette et tourne les talons. Je lui lance :

— Il y a un cordonnier deux rues plus loin !

L'homme s'arrête et me regarde comme s'il me voyait pour la première fois.

— Pour vos chaussures. Il travaille très bien. Il s'appelle Sulaiman. Une fois recousues, elles auront l'air comme neuves et il…

— Le président lui a remis une médaille pour ses services ? demande le gradé.

Je ne réponds pas parce que c'est une blague, mais elle n'est pas drôle. Tout fier, il rejoint le petit groupe. Il hoche la tête en direction de l'agent de police, trois petits mouvements secs qui rappellent les signaux que s'envoient les lanceurs et les chasseurs sur un terrain de cricket. Pari, Faiz et moi, on devrait aussi s'inventer un signal secret.

— Y a rien à voir ici, crie l'agent. Tout le monde, j'ai bien dit tout le monde, rentre chez lui.

Les pères, les mères et les enfants se précipitent à

l'intérieur, mais une chèvre de couleur brune, vêtue d'un pull tacheté qui lui donne à moitié l'air d'un léopard, sort d'une maison et, tête baissée, fonce sur le policier.

— Enfoirée, dit-il en donnant un coup de pied à l'animal.

Je ris. Un peu plus fort que je le voudrais.

— Qu'est-ce que tu regardes ? me demande l'agent. Tu fais une vidéo avec ton portable ?

Avant qu'il m'arrête, je crie :

— Pas de téléphone !

Je m'écarte de ma citerne-abri, lentement, comme le héros d'un film ayant un revolver braqué sur lui, et je retourne les poches de mon pantalon pour lui montrer qu'elles ne contiennent qu'un pion du jeu de billard indien de l'école que j'ai oublié de rendre.

— Le petit doit faire la grosse commission, dit l'officier à l'agent. Laisse-le partir.

Je prends mon sac et je décampe. Je m'engage dans une ruelle si étroite que seuls les enfants, les chèvres et les chiens peuvent passer. Même si le sol est couvert de crottes de chèvre, j'y suis en sécurité.

Mes épaules frôlent les murs. Mon uniforme se couvre de saleté. Ma va être furieuse contre moi.

À pas de loup, je me rapproche à nouveau, les oreilles grandes ouvertes pour saisir le moindre chuchotement, et je jette un œil. L'agent de police agite une branche qu'il a dû ramasser par terre.

— À l'intérieur, tout le monde ! crie-t-il à ceux qui sont encore là.

Puis, s'adressant à la mère de Bahadur et à Laloo l'Ivrogne :

— Vous deux, vous restez.

L'officier s'approche d'eux et dit quelque chose que je ne parviens pas à entendre. La mère de Bahadur tripote la chaîne en or qu'elle a autour du cou, essaie d'en ouvrir le fermoir. Laloo l'Ivrogne tente de l'aider mais elle le repousse. Elle adore ce bijou.

Quand la rumeur s'est propagée dans le basti, plusieurs mois auparavant, que la mère de Bahadur avait une chaîne en or de vingt-quatre carats, pas de la pacotille comme les colliers clinquants vendus dans le Bhoot Bazar, Papa a supposé qu'elle l'avait volée à sa riche patronne. Mais ensuite, elle a raconté à tout le monde que celle-ci lui en avait fait cadeau.

Ma nous a dit que la mère de Bahadur était malheureuse en ménage, mais heureuse dans son travail, et que la vie nous réservait à tous des choses positives et négatives – des enfants bons ou mauvais, des voisins gentils ou méchants, une douleur dans les os facile à traiter ou pas – et que c'était la preuve que les dieux essayaient au moins d'être équitables. Ma a dit à Papa qu'elle préférait un mari qui ne la battait pas plutôt qu'une vraie chaîne en or. Après ça, Papa a semblé grandi.

À présent, la mère de Bahadur ouvre le fermoir de sa chaîne, la dépose dans sa paume et la tend à l'officier. L'homme fait un bond en arrière comme si on lui donnait une flamme. Elle se tourne alors vers Laloo l'Ivrogne, qui tremble toujours et ne lui est d'aucune aide. Je parie qu'elle préférerait que sa patronne soit là plutôt que son mari.

— Moi, accepter le cadeau d'une femme ? dit l'officier de police. Impossible.

Sa voix est éclatante, on dirait une de ces pommes que les marchands, le matin, font reluire avec de la cire.

La mère de Bahadur siffle entre ses dents, donne une claque sur la main de Laloo l'Ivrogne et lui tend sa chaîne en or. Le gradé regarde alentour pour s'assurer que personne n'est témoin de la scène. Il n'y a que l'agent, occupé à dessiner des lignes par terre avec sa branche, Baba Buffle et moi – mais moi, il ne me voit pas.

— Tu es sûre ? dit Laloo l'Ivrogne en agitant son poing refermé sur la chaîne au-dessus de la tête de sa femme.

— Oui, répond-elle. Ce n'est pas grand-chose.

— Si vous voulez vous disputer, vous deux, faites ça chez vous, intervient l'officier. Je ne suis pas là pour régler vos problèmes de couple. Mais ce que je peux faire, ce que je suis même obligé de faire, c'est vous arrêter pour trouble à l'ordre public.

— Pardonnez-nous, saab, dit Laloo l'Ivrogne, tout en donnant la chaîne en or au gradé, qui la glisse promptement dans sa poche.

Dans *Live Crime*, les policiers n'acceptent jamais de pots-de-vin de personne, même pas d'un homme. J'ai l'impression d'être un mauvais détective pour ne pas avoir senti la malhonnêteté de cet officier.

— Votre fils, dit-il à présent, donnez-lui deux semaines. S'il n'est toujours pas revenu après ça, faites-le-moi savoir.

— Mais vous avez dit que vous commenceriez les recherches tout de suite, lance la mère de Bahadur.

— Chaque chose en son temps, répond l'officier.

Puis il se tourne vers l'agent :

— Ces gens n'iront jamais s'adresser au commissariat. Allez, frère, on y va. Chalo, bhai.

— Vous autres, ajoute l'agent en s'adressant à Laloo l'Ivrogne, vous êtes des fauteurs de trouble. Vous volez l'électricité sur le réseau, vous fabriquez de la gnôle chez vous et vous jouez tout ce que vous possédez. Continuez à mal vous comporter et la municipalité enverra des bulldozers JCB pour raser vos maisons.

Une fois les policiers partis, Fatima sort de chez elle pour gratter Baba Buffle entre les deux cornes et lui donner une poignée d'épinards.

Je ne veux pas qu'on démolisse notre basti. Quand j'aurai retrouvé Bahadur, je lui collerai une bonne gifle pour nous avoir créé des problèmes, et au fond de lui il saura que c'est tout ce qu'il mérite.

BAHADUR

À bonne distance, le garçon observait trois hommes enveloppés dans des couvertures, serrés autour d'un feu. Les flammes aux langues cendrées montaient d'un grand récipient en métal ayant servi jadis à transporter le ciment sur un chantier. Les hommes ouvraient les mains au-dessus, comme lors d'un rituel solennel. Des étincelles jaunes s'élançaient vers le ciel, au-delà de leurs visages, mais leurs mains ne rentraient pas dans les plis de leurs couvertures.

À voir leur communion silencieuse, Bahadur regrettait de ne pas être plus âgé et de ne pas pouvoir, lui aussi, s'asseoir avec eux. Il n'était qu'un jeune garçon caché sous une charrette à bras, d'où émanait un parfum de goyave, une senteur légère et douce qui glissait sur lui dans l'air charbonneux de l'hiver.

Le propriétaire de la charrette dormait sur le trottoir, non loin de là, le corps tourné vers le rideau de fer cadenassé d'une échoppe et couvert de la tête aux pieds, tel un cadavre, par un drap si mince qu'il ne parvenait pas à assourdir ses ronflements. Bahadur avait tenté de dénicher des goyaves sous les bâches repliées et dans les sacs qui se trouvaient sur la charrette, sans succès. Le propriétaire avait dû marcher longtemps et aller loin pour vendre ses fruits.

Le garçon ne savait plus depuis combien de temps il observait les hommes. Il était minuit bien passé, il aurait dû dormir, il le savait, mais il faisait froid et il avait envie de marcher pour se réchauffer. Il quitta son abri et tourna de nouveau les yeux vers les hommes. Ils buvaient tous une gorgée à tour de rôle, essuyant le goulot de la bouteille contre leur pull avant de la passer au suivant. Encore une heure et ils seraient assoupis près du feu, des briques en guise d'oreillers, les jambes en travers de la ruelle, à moitié couvertes.

Les allées du Bhoot Bazar s'ouvraient autour de Bahadur comme des gueules de démons. Il n'avait pas peur. Ç'avait été le cas, au début, les premières nuits où il avait dormi dehors, quand sa mère restait chez sa patronne pour s'occuper de son enfant fiévreux ou servir ses invités lors des réceptions. Jusqu'alors, Bahadur n'avait vu le bazar que de jour, quand il grouillait de gens, d'animaux, de véhicules et de dieux invoqués dans des prières relayées par les haut-parleurs d'un temple hindou, d'un gurudwara et d'une mosquée. Les odeurs et les bruits étaient si intenses qu'ils s'infiltraient en lui comme dans de la gaze.

Et donc, à 7 ans, quand il s'était pour la première fois enfui dans le bazar en pleine nuit pour échapper à son père, le silence l'avait terrifié. Le ciel bleu-noir s'étendait au-dessus des câbles emmêlés et des réverbères rouillés. Hormis les silhouettes recroquevillées des hommes endormis, le marché était pratiquement désert. Puis ses oreilles s'étaient accoutumées au grondement lointain et régulier de l'autoroute. Son nez avait appris à percevoir les odeurs les plus vagues, vieilles de plusieurs heures – guirlandes d'œillets, tranches de papaye saupoudrées de chaat masala, puris frits dans l'huile – et à guider ses pas à gauche ou à droite dans les coins obscurs. Ses yeux reconnaissaient les chiens errants à la courbure de leur queue ou à la forme des taches blanches sur leur pelage marron ou noir.

À présent, à presque 10 ans, il était assez grand pour rester seul, mais il ne l'avait pas dit à sa mère. Elle ignorait qu'il venait ici. Quant à son père, le monde avait depuis si longtemps disparu de ses yeux aveuglés par l'alcool qu'il ne savait plus distinguer la chair de l'ombre.

Les nuits où sa mère s'absentait, ses frères et sœurs amadouaient les tantes du voisinage pour qu'elles acceptent de les laisser dormir chez elles. Un ami de la famille en faisait autant avec lui, croyaient-elles. Mais Bahadur ne voulait pas d'un coin par terre chez quelqu'un d'autre. Dans chaque maison – même chez son seul ami, Omvir – il y avait une chachi dont la langue claquait trop souvent et qui implorait les dieux de lever la malédiction qui pesait sur lui, des enfants qui se moquaient de la façon dont les lettres restaient collées à son palais malgré tous ses efforts pour s'en débarrasser. Pour eux, il était toujours l'Idiot ou le Nullard, ou Ca-ca-ca-ca ou Pi-pi-pi. Ils le traitaient de Bouffeur de rats et lui demandaient si sa mère récurait la merde dans les toilettes du basti. Rien de tout cela, la nuit, dans le bazar. Il n'était obligé de parler à personne. S'il voulait, il pouvait même faire semblant d'être un prince parcourant son royaume déguisé en enfant des rues.

Les rideaux baissés des échoppes ondulaient comme des vagues. Il avait beau marcher vite, le froid le rattrapait toujours. Il s'arrêta près d'un rickshaw dont le chauffeur dormait sous une couverture sur le siège passager. Accroché au guidon, il vit un sac en plastique que l'homme avait utilisé pour mettre son déjeuner ou son dîner, au fond duquel il restait quelque chose de foncé et d'épais. Bahadur le dénoua en faisant le moins de bruit possible, puis courut en inspecter le contenu. Une louche de dal noir, qu'il engloutit le cou tendu.

C'était sa troisième nuit d'errance dans le bazar. Pour manger un vrai repas, il lui faudrait attendre mardi et le retour de sa mère, mais on n'était encore que samedi et les heures s'étiraient devant lui aussi sombres et infinies que le ciel. Il jeta le sac dans un caniveau et fouilla dans un monceau d'ordures près de l'endroit où des marchands vendaient des papdi chaat et des aloo tikkis servis avec du lait caillé et du chutney de tamarin. Les animaux du bazar avaient cependant raflé les restes avant lui. Il s'essuya les mains sur le fond d'un bol en papier d'alu jeté par terre et se redressa.

Il sentit soudain un poids dans sa poitrine. La fumée rendait l'air piquant, le chatouillement dans ses narines ne tarderait pas à se transformer en toux, et il aurait bientôt du mal à respirer. Cela passerait, il le savait, au bout de quelques minutes peut-être. Mais il trouvait tellement injuste d'être obligé de lutter pour ce qui venait aux autres si naturellement, la parole et la respiration. Il avait pourtant renoncé à maudire les dieux, renoncé à vouloir s'en faire des alliés à force de prières.

Il continua à marcher en direction de l'atelier de Réparation Électronique et Électrique d'Hakim, son endroit préféré dans le bazar. Hakim-Chacha n'attendait jamais qu'il lui parle. Il lui montrait plutôt comment réparer un condensateur ou des câbles dénudés et le rétribuait pour son travail au magasin alors que Bahadur ne demandait rien. Sa mère avait un jour payé deux garçons pour livrer chez eux un réfrigérateur bruyant et un téléviseur dont une femme riche s'était débarrassée dans la décharge près de leur basti. En un clin d'œil, Bahadur les avait remis en état, ils étaient comme neufs. Chacha disait qu'il avait un don. Qu'une fois devenu grand, il serait ingénieur et habiterait dans un immeuble de riches.

Bahadur aurait tellement voulu avoir un père comme

lui. Ces deux derniers jours, quand il était passé au magasin d'électronique, Chacha lui avait acheté des cônes en papier journal remplis de cacahuètes grillées et salées. Sans même savoir qu'il avait faim. Bahadur en avait gardé quelques-unes pour plus tard, mais il n'en avait plus à présent. Il vérifia de nouveau, sans espoir, en glissant ses mains tout au fond de ses poches. Il n'en ramena que quelques peaux d'arachides satinées collées au bout de ses doigts. Il en lécha le sel et se rappela, trop tard, qu'il lui donnerait soif.

Un nuage noir commençait à effacer les réverbères. Il inspira de grandes bouffées d'air et s'allongea sur une estrade devant l'atelier de réparation, les bras serrés autour de lui, les genoux ramassés contre sa poitrine. Il avait toujours froid. Il se leva, trouva deux caisses rouges couvertes de boue devant la boutique voisine et les posa sur ses jambes, mais cela n'arrangea rien. Il les enleva et s'allongea de nouveau.

Le smog ressemblait au souffle du diable. Il éteignait la lumière des réverbères et assombrissait la nuit. Afin de se calmer, Bahadur pensa à tout ce qu'il aimait faire : tirer les oreilles orange d'un jouet bleu en forme de maman éléphant, avec son bébé niché dans son ventre, acheté sur un coup de tête sur un étal du Bhoot Bazar ; se balancer sur des pneus en caoutchouc accrochés aux branches des arbres à siwak ; serrer une brique chaude enveloppée de chiffons que sa mère lui donnait les nuits de lune froide. Il l'imaginait aussi en train de lui frictionner la poitrine avec du Vicks VapoRub, alors qu'il n'avait vu ça qu'à la télévision et qu'il n'y avait pas le moindre pot de cet onguent chez eux. Mais c'était réconfortant et il décida de s'accrocher à cette image jusqu'à ce qu'il parvienne à s'endormir.

Puis, à travers le sol, il sentit un mouvement dans la

ruelle. Il dressa l'oreille, à l'affût d'un bruit de pas, mais n'entendit rien.

Des souvenirs qu'il aurait préféré oublier affluèrent soudain dans sa tête. Une nuit d'été, deux ans plus tôt, un homme qui sentait la cigarette et dont la moustache était aussi épaisse que la queue d'un écureuil l'avait plaqué d'une main contre un mur, en desserrant de l'autre le nœud de son salwar. Bahadur trembla un peu en repensant à la scène. Un groupe d'ouvriers qui rentraient chez eux avaient tout vu et s'en étaient pris à son agresseur, laissant à Bahadur le temps de s'enfuir. Après quoi, pendant des mois, il avait cessé d'errer dans le bazar jusqu'à ce que sa terreur s'émousse et que son père s'emporte de nouveau.

Il se demandait à présent s'il devait chercher un autre endroit où dormir. Devant l'atelier de réparation, il y avait trop peu de passage. Une autre nuit, il n'y aurait pas eu de problème, mais qui savait quelle créature, prête à enfoncer ses crocs dans ses jambes, ce smog dissimulait ? D'où venait ce nuage, d'ailleurs ? Il n'avait jamais rien vu de pareil. Au-dessus de lui, sur le toit, les pigeons s'agitaient et roucoulaient. Puis, effarouchés, ils s'envolèrent.

Il s'assit et scruta l'obscurité, les paumes à plat par terre, la peau piquée par les petits cailloux. Un chat miaula et un chien aboya comme pour le faire taire. Il pensa aux fantômes qui avaient donné son nom au Bhoot Bazar, esprits bienveillants de ceux qui avaient vécu en ces lieux des siècles auparavant, sous le règne des Moghols. « Allah ki kasam, je le jure sur Allah, lui avait dit un jour Hakim-Chacha. Ils ne nous feront jamais aucun mal. »

Si un fantôme du bazar s'approchait vraiment de Bahadur, c'était sans doute pour l'aider à respirer ou pour lui dire qu'il était imprudent de dormir dehors par une nuit pareille. Peut-être que s'il lui montrait son visage et la main de son père imprimée sur sa peau, le fantôme lui permettrait de rester ? Hakim-Chacha ne disait jamais rien à propos de ses blessures ou des sparadraps dont sa mère les recouvrait. Mais pas plus tard que la veille, à l'atelier de réparation, Bahadur avait surpris son reflet sur l'écran d'un vieux téléviseur derrière lequel il cachait les objets précieux qu'il ne pouvait garder chez lui, et il avait vu l'ecchymose autour de son œil, aussi luisante et noire que le fleuve qui coupait la ville en deux.

Il se répétait que ce n'étaient que des bêtises, tout ça. Les fantômes et les monstres ne vivaient que dans les histoires colportées par les gens. L'air palpitait pourtant d'une épouvante aussi tangible que l'électricité statique. Il crut voir des silhouettes blanches de spectres se matérialiser, des bouches sans lèvres attirées par sa respiration sifflante.

Peut-être devait-il se lever et rentrer à la maison. Peut-être devait-il, cette nuit, aller frapper à la porte d'Omvir. Mais le froid s'emparait de ses os, et il les sentait si friables, il redoutait qu'ils se cassent. Il aurait voulu que le rideau de ténèbres s'écarte, que la lune brille et que les hommes autour du feu viennent déambuler dans cette ruelle. Le smog lui étranglait le cou comme le nœud d'une corde épaisse.

Il les entendait à présent : le trottinement d'une meute de gerboises en quête de miettes, un cheval hennissant au loin, le bruit métallique d'un seau renversé par un chat ou un chien et, tout de suite après, le pas lent de quelque chose ou de quelqu'un qui, il en était sûr, venait vers lui. Il ouvrit la bouche pour crier, mais il n'y arriva pas. Son cri resta collé au fond de sa gorge, comme tous les mots qu'il n'avait jamais pu articuler.

C'est notre dernière nuit…

… dans le basti, dit Ma. À quoi bon tout ce drama-baazi[1], dit Papa. Et si on perd tout ? dit Runu-Didi.

Je m'assois en tailleur sur le lit et regarde Ma faire de la place par terre. Contre le mur, elle empile nos livres, des tabourets en plastique et les jarres dont elle et Didi se servent pour rapporter l'eau de la pompe. Dans cet espace nouvellement vide, elle étale un drap rose à fleurs noires dont les couleurs sont passées tant il a été lavé. Puis elle y dépose tout ce qui nous est indispensable : nos plus beaux vêtements, y compris mon uniforme neuf dans son emballage en plastique, son rouleau et sa planche à rotis, et une statuette du dieu Ganesh que grand-père Dada a donnée à Papa il y a des années. La télé reste sur l'étagère. Elle est trop lourde à transporter.

— Quand notre maison est-elle devenue un décor de téléfilm hindi, Jai ? demande Papa.

Il est assis à côté de moi, la télécommande à la main. J'arrange le col de sa chemise. Elle est tout usée aux endroits où Runu-Didi ou Ma l'ont frottée pour venir à bout de la saleté et des taches de peinture.

Didi tente d'aider Ma, mais elle ne réussit qu'à la gêner. Ma ne la gronde pas. En revanche, elle ne cesse

1. Mélodrame, du nom d'une série de téléfilms indiens éponyme.

de grommeler que la mère de Bahadur a eu tort d'appeler la police.

— Son cerveau ne marche plus, dit Ma. Courir comme ça dans tous les hôpitaux, il faut croire que ça rend fou. Elle a même demandé à Baba Bengali où était son garçon. Et elle a payé une fortune. Tout le monde parlait de ça, ce soir, quand on est allées chercher de l'eau à la pompe, Runu et moi.

À voir Baba Bengali, on pourrait le croire sorti d'une grotte de l'Himalaya, avec ses cheveux comme de l'étoupe et ses pieds couverts de boue, mais il utilise des ordinateurs. Une fois, je l'ai vu dans le Bhoot Bazar sortir de l'imprimerie digitale Dev avec des affiches qu'il a ensuite placardées un peu partout. Les affiches clamaient qu'il savait résoudre tous types de problèmes – femmes infidèles, maris infidèles, belles-mères en colère, fantômes en colère, magie noire, dettes et maladies.

Ma fait le tour de la pièce pour décider de ce qui doit encore être emballé dans son drap. Elle prend son réveil qui retarde toujours, puis le repose sur l'étagère. Je lui demande :

— Qu'est-ce qu'il a dit, Baba Bengali ?

— Que Bahadur reviendrait jamais, répond Runu-Didi.

— Ce baba est un imposteur, dit Papa. Il se fait de l'argent sur le dos des malheureux.

— D'accord, tu ne crois pas en ses pouvoirs, dit Ma. Mais ne le dénigre pas comme ça. Inutile qu'il nous jette un mauvais sort.

Puis elle grimpe sur un tabouret et attrape un vieux pot en plastique bleu d'huile de coco Parachute 100 % pure sur l'étagère du haut. À l'intérieur, il ne reste plus d'huile. À la place, elle a mis quelques billets de 100 roupies qu'elle garde « au cas où » il arriverait quelque chose, sans avoir jamais précisé quelle chose il pourrait arriver. Elle dépose ensuite le pot sur sa boîte de poudre de mangue, là où il sera le plus facile à récupérer si on doit quitter précipitamment la maison dans le noir. Ce pot est un peu le porte-monnaie de Ma, même si je ne l'ai jamais vue l'ouvrir.

— Écoute, Madhu, ma vie, lui dit Papa, la police ne nous fera rien. La femme de Laloo l'Ivrogne leur a donné sa chaîne en or. Personne n'enverra les JCB raser notre basti.

Je regarde Papa, bouche bée : il vient à peine de rentrer et il est déjà au courant pour la chaîne en or. Et s'il savait aussi que M. Kirpal m'a renvoyé de l'école ?

Jusque-là, personne ne m'a demandé pourquoi je suis rentré tôt. Ni Shanti-Chachi, qui m'a donné une assiette de kadhi pakora avec du riz préparé par son mari, ni Runu-Didi, dont le boulot principal consiste, selon Papa, à garder un œil sur moi. Ma n'a même pas remarqué les nouvelles taches sur mon uniforme. Sans doute parce que dans tout le basti on ne parlait que de Bahadur et de la police.

— Mieux vaut être prudents, dit Ma à présent. Peut-être qu'ils enverront des bulldozers, peut-être pas. Qui peut le savoir ?

Elle enveloppe dans deux longues écharpes en coton le cadre qui contient le diplôme gagné par l'équipe de relais de Runu-Didi pour sa première place au championnat d'État et le pose soigneusement sur le dessus de sa pile. Il glisse sur le côté et Ma le remet droit en se mordant l'intérieur des joues et en soufflant.

Le courant fait bourdonner l'ampoule qui pendouille au-dessus de moi et dont l'ombre glisse sur les étagères, les fissures dans le mur, les traces d'inondation laissées par la mousson, désormais visibles après que Ma a déplacé les boîtes et la vaisselle. Elle aime que la maison soit propre et me gronde si je ne range pas mes livres et mes vêtements là où elle me l'a dit, et voilà que c'est elle qui fiche la pagaille.

Papa passe un bras autour de mes épaules et me plonge dans son odeur de peinture et de smog.

— Ah, les femmes, ça s'inquiète pour rien.

— Ce n'est pas rien, je dis.

— Jai, la police ne peut pas tout démolir comme ça. Il faut d'abord donner un préavis. Puis coller des affiches, parler à notre pradhan. Notre basti existe depuis des dizaines d'années. On a des papiers d'identité, on a des droits. On n'est pas des Bangladais.

— Quels droits ? demande Ma. Ces hommes politiques, ils ne se souviennent de nous qu'une semaine avant les élections. Comment veux-tu faire confiance à cette fripouille de pradhan ? Il n'habite même plus ici.

— Ah bon, c'est vrai ?

Difficile d'imaginer Quarter dans un immeuble de riches. Il me semble que sa place est en prison.

— Madhu, si la police fait raser notre basti, à qui extorqueront-ils de l'argent ? dit Papa, comme Pari avant lui. Comment feront-ils pour que leurs grosses femmes mangent du poulet tous les jours ?

Papa imite quelqu'un en train d'arracher la chair d'une cuisse de poulet avec ses dents. Il fait des bruits de succion avides et se lèche les doigts.

Je ris mais Ma, dégoûtée, continue d'emballer nos affaires. Quand elle a enfin terminé, elle pose l'énorme baluchon devant la porte. Elle doit d'ailleurs le porter à deux mains parce qu'elle a mis trop de choses à l'intérieur. Papa est le seul qui aura la force de courir avec ça sur les épaules.

Après ça, nous dînons.

— Si on démolit notre basti, demande Runu-Didi,

on sera obligés d'aller vivre chez Dada-Dadi ? J'irai pas, je vous préviens tout de suite. Pas question de mettre ce purdha-vurdha[1] débile. Un jour, je vais gagner une médaille pour l'Inde.

— Ce jour-là, je dis, un âne chantera comme Geeta Dutt.

Geeta Dutt est la chanteuse favorite de Papa. Elle chante dans des films en noir et blanc.

— Les enfants, dit Papa, la pire chose qui puisse arriver, c'est qu'on ne mange plus de rotis jusqu'à ce que votre très sage et très belle maman ressorte son rouleau. C'est tout. Compris ?

Il regarde Ma et sourit. Ma ne lui rend pas son sourire.

De la main gauche, Papa glisse une mèche de mes cheveux derrière mon oreille.

— On a payé le hafta de la police en temps voulu. Et maintenant, en plus, ils ont une chaîne en or. Un genre de bonus pour les fêtes de Diwali. Ils vont nous laisser tranquilles pendant un moment.

Le dîner terminé et la vaisselle faite, Ma s'essuie les mains sur son sari et me dit que cette nuit je peux dormir dans le lit. Papa a subitement l'air inquiet.

— Pourquoi ? demande-t-il. Qu'est-ce que j'ai fait ?

— J'ai mal au dos, répond Ma sans le regarder. Je préfère dormir par terre.

Didi tire de sous le lit le matelas qu'elle et moi partageons d'habitude. Elle le fait à une telle vitesse que le contenu des sacs rangés à côté se répand.

— Attention, dit Papa, le visage sillonné de rides de colère.

J'aide Didi à tout remettre dans les sacs – un revolver

1. Purdah veut dire « rideau ». Ici, désigne un voile qui couvre tout le corps, y compris le visage.

en plastique, un singe en bois avec lesquels je ne joue plus depuis des lustres, nos vêtements déchirés devenus trop petits. Ensemble, nous étalons le matelas sur le sol. Ses bords sont recourbés à force d'être coincés contre les pieds du lit.

Papa allume la télévision. Rien d'intéressant aux infos aujourd'hui. Surtout de la politique. Je reste devant la porte et j'écoute nos voisins se quereller à propos de la police, des pots-de-vin et pour savoir si, oui ou non, on va démolir notre basti.

Quand j'aurai retrouvé Bahadur, les gens n'auront plus ce genre de discussions idiotes. Ils parleront de moi comme du plus grand détective du monde : Jasoos Jai.

Demain, je demanderai à Faiz d'être mon second. On sera comme Byomkesh Bakshi et Ajit, de la série télé, et on mènera notre enquête dans les allées du Bhoot Bazar noires de smog. On aura même notre signal secret, bien meilleur que celui des policiers.

Papa se lasse des informations et me dit de venir au lit. Je ferme la porte, j'éteins la lumière. Ma s'allonge sur le matelas à côté de Didi. Papa ne tarde pas à ronfler, mais je me pince pour rester éveillé. Et s'il se trompait à propos des JCB ? Je dessine une carte du basti dans ma tête et réfléchis à l'itinéraire le plus rapide pour nous enfuir.

Je regarde en direction des images de Shiva et de Krishna que Papa a collées au mur. Je ne les distingue pas bien dans le noir, mais je sais qu'ils sont là. Je leur demande, à eux et à tous les autres dieux que je peux nommer, de nous venir en aide. Puis je répète la même prière neuf fois pour que les dieux comprennent que c'est du sérieux. Selon Ma, 9 est le chiffre favori des dieux.

Dieu, je t'en supplie, n'envoie pas les bulldozers dans notre basti.

Dieu, je t'en supplie, n'envoie pas les bulldozers dans notre basti.

Dieu, je t'en supplie, n'envoie pas les bulldozers dans notre basti.

Quand j'aurai retrouvé Bahadur, je lui ferai bouffer sa merde.

Je me donne une claque sur le front pour me punir d'avoir de mauvaises pensées pendant que je prie.

— Moustiques ? demande Ma.

— Haan.

J'entends le cliquetis de ses bracelets en verre et le froissement d'une couverture qu'elle a sûrement remontée sur son nez.

Cher Dieu, pas de bulldozers. *Pitié, pitié, pitié.*

Le lendemain matin, nous sommes en retard pour l'école et nous devons courir, je n'ai donc pas le temps de parler à Faiz de mon idée d'enquête. Au rassemblement, je me sens fatigué et j'ai sommeil. En classe aussi, mes yeux se ferment et je dois les maintenir ouverts avec mes doigts. C'est plus facile de rester réveillé en lançant des fusées en papier ou en se défiant au bras de fer comme ils le font tous en ce moment.

M. Kirpal ne tente même pas d'intervenir. Il fait comme si la journée d'hier n'avait pas eu lieu ; comme s'il n'avait pas réprimandé Pari et ne m'avait pas viré de l'école. Quand j'entends une Bullet passer dehors sur la route en pétaradant, je laisse tomber un crayon par terre et me baisse pour le ramasser. La tête sous la table, j'imite le bruit de la moto, taka-taka-taka-taka. On dirait qu'une centaine de pétards éclatent dans ma bouche et la remplissent d'étincelles. Ça finit par me réveiller. Les autres élèves rient et M. Kirpal crie « Silence, silence ! », mais ils rient de plus belle.

Gaurav imite avec moi le bruit de la Bullet. M. Kirpal sort sa règle et frappe sur son bureau. Le calme revient peu à peu dans la classe.

Le professeur nous enseigne les sciences sociales pendant une heure, puis les maths pendant une autre heure ; en fait, il nous enseigne toutes les matières parce qu'on ne lui confie plus les classes de collège. Il ne s'arrête de parler que lorsque la cloche sonne l'heure du déjeuner. Dans le couloir, nous nous asseyons en tailleur, le dos contre le mur. Je cherche Omvir pour l'interroger à propos de Bahadur, mais je ne le vois nulle part.

Les cantinières posent devant nous des assiettes en fer.

— Vous avez vu la carte que M. Kirpal a dessinée, avec le soleil à l'est ? je demande. Complètement ratée. Son soleil ressemblait à un œuf à la coquille cassée.

— J'espère qu'on aura des œufs aujourd'hui, dit Faiz.

— Depuis quand on nous sert des œufs ?

Je suis vexé parce qu'il ne me laisse pas finir ce que j'ai à dire, mais ça me plairait bien d'avoir un œuf moi aussi.

Je renifle l'air pour deviner ce que qu'on va avoir à manger, mais en ce moment ça sent le smog partout.

— Je voudrais du puri-subzi, dit Pari.

Là-dessus, elle se met à répéter « puri-subzi, puri-subzi, puri-subzi » et fait rire les autres élèves qui l'imitent jusqu'à ce que les cantinières nous servent du daliya. Il contient une telle quantité d'eau qu'on est obligés de le boire en portant les assiettes à nos lèvres comme avec de la bouillie. Les assiettes se vident à toute vitesse mais nos estomacs grondent encore.

— Ces cantinières, elles prennent le gouvernement pour des ânes, dit Pari. Elles gardent la bonne nourriture pour leurs enfants et voilà ce qu'elles nous donnent.

Elle répète ça souvent, mais il ne reste jamais un grain de riz dans son assiette.

— Arrête de râler, dit Faiz. Au moins, il n'y a pas de pesticides dedans comme à Bihar.

Pari n'a rien à répondre à ça, car c'est elle qui nous a parlé des enfants de Bihar, morts après avoir avalé leur repas de midi. Elle en sait autant parce qu'elle lit tout ce qui lui tombe sous la main : les vieux journaux graisseux qui enveloppent les naans et les pappads, les couvertures de magazines sur la devanture des kiosques et les livres de la bibliothèque, qui se trouve près de la mosquée où Faiz va prier dans le Bhoot Bazar.

La dame de la bibliothèque a conseillé à la mère de Pari de demander à une école privée de prendre sa fille dans leur « quota de pauvres », parce qu'elle est trop intelligente pour l'école publique. Sa mère a répondu qu'elle avait essayé et que ça n'avait pas marché. Pari prétend que l'endroit où elle étudie n'a aucune importance. Aux informations, elle a vu l'interview d'un garçon issu d'un basti comme le nôtre arrivé premier aux examens de la fonction publique et devenu percepteur de district. S'il a pu le faire, elle pourra le faire aussi. Je suis d'accord avec elle, mais je ne l'ai pas dit.

Maintenant on mendie un supplément de daliya, mais les cantinières ont les oreilles bouchées et on va donc tous se laver les mains avant de descendre dans la cour. D'ici, on entend le bruit du Bhoot Bazar, mais du bruit, on en fait encore plus.

Dans le couloir, Runu-Didi bavarde avec ses amies. Elle n'a pas l'air d'avoir sommeil comme moi. Elle arrive à ronfler même si la terre tremble et que tout s'écroule autour d'elle. Mais ce qu'il y a de bien surtout, c'est qu'une fois arrivée à l'école, elle fait comme si elle ne me connaissait pas. Ça me plaît et elle ne me cafte jamais non plus.

Quatre garçons observent le groupe de Runu-Didi, l'œil sournois et le sourire tout en dents. L'un d'entre eux est le boutonneux qui faisait la queue hier avec moi devant la porte de l'école. Ses copains rigolent de ce qu'il vient de dire. Runu-Didi et ses amies les fusillent du regard.

Près du margousier où Quarter tient audience l'après-midi, je trouve une brindille à mâchouiller pour tromper ma faim, en faisant croire à mon estomac qu'il sera bientôt satisfait. Quelques garçons entourent Quarter, se réchauffant les mains sous leurs aisselles. Paresh, qui est en sixième et habite dans notre basti, lui parle des policiers et de Bahadur. Pourtant, quand ils sont venus, il n'était même pas là, contrairement à moi.

— Les flics ont demandé à toutes les femmes du basti de leur donner ce qu'elles avaient, or ou espèces. Ils ont frappé Baba Buffle à coups de matraque.

J'ai bien envie de lui remettre les idées en place, mais la récréation se termine bientôt et j'ai une mission importante à accomplir. J'oblige Pari et Faiz à me suivre jusqu'à un endroit désert sous un cassier dont les fleurs, au printemps, repeignent le sol en jaune. Tanvi et son sac à dos pastèque qu'elle traîne partout avec elle veut se joindre à nous, mais je l'envoie balader.

— Cette histoire du pauvre-Bahadur-qui-a-disparu, on dirait un mauvais film hindi. Ça a assez duré.

Je dois élever la voix parce que les petits qui jouent au kabbadi-kabbadi-kabbadi[1] font trop de bruit. Ils sont vifs comme des singes, et leurs pieds soulèvent la poussière qui forme de gros nuages bruns.

— Je vais jouer les détectives et je vais retrouver Bahadur, dis-je encore de ma plus belle voix d'adulte.

1. Sport d'équipe très populaire en Inde. Pendant l'action de l'attaquant, le camp adverse doit répéter ce mot de façon continue pendant au moins trente secondes.

Et toi, Faiz, tu seras mon second. Tous les détectives en ont un. Byomkesh a Ajit, par exemple, et Feluda, Topshe.

Pari et Faiz se regardent. Je m'explique :

— Feluda est un détective et Topshe, c'est son cousin. Ils sont bengalis. Vous connaissez le marchand de bonbons bengali du Bhoot Bazar, juste à côté de la boutique d'Afsal-Chacha ? Le vieux qui nous menace de son balai quand on s'approche trop près de sa marchandise ? Eh bien, son fils lit des bandes dessinées de Feluda. Et un jour il m'a raconté une de ses histoires.

— Feluda, en voilà un drôle de nom, dit Faiz.

— Et pourquoi c'est toi qui serais le détective ? demande Pari.

— Oui, c'est vrai, ajoute Faiz. Pourquoi tu ne serais pas mon second ?

— Arrey, vous vous y connaissez, en détectives ? Vous ne regardez même pas *Police Patrol.*

— Je connais Sherlock et Watson, dit Pari. Et vous deux, vous ne savez même pas qui ils sont.

— Ouate-son ? demande Faiz. C'est aussi un nom bengali ?

— Laisse tomber, répond Pari.

— Tu crois tout savoir parce que tu lis des livres, lui dit Faiz. Moi, je travaille. La véritable école, c'est la vie. Tout le monde le répète.

— Il n'y a que ceux qui ne savent pas lire pour dire des choses pareilles, rétorque Pari.

Ces deux-là se disputent en permanence, comme un couple marié depuis trop longtemps. Mais ils ne pourront même pas se marier une fois adultes, parce que Faiz est musulman. C'est trop dangereux d'épouser un musulman quand on est hindoue. Aux informations, j'ai vu des images sanglantes de gens assassinés parce qu'ils avaient épousé quelqu'un d'une autre religion ou d'une autre caste. Et puis, Faiz est plus petit que Pari, ils ne feraient pas un beau couple de toute façon.

— Ce travail de second, reprend Faiz, ça paie combien ?

— Personne ne nous paiera. La mère de Bahadur est pauvre. Elle avait une chaîne en or mais même ça elle ne l'a plus.

— Alors à quoi bon ?

— Elle va retourner voir la police, c'est sûr, et la police va s'énerver et faire raser notre basti, explique Pari, qui a compris mon raisonnement. Mais on peut l'en empêcher si on retrouve son fils.

— Je n'ai pas le temps pour ça, dit Faiz. Il faut que je travaille.

— Pour que tes cheveux soient doux et soyeux grâce à ton Sunsilk Superbe Soleil Noir ? fait Pari.

— Pour sentir le Purple Lotus, dit Faiz.

— C'est inventé tout ça, c'est de la publicité. En vrai, ça n'existe pas. Ton guide spirituel a oublié de te prévenir ou quoi ?

— Écoutez, je dis pour mettre un terme à leur dispute. Je vais vous poser plusieurs questions. Celui qui obtiendra le plus de bonnes réponses sera mon second.

Tous les deux grognent comme s'ils venaient de se cogner l'orteil contre une grosse pierre.

— Tu débloques, Jai, dit Pari.

— Haan, il est fou, acquiesce Faiz.

— D'accord, première question. En Inde, la plupart des enfants sont kidnappés par a) une personne qu'ils connaissent, ou b) quelqu'un qu'ils ne connaissent pas ?

Pari ne répond pas. Faiz non plus.

La cloche sonne.

— On peut essayer de retrouver Bahadur ensemble, me dit Pari, mais je ne serai pas ton second, ni rien. Hors de question.

Je suis triste que Faiz ne veuille pas être mon second, mais une fille pourra aussi très bien remplir ce rôle. Peut-être. Papa m'a parlé d'une série policière appelée *Karamchand* qui passait à la télé il y a longtemps. Karamchand était secondé par une femme du nom de Kitty. Malheureusement, Kitty n'était pas très futée et Karamchand passait tout son temps à lui dire de la fermer. C'est le genre d'histoire qui rendrait Pari furieuse. Moi, si je lui disais de la fermer, elle me donnerait des coups de pied dans le tibia.

— Ce sera quoi, notre signal secret ? je demande. Les détectives doivent avoir un signal secret.

— C'est le premier ordre du jour ? se moque Pari. Notre signal secret ? Un peu de sérieux.

— Je suis sérieux.

Pari lève les yeux au ciel. Nous retournons en classe.

— Quand un enfant a disparu depuis plus de vingt-quatre heures, la police doit ouvrir une enquête pour enlèvement, je dis.

— Comment tu sais ça ? demande Pari.

— La télé. Pour Bahadur, les flics ne l'ont pas fait.

— Tu avais entendu parler de cette règle dans tes livres ? demande Faiz à Pari.

— Et en Inde, la plupart des enfants sont kidnappés par des inconnus, j'ajoute.

Je n'en suis pas sûr et certain, mais ça doit être vrai.

Notre première tâche en tant que détectives…

… sera d'interroger Omvir. Il doit en savoir plus que les autres sur Bahadur. C'est bien connu : nos amis sont au courant de ce que nous cachons à nos parents. Ma ne sait pas qu'avant Diwali le directeur de l'école m'a tiré les oreilles parce que j'ai chanté *Twinkle Twinkle Little Star*[1] au lieu de *Jana Gana Mana*[2], pendant le rassemblement. Mais Pari et Faiz le savent, eux. Ils m'ont appelé Twinkle pendant quelques jours avant de laisser tomber. Ma ne laisserait jamais tomber. C'est pour ça que je ne peux rien lui dire.

Faiz, qui ne fait même pas partie de notre équipe d'enquêteurs, torpille mon idée d'interrogatoire à la seconde où j'en parle.

— Interroge Quarter en premier, dit-il tandis que nous rentrons de l'école.

Le smog, qui entre et sort de sa bouche, le fait tousser.

— Quarter est ton suspect numéro 1, pas vrai, Jai ? C'est pour ça que t'es allé lui parler hier, non ?

— T'y connais rien. Toi, tu crois que c'est un djinn qui a enlevé Bahadur.

Je parle en chuchotant. Si les djinns existent, je ne veux pas qu'ils m'entendent.

---

1. « *Brille, brille, Petite Étoile* » : chanson enfantine anglaise sur l'air de *Ah ! vous dirais-je, Maman* de Mozart.
2. Hymne national indien.

— On peut interroger tout le monde, dit Pari. Arrêtons-nous au theka et renseignons-nous sur Quarter. Si les gens sont soûls, ils nous diront peut-être la vérité.

— T'es une experte en ivrognes, maintenant ? demande Faiz.

C'est à moi de décider ce que nous devons faire, mais, sans me laisser le temps de protester, Faiz bourre l'air de coups de poing en criant : « On va au theka ! »

Il sera en retard pour son boulot à la supérette où il garnit les rayons et rentre les sacs de riz et de lentilles, mais ça lui est égal. Là-bas, il espère tomber sur ses frères aînés.

Les musulmans n'ont pas le droit de boire, et Tariq-Bhai et Wajid-Bhai sont de bons musulmans qui prient cinq fois par jour, mais ils sortent quand même parfois en douce pour se partager une bouteille de daru. Si Faiz les attrape, ils lui donneront un paquet d'argent pour qu'il ne les dénonce pas à leur mère. Sans quoi il lui demandera de bien renifler le visage de ses frères. « Ammi, il a une drôle d'odeur ce dal, non ? » dira Faiz, d'un ton plein de sous-entendus.

Il l'a déjà fait.

Faiz et Pari avancent dans l'allée sans même m'attendre. Mon enquête n'a pas commencé qu'elle déraille déjà.

La ruelle est remplie de gens et d'odeurs suspectes. Une vieille femme, un œillet glissé derrière l'oreille, veille sur un étal de bidis et de paans, mais quand des garçons ou des hommes lui donnent de l'argent, elle leur tend des sachets en plastique remplis de quelque chose de sec couleur brun-vert à la place des cigarettes.

— Garde le cap, me siffle Pari à l'oreille en m'entraînant avec elle.

Des ivrognes sont accroupis ou couchés par terre devant le theka, ils chantent et baragouinent. L'air tremble à cause de la musique qui vient de l'intérieur.

— On ne peut pas parler à ces imbéciles, dit Pari.

Faiz nous montre un homme qui vend des œufs et du pain sur une charrette.

— Demande à l'anda-wallah. Il est toujours là.

On s'arrête à côté de la charrette pour que le vendeur nous voie. L'avant est encombré de cartons d'œufs empilés les uns sur les autres.

— Quarter ? je dis. Vous le connaissez ?

L'homme est en train d'aiguiser ses couteaux, et il fait plus de bruit que la musique qui hurle dans le theka. Il ne lève pas la tête.

— Quarter ne s'habille qu'en noir. C'est le fils de notre pradhan, ajoute Pari. C'est quoi, son vrai nom ? chuchote-t-elle en se tournant vers Faiz.

Faiz hausse les épaules. Moi non plus je ne connais pas le nom de Quarter.

— Accélère, dit un client qui attend devant la charrette.

Le vendeur repose ses couteaux et jette dans la poêle un morceau de beurre, suivi d'une poignée d'oignons émincés, de tomates et de piments verts. Il ajoute du sel, de la poudre de piment et du garam masala. Je salive trop pour poser des questions. À l'école, on parlait justement de manger des œufs, et me voilà devant un étal où on en prépare. Je me demande si parfois Byomkesh Bakshi a trop faim pour enquêter.

— Monsieur, insiste Faiz, on cherche Quarter.

En fait, Faiz scrute l'allée dans l'espoir de voir ses frères, mais aujourd'hui, pas de chance, ils ne sont pas là.

— Il nous fera bientôt l'honneur de sa présence, répond l'anda-wallah. C'est sûr.

— Est-ce qu'il est venu ici… – Pari s'interrompt pour compter sur ses doigts –… il y a sept nuits ? Mardi dernier ?

J'enrage. C'est une bonne question, ça : si Quarter est venu au theka la nuit où Bahadur a disparu, il n'a pas pu le kidnapper.

— Possible, dit l'homme, en cassant deux œufs à la fois dans sa poêle. Qu'est-ce que ça peut vous faire, où il était ?

— On cherche un de nos amis qui a disparu, dit Pari. Il était peut-être avec le fils du pradhan. On s'inquiète pour lui.

Et elle semble inquiète, en effet. Elle plisse les yeux, ses lèvres tremblent comme si elle était au bord des larmes.

L'anda-wallah cale sa louche contre son épaule. Sa chemise est tachée de jaune.

— En général, Quarter et sa bande sont encore là quand je m'en vais, vers deux ou trois heures du matin. Mais je n'ai jamais vu un seul enfant avec eux. Ils sont trop vieux pour être amis avec des petits.

— Mais Quarter est venu la semaine dernière, tous les soirs ?

— Bien sûr qu'il est venu, me répond-il. Il ne paie pas son daru. Et quand on t'offre quelque chose gratuitement, tu en profites, non ?

Je regarde les œufs, plein d'espoir. L'homme met le bhurji dans une assiette en papier, enfonce une cuillère sur la montagne d'œufs brouillés et tend le tout à son client pressé.

— Regarde qui est là, chuchote Faiz.

Quarter passe alors en titubant, comme s'il était déjà ivre, et nous observe avec curiosité. On ne peut pas poser de questions sur lui quand il est dans les parages. Du coup, on s'en va.

Faiz est au courant de tout ce qui se passe dans le Bhoot Bazar parce qu'il y passe plus de temps que Pari ou moi.

— Le pradhan permet au theka de rester ouvert,

dit-il une fois qu'on est à bonne distance de Quarter. C'est illégal, mais il a ordonné à la police de fermer les yeux.

La main du pradhan laisse des traces dans toutes les ruelles de notre basti. Il possède un réseau d'informateurs qui lui communiquent des infos vingt-quatre heures sur vingt-quatre, sept jours sur sept. Ma n'a que mépris pour ces hommes qui nous surveillent puis courent lui signaler la présence d'un téléviseur ou d'un réfrigérateur flambant neufs dans une habitation, ou lui dire qu'une riche patronne a donné des étrennes généreuses pour Diwali. Ma dit que le pradhan envoie la police pour ôter aux gens le peu de joie qu'ils ont.

Faiz nous quitte pour aller à la supérette. C'est une mauvaise journée pour lui. Pas d'œufs, pas l'ombre d'un frère au theka, plus d'enquête avec nous.

— D'après toi, si Quarter passe toutes ses nuits ici, il n'a pas pu kidnapper Bahadur ? je demande, tout en éloignant Pari d'un rickshaw qui fait une embardée et dérape dans la ruelle.

— L'anda-wallah n'était pas certain à 100 %. Il a dit qu'en général Quarter venait le soir. Mais on ne sait pas à quelle heure Bahadur a disparu. Ça a pu arriver à quatre heures du matin.

C'est exactement comme ça qu'on mène une enquête : au début, on peut juste faire des hypothèses. Et c'est aussi vrai pour Byomesh Bakshi et Sherlock.

On se dirige vers la maison d'Omvir. Un garçon, qui tient en laisse un chien errant, nous emboîte le pas. Son chien est un substitut de cheval : le garçon tient sa laisse comme des rênes et fait claquer sa langue en imitant le clop-clop des sabots.

— Nous aussi, on devrait prendre un chien, je dis. Il nous mettrait sur la piste des criminels.

— Un peu de sérieux, répond Pari. Pourquoi est-ce que Quarter kidnapperait Bahadur ?

— Il veut peut-être une rançon.

— Si quelqu'un avait réclamé une rançon à la mère de Bahadur, tu ne crois pas qu'on le saurait déjà ?

— Elle l'a sûrement dit à personne.

Impossible de parler à Omvir : il n'est pas chez lui.

— Depuis que Bahadur a disparu, il traîne dans le Bhoot Bazar en espérant tomber sur lui quelque part, dit sa mère.

Elle a dans les bras un petit bébé qui ne cesse de lui donner des coups sur le visage avec ses poings minuscules.

Le frère d'Omvir fait susu dans le caniveau devant leur maison. En faisant la petite et la grosse commission devant l'endroit où on habite, on risque d'attraper des vers. C'est pour ça que Ma insiste pour qu'on aille aux toilettes publiques. La mère d'Omvir se lasse des coups de poing de son bébé-boxeur et rentre à l'intérieur pour le coucher, en tirant derrière elle le rideau qui fait office de porte.

Le garçon, plus petit que nous, finit de faire pipi et remonte la braguette de son jean.

— Est-ce que ton frère a un portable ? demande Pari. Il faut qu'on lui parle.

— Omvir est avec Papa. Et Papa a un portable. Tu veux son numéro ?

— Non, je réponds.

Difficile d'expliquer notre enquête à un adulte.

— Omvir ne va pas à l'école, ou quoi ? demande Pari.

— Il est occupé. Il doit aider Papa toute la journée. Il va chez les clients prendre les vêtements à repasser et, une fois que c'est fait, il les rapporte. Et quand il a du temps de libre, il le passe à danser, pas à étudier.

— À danser ? s'étonne Pari.

— Il ne parle que de ça. Il se prend pour le nouveau Hrithik[1].

Le garçon fredonne les notes d'une chanson de Hrithik, lève les bras en l'air, balance la tête, remue les jambes. Il me faut un moment pour comprendre qu'il danse.

— *Pourquoi suis-je ainsi ?* pleure-t-il en sautant partout. *Pourquoi suis-je ainsi ?*

Pari sourit à pleines dents. Elle s'amuse du spectacle.

— On a du pain sur la planche, dois-je lui rappeler.

Chez Bahadur, la porte d'entrée est ouverte. Nous jetons un œil à l'intérieur et c'est un peu comme chez moi, sauf qu'il y a un peu plus de tout : plus de vêtements étendus sur les cordes à linge au-dessus de nos têtes, plus de pots et de casseroles posés à l'envers sur une estrade qui fait office de coin-cuisine, plus de dieux sous cadre accrochés aux murs, le verre noirci par la suie des bâtons d'encens, un téléviseur plus grand et même un réfrigérateur. Il n'y en a pas chez nous, et en été tout ce que Ma prépare doit être mangé le jour même. La mère de Bahadur gagne sûrement plus d'argent que ma mère et mon père.

Laloo l'Ivrogne dort sur un lit qui ressemble à un lit de riches. Une couverture lui couvre les épaules. Le frère et la sœur cadets de Bahadur sont assis par terre et retirent les cailloux du riz qu'ils ont étalé dans un plat en fer.

— Namaste, dit Pari, debout sur le seuil.

1. Célèbre acteur de Bollywood considéré comme le meilleur danseur du cinéma indien.

Elle ne salue jamais personne de cette façon.

— Vous pouvez sortir, s'il vous plaît ? Nous voulons vous poser des questions à propos de Bahadur.

— Bahadur n'est pas là, dit sa sœur en se levant docilement, surprise de nous voir porter le même uniforme que lui.

Son frère l'imite.

— Vous savez où il est ? demande Pari.

Mauvaise question. S'ils le savaient, ils l'auraient dit à leur mère.

— Comment tu t'appelles ?

Je pose la question à la fille, parce que les bons détectives, pour obtenir la vérité, sont d'abord aimables avec tout le monde. Elle se tortille. Elle porte un pantalon de garçon trop grand pour elle de plusieurs tailles, ajusté avec une grosse épingle à nourrice.

— On est dans la même école que Bahadur, dit Pari. Je m'appelle Pari et lui, Jai. On essaie de retrouver ton frère. Il y a un endroit où il aimait aller après la classe ?

— Le Bhoot Bazar, répond le garçon.

Lui porte un chemisier de fille orné de volants blancs et de broderies roses. Peut-être a-t-il échangé ses vêtements contre ceux de sa sœur sans que sa mère s'en aperçoive.

— Où ça, dans le bazar ?

— Bahadur travaillait au magasin d'électronique d'Hakim-Chacha. Il a réparé notre téléviseur, notre réfrigérateur et le climatiseur aussi.

— Bahadur sait bricoler ?

Un climatiseur rose, couvert de toiles d'araignée, est posé devant un trou dans le mur de la taille d'une fenêtre, d'où il peut souffler de l'air frais dans la maison.

Pari écarquille les yeux autant qu'elle le peut. Si on avait eu un signal secret, elle s'en servirait sur-le-champ pour me faire taire.

— On pense qu'il s'est sauvé, dit le garçon.

— Où ça ?

La fille met un doigt dans une de ses narines.

— Je m'appelle Barkha, dit-elle.

— Bahadur parlait tout le temps de s'enfuir à Manali, poursuit son frère. Avec le fils du repasseur. Omvir.

— Pas à Manali. À Mumbai, intervient la fille.

— C'est Manali ou Mumbai ? demande Pari.

Le garçon se gratte l'oreille. La fille sort son doigt de son nez et contemple ses ongles.

— Omvir veut aller à Mumbai pour voir Hrithik Roshan, répond le garçon. Mais Bahadur veut voir la neige à Manali. C'est l'hiver là-bas en ce moment, et il y a beaucoup de neige.

— Omvir est toujours là, je dis.

— Haan, Bahadur est peut-être allé à Manali tout seul. Il reviendra quand il aura joué dans la neige.

— Tout va bien à la maison ? continue Pari. La dernière fois que j'ai vu Bahadur à l'école, il avait l'air un peu… – elle fait la grimace en s'efforçant de trouver le mot juste – contusionné ?

— Papa nous gifle beaucoup, dit le frère de Bahadur, comme si ce n'était rien. Il se serait enfui depuis longtemps si ça l'embêtait.

— Il avait d'autres problèmes ? demande Pari.

— Des ennemis ? j'interviens, réussissant enfin à en placer une.

— Bahadur n'a jamais de problèmes, répond le garçon.

— T'as une photo de lui ?

Je me mettrais une baffe de ne pas y avoir pensé le premier. Les photos sont essentielles dans une enquête. Les policiers ont toujours un portrait de l'enfant disparu dans leur ordinateur, qu'ils font circuler sur Internet vers d'autres commissariats, tout comme nos veines font circuler le sang dans nos bras, nos jambes et notre cerveau.

L'épingle à nourrice qui retient le pantalon de la fille se défait. Elle se met à pleurer. Son frère rit. Il lui manque quatre dents de devant.

— Pff, fait Pari, comme si elle en avait assez. Ne pleure pas. Je vais arranger ça en une minute. Une petite minute.

Elle remet l'épingle en deux secondes.

— Papa a sûrement une photo, dit le garçon en passant la main sur les volants de son chemisier.

On entre chez Bahadur sur la pointe des pieds. Dans la pièce règnent une odeur aigre de maladie et une autre, sucrée, de fruit pourri. Le frère et la sœur s'asseyent par terre, loin du lit. Ce que je veux, c'est qu'ils réveillent Laloo l'Ivrogne, mais ils posent déjà les yeux sur le riz, divisé en deux parties : l'une débarrassée des cailloux, l'autre qu'il faut encore trier.

— Vas-y, toi, me chuchote Pari.

Seul le visage de Laloo l'Ivrogne dépasse de la couverture. Sa bouche est entrouverte et ses yeux aussi. Comme s'il nous observait dans son sommeil.

— Ne tremble pas comme ça, murmure encore Pari.

Facile à dire. Elle n'est pas aussi près de lui que moi.

Je n'ai pas le choix. Je suis Byomesh, et Feluda, et Sherlock, et Karamchand réunis. Je secoue le bras droit de Laloo l'Ivrogne. Il est rêche et poilu. La couverture glisse et, quand je touche sa main, celle-ci est chaude, comme s'il avait la fièvre. Il se retourne et se rendort sur le flanc.

De nouveau, je le secoue, plus fort cette fois.

Laloo l'Ivrogne se redresse d'un bond.

— Qu'est-ce qui se passe ? crie-t-il, les yeux affolés lui sortant de la tête. Bahadur ? Tu es revenu ?

— Je suis un de ses copains de classe, je dis. Vous avez une photo de lui ?

— Qui est là ? demande alors une voix de femme.

C'est la mère de Bahadur qui arrive les bras chargés de sacs en plastique, sans doute remplis de la succulente nourriture que, dit-on, sa gentille et riche patronne lui donne chaque jour. Elle allume la lumière. Laloo l'Ivrogne cligne des yeux puis les abrite sous sa main en visière, comme si les rayons des ampoules étaient des coups de lance.

— On est des amis de Bahadur, dit Pari. On se demandait si vous aviez une photo de lui. On va interroger les gens du bazar pour savoir si quelqu'un l'a vu. Avec une photo, ce sera plus facile.

Si Pari invente des mensonges à une telle vitesse, c'est peut-être parce qu'elle a lu beaucoup de livres et que toutes ces histoires lui restent dans la tête.

— J'ai déjà fait le tour du bazar, dit la mère de Bahadur. Il n'y est pas.

— Et à la gare ? demande Pari.

— La gare ?

À ces mots, la sœur et le frère de Bahadur lèvent la tête, les yeux remplis de terreur. J'en déduis qu'ils n'ont pas parlé à leur mère des projets de Bahadur. Peut-être qu'ils craignent de se faire gronder pour ne pas l'avoir dénoncé la première fois qu'il a parlé de Mumbai-Manali.

— On reviendra plus tard, dit Pari. Ça vous va si on revient plus tard, hein ?

Je pense un instant que la mère de Bahadur va nous chasser, mais au lieu de ça elle dépose ses sacs en plastique, ouvre un placard, en sort un carnet, le feuillette et y trouve une photo qu'elle donne à Pari. Je m'approche pour regarder. Bahadur y apparaît en chemise rouge, avec une raie parfaitement dessinée au milieu de ses cheveux huilés. Le rouge de sa chemise tranche nettement avec l'arrière-plan neutre de couleur crème. Il ne sourit pas.

— Vous me la rendrez ? demande sa mère. Je n'ai pas beaucoup de photos de lui.

— Bien sûr, je dis.

Pari tripote le coin de la photo, et son doigt va et vient sur le bord comme si elle essayait de se couper.

— Les gens pensent qu'il s'est enfui, dit la mère de Bahadur, mais mon garçon ne ferait jamais rien pour m'inquiéter. Vous savez, il travaille chez Hakim, et avec l'argent qu'il gagne là-bas, il nous achète des gâteaux. Si je suis trop fatiguée pour faire à manger, il dit « Maman, attends », puis il court au bazar et revient avec du chow mein pour tout le monde. Un cœur d'or, mon fils.

— C'est le meilleur, affirme Pari.

Encore un mensonge.

— S'il s'était enfui, comme le disent les policiers, il aurait pris quelque chose, non ? De l'argent, de la nourriture ? Il ne manque rien à la maison. Ses vêtements sont là, son cartable aussi. Pourquoi s'enfuirait-il en uniforme ?

On dirait que la mère de Bahadur fixe un point sur le mur, puis ses yeux s'embuent. Elle vacille. Je regarde à mes pieds pour voir si la terre tremble. Mais non. Derrière nous, Laloo l'Ivrogne éructe.

— Personne ne vous a rien demandé, Chachi ? continue Pari. De l'argent, par exemple, pour vous rendre Bahadur ?

— Vous croyez qu'on l'a enlevé ? Baba Bengali a dit…

— Chachi, même les babas se trompent parfois. C'est ma mère qui dit ça.

— Personne ne m'a demandé d'argent.

— Je suis sûre qu'il reviendra, affirme Pari.

— Qui sait s'il a trouvé de quoi manger ? Il doit avoir faim.

Là-dessus, la mère de Bahadur se dirige vers le lit sur lequel Laloo l'Ivrogne est assis. Il déplace ses jambes pour lui faire de la place.

Pari ouvre la bouche pour dire autre chose, mais je l'interromps :

— OK, à plus, il est temps qu'on y aille.

Puis je sors en courant aussi vite que je peux, parce que dans cette maison la tristesse me colle à la peau comme une chemise trempée de sueur un jour d'été brûlant.

Il nous reste assez de temps avant…

… qu'il fasse trop noir pour aller au Bhoot Bazar chercher Hakim de l'atelier de réparation Hakim. Mes jambes ne veulent plus me porter. Je dois les forcer à avancer.

Jamais le bazar ne m'a semblé aussi grand. Je passe devant des ruelles où je n'ai jamais mis les pieds. Pari aussi est fatiguée, et nous avançons à une allure de tortue.

— Quand est-ce qu'on va faire nos devoirs ? demande-t-elle.

C'est bien son genre de s'inquiéter pour ces bêtises.

Je prépare une liste de questions pour Hakim dans ma tête, histoire que Pari ne reprenne pas les commandes. Mais le chacha qui répare les téléviseurs ne se fait pas prier pour nous parler de Bahadur.

— Je l'ai vu vendredi, peut-être même samedi, mais certainement pas dimanche, dit-il en caressant sa barbe, dont la pointe a la couleur rousse du henné et dont le haut est blanc, tout comme ses cheveux. C'était deux jours entiers *après* que son frère et sa sœur l'ont vu pour la dernière fois, je l'ai compris plus tard. Il portait son uniforme et j'ai pensé qu'il ne voulait pas aller à l'école à cause de ces petites brutes qui le harcèlent, vous avez dû les voir se moquer de lui ? Pauvre garçon. Vous voulez une tasse de thé ? C'est bien ce que vous faites, de le chercher. Vous méritez une récompense.

Sans nous laisser le temps de dire oui ou non, Hakim commande du thé à la cardamome dans une échoppe voisine, et le breuvage arrive dans de grands verres débordants de mousse. Il a un goût raffiné, ce thé. Quand on le boit, des nuages de fumée luxueuse nous réchauffent les joues.

— Bahadur n'est plus là, ni dans le basti ni dans le bazar, nous dit le chacha réparateur de téléviseurs. Sinon, il serait déjà revenu me voir.

Je le crois, parce que ce chacha est l'homme le plus gentil que je connaisse. Il prend même notre enquête au sérieux. Il nous affirme que Bahadur :

— ne se battait jamais avec personne, pas même avec les enfants qui se moquaient de son bégaiement ;

— n'a jamais rien volé dans son magasin ;

— n'avait pas l'intention de s'enfuir à Mumbai ni à Manali.

Je demande au réparateur si Quarter était l'une des brutes qui harcelaient Bahadur, mais le chacha ne connaît pas Quarter, seulement son père, le pradhan.

— Cet homme-là, dit-il en fronçant le nez comme s'il sentait une mauvaise odeur, il ferait n'importe quoi pour de l'argent.

— Y compris enlever des enfants ?

Le chacha semble perplexe. Derrière le nuage parfumé à la cardamome, Pari me lance un regard furieux.

— Vous croyez qu'un djinn aurait pu kidnapper Bahadur ?

— Certains djinns sont malfaisants, me répond le chacha, et ils prennent possession de ton âme. Mais il est très rare qu'ils enlèvent des enfants. On ne peut pas les mettre hors de cause pour autant. Il y en a de très dangereux.

À ce moment-là, du bruit dans la ruelle attire son attention. Ce sont deux mendiants que j'ai déjà vus : l'un est dans un fauteuil roulant, et l'autre, aux jambes arquées, marche derrière en le poussant. Une voix de femme enregistrée sort d'un haut-parleur fixé à l'arrière du fauteuil. *Nos jambes sont malades*, dit-elle. *S'il vous plaît aidez-nous en nous donnant un peu d'argent. Nos jambes sont malades. S'il vous plaît...* La voix ne se fatigue jamais.

— Venez, venez, leur dit le chacha en leur faisant signe d'approcher, et à eux aussi il offre du thé.

— Il doit se faire tard, dit Pari quand les réverbères s'allument et colorent en jaune des lambeaux de smog.

On dit au revoir au chacha et on reprend le chemin du basti.

— Mon instinct me dit que Bahadur s'est sauvé, lance Pari, qui s'exprime comme un vrai détective. Personne dans le basti n'a de raison de l'enlever. Il a dû gagner beaucoup d'argent en travaillant pour le chacha et il est parti dans un autre atelier de réparation. Loin d'ici et de Laloo l'Ivrogne.

— À Manali ?

— Pourquoi pas ? Les gens regardent aussi la télévision à Manali.

Des garçons et des filles de notre école jouent dans la ruelle et nous font signe. Je les ignore. Je ne veux pas leur donner envie d'intégrer notre équipe d'enquêteurs.

— Bon, soit on parle à la mère de Bahadur de son projet d'aller à Manali, dit Pari, soit on va à la gare centrale, on montre sa photo aux gens et on leur demande s'ils l'ont vu.

— On ne peut rien dire à sa mère et à Laloo l'Ivrogne. Sinon ils vont se mettre en colère contre son frère et sa sœur, et peut-être même les battre.

— Dans ce cas, il faut aller à la gare, dit Pari. Et empêcher Bahadur de monter dans un train.

— Arrey, et s'il est déjà à Manali ?

— Si on découvre qu'il a bien pris un train pour Manali, la police locale fera des recherches. Impossible qu'elle soit aussi mauvaise que celle de notre basti, pas vrai ? Pour l'instant, on n'a aucune certitude. Ce qu'il nous faut, c'est un indice qui nous mette sur une piste.

Je me souviens alors qu'il y a des caméras de surveillance dans la gare. Dans *Police Patrol*, les flics regardent souvent les vidéos pour attraper les criminels et les fugueurs. Je n'en parle pas à Pari. Au lieu de ça, je lui dis :

— Je crois que t'as oublié plusieurs détails : premièrement, la gare est très loin d'ici, en pleine ville. Deuxièmement, pour y arriver, il faut prendre la Purple Line et, sans tickets, pas moyen d'accéder au quai du métro. Le métro, c'est différent des chemins de fer indiens.

— Ça, je le sais.

— Bah alors ? Ton père est millionnaire, peut-être ? Il nous donnera l'argent des tickets ?

— On peut demander l'argent à Faiz.

— Jamais.

— Tu ne disais pas que passé les premières quarante-huit heures, c'est de plus en plus difficile de retrouver un enfant disparu ?

Je ne me rappelle pas avoir dit ça, mais ça ressemble bien à ce que je pourrais dire.

Il fait nuit quand je regagne la maison, mais j'ai de la chance : Ma et Papa ne sont pas encore rentrés. Runu-Didi est en train de parler avec Shanti-Chachi. Elle s'étire, debout sur la jambe droite, comme une grue. Elle plie le genou gauche.

— Tu dois pas préparer les rotis ? je demande.

— Écoute-le, celui-là, dit-elle à Shanti-Chachi. Il se prend pour un prince que je dois servir au doigt et à l'œil.

— Avec un peu de chance, dit chachi, quand il sera grand, il aura une femme comme moi qui lui apprendra à cuisiner ou à mourir de faim, à lui de choisir.

C'est peut-être pour ça que le premier mari de Shanti-Chachi lui a dit OK, à plus, et que ses trois enfants, aujourd'hui adultes, ne viennent jamais lui rendre visite. Mais je préfère garder ça pour moi.

— Je me marierai jamais, je dis à Runu-Didi une fois à l'intérieur de la maison.

— Sois tranquille, les filles sentiront ton odeur à un kilomètre et elles partiront en courant.

Je me renifle les aisselles. Je ne sens pas aussi mauvais que ça.

Ma et Papa rentrent tard, mais ensemble. Ils s'arrêtent dans la ruelle, parlent avec les voisins. Leurs visages sont si marqués par l'angoisse et la contrariété que je ne leur demande pas où ils se sont croisés. Runu-Didi termine de préparer le riz et le dal, puis elle appelle Ma et Papa, qui lui répondent : « Pas tout de suite, Runu. »

— Arrey, il y a un homme qui meurt de faim ici, je dis, la main plaquée sur mon ventre.

Runu-Didi sort les rejoindre. Je lui emboîte le pas en chantant « *Pourquoi suis-je ainsi ?* ». La fumée qui s'échappe des maisons alentour sent le dal, le baingan-bharta et le smog.

Papa pointe son doigt vers moi.

— Si on ne garde pas un œil sur lui, ce petit shaitan sera le prochain à se volatiliser.

— De quoi tu parles ?

— Le fils du repasseur a disparu, me dit Ma. Nous l'avons vu il y a deux jours à peine, tu te souviens, Jai ? Ma se tourne vers les autres : On lui a demandé « Tu sais où est Bahadur ? », et il a répondu que non. Mentir aussi effrontément, comment c'est possible ?

— Omvir a vraiment disparu ? je demande.

— Bahadur et lui devaient préparer ça depuis longtemps, répond Ma.

— De vrais égoïstes, ces enfants, dit une chachi. Ils n'ont pas pensé une minute à l'angoisse de leurs parents. Maintenant, la police va s'en mêler. Ils vont venir avec leurs engins et on va tous perdre nos maisons.

— Ne nous emballons pas, dit Shanti-Chachi.

— Oui, c'est vrai, acquiesce Ma comme si elle n'avait pas empaqueté le contenu de notre maison dans un baluchon et mis le tout devant la porte.

— Les gens de chez nous recherchent les enfants, dit Shanti-Chachi. Ils vont ramener les garçons ce soir, j'en suis certaine.

— Ils sont peut-être allés à Mumbai, dis-je à voix basse. Ou à Manali.

— Qu'est-ce que tu viens de dire ? demande Papa, les mains sur les hanches.

Je me tourne vers Ma.

— Est-ce que je peux aller chez Pari ?

C'est une mauvaise question, là, tout de suite. Je m'en rends compte au moment même où je la pose.

— Ce que tu as à faire avec elle attendra bien demain, répond Ma.

— Vous devriez m'acheter un portable, dis-je en tournant les talons pour rentrer dans la maison.

— Pas si vite, lance Papa, la main sur mon épaule. Est-ce que Bahadur t'a dit qu'il comptait aller à Manali ?

— Je ne lui ai jamais adressé la parole.

C'est la vérité. Je devrais demander à Pari de m'apprendre à mentir.

Les doigts de Papa s'enfoncent dans mes os.

— Omvir n'est même pas dans ma classe.

— Comment on va retrouver ces enfants s'ils sont allés

aussi loin ? dit une chachi, les yeux à moitié fermés, les mains pressées sur son front comme sous le coup d'une douleur lancinante.

— Mon fils veut voir Dubai. Ça ne veut pas dire qu'il ira de sitôt, dit une autre.

— Ces garçons se cachent sûrement dans un parc près d'un immeuble de riches, intervient à son tour un chacha. Là-bas, même l'herbe est plus moelleuse que nos charpais.

Devoirs. Mes lèvres articulent le mot à l'adresse de Papa pour qu'il cesse de m'interroger. Il me laisse partir.

Une fois rentré à l'intérieur, je me plante devant l'étagère de la cuisine où Ma a déposé le pot de Parachute. Je peux l'attraper facilement maintenant qu'elle l'a changé de place. Sur le couvercle, il y a un bindi en forme de larme noire que Ma a dû coller là pour pouvoir le remettre et qu'elle a ensuite oublié. Avant d'aller se coucher ou de se laver le visage, Ma et Runu-Didi retirent leurs bindis de leurs fronts et les collent sur ce qui leur tombe sous la main – le bord du lit, la jarre d'eau, la télécommande, parfois même mes manuels scolaires.

J'ouvre le pot et en sors les billets. Il y a 450 roupies, je n'ai jamais vu autant d'argent. J'en remets 50, referme le couvercle et repose le pot sur la boîte de poudre de mangue. Je cache le reste de l'argent dans les poches de mon pantalon.

Mes mains sont moites et ma langue me brûle la bouche. On se sent horriblement mal quand on a volé de l'argent. Mais avoir 400 roupies dans les poches, quelle sensation extraordinaire ! Avec ça, je pourrais manger de l'anda-bhurji et du pain beurré pendant une année entière. Ou peut-être pas. Peut-être pendant un mois seulement.

Je devrais remettre l'argent. Je touche un billet dans ma poche. Il est craquant et doux, synonyme de puissance, la puissance des riches. Il m'envoie une décharge électrique dans les doigts et je vacille comme Laloo l'Ivrogne.

— Quand est-ce que tout ça va finir ? se lamente Ma en rentrant dans la maison. Comme si nous n'avions pas assez de problèmes.

Elle me regarde. Je suis son problème numéro 1.

— Viens, mangeons, mon fils, dit-elle en me souriant. Tu dois avoir faim.

Elle me chatouille la nuque. Je repousse sa main.

Je suis un détective et je viens de commettre un crime. Mais c'est pour la bonne cause. Si Pari et moi on ramène Bahadur et Omvir, on ne perdra pas nos maisons. Et la nôtre vaut beaucoup plus que 400 roupies.

Le lendemain matin, on parle d'Omvir sur le chemin de l'école, entourés par le smog. Il reste introuvable. Je dis à Pari que j'ai emprunté de l'argent à Runu-Didi. Je mens :

— Elle a gagné une course et reçu des sous.

— Combien ?

— Assez pour acheter un ticket de métro.

Je ne sais pas combien ça coûte de prendre la Purple Line, mais ça ne peut pas être plus de 400 roupies. Je ne compte pas partager mon argent avec qui que ce soit, même pas avec Pari.

— Runu-Didi est tellement gentille, dit Pari. J'aimerais avoir une sœur.

Elle regarde Faiz :

— T'as de la chance d'avoir à la fois des frères et une sœur.

— Ils sont sympas, répond Faiz en s'efforçant de dompter les cheveux qui se dressent sur sa tête.

Il ne s'est pas lavé aujourd'hui. Il a dû travailler tard, aller se coucher et continuer à dormir après que son ammi ou sa sœur, Farzana-Baji, ont essayé de le réveiller en le secouant.

Pari croit trop facilement à mon mensonge. Je suis peut-être un bon menteur. Et je ne le savais pas jusqu'à présent. Mais l'histoire de la course gagnée par Runu-Didi n'est pas un mensonge. Seulement, au lieu de recevoir de l'argent, elle a reçu le diplôme à la bordure dorée que Ma a mis dans le tas près de la porte, et une médaille plaquée or que Ma a échangée contre une bouteille de deux litres d'huile de tournesol. Runu-Didi a pleuré plusieurs nuits d'affilée à cause de la médaille, et c'est pour ça que Ma a fait encadrer le diplôme.

— Jai, écoute, dit Pari, on devrait sécher l'école aujourd'hui et prendre la Purple Line.

— Quoi ? Tu veux sécher l'école, toi ?

Je ne crois pas que Pari ait jamais manqué un seul jour de classe.

— Un djinn s'est emparé d'elle, on dirait, ricane Faiz.

— La ferme, grommelle Pari en lui pinçant le bras.

— Et l'argent pour le ticket de métro ?

Je me demande si elle a deviné la somme exacte que j'ai volée.

— On n'a pas de temps à perdre, me répond-elle. C'est peut-être leur plan depuis le début : Bahadur va à la gare le premier, et Omvir le rejoint. À l'heure qu'il est, Omvir doit être arrivé là-bas lui aussi.

Elle parle à toute vitesse, en avalant des lettres pour que les mots sortent plus rapidement.

— Laloo l'Ivrogne a peut-être frappé Bahadur trop fort cette fois-ci, et il a décidé qu'il ne resterait pas chez lui un jour de plus.

— Mais le ticket…

— Faiz va nous aider à enquêter, dit Pari.

— Non, dément Faiz en fronçant les sourcils.

— On s'est croisés aux toilettes publiques ce matin, continue Pari. Je lui ai dit qu'on allait en ville et il a proposé de nous donner l'argent pour les tickets de métro. C'est bien ce que t'as dit, Faiz ?

— Peut-être.

— Comment ça, *peut-être*, imbécile ? Elle se tourne vers moi. Il est venu avec 120 roupies dans la poche. Ça devrait suffire pour aller à la gare et revenir.

— C'est beaucoup d'argent, je dis.

— C'est cher parce qu'on habite loin de la ville. Et puis on n'a pas de réduction.

Je le sais déjà. Papa m'a expliqué il y a longtemps que seuls ceux qui mesurent moins d'un mètre peuvent prendre le métro sans payer.

— Je pensais aller à la gare toute seule, continue Pari, mais ta didi t'a donné de l'argent, alors on peut y aller ensemble.

— Les seconds n'enquêtent pas en solo. Ça marche pas comme ça.

— Vous pouvez y aller tous les deux maintenant, alors pourquoi vous vous disputez ? s'agace Faiz, en évitant une crotte de chien.

— Pourquoi tu lui donnes ton argent ? Comment tu vas acheter tes shampooings et tes savons de luxe ?

— J'en ai pas besoin, répond Faiz. Je sens bon naturellement, pas comme toi. Tu veux vérifier ?

— Pas question.

— Je te rendrai ton argent, dit Pari à Faiz.

— Comment tu comptes t'y prendre ? je demande.

Pari reste muette.

Faiz a raison, elle a un comportement bizarre. D'habitude, elle ne désobéit jamais et fait toujours ce que les adultes lui demandent, même les choses stupides ; par exemple, elle se pince le nez une minute tous les soirs, parce que sa mère l'exige. Sa mère dit que son nez est trop gros et qu'en le pinçant elle le rendra petit et fin. Pari dit que c'est n'importe quoi, mais elle le fait quand même.

On arrive devant la porte de l'école et on fait la queue pour entrer. Un homme avec une chemise en coton blanc froissée et un pantalon kaki tout aussi froissé passe devant nous et nous montre une photo :

— Vous avez vu mon fils ? Vous l'avez vu ? demande-t-il d'une voix pressante et rauque, comme s'il criait depuis des heures. Omvir, vous le connaissez ?

C'est le press-wallah.

J'essaie de regarder la photo mais ses mains tremblent et je ne vois qu'une tache marron et bleu. Sans me laisser le temps de mieux regarder, l'homme s'éloigne et va s'adresser à quelqu'un d'autre.

— Il n'en a plus pour longtemps, chuchote Faiz.

Et en effet, le repasseur semble rétrécir à chaque pas.

— On doit faire quelque chose pour que ça s'arrête, dit Pari. Haan, Jai ?

— Allons parler aux copains de classe d'Omvir.

Je dis ça surtout parce que j'ai peur de dépenser l'argent de Ma. Il leur a peut-être dit où il allait. C'est comme ça qu'on mène une enquête.

Je regarde le press-wallah puis je pense aux roupies que Ma garde *au-cas-où* et que j'ai fourrées dans ma boîte de géométrie. J'ai une boule dans la gorge que je ne parviens pas à déloger en toussant.

Les camarades de classe d'Omvir ne le voient pas beaucoup parce qu'il ne vient pas souvent à l'école. Pari sort quand même son carnet et prend des notes. J'y jette un regard en coin et je vois qu'il y a beaucoup de points d'interrogation :

— danseur ?

— Hrithik ?

— Juhu ? Mumbai ?

— Boogie-Woogie Kids ?

Boogie-Woogie Kids est un concours de danse à la télévision, mais Omvir n'a pas besoin d'aller à Mumbai pour auditionner. L'émission organise des auditions partout, même dans les petites villes près de l'endroit où vivent Nana-Nani.

Les copains de classe d'Omvir disent que sa disparition est ce qui pouvait arriver de mieux.

— La prochaine fois qu'on le verra, ce sera à la télé. Huit heures et demie, samedi soir, lance un garçon hors d'haleine.

— Il aura une chemise en lamé argent, ajoute un autre garçon, et un pantalon doré.

Ils sont plus vieux que nous et plus bêtes aussi. Faiz ne nous aide pas. Il joue au cricket dans le couloir devant la classe. Il lance une balle imaginaire en direction d'un batteur invisible.

Plus tard, pendant le rassemblement, le directeur nous met en garde contre les fugues :

— Une épidémie se répand dans notre établissement, tonne-t-il. Certains enfants s'imaginent pouvoir mener une vie de star en prenant le train pour Mumbai. Cela peut ressembler à des vacances, une vie sans l'école, sans examens, sans professeurs – à ce moment-là, quelqu'un crie « youpi ! » et les têtes se tournent pour chercher le coupable –, mais vous n'avez pas la moindre idée de l'horreur qui vous attend au-delà de ces murs.

Je pense au carnet de Pari. Peut-être que je devrais en avoir un moi aussi, mais je déteste écrire et je ne suis pas bon en orthographe.

— Le gouvernement a décidé de fermer toutes les écoles à partir d'aujourd'hui et jusqu'à mardi de la semaine prochaine à cause du smog, annonce le directeur. Le smog nous tue.

À ces mots, les élèves poussent des cris de joie.

— Silence ! hurle le directeur, ce qui les excite encore plus.

C'est pour ça qu'il a gardé la nouvelle la plus importante pour la fin.

Le rassemblement terminé, nous regagnons nos classes en rangs désordonnés pour récupérer nos sacs.

— Jai, dit Pari, on doit aller en ville aujourd'hui. On sera rentrés avant nos parents. Une occasion pareille ne se représentera jamais.

— Ta mère va pleurer et pousser des cris si elle apprend que tu es partie.

C'est vrai. La mère de Pari crie pour tout et n'importe quoi : quand quelqu'un est triste dans une série télé ; quand Pari obtient de bonnes notes ; quand le père de Pari a un rhume et quand une chachi ou un chacha de notre basti meurt de la tuberculose, de la dengue ou de la typhoïde. Plein de maladies rôdent dans notre basti, impatientes de sauter sur les gens et de les tuer.

— Maman ne saura rien.

— Pourquoi tu ne viens pas avec nous ? je demande à Faiz, même si je n'ai pas envie de lui payer son billet.

— Je vous l'ai dit, c'est un djinn qui a fait ça. Et vous ne l'attraperez pas sur la Purple Line.

— Qu'est-ce qu'un djinn ferait de Bahadur et d'Omvir ? demande Pari.

— Les djinns aiment les endroits obscurs, alors ils entraînent les enfants dans des caves désertes, sortent leurs longues dents et se régalent, *scrunch, scrunch, scrunch*, dit Faiz.

— Ce que tu racontes est bien trop bête, même pour toi, répond Pari, avant de se retourner vers moi. Et toi,

Jai, t'as enfin l'occasion de mener une vraie enquête, et t'as la trouille.

— Rien au monde ne me fait peur.

Encore un mensonge. J'ai la trouille des JCB, des examens, des djinns qui existent peut-être et des gifles de Ma.

OMVIR

À voir comment l'intérieur du bâtiment pourrissait, il oubliait parfois que Maple Towers était un immeuble de riches. Les ascenseurs grinçaient, la peinture sur les murs s'écaillait et, dans les couloirs, des couches sales débordaient des vide-ordures. L'escalier qu'il empruntait quand ses bras n'étaient pas chargés de tonnes de vêtements froissés ou repassés sentait le rat crevé. À présent, en descendant les marches au pas de course, il voyait le smog lui faire des grimaces à travers les carreaux. Derrière son manteau noir, il ignorait si le monde était vivant ou mort.

À la grille, un vigile le fouilla sans enthousiasme pour s'assurer qu'il n'avait rien volé, un cérémonial datant de l'époque où Maple Towers était encore la première tour du quartier, grisante de peinture fraîche et de prospérité future. Aujourd'hui, elle logeait de jeunes employés de bureau pleins de ressentiment, dont le salaire était probablement insuffisant à leurs yeux, et des retraités dont les enfants travaillaient à l'étranger et payaient des infirmières à domicile pour venir les voir chaque semaine.

Omvir avait eu l'occasion d'entrer chez les deux. S'ils n'étaient pas riches, ils n'étaient pas pauvres non plus. Bien en chair ou maigres, claquant des doigts avec impatience ou s'appuyant sur une canne, les yeux colorés en bleu par des lentilles ou atteints de cataracte, tous ou presque le renvoyaient sans ménagement dès qu'il prenait livraison de leurs vêtements froissés ou qu'il les leur rapportait, encore chauds de la semelle du fer au charbon dont se servait son père. Les rares fois où ils le faisaient attendre devant la porte, c'était pour inspecter leurs pantalons, chemises et chemisiers, leurs sous-vêtements et maillots de corps que certains donnaient à repasser pour des raisons qu'Omvir préférait ne pas connaître. Une fois sûrs qu'aucune trace de brûlure ou de cendre ne souillait leurs habits, ils le laissaient partir.

Son père redoutait que son métier de repasseur ne tombe en désuétude, comme cela s'était produit avec les lignes de téléphone fixes, la chaîne de télé nationale, Doordarshan, et les magnétophones, et disait à Omvir de ne pas s'offusquer des caprices de ses clients. Avec son étal exposé aux intempéries, il devait lutter contre des laveries impeccables de propreté et judicieusement placées dans des centres commerciaux dotés de cinémas, restaurants et boutiques, et contre de mystérieuses entreprises de nettoyage dont les sites Internet proposaient le lavage, le repassage et la livraison du linge dans un emballage soigné vingt-quatre heures sur vingt-quatre.

Pour les protéger, son père enveloppait les vêtements repassés dans des draps propres mais usés comme celui qu'Omvir s'était noué autour des épaules en guise de cape. Il lui arrivait parfois de promettre à ses clients des cintres et des emballages en plastique biodégradable, mais c'était un engagement impossible à tenir, Omvir le savait bien. Neurasthénique, endetté jusqu'au cou, son père attendait une ruine certaine avec la résignation d'un héron immobile dans les eaux boueuses.

S'il ne se sauvait pas, Omvir savait qu'il passerait, lui aussi, son existence dans l'ombre d'immeubles de riches comme Maple Towers. Il sentait le poids des espoirs anéantis de son père peser sur ses frêles épaules – celles d'un garçon de 10 ans. Il comprenait pourquoi Bahadur s'était enfui, si c'était bien ce qu'il avait fait.

En rejetant sa cape en arrière, Omvir pensa à la façon dont les autres considéraient le bégaiement de Bahadur : pour eux, c'était une faiblesse, une disgrâce dont ils pouvaient se moquer sans pitié, un stigmate des péchés qu'il avait commis au cours de ses vies antérieures. Lui, Omvir, y voyait au contraire une singularité, une force, un peu comme les deux pouces qu'Hrithik avait à la main droite. Il était persuadé que la façon de bouger de l'acteur, la virtuosité avec laquelle, au cours d'une chanson, il actionnait ses jambes, son torse et ses bras en cadence – comme s'il était dépourvu de colonne vertébrale, de squelette –, lui venait de cet appendice ajouté que les autres trouvaient monstrueux. Ce que Dieu vous donnait ne pouvait se réduire à une imperfection ; c'était une grâce. Omvir voulait croire que rien n'était dû au hasard. Autrement, à quoi bon ?

Une meute de chiens errants passa devant lui ventre à terre et se rassembla, babines retroussées, sous l'un des margousiers qui bordaient la route. Il fit tourner la bague qu'il portait à l'index gauche autour de son doigt, redoutant que l'éclat de sa pierre n'excite les chiens. Des oiseaux s'envolèrent dans le smog avec des cris rauques, laissant un sillon de feuilles mortes retomber sur le sol. Un singe le dévisagea à travers les branchages, le fit sursauter et disparut aussitôt.

Il tenait les chiens à l'œil, cherchant à mesurer le tranchant de leurs dents par rapport à l'épaisseur de son jean. Une voiture passa. La meute prit ses roues en chasse et, heureusement pour lui, renonça à le déchiqueter.

Les oiseaux regagnèrent leurs nids. Il n'avait aucune idée de l'heure, mais la journée semblait s'être enfuie aussi vite et discrètement que Bahadur. Omvir se demandait où il était à présent. Pendant des mois, ils avaient plaisanté et parlé de s'enfuir dans une ville où leurs pères ne les retrouveraient pas. De repartir de zéro, à Mumbai, où deux enfants des rues supplémentaires passeraient inaperçus dans la marée humaine, où l'air avait le goût salé de la mer, où même les petits vendeurs de raquettes électriques anti-moustiques pouvaient, aux carrefours, coller leur nez aux vitres des voitures et y apercevoir des acteurs, peut-être même Hrithik en personne. Pourquoi Bahadur ne lui avait-il pas demandé de l'accompagner ?

Quelque chose de grave avait dû se produire chez lui. Omvir devait reconnaître que, même si son propre père était enclin à l'abattement et passait ses nuits à gémir, à réveiller son petit frère et à épuiser sa mère, il n'avait pourtant aucun des vices de Laloo l'Ivrogne. Il ne levait pas la main sur eux et ne dépensait pas son salaire en alcool. Il était debout de l'aube à la nuit tombée et ne se plaignait jamais des braises qui lui brûlaient les bras, de la cendre qui lui roussissait les sourcils, du smog, du froid et des tourbillons de poussière qui, des milliers de fois par jour, lui assaillaient le nez, la gorge et les oreilles.

Son père l'incitait en revanche à manquer l'école pour assurer ses livraisons et prenait une voix suppliante et haut perchée quand Omvir protestait de peur de rater ses examens ou d'être renvoyé pour absentéisme. « Je fais ça pour toi », lui répétait son père en montrant son étal qui, à l'image de son propriétaire, semblait sur le point de s'écrouler. Le garçon n'avait pas le cœur de lui dire qu'il ne voulait pas devenir repasseur. Il serait un danseur tellement célèbre que les gens le reconnaîtraient dans la rue.

Omvir lança les bras en l'air. Il cherchait à imiter la chorégraphie des chansons qu'il avait vues à la télévision – Hrithik bondissant, bras et jambes tendus ou tournoyant à l'envers en équilibre sur la tête –, mais elle était encore bien trop difficile pour lui. Il se mit donc à bouger au rythme d'un air que lui seul entendait. Ses bras se raidissaient et se décontractaient, animés semblait-il par des fils invisibles. Il ondulait le torse, prenait appui sur ses talons, pliait et dépliait les genoux, et ses jambes flottaient comme du linge dans la brise. Le sentiment d'être un autre, plus léger, plus libre et plus heureux, le gagnait.

— Tu as des convulsions ? cria un vigile derrière une grille, interrompant sa danse.

Omvir éluda sa question d'un geste. Il se trouvait maintenant dans un quartier huppé. Des rues latérales surélevées conduisaient à des tours plus hautes et plus éclatantes que Maple Towers, aux noms également plus cossus – Sunset Boulevard, Palm Springs et Golden Gate. Plus bas, sur cette même route, son père devait l'attendre en se réchauffant les mains à la lueur orangée du charbon que contenait son fer, et en se demandant ce qui pouvait bien le retenir aussi longtemps.

Il n'y avait pas de réverbères sur la route. Les riches s'en passaient ; ils allaient et venaient dans des voitures équipées de phares et de feux de brouillard. Ils ne se déplaçaient jamais à pied, sauf pour faire un peu d'exercice, et seulement dans les parcs bien éclairés de leurs enclaves sécurisées.

La tête levée vers les appartements de luxe, Omvir imagina le confort d'existences vécues dans une telle lumière et ne remarqua pas tout de suite les chiens qui l'épiaient, gueules ouvertes, langues pendantes, souffles bruyants et saccadés. L'un d'entre eux aboya et les autres l'imitèrent. Il se mit à courir.

Ses tongs frappaient le sol. Des cailloux lui entaillaient les pieds. Son drap-cape, pendu à son cou, le ralentissait. Les chiens firent claquer leurs dents. Il courait dans la mauvaise direction, à l'opposé de l'étal de son père. La cape devenait plus lourde. Il voulait la dénouer, la jeter par terre, laisser un chien ou deux s'empêtrer dedans. Mais son père serait furieux. Furieux parce qu'il était en retard, furieux parce qu'il avait perdu un drap stupidement, furieux parce qu'il allait lui coûter un vaccin contre la rage.

Les chiens gagnaient du terrain. Il sentit l'un d'eux bondir sur lui, lacérer l'air, et la bave éclabousser sa nuque. S'il avait été un super-héros, comme Hrithik dans la série des *Krrish*, il se serait élancé vers le ciel, aurait saisi l'aile d'un avion, et sa cape noire et fluide se serait déployée derrière lui. Mais ses pieds restaient collés au sol, ses poumons manquaient d'air et sa vision se brouillait.

Des phares jaunes transpercèrent le smog et un véhicule tout-terrain argenté s'arrêta devant lui. Le conducteur klaxonna. Les chiens aboyèrent, furieux de ce retournement inattendu. La portière arrière s'ouvrit et resta grande ouverte, tel un bras prêt à le soulever et à l'éloigner du danger. Son cœur cognait dans sa poitrine, comme s'il allait éclater sous l'effort et, dans sa bouche desséchée, des épines semblaient lui transpercer la langue. Mais sur le moment, vu qu'il n'était pas son père, il eut un peu d'espoir.

On ne le dit pas tout haut mais…

… Pari et moi, on n'est jamais allés tout seuls plus loin que notre école. Au moins, Pari s'est déjà rendue en ville. Son dada, qui habite sur l'autre rive du fleuve, l'y a emmenée une fois. Elle dit qu'elle ne se souvient de rien parce que c'était quand elle avait 2 ans. La Purple Line n'était pas encore en circulation à l'époque.

Nous nous arrêtons devant une station de rickshaws à vélo près de l'autoroute. Assis sur leurs sièges passagers, les chauffeurs attendent les clients : ils bavardent entre eux, fument des bidis et boivent du chai acheté dans de petites échoppes en bordure de route. Pari sort le portrait de Bahadur de son sac à dos. Elle leur demande si l'un d'eux a conduit le garçon de la photo jusqu'à la station de métro.

— Faisons plutôt ça demain, je lui dis.

Mais elle n'écoute pas et interroge aussi les chauffeurs de rickshaws à moteur. Personne ne l'a vu. Ses questions nous mettent tellement en retard qu'on est obligés de prendre un rickshaw à vélo jusqu'à la station. Marcher nous prendrait deux fois plus de temps. Ma dit que les rickshaws sont pour les gens qui ont de l'argent, et que nos jambes peuvent heureusement faire le travail des roues. J'ai peur qu'elle m'aperçoive depuis l'appartement de sa riche patronne, puis je me rappelle ce qu'elle m'a dit un jour : de tout là-haut, même un géant a l'air d'une fourmi.

Notre rickshaw longe en cliquetant des étals où des hommes sont occupés à éplucher des pommes de terre ou à couper des oignons et des tomates. Sur les pare-chocs des voitures, des autocollants bizarres nous préviennent : PAS TROP PRÈS, JE SUIS BRUCE LEE ou HINDOU À BORD. À un carrefour où les feux rouges, oranges et verts clignotent en même temps, on entend des coups de klaxon et des crissements de freins. Un nain, qui pourrait prendre le métro sans payer parce qu'il mesure moins d'un mètre, mendie au milieu de la route, dressé sur la pointe des pieds pour frapper aux vitres des voitures.

Le bitume est creusé de cratères, on se croirait sur la Lune, et je dois m'agripper aux bords du rickshaw pour ne pas tomber.

— Comment est-ce qu'il peut y avoir des accidents à cette vitesse ? dit Pari, qui regarde une Honda City renversée au milieu du terre-plein.

Les roues du rickshaw passent sur un corbeau mort aplati sur le bitume.

Arrivés à destination, Pari me demande de payer parce qu'elle a juste assez d'argent pour son ticket de métro. Elle a sûrement deviné que j'en ai plus que je veux bien le laisser croire. Quand je les tends à notre chauffeur, les roupies de Ma me regardent d'un air accusateur, puis disparaissent dans sa poche. Quarante roupies envolées, juste comme ça.

Pour rejoindre la station de métro, on doit grimper un escalier. Je compte bien en prendre plein les yeux et plein les oreilles. Sur la dernière marche, je montre à Pari les immeubles de riches.

— Il n'y avait rien avant, ici.

C'est Papa qui me l'a dit. Il m'a raconté qu'autrefois le terrain était une simple étendue de pierres que les fermiers pilonnaient avec des tracteurs pour cultiver de la moutarde. Mais après des années de dur labeur, ils l'ont vendu à des promoteurs en costumes venus de la ville. Maintenant ces fermiers restent chez eux, et l'ennui leur sort par la bouche et le nez en nuages de fumée de chicha.

— Comment on achète des tickets ? demande Pari, qui s'en fiche de mes histoires.

Il n'y a personne aux guichets, et des planches placées contre les vitres disent : FERMÉ. Les distributeurs automatiques, plus larges et plus hauts que nous, ont l'air d'être de vrais casse-têtes. Même Pari n'y comprend rien. Elle réclame de l'aide à un homme en chemise à rayures rouges et noires, qui prend notre argent mais nous pose plein de questions : *Vous n'avez pas école ? Pourquoi êtes-vous seuls ? Vous savez que la ville est dangereuse ? Et si quelqu'un vous vole votre argent ? Et si quelqu'un veut s'en prendre à vous ?*

Heureusement que Pari m'accompagne, car elle débite des mensonges à la même vitesse que l'homme nous pose ses questions.

— On rend visite à notre grand-mère, répond-elle. Elle envoie son domestique nous chercher à la gare.

Seuls les riches ont des domestiques pour s'occuper de leurs maisons, mais Pari rend la grand-mère si crédible que je sens son odeur de vieille femme, que je vois sa peau parcheminée, le talc saupoudré dans les plis de son visage et de son cou. L'homme finit par se laisser convaincre. Il pousse quelques boutons. Un plan du métro apparaît sur un écran et il nous demande où nous voulons descendre. Puis il presse d'autres boutons. La machine aspire notre argent et recrache des jetons en plastique qui, selon lui, font office de tickets. Il nous recommande d'écouter les annonces pour savoir où descendre.

— Soyez vigilants, dit-il avant de s'en aller.

Je suis très vigilant. Je regarde autour de moi, déçu de ne pas pouvoir deviner sur quelles parties de la station Papa a travaillé. Peut-être que les traces de ses doigts sont dissimulées sous la peinture, ou imprimées dans le ciment ? Les bruits de la rue parviennent jusqu'ici, mais les murs les étouffent. On se croirait dans un pays étranger. Même le smog paraît atténué.

Pari me tire par la manche.

— Pourquoi est-ce que tu dévores tout des yeux comme un dhakkan ? On n'a pas de temps à perdre. Reste concentré.

On imite les gens devant nous et on pose nos jetons sur des machines trapues qui nous laissent passer. Nos sacs sont scannés puis on franchit un détecteur de métaux qui ne cesse pas de bipper. Une femme policier fouille les dames derrière un rideau, et un policier les messieurs.

— Il y a quoi là-dedans ? demande un flic en tapant du doigt sur le portefeuille d'un homme qui dépasse de la poche de son jean.

Nous, ils ne nous posent pas de problèmes, parce qu'ils savent que les enfants ne peuvent pas être des terroristes armés d'explosifs.

Pour atteindre le quai, on a le choix entre un escalier mécanique et un escalier normal. Une vieille femme en sari rouge, les bras couverts de bracelets dorés, s'arrête devant l'escalator en disant « Non, je ne vais pas y arriver », mais son mari, dont le dos est bien plus voûté que le sien, lui prend la main et l'entraîne. Et les voilà qui s'élèvent vers le ciel, heureux comme des oisillons qui viennent d'apprendre à voler.

Pari et moi, nous les suivons.

— Tu peux me tenir la main si tu veux, dit-elle.

— Pas question, je réponds en faisant semblant de vomir.

Un train entre en gare et nous nous engouffrons dedans par la porte la plus proche. À l'intérieur de la rame, le sol est tout propre, Ma adorerait ça. Les passagers sont tous occupés à faire quelque chose sur leur portable : ils parlent, prennent des photos, écoutent de la musique, regardent des vidéos, des films ou des prières comme le mantra Gayatri, leurs lèvres bougeant en rythme avec les mots qui apparaissent sur leur écran. Une voix d'homme fait des annonces en hindi dans les haut-parleurs fixés au plafond, et une voix de femme traduit ses paroles en anglais.

Pari et moi, on regarde à travers les portes vitrées, souillées par des traces de doigts. Le train s'enfonce dans un tunnel pendant un moment, on ne voit plus rien, puis il remonte à l'air libre. On passe devant des immeubles de riches qui s'évanouissent avant qu'on ait eu le temps de jeter un œil à l'intérieur, la tour d'une horloge, un parc d'attractions avec des montagnes russes géantes dont j'ai entendu parler, les cimes d'arbres qui grisonnent dans le smog. Trois traînées vertes s'approchent du train puis disparaissent.

— Des perroquets, me dit Pari.

Je suis comme dans un rêve.

Cette virée est sensationnelle. Elle vaut cent gifles de Ma et Papa. Peut-être pas cent. Plutôt dix ou cinq.

À écouter les conversations dans la rame, je comprends que les métros ont du retard à cause du smog, mais je ne saurais pas dire combien. La voix de l'homme et celle de la traductrice ne parlent pas de ça et insistent plutôt sur ce qu'il faut faire et ne pas faire :

— s'assurer avant de s'asseoir qu'il n'y a aucun objet

suspect alentour. Un jouet, une bouteille Thermos ou une mallette peuvent dissimuler une bombe ;

— ne pas manger, boire ou fumer dans la rame ;

— ne pas écouter de musique trop fort ;

— coopérer avec les agents lors des contrôles de sécurité ;

— céder son siège aux personnes handicapées, aux femmes enceintes et aux personnes âgées ;

— faciliter l'accès aux portes ;

— ne pas voyager sans titre de transport.

Les voix annoncent ensuite que la descente se fera par la gauche à la prochaine station. Un groupe de femmes en salwar-kameez pailletés, le visage peinturluré comme pour un mariage, se lèvent et se massent devant la sortie. Leurs parfums sucrés embaument l'air.

« Elle a trop de ventre », dit l'une d'elles. « Elle fait pourtant du yoga chaud », ajoute une autre. « Et du saut à la corde », renchérit une troisième. « Personne ne peut faire autant de saut à la corde, fait remarquer une quatrième. Et ça ne suffit pas pour maigrir. »

Le train s'arrête en station, les portes s'ouvrent comme par magie et les femmes descendent, emportant avec elles leurs senteurs parfumées. Pari et moi on prend leurs sièges. Autour de nous, les conversations téléphoniques se mélangent. J'attrape quelques mots de chacune.

Dans quinze minutes. Ça va durer quinze minutes ? S'il te plaît, change d'attitude. Allô ? Allô ? Allô ? Sérieusement, je te préviens. Plus de connexion. Non, non, arrey, qu'est-ce que tu dis ? Allô ?

La rame s'enfonce de nouveau sous terre.

On descend à une station qui ressemble à un tunnel bien éclairé. Les annonces et les voix ricochent autour de nous. On regarde les gens aller et venir, leurs pantalons flottent et leurs souliers claquent sur le sol.

Je tire sur l'ourlet de la kurta d'un inconnu et demande :

— Où est la gare ?

— Tu es où, à ton avis ? s'esclaffe l'homme.

— On cherche la gare centrale, réplique sèchement Pari. Pas le métro.

L'homme nous indique un escalier mécanique. Je me demande à quelle profondeur on se trouve. Pari me prend la main.

— Tes doigts sont comme des glaces à l'eau, je dis.

Elle me lâche.

À la surface, le smog semble s'être infiltré partout et dépose sur nos langues une couche de cendre. On est obligés de redemander notre chemin à des inconnus. « La gare est de l'autre côté de la rue », nous dit un homme en nous montrant une passerelle située juste après un poste de police et une station de rickshaws. L'homme a une voix grave, une voix de méchant, et porte un masque noir orné de crânes blancs pour ne pas respirer l'air vicié. Les masques, en ville, sont géniaux : roses à boutons noirs, rouges et verts à scratches, blancs avec des museaux et des attaches jaunes. Avec ça, les gens ont l'air d'insectes géants à deux pattes.

— Ici, dit Pari, une fois qu'on est sur la passerelle, il y a de très bonnes écoles publiques. Les élèves y ont de meilleurs résultats que ceux des écoles privées qui paient des milliers et des milliers de roupies de frais de scolarité.

J'espère qu'on ne verra pas une seule école. Sans quoi Pari va insister pour qu'on fasse une petite visite.

On redescend de l'autre côté de la passerelle en slalomant entre des hommes et des femmes qui nous bousculent, le corps tordu sous le poids de leur sac. La gare centrale se trouve sur notre gauche. Elle est immense et bondée. Je me demande pourquoi tous ces gens ne sont pas au travail et, s'ils ne travaillent pas, avec quel argent ils prennent le train. Ma dit la même chose de ceux qui vont dans les centres commerciaux du lundi au vendredi.

On fait le tour de la gare et on cherche Bahadur et Omvir sous les panneaux affichant l'heure d'arrivée et de départ des trains. Entre Pari et moi, il y a un espace qui a la forme de Faiz. S'il était venu avec nous, il aurait vu des djinns à la place des chiens qui traînent dans la gare. Il dit que les djinns se métamorphosent souvent en chiens, en serpents et en oiseaux.

Je repère les caméras de surveillance, mais je ne les regarde pas trop longtemps : les policiers pourraient m'observer sur leurs écrans et me trouver suspect. Il y a aussi des policiers dans la gare, qui surveillent les entrées et contrôlent les bagages des passagers.

— On peut leur demander s'ils ont vu Bahadur ou Omvir, je dis.

— Ils voudront savoir ce que tu fais loin de chez toi et risquent de t'arrêter.

Son plan, apparemment, c'est de continuer à circuler : quelle idée stupide ! On scrute les visages des hommes et des femmes qui attendent, assis sur leur valise ou assoupis par terre sur des serviettes, leur affaire posées à leur tête ou à leurs pieds. Il y a un million de gens ici, et il nous faudra des mois pour leur demander à tous s'ils ont vu Bahadur et Omvir, alors que la police peut ralentir ou accélérer les images des caméras de surveillance et même zoomer.

J'aperçois un bâtiment délabré de deux étages, qui ne semble pas faire partie de la gare et sur lequel on peut lire :

FONDATION POUR L'ENFANCE

Les enfants avant tout

Des enfants, par les enfants, pour les enfants.

— On devrait aller voir, je dis.

— Ça m'a tout l'air d'un zoo avec plein de sortes d'enfants.

— Un enfant est un enfant, je réponds, mais je n'en suis pas aussi sûr.

S'il s'agit vraiment d'un zoo d'enfants, Faiz va regretter de ne pas être venu avec nous.

On passe devant une maquette de locomotive grandeur nature, une petite fille qui monte la garde sur une série de sacs, un porteur en chemise rouge avec trois valises en équilibre sur la tête et un homme qui aboie dans un portable qu'il tient devant sa bouche. Des alertes, échappées de haut-parleurs dissimulés un peu partout dans la gare, nous mettent en garde contre des menaces d'attentats.

Une fois devant le bâtiment, nous trouvons porte close et un panneau sur lequel on peut lire « Guichet de réservation ». À nos pieds, deux mainates se débarbouillent dans une flaque d'eau. Ils font un peu comme moi : ça dure à peine deux secondes. On gravit les marches couvertes de mousse d'un escalier extérieur, jusqu'à une terrasse qui court autour d'une pièce munie de hautes fenêtres. J'entends des murmures, mais je ne vois personne.

Puis un homme aux cheveux peignés sur le front en sort et nous demande :

— Vous êtes perdus ? Vous venez d'où ?

— On cherche deux garçons de notre basti, répond Pari en lui montrant la photo de Bahadur. En voici un. Son frère et sa sœur pensent qu'il s'est sauvé de la maison et qu'il veut prendre un train pour Mumbai.

— Ou peut-être pour Manali, je dis.

— L'autre garçon a dû le rejoindre ici hier. Ou aujourd'hui, ajoute Pari.

— Vous vous êtes sauvés, vous aussi ? nous demande l'homme sans même jeter un œil sur la photo.

— Bien sûr que non, dit Pari.

— On veut retrouver nos amis. On pense qu'ils sont dans la gare.

Difficile pour moi de placer un mot avec une telle pipelette comme assistante.

— Ah, j'ai cru que vous aviez fugué. Mais alors, où sont vos parents ? Pourquoi vous n'êtes pas à l'école ?

— Ils sont au travail, explique Pari. Et on n'a pas école aujourd'hui. Le gouvernement nous a donné un jour de congé. À cause du smog.

— Allons bon.

— Ça date de ce matin, ajoute Pari. Vous pouvez demander à quelqu'un d'autre si vous ne nous croyez pas.

Je pense que l'homme n'ira pas vérifier, mais il sort son portable, balaie l'écran du doigt et s'écrie :

— Vous avez raison. C'est férié.

— On vous l'avait dit. Vous n'avez pas voulu nous croire.

— Et j'en suis désolé, me répond-il en souriant. Je travaille ici, à la Fondation pour l'Enfance. Notre centre aide les enfants comme vous, qui viennent en ville pour une raison ou pour une autre. Des enfants qui ne sont pas accompagnés et peuvent être en danger. C'est pour ça qu'en vous voyant j'ai pensé que vous étiez perdus.

J'ignorais que ça pouvait être un travail, de traîner dans une gare pour aider les enfants. C'est un drôle de métier en tout cas. Si Faiz était là, il demanderait combien ça paye.

— Cette ville n'est pas sûre, continue l'homme. Toutes sortes de gens horribles vivent ici. Vous n'imaginez même pas…

— On a entendu parler des voleurs d'enfants, l'interrompt Pari.

— Et je les ai vus, je dis. Dans *Police Patrol.*

Pari lève les yeux au ciel.

— C'est bien pire que ça, poursuit l'homme. C'est même tellement affreux qu'on ne peut pas le montrer à la télévision. Je vous en parle parce que vous n'auriez jamais dû venir ici sans vos parents. Et pour que vous ne recommenciez pas. Vous savez qu'il existe des gens qui font de vous leurs esclaves ? Ils vous enferment dans une salle de bains et ne vous laissent sortir que pour vous faire nettoyer leur maison. Ou bien ils vous emmènent au Népal et vous obligent à fabriquer des briques dans des fours où vous ne pouvez pas respirer. Ou bien encore ils vous vendent à des gangs qui forcent les enfants à voler des portables et des portefeuilles. Croyez-moi, j'ai vu ce qu'il y a de pire. Et c'est pour ça que les enfants ne doivent jamais voyager sans être accompagnés. C'est pour ça que je vous fais la leçon. Venir ici tout seuls, c'est irresponsable. C'est même carrément dangereux.

— Vous avez vu ce garçon ? demande alors Pari, d'une voix aussi froide que ses mains glacées, en lui tendant la photo de Bahadur. Il est venu ici ? Et son ami, vous l'avez vu ?

— C'est le travail de la police, ça, pas le vôtre.

— La police s'intéresse pas à nous parce que nous sommes pauvres, je dis.

Le donneur de leçons fait aller et venir sa langue comme un lézard, mais il finit par prendre la photo des mains de Pari et l'examine.

— Quel âge il a ?

— 9 ans, dit Pari. Peut-être 10.

— Je ne peux pas dire que je l'ai vu. Il était habillé comme ça quand il est parti ?

— Il portait l'uniforme de notre école. Le même que celui-là, dit Pari en touchant mon pull.

Son uniforme à elle est de la même couleur que le mien, mais au lieu d'un pantalon elle porte une jupe et des chaussettes hautes. Quand on sera en sixième, elle aura droit à un salwar-kameez, comme Runu-Didi. Les uniformes des garçons, eux, ne changent pas, et Ma m'obligera à mettre le même pantalon jusqu'à ce que je sois assez grand pour cueillir des jamblons dans les arbres.

— Je n'ai pas vu d'enfants en uniforme à part vous, dit l'homme. S'ils attendaient un train tout seuls sur un quai, un vendeur de thé ou un porteur nous aurait prévenus.

Il rend la photo à Pari.

— Pour dire la vérité, des milliers d'enfants viennent ici chaque jour et on ne peut pas leur parler à tous. On fait de notre mieux, bien sûr. Mais vu leur nombre et la logistique que ça implique, c'est un vrai cauchemar.

Faiz dirait que cet homme est un incapable.

— Puisque vous avez fait tout ce chemin, allons à l'intérieur pour interroger les enfants. Peut-être que l'un d'entre eux a vu vos amis.

Pari et moi échangeons un regard. Après tout, nous ne connaissons pas cet homme et ça pourrait être un piège.

— Nous donnons des cours dans cette salle, et les enfants viennent s'ils le veulent. Parfois aussi, ils viennent juste regarder la télévision.

Tout à fait le genre d'école faite pour moi. Sauf que ça ne peut pas être une vraie.

— Ce centre est un endroit où les enfants des rues peuvent se sentir à l'abri quelques heures, nous explique l'homme. S'ils s'y plaisent, ils peuvent aller dans l'un de nos foyers, ou bien rentrer chez eux. Nous les aidons quelle que soit leur décision.

— Très bien, on va leur parler, dit Pari.

Dans la salle, un petit poste de télévision est accroché au mur, mais pour l'instant il est éteint. Des enfants de tous âges sont assis juste en dessous, sur des draps étalés à même le sol. À notre arrivée, l'un d'eux lance :

— Touristes ? Un dollar, s'il vous plaît.

Ils comprennent cependant rapidement que nous leur ressemblons, et leurs yeux se tournent vers leur professeur. Il n'y a que deux filles dans la classe.

— Ces enfants recherchent leurs amis qui ont disparu, explique le donneur de leçons. Montrez-leur la photo, ajoute-t-il en se tournant vers nous.

Puis, en s'adressant au professeur :

— Prenez une pause.

Le professeur soupire, ôte ses lunettes, se frotte les yeux.

Nous nous asseyons en tailleur par terre, Pari et moi, et nous nous présentons. Pari parle aux deux filles. Il me revient de parler aux garçons. Ils sont quinze ou vingt et ce n'est pas facile. La photo passe de main en main.

— Bonne photo, dit un garçon qui n'a jamais vu Bahadur.

J'interroge celui qui est assis tout près de moi :

— Tu viens d'où ?

— De Bihar.

— Comment est-ce que tu es arrivé ici ?

— D'après toi ? En train, bien sûr. Tu crois que j'ai assez d'argent pour acheter un billet d'avion ?

Ce type est vraiment malpoli. Il ressemble un peu à Faiz, mais avec une balafre toute fraîche sur le visage, qui court de la pointe de son oreille gauche jusqu'au coin de sa bouche.

— Pourquoi tu es venu ici ? je demande même si c'est indiscret.

Le garçon touche sa balafre et répond :

— Baba.

Sa réponse me laisse sans voix. Je suis à court de questions. Cette enquête est une perte de temps et j'ai dépensé l'argent de Ma pour rien.

— Va voir Guru, dit une des filles à Pari, alors que nous nous apprêtons à partir. Tu le trouveras près du guichet principal des réservations, avec ses garçons. Il sait tout ce qui se passe ici. Il nous voit même si on ne le voit pas. Il est comme Dieu.

Quand on sort de la Fondation pour l'Enfance…

… la gare semble s'être remplie. Un train bondé vient peut-être d'arriver, ou bien il ne va pas tarder à partir. Je me demande pourquoi certains trains sont pleins et d'autres pas. Peut-être que les premiers vont dans les villes où des millions de gens travaillent, et les seconds dans des villages comme celui de Nana-Nani, où il y a plus de buffles que d'habitants et pas beaucoup de téléviseurs.

Près des guichets, Pari et moi ne trouvons pas Guru et ses garçons, mais il faut dire qu'on ne voit pas grand-chose. On ne distingue que des corps maigres ou grassouillets, droits comme des *i* ou courbés comme des faucilles.

— Je commence à penser que j'avais raison au sujet de Quarter. Peut-être qu'il enlève des enfants et les oblige à voler pour lui, comme nous l'a raconté le donneur de leçons. Il doit avoir formé un nouveau gang.

Pari s'apprête à me répondre quand une main agrippe mon épaule. C'est celle d'une femme avec deux fines chaînes d'or autour du cou et des anneaux accrochés aux oreilles.

— T'es perdu, petit ? Viens, je vais te ramener chez tes parents.

— Tout va bien, dit Pari. Nos amis seront là d'une minute à l'autre.

La femme sourit. Ses dents et ses gencives ont la couleur rouge sang du paan.

— On dirait que tu as faim, fiston.

Elle me pince les joues de ses ongles pointus.

— Et toi aussi, dit-elle à Pari.

Elle sort une pochette glissée dans la ceinture de son sari et en défait les cordons. On m'a déjà parlé de voleurs qui utilisent des flacons de parfum un peu particuliers : ils en aspergent leurs victimes et les étourdissent avec avant de leur piquer leurs portefeuilles. Cette femme prépare un mauvais coup. Je m'écarte et tente aussi d'éloigner Pari.

— Tiens, dit la femme en me tendant un bonbon orange enveloppé de cellophane.

Il ressemble à un vrai quartier d'orange saupoudré de sucre.

— On n'en veut pas, s'énerve Pari.

— Pas la peine de se fâcher, répond la femme. J'en ai aussi un pour toi.

— Ne touchez pas à ces bonbons, nous siffle une voix qui, l'instant d'après, houspille la femme aux bijoux à côté de nous. Tu ne veux pas prendre ta retraite, Tata ? Tu ne crois pas qu'il est temps pour toi d'aller à Varanasi te baigner dans le Gange ? Et de prier le dieu Ram jour et nuit ?

La femme crache sur le côté avec mépris, produisant un mince filet de salive rose, mais s'en va.

— Vous savez bien qu'il ne faut jamais accepter de bonbons d'un inconnu, continue la voix, qui appartient à un garçon encadré par deux acolytes, qu'on pourrait prendre pour ses gardes du corps. Cette ruse est vieille comme le monde.

— On lui a dit qu'on n'en voulait pas, proteste Pari. On n'est pas idiots.

Le garçon sourit, peut-être impressionné par son insolence. Son visage est fin, ses cheveux cuivrés et ses yeux gris-vert rappellent ceux d'un chat. Une écharpe à rayures rouges est enroulée autour de son cou. Il a un bandage autour du poignet, couvert de crasse et de sang séché.

— C'est toi Guru ? je demande. Une fille à la Fondation de l'Enfance nous a dit de venir te parler.

— Vous avez fugué, c'est ça ?

Toutes ces questions commencent à me fatiguer.

— Non, répond Pari.

— Cette femme avec qui vous discutiez, elle travaille pour un trafiquant. Vous savez ce que c'est, un trafiquant ? demande Yeux-de-Chat.

— Quelqu'un qui transforme les enfants en briques, je dis, mais ce n'est pas du tout ce que j'avais en tête.

Yeux-de-Chat rit doucement.

— Ses bonbons vous endorment, puis son boss vous enlève et vous vend comme esclaves. Vous avez eu de la chance, nous sommes arrivés à temps.

— Si tu sais que cette femme est dangereuse, pourquoi tu ne la dénonces pas à la police ? demande Pari. Pourquoi est-ce qu'elle n'est pas en prison ? À l'heure qu'il est, elle doit être en train de proposer ses bonbons à quelqu'un d'autre.

— La police ne peut l'arrêter que si on la prend sur le fait, lui explique Yeux-de-Chat.

On dirait Pari avec moi, quand elle m'explique les choses. Même irritation dans la voix, même arrogance teintée de séduction.

— On ne peut pas la mettre en prison parce qu'elle a des bonbons à l'orange dans son sac. Elle est rusée, cette femme. Elle ne se fera jamais prendre, elle sait disparaître avant qu'on s'aperçoive de quelque chose.

— Comment on peut être sûrs que tu ne travailles pas pour elle ?

— Vous êtes des gamins intelligents, me répond Yeux-de-Chat. Qu'est-ce que vous faites dans cette gare, sans vos parents ?

— On est venus chercher nos amis pour les ramener dans notre basti, répond Pari. Ils sont peut-être ici.

— Guru est celui qu'il vous faut, dit l'un des gardes du corps. Il est sur son territoire.

— C'est vraiment toi, Guru ? demande Pari.

Le garçon hoche la tête. Elle lui tend la photo de Bahadur.

— Tu l'as vu ? Il doit porter le même uniforme que nous.

Guru examine la photo un long moment en mordant les peaux mortes de ses lèvres gercées.

Lui et ses compagnons semblent beaucoup plus vieux que nous, 14 ans, 15 ans, peut-être même 17, impossible de savoir. Leur visage est brûlé par les années à vivre dehors, leur menton hérissé de poils, et un début de moustache pousse en touffes clairsemées au-dessus de leur lèvre supérieure.

— C'est ton frère ? demande Guru.

— Bahadur est en classe avec nous, répond Pari. C'est notre CAMARADE.

Sa bouche fonctionne en mode haut-parleur parce que les files d'attente aux guichets sont longues et bruyantes, et que tout le monde se bouscule et s'insulte pour avancer. L'air sent les pieds, la sueur et la fumée. À l'école, lorsqu'on fait la queue, on fait moins de bruit et moins de chahut, et on n'a pas la moitié de l'âge de ces gens.

Guru nous entraîne loin des guichets.

— Il a disparu quand, votre camarade ?

— La semaine dernière, dit Pari.

— Et il était où, la dernière fois que quelqu'un l'a vu ?

— À l'école, je dis. Non, au Bhoot Bazar.

— C'est un marché près de notre basti, explique Pari. Bahadur a disparu et, après ça, un de ses amis s'est volatilisé lui aussi. Omvir. Pas plus tard qu'hier. Ils ont peut-être décidé de s'enfuir ensemble à Mumbai ou à Manali.

Guru regarde de nouveau la photo et la rend à Pari.

— Nous ne l'avons pas vu dans les parages. Ni aucun autre enfant avec le même uniforme que vous. Nous en sommes certains. Mais nous pouvons demander à la police de visionner les vidéos des caméras de surveillance. Ils pourraient découvrir quelque chose qui nous a échappé. Vous leur avez parlé ?

— Pari n'a pas voulu, je dis.

— Elle a eu raison. Ils peuvent être hargneux avec les étrangers. Mais nous connaissons bien l'un d'entre eux. Il était comme nous avant d'être recueilli par la Fondation pour l'Enfance. Il a vécu dans un de leurs foyers pendant des années avant de devenir policier.

Avec Guru, on va jusqu'à l'entrée de la gare. En chemin, il dit à Pari qu'elle doit être quelqu'un de bien ; personne d'autre ne se donnerait autant de mal pour retrouver des amis disparus. Il lui porte même son sac à dos. Le mien pèse de plus en plus lourd.

Guru nous demande d'attendre et s'adresse à l'un des policiers postés à l'entrée, qui inspecte le paquet d'une femme en burqa.

— Pourquoi est-ce que Guru parle de lui en disant « nous » ? je demande. Il se prend pour un roi ou quoi ?

— T'es juste en colère qu'il ne t'ait pas proposé de porter ton sac, me répond Pari.

Le policier avec lequel Guru discute se retourne pour nous regarder. Il est jeune et a peut-être seulement un an ou deux de plus que Guru. Il laisse partir la femme en burqa puis fait comprendre d'un geste à l'un de ses collègues qu'il revient dans cinq minutes.

— Écoutez, nous dit-il aussitôt, je ne peux pas visionner une semaine entière de vidéos juste parce que votre ami a disparu. Faites un signalement au commissariat le plus proche de chez vous. Ils nous demanderont les enregistrements et nous les enverrons. C'est comme ça que ça se passe.

— La police de notre basti refuse de nous aider, dit Pari.

— Ils nous menacent de faire venir des bulldozers, j'ajoute.

— Les règles sont les règles, répond le jeune policier.

— On doit bien pouvoir faire quelque chose pour ces enfants. Ils sont venus de loin, intervient Guru.

Le policier le regarde d'un air triste.

— La vérité… – il baisse la tête et la voix –, c'est que les caméras de surveillance de la gare ne fonctionnent plus depuis un mois. On a déposé une requête auprès des services de maintenance, mais vous savez comment c'est.

Je ne sais pas comment c'est, mais je n'ose pas demander au policier de nous l'expliquer.

— Tu n'y peux rien, dit Guru. Ce n'est pas de ta faute.

— C'est top secret, ajoute le jeune agent. Si vous en parlez à quelqu'un, ou si des journalistes de la télé l'apprennent, je perdrai mon travail.

— Nous ne dirons rien, promet Guru.

— Nous ne dirons rien non plus, confirme Pari.

— On devrait rentrer maintenant, je dis, une fois le policier parti.

— Soyez prudents, même dans votre basti, conseille Guru en s'adressant à Pari, les sourcils froncés. Ses yeux prennent des reflets gris puis verts. Il se peut que le kidnappeur soit dans votre entourage. Tous les deux, vous avez des parents qui s'occupent de vous et vous n'avez aucune idée de la méchanceté des gens. Nous, nous savons, parce que nous vivons dans la rue.

— Haan, ça doit être dur de ne pouvoir compter sur personne, dit Pari.

Elle se comporte de la même façon en classe ; elle écoute les professeurs avec des yeux ronds comme des billes, elle est d'accord avec tout ce qu'ils disent, et à peine ils ont fini de poser leurs questions qu'elle leur répond, pour être leur préférée.

— Vous voulez savoir comment nous réussissons à survivre ? demande Guru. C'est un secret que nous ne partageons avec personne d'habitude, mais puisque vous m'avez l'air d'être de bonnes personnes et que vous semblez dans une mauvaise passe, nous avons décidé de vous aider.

— La mère de Bahadur est dans une mauvaise passe, je dis. Le père d'Omvir aussi. Pas nous.

— Guru raconte de bonnes histoires, intervient Laquais numéro 1.

— De très bonnes histoires, ajoute Laquais numéro 2.

— Jai, on n'est pas obligés de partir tout de suite, insiste Pari. Le dernier métro de la Purple Line part à onze heures et demie ce soir. On n'est que l'après-midi. On a tout le temps.

C'est du Pari tout craché : elle connaît même les horaires du métro.

— On ne peut pas rentrer aussi tard.

— Ce ne sera pas long, dit Guru. Et nous n'allons pas vous laisser partir sans vous offrir un thé à la maison.

— Il n'y a pas de thé, dit Laquais numéro 1, l'air contrarié.

— Mais on a des Parle-G[1], ajoute Laquais numéro 2.

Je ne suis pas sûr qu'on puisse leur faire confiance, pourtant Pari s'éloigne déjà avec Guru en lui parlant du

1. Biscuits indiens industriels.

Bhoot Bazar et en l'invitant à le visiter, comme s'il était son meilleur ami. Ses laquais coincent leurs pouces dans leurs poches et bondissent derrière lui à la façon des kangourous que j'ai vus à la télévision, en échangeant leurs places. Je devrais être content d'être là et de découvrir de nouveaux endroits, mais quelque chose me tracasse, m'asticote les tripes et la poitrine. Est-ce la peur d'avoir dépensé l'argent de Ma ? Celle d'être suivi par la femme aux bonbons à l'orange ? Je me retourne, mais elle n'est pas là.

Nous levons les bras pour ne pas nous faire écraser en traversant la route. Des klaxons furieux me cassent les oreilles. Des rickshaws à moteur ralentissent près des touristes blancs qui portent des masques et dont les sacs à dos, aussi grands qu'eux, dépassent de leurs épaules. Les chauffeurs crient : « Vous allez où ? Je vous emmène ! Moi ! Moi ! » Des hommes courent même derrière les étrangers : « Taj, Madame ? Bon prix pour vous. Très bon prix. »

En face, le trottoir est une succession d'hôtels et, dans le smog, les néons clignotent : HOTEL **ROYAL** PINK, **INCREDIBLE !**NDIA. Guru et ses disciples empruntent une ruelle encombrée, noire comme la nuit. Des échoppes exhibent leurs marchandises sur notre passage : sachets de paan, de chips et de nankhatais, kebabs et ours en peluche roses à la poitrine brodée *I love You* et *Just for you*.

Guru s'enfonce dans une autre ruelle entre deux bâtiments à plusieurs étages. De chaque côté, on a collé des carreaux à l'effigie de dieux pour empêcher les gens de pisser sur les murs. Il y a là un Jésus à la peau brune, un guru sikh, un pir musulman, Durga-Maga chevauchant un tigre et le dieu Shiva. Au bout de la ruelle s'ouvre une petite zone dégagée.

— C'est là que nous habitons, dit Guru. C'est notre maison. Bienvenue.

Je regarde autour de moi. Il n'y a pas de maison, pas de toit, pas de murs en brique : rien que des cartons plats entassés à côté de pneus crevés, sous un banian dont les racines remontent vers le ciel. Sur une corde à linge tendue entre deux racines, on a suspendu cinq chemises couleur crème au col taché de rouille. Les feuilles du banian tremblent dans le smog. Les laquais de Guru étalent des cartons par terre et nous invitent à nous asseoir. Laquais numéro 1 grimpe à l'arbre, y prend un sac et redescend.

Pari me montre un barbier, debout sous l'arbre immense, en train de raser un client dont les joues sont couvertes de mousse. Derrière lui se trouve une table haute sur laquelle il a disposé un miroir, des tubes de crème, des flacons, des peignes et des brosses. Le client s'agrippe aux accoudoirs de son fauteuil comme s'il redoutait que le barbier lui tranche la gorge.

Laquais numéro 2 prend un paquet de biscuits ouvert dans le sac que tient Laquais numéro 1.

— Mange, dit-il à Pari, comme s'il s'agissait d'un défi.

— Je n'ai pas faim, répond-elle.

C'est sûrement le plus gros mensonge qu'elle ait jamais proféré.

Je dis non à mon tour, mais pas parce que les biscuits pourraient contenir des somnifères, ils sont couverts de taches de moisissure noires.

— Le soir, ici, nous racontons des histoires, nous dit Guru. Les enfants viennent de partout pour nous écouter.

— Ils n'ont nulle part où regarder la télévision ?

Pari me donne un coup de coude dans les côtes.

— Guru adore raconter des histoires, nous explique

Laquais numéro 1. Il parle tout seul parfois, ou même aux corbeaux, aux chats et aux arbres s'il n'y a personne pour l'écouter. Mais quand il a fini, les enfants lui donnent toujours quelque chose.

Laquais numéro 2 nous regarde en plissant les yeux pour s'assurer qu'on a bien compris. Puis il frotte son pouce contre son index au cas où on aurait encore un doute. Je ne peux pas le croire. Il nous demande de payer pour une histoire qu'on n'a même pas envie d'entendre. Il est pire que l'officier de police corrompu qui est venu dans notre basti. L'argent, ça les rend tous fous.

— Donnez-nous simplement ce qui vous semble juste, dit Guru.

Que se passera-t-il si on ne paie pas ? Rien ne nous empêche de regagner la gare par nous-mêmes en courant ; il nous a fallu moins de dix minutes pour arriver ici. Guru ne peut rien nous faire maintenant, en présence du barbier et de son client.

— Il nous reste juste assez d'argent pour rentrer à la maison, lui dit Pari avec une toute petite voix.

J'imagine qu'il n'est plus son meilleur ami.

— Cinq roupies, vous n'avez pas ? demande Laquais numéro 1.

— Ça ne fait rien, intervient Guru en reniflant le bandage qu'il a au poignet comme si c'était une guirlande de jasmin. Nous vous avons emmenés ici pour vous parler de Maboul. Il doit y avoir quelqu'un comme lui dans votre basti. Il faut que vous trouviez cet esprit et que vous lui demandiez de vous aider.

Sur ces mots, Guru s'assoit en tailleur devant nous sur un carton, les mains sur les genoux, paumes vers le haut. On dirait Runu-Didi quand elle fait du yoga.

— Il y a encore quelques années, vous auriez pu visiter l'endroit où vivait Maboul, dit Laquais numéro 1. Maintenant, c'est devenu un salon de coiffure.

— Maboul ? je dis. C'est quoi ce nom ?

Faiz réagirait comme moi, lui aussi.

— Quand Maboul vivait encore, commence Guru, il était le boss de dix-huit ou vingt garçons qui travaillaient pour lui…

Deux

CETTE HISTOIRE VOUS SAUVERA LA VIE

On l'appelle Junction-ki-Rani, Princesse du Carrefour, mais quand elle était la mère…

Comment ça, « quand elle était la mère » ? Vous ne cessez pas d'être mère juste parce que vos enfants sont morts.

Regarde ce que tu viens de faire. Tu as dévoilé la fin de l'histoire.

En quoi est-ce la fin ? Ne te fâche pas, Baba. Commence donc par le début.

Par où veux-tu que je commence, sinon par le début ? Mais tu devrais peut-être la raconter, toi, l'histoire. On dirait que tu es devenu un expert en la matière.

Arrey, ne te fâche pas. Je ne t'interromprai plus. Vas-y, on attend. On veut t'écouter, toi. Toi seul.

On l'appelle Junction-ki-Rani, mais quand elle était la mère… Ça ne sonne pas juste.

Tu n'as jamais raconté l'histoire de cette façon. Mais d'habitude tu commences toujours par prendre un verre de quelque chose de fort et de noir pour t'humecter la gorge.

Je reprends.

On dit que son vrai nom était Mamta, mais nous l'avons toujours appelée Junction-ki-Rani. Elle se tenait aux intersections des grandes routes, comme un épouvantail qu'on aurait arraché à une rizière et replanté, juste pour rire, sous un feu de signalisation. Ses bras décharnés se déployaient comme les ailes de Jatayu[1], et de sa bouche soufflaient des tornades d'imprécations qui faisaient voler les pare-brise en éclats.

Des tornades ! J'étais là, juste derrière ton fauteuil roulant, et je n'ai pas vu de tornades, mais tu racontes si bien, j'ai envie de te croire.

Tais-toi.

La première fois qu'on a vu Junction-ki-Rani, on a cru découvrir une nouvelle façon de mendier, et on a été jaloux. Les gens appuyaient sur les boutons pour ouvrir leurs vitres, la prenaient en photo avec leurs portables, riaient et se baissaient pour esquiver les jets de salive qu'elle faisait pleuvoir sur leurs visages comme si elle crachait dans un caniveau. Mais ils la regardaient.

C'était un miracle.

Tu vois, de nos jours, plus personne ne prend le temps de nous regarder, nous, les mendiants, de s'apitoyer sur nos visages défigurés par le temps et la faim, sur nos jambes bandées et amputées au-dessous des genoux, sur nos bébés morveux que nous tenons comme des gerbes de fleurs. Nous deux, on mendie par haut-parleur, rien que ça – là, tu vois, il est fixé à mon fauteuil – mais on a beau monter le volume de nos prières, on dirait parfois que le monde entier est devenu sourd.

On est prêts à tout pour qu'on nous remarque. On se glisse dans la circulation et on se heurte aux capots ; on colle nos visages contre les vitres fraîches comme de l'eau, et on les arrose de nos larmes dans l'espoir qu'un enfant occupé à regarder un dessin animé sur son écran lèvera la tête et criera : « Maman, regarde le monsieur ! Si on lui achetait une glace ? »

On te l'a dit, on est prêts à tout.

---

1. Oiseau fabuleux de la mythologie hindoue.

Autrefois, les mendiants allaient de porte en porte, secouaient le verrou sur la grille, et quand ils demandaient : « Ma, quelque chose pour moi aujourd'hui ? », on leur donnait les rotis secs de la veille, une kurta usée dont on aurait fait un chiffon pour la cuisine, ou bien des pièces si le fils avait eu de bonnes notes à ses examens ou si on avait trouvé un beau parti pour la fille. Mais, à présent, ceux qui ont assez d'argent pour nous nourrir vivent dans des résidences sécurisées, derrière des murs deux fois plus hauts que nous, avec des panneaux indiquant ATTENTION MOLOSSES, ou N'ESSAYEZ MÊME PAS DE VOUS GARER ICI, ou PARKING INTERDIT OU ON CRÈVE LES PNEUS. Leurs demeures sont gardées par des vigiles qui s'installent dehors, les après-midi d'hiver, sur des chaises en plastique pour se chauffer les os au soleil.

C'est une conférence sur les mendiants ? Et Junction-ki-Rani, alors ?

Tu m'interromps. Une fois de plus.

Mille excuses.

On pensait que Junction-ki-Rani était une mendiante comme nous, mais on a été détrompés. Elle se tenait là, campée dans son sari vert à rayures blanches dont on voyait les bords s'effilocher avec le temps et les couleurs noircir à cause des gaz d'échappement. Ses cheveux étaient à la fois blancs comme la lumière des dieux et noirs comme la nuit. Elle parlait distinctement et fort, en détachant bien tous ses mots obscènes de sorte qu'il y avait un silence angoissant entre « putain » et « sœur », ou entre « fils » et « chien » – à vrai dire, elle employait des termes beaucoup plus grossiers, qu'il serait indécent et superflu de répéter ici.

Mais ils sont drôles.

Pas maintenant.

Continue, s'il te plaît. N'écoute pas les idioties de cet imbécile.

Junction-ki-Rani ne s'embarrassait pas des convenances, il lui arrivait de soulever son sari et son jupon, de baisser sa culotte puis de faire ce qu'elle avait à faire au beau milieu de la route, et ceux qu'elle offensait appelaient la police. Qui sait combien de fois elle a été arrêtée puis relâchée ? La lune peut-être, ou les étoiles, ou les vautours dans le ciel.

Chaque fois qu'elle sortait de prison, elle retournait se poster à un carrefour différent. Les pièces pleuvaient à ses pieds, jetées par ceux qui, naïfs, prenaient ses malédictions pour des bénédictions et avaient pitié de celle qu'ils se rappelaient avoir vue à la télévision. Mais cet argent, elle n'y touchait pas. Elle n'achetait jamais de nourriture, et ne s'offrait pas même un verre de thé. Les gens prétendaient qu'elle mangeait des chèvres, des chiens et des chats égarés qui s'étaient aventurés un peu trop loin de chez eux ; on racontait qu'avec sa langue elle lapait l'eau des flaques aux couleurs arc-en-ciel et à l'odeur d'essence. Nous, on ne s'inquiétait pas de tout ça. On était comme les aigrettes picorant les tiques sur le dos des vaches. On ramassait ses pièces et on se disputait pour savoir comment se les partager. Elle, on s'en fichait.

Jusqu'à ce qu'elle meure.

Et voilà, tu as dévoilé la fin, imbécile.

Mais, ce n'est pas vraiment la fin.

Quelqu'un nous a dit…

C'était le tireur de rickshaw ou le vendeur de cacahuètes ?

Tu vas te taire, oui ?

On ne tombait jamais sur Junction-ki-Rani dans les cachettes où on fuyait les patrouilles de lutte contre la mendicité, ni quand on faisait la queue devant les foyers, les nuits où le froid glacial mordait les os, ni dans les longues files d'attente qui se créaient lorsque les riches distribuaient des repas gratuits lors des fêtes de Rama Navami ou Janmashtami. Mais on connaissait toutes les histoires qu'on racontait sur elle : elle avait été cuisinière dans huit ou dix maisons ; son mari avait succombé à l'alcool ; son fils, le jour de ses 18 ans, avait embarqué sur un cargo pour Dubai dans un port de Mumbai et était mort au Nigeria. Junction-ki-Rani, disait-on, avait reporté tous ses rêves et toutes ses ambitions sur sa fille, qui faisait des études d'ingénieur la journée et donnait des cours particuliers le soir. Mais, une nuit, quatre hommes l'avaient kidnappée alors qu'elle rentrait chez elle. Ils l'avaient redéposée à l'endroit exact où ils l'avaient enlevée, mais seulement après l'avoir mutilée de façon irrémédiable.

C'est Junction-ki-Rani qui avait allumé le bûcher de sa fille, car personne d'autre – et encore moins un homme – n'était là pour prendre une bûche enflammée et libérer l'âme de son enfant. Après quoi, elle avait fouillé les braises à mains nues, réuni les cendres et les morceaux d'os tout chauds de sa fille morte. Elle les avait emportés dans une urne à Varanasi puis dispersés dans le Gange sacré.

Longtemps, elle crut que la police retrouverait les assassins de sa fille. Elle était interviewée par les journaux, elle passait à la télévision et parlait de la future-ingénieure-qui-ne-le-serait-jamais-plus, mais les journaux finissaient à la poubelle, étaient mangés par les vaches ou disparaissaient sous les coups de balai. Puis son visage fut gommé des écrans par un attentat à la bombe qui fit des centaines de victimes. Quand elle s'adressa à eux, les policiers laissèrent entendre que sa fille menait une vie dissolue ; c'était bien connu, seul un certain genre de femme se promenait seule dans la rue passé une certaine heure.

Junction-ki-Rani reprit son travail de cuisinière dans

les huit ou dix maisons qui l'embauchaient, ses patronnes répétaient « Quel malheur, tout ce qui vous arrive ! », chacune dans sa langue – bengali, penjabi, hindi ou marathi –, et lui demandaient ensuite d'ôter les graines des piments parce que Baba ou Nana avaient eu des aigreurs d'estomac pendant son absence. « C'était si terrible qu'on a cru à une crise cardiaque. » Mais tout ce que cuisinait Junction-ki-Rani avait le goût des cendres de sa fille. Elle avait beau les frotter, ses doigts sentaient la fumée et la chair brûlée. Elle fut renvoyée de toutes les maisons.

C'est alors qu'elle commença à s'installer aux intersections et à insulter les passants. Dans chaque visage d'homme elle voyait le meurtrier de sa fille.

On est devenus riches grâce à sa colère.

Personne n'est devenu riche. On était des mendiants et on est toujours des mendiants.

Junction-ki-Rani a survécu un an après la mort de son enfant, peut-être deux. Pas facile de savoir quand on n'a pas de maison, et que pour mesurer le temps qui passe, on ne peut se fier qu'au temps qu'il fait ; et encore, il fait plus ou moins le même temps d'une année sur l'autre, juste un peu plus chaud ou un peu plus froid. On ne connaît même pas notre date de naissance.

La police a envoyé un fourgon pour ramasser le cadavre de Junction-ki-Rani. Il paraît qu'à la morgue on l'a découpée, comme sa fille, puis on l'a incinérée près de la rivière. Des gens se sont donné cette peine pour elle, ils ont regardé le bois crépiter et les langues des flammes purifier la pauvre femme. On a pensé qu'elle avait enfin trouvé le repos.

Tout ça est pénible à entendre, on le voit bien. Ce n'est pas le genre d'histoire que les parents racontent à leurs enfants pour les endormir. Mais il faut que vous l'entendiez. Vous devez connaître le monde tel qu'il est.

Quand tu auras fini avec ta leçon…

Bien sûr, pardon, pardon.

Pendant les quelques mois qui ont suivi sa mort, on n'a plus guère parlé de Junction-ki-Rani. Mais après, on n'a plus arrêté.

Près de son carrefour favori s'élevait une tombe surmontée d'une coupole à la peinture écaillée par la pluie, les fumées et les fientes de pigeons ; tout autour ce n'étaient que buissons d'épines dont nul ne connaissait le nom. À ce qu'on dit, de son vivant, lorsque ses jambes se dérobaient et refusaient de la soutenir plus longtemps, Junction-ki-Rani cessait pendant un moment d'insulter les hommes sur la route et allait se reposer dans la tombe.

Après sa mort, les amants venus d'autres quartiers de la ville, qui avaient jusqu'alors l'habitude de se réfugier dans ce caveau des après-midi entiers, ne restaient plus aussi longtemps. Il y avait quelque chose d'irritant dans l'air, disaient-ils. Des voix les appelaient. Des odeurs leur remémoraient leurs péchés, les flacons de parfum brisés sous la colère, l'ase fétide dans les plats de dal renversés, le curcuma dans le lait chaud que leurs épouses leur donnaient les nuits où ils avaient un début de rhume ou de fièvre… et ils étaient là avec des femmes qui n'étaient pas les leurs. L'air dégageait un souffle étrange, comme juste avant de se prendre un poing dans la figure.

Leurs soupçons se confirmèrent un soir de novembre alors que la nuit était tombée d'un seul coup, comme c'est le cas tous les hivers. Le ciel était noir, mais les derniers rayons du soleil avaient laissé une traînée orange doré vers l'ouest. Dans les maisons, les pères repliaient leurs jambes devant la télévision, des verres de whisky ou de thé aux lèvres, et les mères coupaient des okras en quantité suffisante pour le dîner et le déjeuner du lendemain.

À un carrefour, des jeunes gens en voiture passèrent

devant une fille, ralentirent, lui demandèrent si elle voulait monter. Ne redémarrèrent pas quand elle leur répondit non. La fille serra son sac à main contre sa poitrine, appela une amie sur son portable et dit : « Rien, juste des hommes qui baratinent, alors j'ai appelé. » Peut-être l'amie était-elle restée à l'autre bout du fil. Peut-être avait-elle répondu : « Je préviens la police » avant de raccrocher et de composer ces numéros d'urgence gratuits dédiés aux femmes en détresse et qui sont placardés dans les journaux, mais elle n'avait pas obtenu de réponse.

Le dupatta de la fille traînait par terre. Elle décida de ne pas remonter l'écharpe de peur qu'au moindre mouvement de poignet, au moindre éclat de peau nue sur sa main, les hommes ne se jettent sur elle.

Peut-être pouvait-elle sentir l'après-rasage du type qui était le plus proche d'elle, voir les mèches de ses cheveux soigneusement et copieusement passées au gel pour que la brise ne dérange pas sa coiffure. Peut-être pensait-elle aux examens qu'elle n'avait pas encore passés, au garçon qu'elle n'avait pas encore épousé, à l'appartement qu'elle ne possédait pas encore et aux enfants qu'elle n'aurait jamais.

Peut-être qu'elle se souvenait de Junction-ki-Rani et se demandait si sa mère irait, elle aussi, se poster en plein milieu de la route sous le soleil brûlant ou sous la pluie d'hiver. Qui s'occuperait de son jeune frère et de sa jeune sœur ? Qui rappellerait à son père de prendre à temps ses médicaments pour la tension ?

C'est alors qu'elle l'entendit. Une gifle qui contenait dans ses cinq doigts la puissance du tonnerre. L'homme aux cheveux gominés poussa un cri. Sa joue devint écarlate. Les essuie-glaces s'affolèrent sur le pare-brise. Un creux en forme de main géante apparut sur le toit. Le conducteur appuya sur l'accélérateur, mais la voiture n'avança pas ; les roues tournoyèrent et tournoyèrent comme si le véhicule s'était embourbé.

Une pluie de gifles et de coups de poing s'abattit sur les hommes. Des doigts invisibles leur serraient la gorge. Le sang gicla de leurs bouches, les larmes et la morve dégoulinèrent sur leurs visages. « Pardon, supplièrent-ils. Stop. S'il te plaît, on te demande pardon. »

Les roues se débloquèrent. La jeune fille, encore tremblante, vit les feux arrière de la voiture disparaître. Puis elle courut jusque chez elle.

Plus tard, réalisant ce qui lui était arrivé, elle raconta à ses amies comment Junction-ki-Rani l'avait sauvée. Ses amies racontèrent l'histoire à d'autres, et certaines en parlèrent devant un marchand qui la raconta à un vendeur de thé, qui à son tour la raconta à quelqu'un de notre connaissance.

Junction-ki-Rani mérite d'être vénérée telle la déesse Durga-Mata, mais presque tout le monde la craint. Certaines nuits, on l'entend pleurer, et certains après-midi, selon l'angle sous lequel le soleil se déverse sur les murs de la tombe, on peut voir les traces de ses larmes. Très peu de gens visitent le site, à part quelques garçons qui se prennent en photo devant pour impressionner leurs amis.

Mais, de temps à autre, quelque part en ville, une fille – elle habite peut-être sur l'autre rive du fleuve, ou peut-être dans un basti près d'ici – ressent la peur qui, dans ce pays, étreint toutes les filles qui marchent seules sur une route déserte. À cause du rugissement d'une moto derrière elle, de l'odeur d'un mâle en sueur ou à la vue d'un bras velu qui sort d'une jeep pour l'enlever. Elle se souvient alors de Junction-ki-Rani, et l'esprit de la rani vole à son secours. L'homme n'a qu'à bien se tenir.

Junction-ki-Rani, ce n'est pas une légende. Elle vit…

Tu veux dire : son esprit vit.

Elle vit parce qu'elle est toujours à la recherche des assassins de sa fille. Et si elle le pouvait, elle dirait à toutes les femmes, à toutes les filles de la ville : « N'ayez pas peur. Pensez à moi et je serai à vos côtés. »

Nous espérons que vous n'aurez jamais besoin de l'appeler mais, Dieu me pardonne, si cela devait arriver, nous vous promettons qu'elle vous aidera. Cette histoire est un talisman. Gardez-la contre votre cœur.

Elle n'était pas bien, cette histoire ? Elle vous a plu, n'est-ce pas, même si elle était un peu trop violente par moments. Bon, maintenant, on a la gorge sèche d'avoir parlé si longtemps. Vous pourriez nous offrir un verre de thé, avec un peu de malai dessus ? Et une assiette de samosas ? Les samosas du Bhoot Bazar sont célèbres jusqu'en ville. On partagera. Ça nous est égal, hein, cher ami ?

Il y a trois semaines
je n'étais qu'un écolier, mais…

… maintenant je suis détective, et en plus employé dans un tea shop. Je suis très occupé, même si Faiz dit qu'il travaille beaucoup plus que moi. Tout ça parce que je ne viens chez Duttaram que le dimanche, comme aujourd'hui. C'est tout de même un boulot difficile. Je mets un temps fou à nettoyer une seule de ces innombrables casseroles. Elles ont le fond tout poisseux à cause du thé, des épices et du sucre. Je suis obligé de gratter, gratter, mes doigts deviennent bleus à cause de l'eau glacée et mes jambes me font mal à force de rester accroupi pour laver les récipients.

Faiz dit que mes muscles vont s'habituer. Aujourd'hui, c'est seulement le deuxième dimanche que je travaille au tea shop. Il dit aussi que je ne devrais pas me plaindre de souffrir un peu parce que je suis un voleur, et que les voleurs, ils méritent d'être punis. Je ne peux pas lui dire de la fermer parce que c'est grâce à lui que je bosse chez Duttaram. Il a juré sur son abbu qu'il ne dirait pas à Pari, ni à personne d'autre, que j'ai volé dans le bocal de Parachute de Ma, et que j'ai un nouveau travail. Son père est mort depuis longtemps, mais Faiz le craint toujours, alors je sais que mon secret sera bien gardé.

Tandis que je finis de gratter une casserole, Duttaram me fait signe de ne pas me lever et me donne un filtre à thé et des verres à laver. Son échoppe se résume à une table montée sur roues dans une ruelle du Bhoot Bazar, mais son thé embaume si fort qu'il attire le tailleur qui confectionne des blouses pour la femme du directeur, les clients qui marchandent le prix des feuilles de fenugrec, et même les bouchers à l'autre bout du bazar qui ont toujours des éclaboussures de sang sur les paupières et de la chair animale rose sous les ongles.

Si Pari me voyait en ce moment, elle dirait : « Voilà pourquoi l'Inde n'aura jamais la classe internationale de l'Amérique ou de l'Angleterre. » Dans ces pays, c'est illégal de faire travailler les enfants. Ici aussi, mais tout le monde désobéit aux lois. Parfois, Pari menace de dénoncer à la police les patrons de Faiz, mais elle ne le fera jamais parce que ça rendrait Faiz ekdum furieux.

Je suis content d'avoir trouvé ce travail. J'ai remis dans le bocal de Parachute les 200 roupies que je n'ai pas dépensées le jour où Pari et moi avons pris la Purple Line. C'était une journée géniale, une sacrée aventure, mais si je ne gagne pas 200 roupies très vite, Ma s'apercevra que j'ai pris l'argent qu'elle garde pour les *au-cas-où*. J'ai calculé que je devais travailler cinq dimanches au tea shop pour réunir cette somme, mais dimanche dernier, le premier jour de travail de ma vie, Duttaram m'a payé 20 roupies au lieu des 40 promises. Il a dit que j'avais cassé trop de verres. Je crois qu'il est tout simplement radin.

Il n'empêche, travailler au tea shop est une excellente couverture pour un détective. Je peux laisser traîner mes oreilles, écouter les cancans et réunir des indices. Les gens qui achètent un verre de thé s'attardent un peu, se plaignent de ce qui va de travers dans ce monde. Il leur arrive de critiquer la mère de Bahadur qui ne cesse de harceler la police, et la police qui a augmenté notre hafta de 10 roupies par maison, et le père d'Omvir parce qu'il pleure tout le temps. Tous sont bien plus préoccupés par le hafta que par la disparition des garçons. Selon Ma, 10 roupies de plus, c'est un bon prix à payer pour avoir l'esprit en paix, mais je ne crois pas qu'elle ait l'esprit en paix. Même si elle a retiré le rouleau et la planche à rotis du baluchon près de la porte, le reste de nos affaires est toujours enveloppé dans le drap.

— Petit, il te faut combien de temps ? demande Duttaram qui essaie de me donner une tape sur la tête, mais je l'esquive et sa main ne frappe que le smog.

Je ne lave pas aussi bien que Runu-Didi, mais les clients de Duttaram, contrairement à Ma, ne trouvent rien à redire s'il y a une trace de doigt charbonneuse sur un verre.

Quand j'ai fini, je sers le thé et des nankhatais. J'ai froid, je ne dirais pas non à un ou deux verres de thé, mais Duttaram ne m'offre rien. Comme je veux aller trop vite, je m'éclabousse les mains de thé brûlant. Un chien marron à la truffe noire tente de me faire trébucher et sourit comme s'il m'avait fait une bonne farce. Puis il va se terrer sous la carriole de samosas un peu plus loin.

Quelqu'un me demande si je suis le frère de Runu-Didi. Je ne distingue plus les visages, rien que des mains couvertes de poussière, de peinture, de ciment dans lesquelles je fais passer les verres de thé. Je lève la tête pour savoir qui parle. C'est le boutonneux qui suit Runu-Didi partout.

— Ta sœur. L'athlète. La star.

Il ne se moque pas d'elle ; il est plein de vénération, comme Ma quand elle s'adresse aux dieux.

— Qu'est-ce que tu racontes ? je dis sèchement.

Même si c'était ma propre mère, je ferais semblant d'être quelqu'un d'autre.

Le coup de feu de l'après-midi commence. Ce sont en

majorité des mendiants pour qui la cuisine chez Duttaram est bien meilleur marché que le roti-subzi, le déjeuner de ceux qui ont de l'argent. Je les interroge sur les gangs qui enlèvent les enfants pour leur apprendre à voler les portables et les portefeuilles.

— Les garçons de ton âge regardent trop de films hindis, répond un mendiant qui a les cheveux dressés sur la tête comme les branches d'une étoile, et des dents marron tordues sur le côté et recourbées comme les cornes de Baba Buffle. Apporte-moi un autre thé au lieu de me faire perdre mon temps.

Je travaille encore et toujours. Je suis fatigué et je deviens renfrogné, mais personne ne le remarque. En ce moment, je devrais être en train de jouer au chor-police[1], au cricket ou à la marelle. Si seulement je n'avais pas volé l'argent de Ma. Je veux faire comme si de rien n'était, mais chaque fois que je pense au bocal de Parachute, la sueur m'inonde les aisselles et me brouille les yeux.

Le soir, Faiz arrive à l'échoppe le pouce bandé, un masque en chiffon noué autour du visage.

— J'étais en train de couper du gingembre, mais le couteau était trop aiguisé, m'explique-t-il, comme s'il ne voulait rien expliquer du tout.

Il s'assoit à côté de moi pendant que je lave les verres.

— Les serveurs aussi doivent découper des trucs ?

— Le cuisinier est tombé malade. On a tous été obligés d'aider en cuisine.

Aujourd'hui, Faiz a travaillé au dhaba près de l'autoroute, là où les chauffeurs routiers s'arrêtent pour déjeuner et dîner. Partout où il travaille, il collectionne les blessures

1. Référence à un dessin animé, équivalent aux gendarmes et voleurs.

et les cicatrices comme des pourboires. Aujourd'hui personne ne m'a donné de pourboire. On ne reçoit pas de pourboire dans ce genre d'échoppe.

— J'ai bien envie de le recruter pour notre enquête, je dis à Faiz en lui montrant le chien sous la carriole de samosas. Avec un chien, on peut retrouver la piste de Bahadur et d'Omvir, même refroidie.

Faiz abaisse son masque, qui pend à son cou comme une écharpe.

— Les chiens sont idiots. Ils se précipitent sur les employés de la fourrière comme s'ils allaient leur donner des shammi-kebabs.

— Grâce à leur flair, les chiens sont capables de reconnaître l'odeur des pieds d'un méchant ou celle de l'huile de coco qu'il met dans ses cheveux parmi les cent millions d'odeurs qui existent au monde. Toi, avec ton nez, tu ne peux pas faire ça.

— C'est une cour de récréation, ici, ou ton lieu de travail ? s'agace Duttaram.

Ce n'est pas juste. Même si je parle, je continue à laver les verres.

— Apporte plutôt ça aux gens là-bas, ajoute-t-il en pointant du doigt un plateau en fil de fer chargé de verres de thé, puis un groupe d'hommes debout autour d'une carriole vide.

— J'y vais, dit Faiz.

— Parfait, répond Duttaram.

Les hommes que Faiz sert sont en train de parler d'une jolie femme qui vient au tea shop tous les matins, dès l'ouverture, et laisse derrière elle un nuage parfumé d'ittar. Ils emploient des mots qui ne sont pas destinés aux oreilles innocentes, dirait Ma.

— Duttaram, tu embauches des enfants pour réduire

les coûts, maintenant ? demande un costaud hatta-khatta. Son torse est plus large que la porte de notre maison.

C'est peut-être un lutteur nourri aux œufs et au ghee qui s'entraîne tous les matins à l'akhara, mais il pourrait aussi bien être le genre d'homme qui dénonce ceux qui emploient des mineurs.

Le type-qui-est-peut-être-un-lutteur m'observe en prenant le verre de thé que Duttaram lui tend sans enthousiasme. La manche de son pull se relève, dévoilant une montre-bracelet dorée qui entoure son poignet velu. Impossible de dire si c'est vraiment de l'or ou une imitation. Au creux de son poignet, là où la peau est claire, presque blanche, et moins poilue, on aperçoit des marques rouges cerclées de jaune pus, probablement les traces d'un moustique qui l'a piqué dans son sommeil et qu'il a grattées pour stopper la démangeaison.

— Tout va bien ? m'interpelle-t-il. Cet homme ne t'embête pas ?

— C'est mon boss. Et il est gentil.

— Tu ne devrais pas être en train de réviser ? Ou de jouer ?

— Je le fais aussi.

— Tu vas à l'école ?

— Bien sûr.

— Tu fais tes devoirs tous les jours ? Ou tu restes dehors jusqu'au soir à jouer au cricket ?

Qui est-il pour me poser toutes ces questions ? Mon directeur ? Je secoue la tête. Peut-être pour dire oui. Peut-être pour dire non. À lui de deviner.

— Ça te dirait, un chocolat ? me demande l'homme en glissant la main à la montre dorée dans sa poche.

— Non, saab.

On ne doit pas accepter de bonbons d'un inconnu. C'est Guru qui m'a appris ça à la gare.

— Comme tu voudras, répond l'homme.

— Jai, tu travailles dans mon tea shop, dit Duttaram, alors que le Lutteur s'en va rejoindre le groupe d'hommes qui parlent de la femme au parfum d'ittar. Ça fait de toi le propriétaire ?

— De quoi tu parles, malik ?

— Parfaitement. Ce type, il a un petit job dans un appartement de riches, et il croit que ça fait de lui un riche.

— Quel job ?

Je ne connais pas d'homme dans notre basti qui fasse le ménage ou la cuisine pour les riches.

— Va savoir, répond Duttaram.

— Dans quel immeuble ? demande Faiz en posant le plateau vide sur la table de Duttaram.

— Le Golden Gate. On dit que dans ces tours les appartements sont si grands qu'ils occupent tout un étage.

Je regarde Faiz avec des yeux ronds. Ma ne me raconte jamais tous ces détails fantastiques sur la vie des riches. Elle ne fait que se plaindre de sa méchante patronne.

À peine une heure plus tard, Duttaram me donne 20 roupies et m'ordonne de ficher le camp. Je veux protester, mais Faiz m'entraîne avec lui.

— Si t'arrêtes de casser les verres, il te paiera correctement.

J'ai cassé un seul verre. Ça ne peut pas coûter 20 roupies.

Mais j'ai chipé un nankhatai sur une assiette. Je m'assure que Duttaram ne me voit pas et je jette quelques miettes au chien sous la carriole de samosas.

— Viens, le chien, viens.

On dirait que ses yeux humides sont maquillés de kajal,

et sa queue forme un C. Il perd ses poils par plaques, a les côtes qui ressortent, mais il me sourit et engloutit la nourriture en quelques secondes.

Je laisse derrière moi un sillage de miettes parfumées à la cardamome et le chien me suit, léchant le sol à mes pieds.

— Et si c'était un mauvais djinn ? demande Faiz.

Aucun risque. Ce chien ne peut pas être mauvais, il est trop gentil.

— Je l'emmène chez Omvir. Tu peux aller chercher Pari et me retrouver là-bas ?

— Je ne suis pas ton assistant. Tu n'as pas à me dire ce que je dois faire.

— S'il le plaît, s'il te plaît.

Je le supplie en joignant les mains, comme pendant une prière.

— Bon, dit Faiz, mais il n'a pas l'air très content.

Il part en courant.

Je décide d'appeler le chien Samosa, parce qu'il habite sous une carriole de samosas et qu'il sent aussi délicieusement bon que les samosas.

Mon nouvel ami et moi démarrons une longue conversation. Je lui explique en quoi consiste notre enquête. Que nous n'avons pas beaucoup avancé parce qu'il faut aller à l'école, faire nos devoirs, et que nos parents n'aiment pas que nous traînions dehors après la tombée de la nuit. Je lui raconte que nous avons suivi Quarter à deux reprises jusqu'au theka, mais qu'il n'a rien fait de suspect, il a seulement bu du daru. Et qu'à chaque gorgée il est devenu plus calme et plus silencieux, contrairement aux autres ivrognes.

— C'est pour ça que j'ai besoin de toi. Tu vas flairer les traces d'Omvir et de Bahadur.

Je me demande si leurs odeurs sont restées dans notre basti ou si de nouvelles odeurs les ont remplacées.

Samosa remue la queue. Il sera bien meilleur que Pari, comme assistant. Lui et moi, on aura notre signal secret. Dès que j'en aurai trouvé un.

La mère d'Omvir est assise sur le seuil, son bébé-boxeur sur les genoux. Elle lui chante une chanson et, de sa main droite, lui caresse le ventre. Je lui demande si elle peut me donner quelque chose qui appartient à Omvir, elle me répond *shoo-shoo-shoo*.

— Empêche ce sale chien de toucher mon enfant.

Je crois qu'elle est toujours en colère parce qu'elle a un bébé en colère. Samosa n'est pas sale.

Le frère d'Omvir, le mauvais danseur, n'est pas dans les parages. Il est sûrement parti aider son repasseur de père à la place d'Omvir. Une nani-voisine, les jambes étendues sur un charpai, me dit d'approcher.

— Tu t'inquiètes pour ton ami.

Sa voix est chevrotante, peut-être parce qu'elle est vieille.

— Tous les jours, au rassemblement, nous prions pour Omvir et aussi pour Bahadur.

Samosa renifle les pieds du charpai sur lequel la nani est assise. Une poule caquette et s'éloigne en courant.

— On a dû te le dire. Le père d'Omvir ne travaille plus. Il erre dans les ruelles avec sa photo, et il a entraîné son autre fils avec lui. Il ne rapporte pas d'argent à la maison. Comment vont-ils manger ? Elle – la nani hoche la tête en direction de la mère d'Omvir –, elle parle d'aller travailler, mais qui s'occupera de son bébé ? Elle n'espère tout de même pas que ce soit moi, à mon âge ?

À chaque question, sa voix monte dans les aigus.

La mère d'Omvir parle en langage bébé avec son bébé-boxeur qui lui tire les cheveux. La nani continue à déblatérer sur le père d'Omvir.

— Tout le temps à emprunter de l'argent. Des gangsters frappent à la porte tous les matins et réclament qu'il les rembourse, mais il ne va toujours pas travailler.

C'est une bien triste histoire, mais je n'écoute pas vraiment. Je me demande pourquoi Faiz et Pari mettent si longtemps.

— … Il a toujours cru qu'il allait lui arriver quelque chose de terrible, poursuit la nani. Qu'il allait perdre son travail, que sa femme et ses enfants n'auraient pas de quoi manger… et maintenant il en est là.

— Il est où, le chien ?

C'est la voix de Pari.

— Là, je dis en lui montrant le museau noir de Samosa qui pointe sous le charpai.

Faiz a amené Pari comme je le lui avais demandé. Elle a pris un livre avec elle : même pour une frimeuse dans son genre, c'est exagéré. Elle veut que tout le monde sache qu'elle est la seule de notre basti à avoir la carte verte du centre de lecture. Les didis du centre la donnent à tous ceux qui ont lu plus de cent livres. Faiz et moi, on a zéro carte parce qu'on a lu zéro livre.

— … Pour l'instant, tout va bien parce qu'on partage notre nourriture avec elle, reprend la nani, mais combien de temps encore on va tenir ?

— Tu ne t'arrêteras de parler que lorsque je serai devenue folle ! lui crie la mère d'Omvir depuis le seuil de sa maison.

Son bébé-boxeur lui martèle le visage.

— Tu crois que je ne t'entends pas ? Arrête de raconter à tout le monde que tu meurs de faim parce que tu nous as donné deux rotis hier soir !

— Voilà comment on vous remercie de votre gentillesse de nos jours, dit la nani dont les plis du menton tremblent.

— Combien ils t'ont coûté, tes deux rotis ? Deux roupies ?

Je me lève pour rejoindre Pari et Faiz à pas de loup et, lentement, nous nous éloignons des deux femmes. Leurs cris ont fait sortir les gens de leurs maisons. Je crains que Samosa ne détale, mais il reste à côté de moi.

— C'est de ta faute si elles se disputent, dit Faiz.

— Samosa va retrouver la piste de Bahadur et d'Omvir.

— Samosa ? demande Pari.

— Mon chien.

— Les chiens, ça doit porter des noms de chiens, comme Moti ou Heera, dit Pari.

— Un chien se fiche du nom que tu lui donnes, rétorque Faiz.

Nous arrivons chez Bahadur. Il y a juste sa petite sœur, Barkha. Elle est en train de laver des vêtements dans une bassine en plastique débordante d'eau savonneuse.

— Tu pourrais me donner une chemise de Bahadur ? Une que t'as pas encore lavée, ce serait mieux.

Dit comme ça, ça paraît dégoûtant.

Barkha éclabousse partout. Je me recule un peu et j'explique à Pari :

— Il faut d'abord que Samosa renifle son odeur.

Elle ouvre son livre, en sort la photo de Bahadur que sa mère nous a donnée et la montre à la petite fille.

— Je vais la remettre dans l'armoire où ta mère l'avait rangée, d'accord ?

Barkha hoche la tête et se lève, en s'essuyant les mains sur son jean de garçon.

Pari se glisse dans la maison, pose son livre sur le lit, ouvre l'armoire grinçante et y remet la photo. Puis elle montre le cartable de Bahadur, appuyé contre leur beau réfrigérateur.

— J'ai prêté un livre à ton frère, dit-elle à Barkha. Je veux voir s'il est dedans.

Elle en sort un cahier, puis revient à la porte me le

donner. Au-dessus des lignes noires flottent des mots aux lettres arrondies. Je laisse Samosa renifler longuement le cahier.

— Tu fais quoi ? demande la fillette.

— Tu veux que ton frère revienne, pas vrai ? Tu n'as pas envie de le revoir ?

Des larmes coulent sur les joues de la petite fille.

— Arrey, ne pleure pas ; non, il ne faut pas, murmure Pari.

Je passe le cahier à Faiz, qui le pose sur le seuil.

— Où est Bahadur ? je lance à Samosa. Allez, trouve-le… Oui, tu vas le trouver !

Samosa aboie, fait demi-tour et se met à courir. Je m'élance derrière lui, sautant par-dessus des briques, des pots et des casseroles, des montagnes de cendre laissées par les ordures que les gens ont brûlées la veille pour se chauffer. Je ne sais pas à quelle allure je cours, peut-être plus vite que Runu-Didi, le vent glacé me plaque les joues, me comprime la peau, mes poumons manquent d'air, mes yeux pleurent, quand soudain Samosa se faufile entre deux maisons dans une ruelle étroite, m'obligeant à ralentir.

Faiz halète derrière moi. Je lui fais signe et lui crie : « Suis-moi. » Pari doit être restée avec Barkha pour la consoler.

Je tourne au coin de la ruelle et me coule dedans. Les murs suintent la mousse et la saleté. Je sors titubant de ce long boyau, suivi de Faiz. Nous nous asseyons par terre, bouche ouverte pour reprendre notre souffle.

Samosa reparaît devant nous, haletant lui aussi.

— Bahadur est venu là ?

Il me répond par un jappement. Je crois que ça veut dire oui. Faiz se tamponne le front avec le masque-chiffon qu'il a toujours à son cou.

Nous sommes à la frontière de notre basti, devant la décharge qui est aussi grande que notre cour de récréation. Juste devant moi, un homme se lave les fesses avec un gobelet d'eau. Des cochons au ventre blanc éclaboussé de boue plongent dans un bain d'ordures gris-noir. Des vaches, couvertes de bouse sèche jusqu'aux flancs, mâchent des légumes en décomposition, clignant des yeux pour écarter les mouches. De la fumée s'échappe des tas les plus infects que les gens brûlent pour atténuer les odeurs fétides.

Les enfants qui récupèrent les déchets me rappellent les garçons de Maboul. Eux aussi ramassaient des bouteilles en plastique, mais sur les rails de chemin de fer. Pari dit que l'histoire de Maboul a été inventée par Guru. Je ne vais pas la contredire. Avec sa carte verte du centre de lecture, c'est elle l'experte en histoires.

Je me lève pour mieux voir la décharge et j'ai de la peine pour les gommiers rouges et les buissons épineux qui vivaient là bien avant que les gens commencent à déverser leurs ordures tout autour d'eux. Quelques arbres survivent encore, mais la suie a noirci leurs feuilles et le vent a enrubanné leurs branches de sachets de Maggi et de sacs en plastique.

Derrière la décharge s'élève le mur derrière lequel les immeubles de riches disparaissent dans le smog. Les riches veulent se débarrasser de la décharge, dit Ma. La valeur de leurs appartements baisse à cause de la puanteur. Ma dit aussi que la municipalité devait la fermer il y a des années et des années, avant ma naissance, quand on a construit les immeubles de riches, mais elle n'a rien fait. Nous, le gouvernement nous ignore toujours, mais parfois il ignore les riches aussi. Le monde est étrange.

— Les garçons !

Un homme nous appelle. Bidi aux lèvres, il est occupé

à trier les bouteilles en verre et en plastique dans les monceaux d'ordures. Il doit être chiffonnier. De nombreux kabadi-wallahs vivent à côté de la décharge ; des colonnes de plastique et de carton poussent devant leurs maisons. Un perroquet noir aux ailes déployées est tatoué sur son avant-bras ; on dirait qu'il va s'envoler d'une seconde à l'autre.

— Si ce chien vous mord, dit-il en pointant sur Samosa le bout incandescent de sa bidi, il faudra vous enfoncer dans le ventre trois aiguilles longues comme des palmiers.

Je sais que Samosa ne me mordra jamais, parce qu'il m'aime bien. Il n'a pas la rage. Ce n'est pas un chien fou.

— Une bouffée ? propose l'homme en nous tendant la bidi.

— Ammi me battra si je fume, dit Faiz.

— Les garçons qui ont disparu de notre basti, Bahadur et Omvir, vous les avez vus ? je demande.

L'homme gratte le duvet de sa barbe.

— Par ici, les gamins disparaissent tout le temps. Un jour, ils reniflent trop de colle et décident de tenter leur chance ailleurs. Un autre jour, ils se font renverser par des bennes à ordures et finissent à l'hôpital. Un matin, ils sont ramassés par la police et envoyés dans un foyer pour mineurs. Personne ne fait d'histoires quand quelqu'un disparaît.

— On ne fait pas d'histoires. On cherche nos amis.

Des enfants, ployant sous le poids des sacs accrochés à leurs épaules, s'avancent vers nous en pataugeant dans les ordures. L'un d'eux porte sur la tête un sac si énorme qu'on ne voit plus son visage.

— Bonne récolte aujourd'hui, haan ? lui demande l'homme.

— Haan, Badshah, confirme le garçon.

Quelques chiens errants ont suivi les enfants. Samosa

file comme une flèche en direction de ses amis à quatre pattes.

— Samosa, reviens !

J'ai beau l'appeler, il n'obéit pas.

L'homme éteint sa bidi. Une petite chiffonnière ouvre son sac aux coutures éclatées et en sort un hélicoptère miniature :

— J'ai trouvé ça aujourd'hui, Bottle-Badshah.

Bottle-Badshah, Roi-Bouteille, c'est un nom parfait. J'aurais dû en trouver un aussi chouette pour Samosa.

Pour le moment, lui s'en fiche, il renifle le derrière d'un autre chien. Je n'ose pas regarder.

Les autres enfants ouvrent leurs sacs et montrent au badshah leurs trouvailles. Ils ne répondent pas à mes questions à propos de Bahadur et d'Omvir.

Bottle-Badshah rend l'hélicoptère à la petite chiffonnière.

— Toi aussi, tu peux avoir un jouet.

Elle sourit. J'ai l'impression que c'est un bon boss, comme Maboul.

Faiz demande à la fille si elle a vu des gens rôder dans l'obscurité, essayer d'attraper des enfants. Je crois qu'il veut parler des djinns.

— On dort dehors, lui répond la fille, on n'a pas de maison et pas de parents. Y a toujours un idiot qui veut nous attraper, mais on sait se défendre.

Elle ment, c'est sûr ; elle est trop petite, elle ne ferait même pas peur à une fourmi.

La lumière du jour est très vite passée du jaune au marron, puis au noir. Les bruits du soir s'échappent des maisons : des téléviseurs qui s'égosillent, des femmes qui toussent, la gorge irritée par les feux de bois. Ma ne va pas tarder à rentrer.

Je me tourne vers Faiz :

— À ton avis, pourquoi Samosa nous a conduits jusqu'ici ?

— Parce qu'il est bête ?

J'appelle Samosa. Il est en train de retourner les ordures avec son museau.

— Laisse tomber, dit Faiz. Il doit avoir faim.

Je n'avoue pas à Faiz que Samosa vient d'engloutir un nankhatai entier qui aurait délicieusement rempli mon estomac.

La petite chiffonnière s'éloigne de nous en courant. Tout en criant « chop-chop », elle pilote son hélicoptère de la main gauche et fait danser son sac, maintenant vide, au bout de sa main droite. Faiz et moi, on court derrière elle. On est d'abord ses passagers, puis on ouvre grands les bras et alors c'est comme si on volait nous aussi. On s'élève haut dans le ciel, au-dessus des immeubles de riches et du smog, et on lance des « honk-honk » pour ne pas se percuter.

Voler, c'est une sensation indescriptible.

Runu-Didi et moi
on est en train de faire nos devoirs…

… quand Shanti-Chachi frappe à la porte et, juste avec son regard et ses sourcils, demande à Ma et Papa de sortir. Elle a son air sévère qui nous ordonne de ne pas bouger, mais elle nous adresse aussi un sourire qu'on dirait peint comme celui des clowns. Elle se maquille trop. Puis les adultes sortent en chuchotant, une main devant leur bouche.

Peut-être que Bahadur et Omvir sont revenus. Ça fait deux jours maintenant que Faiz et moi on a suivi Samosa jusqu'à la décharge pour rien. Jusqu'ici, mon enquête est un lamentable échec. Je n'ai pas la moindre piste et Quarter, mon unique suspect, n'a rien fait qui puisse être qualifié de louche. Si mon histoire passait au journal télévisé, les présentateurs diraient : **De l'aveu du détective en herbe, l'enquête sur les enfants disparus est au point mort.**

Dehors, Papa essaie de parler tout bas, comme Ma et Chachi, mais sans trop de succès. Runu-Didi et moi, on l'entend dire un gros mot : « randi ». Didi n'est pas contente, elle secoue la tête. Dans mon école, « randi », c'est la pire insulte pour une fille : ça veut dire qu'elle est comme les femmes des khotas du Bhoot Bazar.

Je ne suis jamais allé dans le quartier des bordels, mais j'ai déjà vu des prostituées dans le bazar qui achetaient du chow mein et du chaat ; leur visage est couvert d'une couche de maquillage si épaisse que même leurs traces de sueur ressemblent à des cicatrices. Elles lancent des baisers sonores aux jeunes hommes. « Oye chikna, piaillent-elles, montre-nous un peu ce que tu caches dans ton pantalon. »

Un jour, j'ai questionné Ma sur les khotas, elle a répondu que là-bas les femmes n'ont honte de rien. Elle m'a fait jurer de ne pas aller dans les quartiers malfamés du bazar, et je n'y vais pas, mais c'est seulement parce qu'il y a plein d'autres endroits à explorer.

Runu-Didi se lève pour aller remuer le dal sur le feu. C'est dommage qu'on n'ait pas de viande à mettre dedans. La viande, ça donne des muscles. Quand je serai grand et riche, Samosa et moi on mangera du mouton au petit déjeuner, au déjeuner et au dîner, et on saura résoudre les enquêtes trop compliquées pour la police grâce à nos cerveaux deux fois plus intelligents. J'aimerais bien savoir ce que Samosa mange ce soir.

Ma rentre à l'intérieur. Elle s'assoit à côté de Runu-Didi, prend une petite boule d'atta et l'aplatit pour former un roti. Didi remet le bord du sari de Ma dans son jupon parce qu'il était trop près de la flamme du réchaud.

— Que se passe-t-il, Ma ? demande-t-elle.

Je n'avais pas vu, mais Ma a les yeux remplis de larmes. Est-ce qu'elle sait que j'ai volé l'argent dans le bocal de Parachute ? J'ai envie de vomir et aussi de faire caca.

Je me blottis contre elle :

— Qu'est-ce qu'il y a ?

— Toi, dit Ma en me serrant le bras trop fort. Quand vas-tu cesser de rôder partout ? Les gens vont penser que tu n'as personne pour s'occuper de toi.

Une des chachis de son réseau de femmes du basti a dû me voir au tea shop de Duttaram et le lui aura dit. J'essaie de dégager mon bras. Elle me relâche et se frappe le front.

— Oh, Bhagavan, pourquoi nous soumettre à une telle épreuve ?

Je n'ouvre pas la bouche parce que c'est au dieu qu'elle parle, pas à moi. Mais Bhagavan a autre chose à faire que de répondre à ses questions.

— Ma, dis-nous ce qui ne va pas, insiste Runu-Didi.

— Aanchal… Aanchal a disparu.

— C'est qui ? je demande.

Pourtant j'ai déjà deviné qu'Aanchal est une prostituée. C'est sûrement ça que Shanti-Chachi est venue dire à Ma et Papa.

— Aanchal est partie de chez elle samedi et elle n'est toujours pas revenue, explique Ma. Trois nuits – ce soir, ça fera quatre – qu'elle n'est pas rentrée.

Runu-Didi retire le dal du feu.

— Tu ne parles pas aux garçons, n'est-ce pas ? demande Ma à Didi, qui est trop troublée pour dire quoi que ce soit. Cette Aanchal, elle a un petit ami…

Ma s'interrompt et me lance sèchement :

— Jai, sors d'ici !

— J'ai des devoirs, je réponds.

Mais je me lève. Papa et Ma nous envoient tout le temps dehors pour des raisons mystérieuses. En été, pas de problème, mais c'est vraiment sadique de faire ça à ses enfants quand il pleut ou quand il gèle comme ce soir.

Dans la ruelle, les conversations n'ont rien d'innocent. Ma n'aurait pas aimé que je les entende ; ça lui apprendra à me jeter dehors.

— Son petit ami a l'âge de son grand-père, dit une chachi. Mais le pire, c'est qu'il est musulman.

— Elle a dit à sa mère qu'elle allait au cinéma avec une copine. Comment cette pauvre femme pouvait savoir qu'elle sortait avec un musulman ? ajoute une deuxième chachi.

— Qui sait combien d'hommes fréquente ce genre de fille ? demande une troisième.

Les prostituées sont sûrement des prostituées parce qu'elles ont plein de petits amis.

— Les musulmans enlèvent nos filles et les obligent à se convertir à l'islam. Le djihad de l'amour, voilà ce qu'ils font, poursuit un chacha. Après les bombes, c'est comme ça qu'ils nous terrorisent.

Ces chacha-chachi n'auraient jamais dit ça en présence de Fatima-Ben, notre voisine musulmane.

Le mari de Shanti-Chachi prévient Papa qu'il ne faut pas faire confiance aux filles.

— Elles disent une chose, et elles en font une autre. Tu devrais être plus sévère avec Runu. Elle voyage un peu partout pour ses compétitions, n'est-ce pas ?

— Didi ne s'intéresse qu'aux compétitions interdistricts, je dis. Elle va se marier avec sa médaille. Papa n'aura pas besoin de lui payer une dot.

— Qui t'a dit de sortir ? demande Papa.

— Ta femme.

Papa soupire, puis me renvoie à l'intérieur, où Runu-Didi a débarrassé nos livres pour que nous puissions dîner. Je me demande qui est le petit-ami-grand-père-musulman d'Aanchal. Il y a plein de vieux musulmans dans notre basti, mais je ne connais que le chacha de l'atelier de réparation. Ça ne peut tout de même pas être lui, son petit ami ?

Rageusement, Ma sert du dal dans chaque assiette. Elle lance à Runu-Didi un regard noir, comme si elle avait secrètement des petits amis musulmans.

— Papa, Ma nous refait sa grande scène.

La louche de Ma cogne contre mon assiette, elle me dit de la fermer.

Le lendemain après-midi, Pari, Faiz et moi on en sait des tonnes sur Aanchal, après avoir écouté les adultes qui lâchent plein d'infos quand ils oublient qu'on est là, et grâce aux histoires que les frères de Faiz lui ont racontées en échange de sa part de subzi au dîner. Les détails sur Aanchal sont venus tout seuls ; on n'a pas eu besoin de prendre la Purple Line pour les trouver. Presque personne ne connaît Bahadur et Omvir, mais Aanchal est une femme mondialement célèbre dans le Bhoot Bazar.

Pendant la pause déjeuner, on reste dans la cour, gardant un œil sur Quarter qui reluque les filles. Nos camarades ont l'air de bien s'amuser, mais on ne se mêle pas à eux car Pari et moi, on a une énigme à résoudre.

Avec les indications que je lui donne sur Aanchal, Pari rédige une fiche de personne disparue qui, une fois terminée, ressemble comme deux gouttes d'eau à celles que j'ai vues dans *Police Patrol* :

NOM : AANCHAL
NOM DU PÈRE : KUMAR
ÂGE : ENTRE 19 ET 22 ANS
SIGNES PARTICULIERS : DE SEXE FÉMININ, PEAU COULEUR CLAIRE, VISAGE ROND, PHYSIQUE MAIGRE, TAILLE 167 CM (161 OU 164), PORTE KURTA JAUNE
VUE POUR LA DERNIÈRE FOIS : AU BHOOT BAZAR

Je passe le carnet à Faiz, qui plisse les yeux :

— Aanchal a 19 ans ? Depuis quand ? Les gens disent qu'elle a 23 ou 24 ans.

— Ça fait plus professionnel, je réponds.

— Et en quoi ça va vous aider à la retrouver ?

Faiz ne veut pas reconnaître qu'on est doués. Mais c'est vrai que je me demande aussi comment cette fiche nous sera utile.

— Dressons la liste des suspects, propose Pari.

— Il est numéro 1, dis-je en dirigeant les yeux vers Quarter.

— Aux toilettes publiques, des femmes ont critiqué le père d'Aanchal, reprend Pari. Avant, il conduisait un rickshaw, mais maintenant ce n'est plus possible parce qu'il a la tuberculose ou le cancer, je ne sais plus. Et Anchaal est obligée de faire tout et n'importe quoi pour gagner de l'argent, comme travailler dans un khota.

Pari donne des petits coups de stylo sur son carnet, comme si elle avait un code secret pour traduire ses pensées.

— Faiz, tu veux bien essayer d'en savoir plus sur le chacha de l'atelier de réparation ?

— Quoi par exemple ? me répond-il.

— Est-ce qu'il connaissait Aanchal..., ce genre de choses.

— Tu crois que le chacha est son petit ami musulman, haan ? Pour vous, les hindous, les musulmans sont coupables de tout.

— Le chacha est un suspect parce que Bahadur travaillait pour lui, et qu'il est peut-être la dernière personne à l'avoir vu, rétorque Pari. C'est juste pour cette raison que Jai dit ça. Pas vrai, Jai ?

— Exact.

Je n'y avais pas pensé.

— Faiz, tu vas aller parler au chacha à la mosquée, dit Pari. Ton patron le connaît peut-être. Tous les boutiquiers du bazar se connaissent entre eux.

— Tu peux aussi poser des questions pendant que tu travailles, j'ajoute.

J'allais dire que c'est ce que je fais le dimanche au tea shop de Duttaram, mais je me rappelle juste à temps que Pari n'est pas au courant de mon secret.

— Jai et moi, dit-elle, on va se renseigner sur Aanchal chez les dames du khota.

— On peut emmener Samosa avec nous, je propose.

— On n'a pas le temps, répond Pari. Et ce chien, il ne va faire qu'aboyer et embêter les gens.

— Arrey, pourquoi est-ce que tu lambines comme le cheval boiteux de Yakub-Chacha ? crie Pari alors que je me trouve deux pas derrière elle.

Quand je cours, mon cartable cogne contre mes jambes et ça me fait mal. Je me demande si j'ai vraiment envie d'éclaircir le mystère des enfants et de la prostituée disparus. Ce serait chouette de faire une pause pour jouer ou regarder la télévision, même si les programmes de l'après-midi sont barbants, mais au moins je ne suis pas obligé de partager la télécommande. À cette heure-là, Ma et Papa travaillent, et Runu-Didi s'entraîne.

— Tu te laisses trop facilement distraire, dit Pari. Aucune concentration. C'est ekdum vrai, ce que M. Kirpal dit de toi. T'as des mauvaises notes parce que tu réfléchis à une question et soudain tu vois une mouche, un pigeon ou une araignée, et t'oublies ton contrôle.

Je ne réponds pas parce que j'économise mon souffle. Aucun détective au monde n'a jamais été obligé de courir autant que moi. Au moins, moi, je porte les bons vêtements. Byomkesh Bakshi lutte contre le crime en dhoti blanc, or les dhotis sont ce qu'il y a de pire, car ils peuvent glisser facilement et te laisser en chadi en plein milieu du bazar. Et tout le monde se moque de toi, y compris le criminel après lequel tu cours. Mon pantalon a beau être court et vieux, il ne risque pas de me tomber sur les chevilles si je dois me bagarrer avec des méchants.

L'allée du khota est étroite, de chaque côté les bâtiments sont en ruine. Les magasins du rez-de-chaussée vendent des bâches, de la peinture, des tuyaux et des sièges de toilette. Sur une pancarte, un homme musclé montre ses biceps, il tient un tuyau en PVC comme les chanteurs tiennent leur guitare à la télévision. De sa bouche sort une bulle qui dit **SOLIDE !!!** Sur une autre pancarte, on lit **GROS MATÉRIEL** écrit en lettres épaisses et *Peintre, menuisier, plombier également disponibles* en petits caractères. Les magasins sont tellement barbants, même les mouches ne se donnent pas la peine de venir. Depuis les fenêtres au-dessus des boutiques, les prostituées tapent des mains et sifflent les passants. Pari rigole. Je la trouve courageuse, mais quand je vois son visage, je comprends que c'est un rire nerveux. Ça arrive parfois. Quand Papa la gronde, Runu-Didi sourit comme une idiote.

Malgré le froid et le smog, les prostituées portent des blouses et des jupons, pas de saris. Leurs lèvres sont plus rouges que le sang, et des bijoux dorés et argentés brillent à leurs cous.

Pari lève la tête et interpelle une femme qui étend son linge à sécher sur des cordes tendues sous ses volets ouverts :

— Aanchal travaille ici ?

Elle a placé ses mains en porte-voix pour que son cri atteigne directement sa cible sans éclabousser les oreilles des commerçants. La femme se penche jusqu'à la taille sur le rebord de la fenêtre.

— C'est de la part de qui ?

Pari me regarde. La femme va se moquer de nous si on répond qu'on est des détectives.

— Qu'est-ce que vous venez faire ici ? nous demande un homme bien sapé avec des bagues à chaque doigt.

Il remplit d'eau une tasse en terre cuite à un distributeur placé sur un tabouret devant un comptoir.

— Des affaires à régler, dit Pari.

Quelqu'un me pince la joue. C'est une femme qui porte un sac en toile rempli de légumes. Elle a la chair de poule parce que son chemisier n'a pas de manches.

— T'es bien jeune pour rôder par ici. Ta mère travaille dans un khota ?

— Basanti, il est encore trop tôt pour exercer tes charmes, ricane l'homme. Je te promets, je t'envoie quelqu'un de spécial.

La femme nous sourit et nous fait un signe d'adieu. Ses chappals dorés font clac-clac sur le sol.

— Tu parlais de la fille qui a disparu, dit l'homme en s'adressant à Pari. Comment tu la connais, Aanchal ?

— Elle nous a donné des cours.

Très mauvais mensonge. Pourquoi une prostituée nous ferait-elle réviser les maths, les sciences de la Terre ou les sciences sociales ?

— La Aanchal dont j'ai entendu parler ne donne pas de cours.

Il prend une gorgée, se fait un gargarisme mais il avale l'eau au lieu de la recracher.

— Où se trouve le centre de lecture ? demande Pari.

— Tu sais où il se trouve, je dis.

— Il y a un centre de lecture dans un khota par ici, non ? continue Pari en me repoussant.

L'homme tend le cou et il verse l'eau de la tasse sur ses yeux fermés, puis l'essuie avec les doigts.

— Deux boutiques plus bas sur la gauche. Monte l'escalier jusqu'au premier. Je ne sais pas s'il y a quelqu'un en ce moment. Ils ferment généralement en fin d'après-midi.

— On va aller voir, dit Pari. Est-ce que vous connaissez un garçon nommé Quarter ? C'est le fils du pradhan.

— T'en poses des questions, réplique l'homme.

— Vous l'avez vu ici ?

— Dans quel khota travaille-t-il ? À quel numéro ?

— Il ne travaille pas dans un khota.

— Les hommes qui viennent ici, je ne leur demande pas leurs noms. Je les sers et ils me paient. Ça s'arrête là.

Je m'éloigne en vitesse de cet homme, il est tellement mielleux qu'il rend l'air visqueux autour de lui. Cette fois, heureusement, Pari me suit.

— Ton centre de lecture, il n'est pas près de la mosquée de Faiz ? Comment il a pu se retrouver ici ?

— Il est sûrement venu à pied, dit Pari. Ou peut-être en rickshaw électrique ?

Son visage respire le savoir. Elle a la même expression quand elle écrit en faisant du bruit pendant un contrôle. Si j'ose jeter un coup d'œil sur sa copie, elle la cache parce qu'elle a peur que je lui vole ses grandes phrases.

On s'arrête devant l'immeuble où se trouve le centre de lecture, d'après le sapé-visqueux. Un escalier en colimaçon, aux marches fissurées, grimpe dans l'obscurité humide.

— Ici, c'est réservé aux enfants de prostituées, dit Pari. Les didis de mon centre viennent travailler là certains jours. Je les ai entendues en parler.

— Voilà le genre de choses qu'un assistant doit savoir, dis-je. Bon travail.

Pari me donne une tape sur le bras.

On monte l'escalier. Par endroits, les parois vertes sont incrustées de vieilles taches de paan marron. Du coin de l'œil gauche, j'aperçois le dessin d'un sexe de garçon pointé tel un pistolet sur la bouche d'une femme. Quelqu'un a essayé de gribouiller par-dessus pour le cacher, mais n'y est pas parvenu. Je ne ris pas. Pari n'apprécierait pas.

On entre dans une pièce où les murs sont couverts de peintures bizarroïdes, des lions orange, des chameaux verts ou des cocotiers bleus. Elles semblent avoir été réalisées par de petits enfants, peut-être ceux-là mêmes qui sont assis par terre en ce moment, en train de dessiner et de lire.

— Pari, glapit une femme, qu'est-ce que tu fais ici ?

— Je suis venue te voir, Didi. On m'a dit que tu serais là.

— C'est Asha qui t'a envoyée ?

— Non, j'ai demandé à des gens et on m'a dit que tu venais aujourd'hui. Il est joli, ce centre, Didi. Il est mieux que le nôtre.

Je m'appuie contre une queue de lion en peluche. Pari a sa mèche de devant qui lui tombe sur le front et lui cache les yeux, du coup je ne peux pas voir si elle a honte de mentir autant et aussi facilement.

— Ici, se fâche la didi qui porte un jean et un pull rouge, ce n'est pas un endroit pour les enfants.

Mais elle se rend tout de suite compte qu'elle a dit une bêtise quand deux des petites filles assises par terre lèvent la tête vers elle. Leurs visages ont l'air de demander : « Alors pourquoi on est là ? »

— Dehors ! ordonne la didi à Pari avec un hochement de tête sévère.

Elle s'adresse à moi aussi. Docilement, on la suit sur le palier, rendu plus étroit qu'il ne l'est déjà par l'étagère chargée de bouteilles en plastique vides, de cordes et de pots de peinture. Des toiles d'araignée pendent au plafond.

— Vos parents, ils savent où vous êtes ? demande la didi.

C'est ce qui est le plus embêtant quand on est un enfant-détective. Je parie que personne ne parle jamais de leurs parents à Byomkesh Bakshi ou à Sherlock-Watson.

— Didi, tu as entendu parler d'Aanchal ? demande Pari. Tu la connais, n'est-ce pas ?

— Il paraît qu'elle a disparu.

— Tu te souviens de ce que je t'ai raconté à propos de nos amis Bahadur et Omvir ? Eux aussi, ils sont introuvables. Comme Aanchal.

— Je suis sûre qu'elle n'avait rien à voir avec tes amis, répond la didi. Elle fréquentait peut-être les mauvaises personnes, ou elle s'est retrouvée au mauvais endroit au mauvais moment. Comme vous deux.

Elle saisit Pari par les épaules et la secoue.

— Mais qu'est-ce que vous faites dans ce genre d'endroit ? Vos parents vous ont sûrement dit qu'il ne fallait pas venir ici !

— Quand as-tu vu Aanchal pour la dernière fois ? demande Pari, faisant comme si la didi n'avait pas l'écume aux lèvres. Est-ce qu'elle est venue ici le soir où elle a disparu ? Elle était censée être avec une amie, mais non.

— Aanchal ne travaillait pas dans un khota, répond la didi en baissant les yeux comme si elle allait pleurer. Elle est venue un jour dans notre centre – celui où tu empruntes des livres, Pari, pas ici. Elle a demandé ce qu'elle pourrait lire pour améliorer son anglais. C'est la seule fois que je l'ai vue.

— C'était pas une prostituée ?

Pari me pince le bras si fort qu'elle me fait mal, j'ai

l'impression que ses ongles traversent mon pull et ma chemise pour s'enfoncer dans ma peau.

La didi me regarde et je crois qu'elle aimerait bien me pincer elle aussi.

— Qui est-ce ?

— Un imbécile, répond Pari.

— Ne revenez plus ici, compris ? Allez, rentrez chez vous.

En prononçant ces mots, la didi a cassé un bout de bois qui dépasse de l'étagère.

On dit « OK, à plus » et on redescend en courant, sans toucher les murs, même si on risque de glisser. Dehors, la ruelle fourmille de rickshaws, de vélos, de scooters.

— On devrait peut-être demander si le chacha de l'atelier de réparation est venu ici ? je demande à Pari.

— Didi n'est pas une menteuse. Si elle dit qu'Aanchal ne travaillait pas dans un khota, c'est qu'Aanchal n'est pas une prostituée.

— Elle est quoi alors ?

— On va parler à ses voisins. Ils sauront.

C'est une bonne idée. Ça m'énerve de ne pas y avoir pensé.

— T'avise pas de me prendre en photo ! crie une prostituée depuis sa fenêtre à un garçon qui pointe son téléphone vers elle.

Une sandale atterrit sur la tête du garçon. Il la relance. Des hommes sortent le nez de leur voiture et sifflent.

Pari me prend le bras. Vouloir se frayer un chemin au milieu de la foule, c'est comme vouloir nager les jambes lestées de gros poids. Je n'ai pas nagé depuis des siècles. Dans le village de Nana-Nani, il y a bien des étangs pour se baigner, mais il faut les partager avec les buffles.

Arrivé à la maison, j'ôte mon uniforme, je m'assois par terre avec mon livre d'hindi et je souligne les mots d'un poème que je dois apprendre par cœur pour demain. Le poème veut savoir pourquoi, certains jours, la lune est coupée en deux et pourquoi, les autres jours, elle forme un cercle. Le pire avec ce poème, c'est qu'il ne répond pas à la question qu'il pose.

La porte s'ouvre en grand et Runu-Didi entre. Elle tient dans ses mains son pull roulé en boule, ses cheveux sont trempés, et la transpiration a dessiné des auréoles jaunes sous les bras de sa chemise. Elle me chasse pour pouvoir se changer, puis s'en va bavarder avec ses copines du basti. Didi étudie encore moins que moi.

« Il n'arrête pas de te regarder. » J'entends leur conversation. Elles doivent parler du boutonneux, ou de Quarter qui suit des yeux toutes les filles qui passent ; je l'ai vu reluquer Runu-Didi aussi.

Au retour de Ma et Papa, la maison commence à sentir les restes de bhindi bhaji que Ma a rapportés de l'appartement de riches. J'ai hâte d'en manger. Je renifle la boîte en plastique. Ma me donne un coup sur la nuque.

— Je vais devenir idiot si tu continues à me taper là, je dis.

— Jai ! crie Didi de l'extérieur. Tu as de la visite.

Je me précipite dehors, curieux de savoir quel gros mensonge Pari a raconté à sa mère pour obtenir la permission de quitter la maison le soir. Mais ce n'est pas Pari. C'est Faiz et son frère aîné, Tariq-Bhai.

— Tu as fini tôt.

— Il fait comme ça lui chante, dit Faiz à propos du propriétaire du kirana où il travaille. Un soir, il ferme à neuf heures, un autre à minuit.

Depuis que j'ai un travail, je sais que nous, les esclaves,

nous devons régler nos montres sur l'heure de nos maîtres.

Tariq-Bhai me fait un grand sourire. Il a des fossettes comme Shah Rukh Khan[1] et porte des vêtements élégants de super-star, chemise grise à manches longues et pantalon noir tenu par une grosse ceinture.

— Theek-thaak ? il demande.

— Oui, Bhai. Tout baigne.

— On était en train de dîner, mais Faiz a insisté pour venir te parler. Je l'ai accompagné pour faire un tour. Il serait temps que tu aies un portable, non ? Comme ça, vous pourrez vous parler quand vous voudrez, même à minuit, sans problème. Je peux t'avoir un abonnement à un bon prix, Jai. Tarif spécial. Avec ma remise d'employé, ça ne te coûtera pas cher.

— Bhai, arrête tes bêtises. Jai n'a même pas cinq roupies. Ce n'est pas avec lui que tu vas te faire une commission.

Tariq-Bhai éclate de rire.

— Ma ne veut pas m'acheter de portable, je dis.

— Elle le fera un jour. Et ce jour-là, souviens-toi de moi.

— Je peux lui parler maintenant ? s'impatiente Faiz.

Tariq-Bhai dit « pardon, pardon » et s'éloigne dans la ruelle, nous laissant seuls. Il ne prend pas Faiz pour un idiot, lui, pas comme Runu-Didi avec moi.

— J'ai vu le chacha de l'atelier de réparation aujourd'hui, dit Faiz.

— À la mosquée ?

— Arrey, tu sais bien que je travaillais. Mais quand le malik a fermé le kirana, je suis allé à l'atelier de réparation et j'ai parlé au chacha. Je lui ai expliqué que j'étais dans la classe de Bahadur. Il a dit que la semaine dernière il avait trouvé un éléphant en peluche

1. Acteur, producteur, présentateur de jeu télévisé.

derrière une vieille télé. Et aussi une enveloppe avec de l'argent.

— Un éléphant en peluche ?

— Bleu et orange, d'après lui. Je sais, ekdum stupide. Mais écoute, pour le chacha, l'argent dans l'enveloppe, c'est celui qu'il a donné à Bahadur pour le payer, et Bahadur l'a sûrement caché là parce que s'il était rentré chez lui avec, Laloo l'Ivrogne l'aurait trouvé, et en deux minutes le fric se serait transformé en daru. Ce qui pourrait encore arriver. Le chacha a dit qu'il avait tout donné à la mère de Bahadur.

— Si Bahadur avait fugué comme on croyait, il aurait emporté l'argent.

— C'est ce que dit le chacha. À moins qu'il l'ait oublié.

— Qui oublie son pognon ?

— Personne. Pas même les crorepatis pleins aux as.

Tous les deux on réfléchit, on garde le silence pendant un moment, un silence rempli des bruits du basti, des époux qui se disputent, des téléviseurs qui braillent, des bébés qui pleurent.

Et puis un cri se fait entendre. J'ai les genoux qui s'entrechoquent. Mais ce n'est que Tariq-Bhai qui joue au cricket en pleine nuit avec deux garçons au bout de la ruelle ; ils se servent de livres en guise de battes et d'une petite balle en plastique. Faiz me laisse pour prendre le rôle du gardien de guichet. Tariq-Bhai lance la balle en tournant le poignet. C'est une feinte. Le bord du livre du batteur touche la balle, qui atterrit directement dans les mains de Faiz.

— Manche ! crie celui-ci.

Tariq-Bhai et lui se félicitent en se tapant dans les paumes, avec des sourires si larges que leurs dents étincellent, même dans la lueur tremblante des ampoules accrochées devant les maisons.

Runu-Didi ne joue jamais au cricket avec moi. Elle me défie parfois à la course, mais ça n'a aucun intérêt de jouer à un jeu que je suis à 100 % sûr de perdre.

— Jai, viens jouer avec nous, dit Tariq-Bhai.

— Jai, le dîner est prêt. Ma veut que tu rentres.

Didi me gâche tout le temps mon plaisir.

Les contours du basti se perdent…

… dans le smog, le lendemain, quand nous sortons de l'école. Les ombres s'étendent sur le toit des maisons où les bâches sont arrimées par des chambres à air crevées, des briques et des tuyaux cassés. Je voudrais être en train de regarder la télé, blotti sous une couverture dans le lit de Ma et Papa. Au lieu de ça, je poursuis mon enquête dans le froid. J'ai envie de laisser tomber, mais impossible de le dire à Pari. Elle cherche à élucider ce mystère comme un problème de maths insoluble, elle prend un million de notes et use l'encre d'un millier de stylos. Je ne peux pas la laisser gagner.

On marche en direction de la maison d'Aanchal. Faiz a interrogé des marchands pour savoir où elle habite.

— Quand va-t-on travailler sur nos projets ? s'inquiète Pari.

M. Kirpal nous a demandé de réunir des photos de légumes et de fruits d'hiver, mais on ne pourra pas, personne n'a de journaux et de magazines chez lui.

— Si tu veux faire tes devoirs, rentre chez toi et fais tes devoirs, dit Faiz. Mais tu préfères jouer les détectives, hein ?

— On ne joue pas, répond Pari. C'est sérieux. Il y a danger de mort.

— On ne peut pas sauver les gens des mauvais djinns, affirme Faiz. Pour ça, il faut des exorcistes.

— Nous aussi, on peut être des exorcistes, je dis.

Faiz me fusille du regard :

— Pour lutter contre les djinns, il faut réciter des versets du Coran. Si la moindre chose tourne mal, le djinn te tue. C'est pour ça que seules les personnes qualifiées le font.

— Baba Bengali est peut-être qualifié.

— Les babas hindous ne connaissent rien au Coran ou aux djinns.

Pari grince des dents. Notre conversation sur les djinns l'énerve.

Dans la ruelle où vit Aanchal, il y a de vraies maisons en brique. Certaines ont un étage. Elles possèdent sûrement aussi leurs propres toilettes à l'arrière.

On s'arrête devant une femme assise sur une brique, occupée à faire la vaisselle, et on lui demande où est la maison d'Aanchal. Elle nous l'indique de son doigt plein de mousse. Sur le seuil, une chèvre barbue chevrote.

Pari lui donne à manger des feuilles mortes qu'elle a ramassées par terre. Chaque fois que la chèvre mastique, la cloche autour de son cou tinte. Ça fait beaucoup de fois. Un garçon qui doit avoir notre âge, vêtu d'une chemise à carreaux rouges et blancs aussi épaisse qu'un pull-over, vient à la porte et, d'un coup de genou, pousse la bête dehors. Il a le visage rond de celui qui mange trop.

— Qu'est-ce que vous voulez ?

Sur l'autoroute, un camion donne un coup de klaxon retentissant.

— On cherche Aanchal, dit Pari.

— Elle n'est pas là. Vous êtes qui ?

— On se demandait si Aanchal connaissait nos amis, Bahadur et Omvir. On les cherche eux aussi.

— On a entendu parler de leur disparition.

— Ajay, à qui tu parles ? aboie une femme à l'intérieur de la maison.

— À personne. Des enfants me posent des questions sur Aanchal-Didi.

— Dis-leur de s'en aller.

C'est sûrement la mère d'Aanchal. « Pfff... », s'agace Faiz.

— On s'en va, dit-il au garçon. Mais tu peux nous aider, s'il te plaît ? On veut absolument retrouver nos amis. La police ne fait rien.

Pari ne me laisse pas lui parler du vieil amoureux musulman d'Aanchal.

— Nous non plus, la police ne nous aide pas.

Le garçon nous fait signe de nous éloigner de la porte.

— Rien qu'aujourd'hui, une femme policier a dit à Papa : « Pourquoi pleurez-vous ? Votre fille s'est enfuie avec son mullah. » Mais ma didi n'a pas d'amoureux. Le jour où elle a disparu, elle était allée à son cours d'anglais, comme elle le fait quatre fois par semaine.

— Ta didi n'est pas...

Mais Pari me coupe la parole :

— Ta didi va à l'université ?

— Elle a raté son examen de seconde en juin, dit Ajay. Elle travaille dans un institut de beauté, elle fait aussi des mehndi à domicile, des traitements blanchissants, des teintures, ce genre de choses, mais son rêve, c'est de travailler dans un centre d'appels. C'est pour ça qu'elle prend des cours d'anglais.

Il y a trop de questions que je ne peux pas poser. Premièrement, pourquoi une prostituée veut-elle travailler dans un centre d'appels ? Deuxièmement, comment Aanchal peut-elle avoir 23 ans si elle n'était qu'en seconde cette année ?

— La police, reprend Pari, a dit à la mère de Bahadur que son fils a fugué. Pareil pour les parents d'Omvir. Ça les arrange, pas vrai ? Plus besoin de lever le petit doigt. S'il nous arrive quelque chose, c'est de notre faute. Si une télévision disparaît de la maison, c'est parce qu'on l'a volée nous-mêmes. Si on se fait assassiner, c'est qu'on s'est suicidés.

Elle secoue furieusement la tête quand elle parle, faisant retomber ses cheveux sur son visage.

Ajay semble savourer tous ses mots, comme s'ils étaient en sucre ou en or.

— Quel âge a ta didi ?

— 16 ans, me répond Ajay. Six de plus que moi.

Notre fiche de police ne mentionne pas l'âge exact d'Aanchal.

— Les gens disent des choses horribles sur Didi. Elle n'a jamais été dans un khota. C'est juste parce qu'elle est belle…

— C'est vrai, dit Pari, les gens du basti sont tellement arriérés. Si ça ne tenait qu'à eux, toutes les filles resteraient à la maison pour apprendre à cuisiner et n'iraient jamais à l'école.

— Exactement, dit Ajay.

Je ne sais pas comment Pari se débrouille. Partout où elle va, elle devient amie avec tous les gens qu'elle croise, comme avec Guru. Si elle rencontrait le fantôme de Maboul, elle deviendrait sûrement aussi sa meilleure amie.

— On ne t'a jamais vu dans notre école, dit Pari à Ajay.

— Mon frère et moi, on va à la Model School. Aanchal-Didi est allée au lycée à côté.

— La Model School, c'est une école privée, non ? demande Faiz en se frottant le nez avec le dos de sa main. C'est cher. Comment fait ton père pour payer ?

— Pas en obligeant ma sœur à travailler dans un khota, répond Ajay d'un ton menaçant, collant son visage à celui de Faiz.

— Ce n'est pas ce qu'il voulait dire, fait Pari.

— Faiz parle d'argent à tout le monde parce que lui, il en a pas, je dis.

C'est la bonne réaction. Ajay arrête de jouer les petits durs.

— Un homme riche en jeep a renversé Ma, il a dû l'indemniser. Et Ma fabrique aussi des tee-shirts à la maison pour une entreprise d'import-export. Elle est bien payée. Alors on peut aller dans une école privée. Mais je n'aime pas cette école. Elle est horrible.

— Vraiment ? s'étonne Pari.

Elle est sous le choc. L'école privée, pour elle, c'est le paradis.

— Les riches nous traitent de tous les noms. Bhangi, kabadi-wallah, mangeurs de rats, tueurs de vaches. Ils disent qu'on pue. Ils disent qu'ils vont nous tuer.

— Quels crétins. Si ça va trop loin, tu peux toujours venir dans notre école.

— Elle est horrible aussi, lâche Faiz.

— Et il y a Quarter, j'ajoute. Une bonne école aurait déjà renvoyé ce goonda.

— Quarter, le fils du pradhan ?

— Oui. Ta sœur le connaissait ? demande Pari.

— Je ne crois pas.

Pari regarde la chèvre, qui mâche vaillamment un emballage de chips comme si c'était une feuille d'arbre.

— Pourquoi la police raconte-t-elle que ta didi a un amoureux ?

Elle sort ça comme si la question venait de lui passer par la tête, mais je sais qu'elle l'avait sur le bout de la langue et brûlait de la poser depuis l'instant où Ajay a dit « mullah » en parlant de son amoureux.

— Papa a appelé le portable de Didi. Au début il le faisait sans arrêt, et chaque fois il tombait sur le même message, *la personne que vous tentez de joindre n'est pas disponible pour le moment.* Mais un jour un homme a décroché. Il a dit : « Qu'est-ce que vous voulez ? » et il a raccroché sans laisser à Papa le temps de répondre. Papa est allé voir la police et ils ont déformé ses paroles, maintenant ils disent qu'Aanchal-Didi est partie avec un homme.

— Pourquoi c'est un homme qui a décroché ? demande Pari.

— Il l'a peut-être volé, répond Ajay. C'est ce que pense Papa.

— Est-ce que ta didi a menti sur où elle allait ? Le jour où elle a disparu ?

Pari me jette un regard noir. Elle aurait posé la même question, mais avec plus de subtilité. Moi, je m'en fiche : Ajay parle de toute façon.

— Ce jour-là, Aanchal-Didi nous a prévenus qu'elle irait au cinéma avec Naina après le cours d'anglais. C'est son amie de l'institut de beauté. La première fois que Papa a appelé Naina, elle a dit qu'Aanchal-Didi et elle étaient ensemble. Mais quand il a commencé à se faire vraiment tard, Papa l'a rappelée et cette fois elle lui a dit : « Je ne l'ai pas du tout vue de la journée. Aanchal m'a demandé de vous dire qu'on était ensemble. » Après ça, Papa est devenu fou. Depuis, il fait le tour des hôpitaux pour voir si Didi a eu un accident et si elle est aux urgences.

— Il manque quelque chose chez vous ? demande Faiz. Les vêtements de ta sœur, le portefeuille de ton père, ou…

— Il n'y a jamais d'argent dans le portefeuille de Papa, seulement dans celui de Ma, répond Ajay en écartant la chèvre de la flaque d'eau savonneuse qu'elle essaie de laper. Didi n'a rien pris à la maison.

— Et ses cours d'anglais, elle les suit où ? demande Pari.

— Au Let's Talk, à Angrezi. C'est à une vingtaine de

minutes d'ici en voiture. Il y a aussi des bus, mais je ne sais pas lesquels y vont.

— C'est bien ? s'informe Pari, comme si c'était essentiel pour notre enquête.

— Didi n'en parlait pas.

J'ai une question importante à poser, je le sais, mais elle ne me vient pas. Faiz s'en souvient à ma place :

— Est-ce qu'Aanchal connaissait Hakim, le réparateur de téléviseurs du Bhoot Bazar ? J'imagine que non ?

C'est sûrement pour pouvoir poser cette question-là qu'il est venu avec nous.

— Pourquoi est-ce qu'elle connaîtrait un réparateur de téléviseurs ? demande Ajay.

— Non, bien sûr, dit Pari. Où se trouve cet institut de beauté où travaille ta didi ?

— C'est l'institut Shine. Réservé aux femmes et aux enfants.

Je suis déjà passé devant. Il y a des vitres fumées et des photos d'actrices célèbres sur les portes.

— Ajay, rentre, dit une femme aux cheveux gris qui se tient debout sur le seuil de leur maison.

Elle frappe le sol avec ses béquilles. Sûrement sa mère. Il part aussitôt en courant. Un vrai bébé.

— Je dois aller travailler, dit Faiz.

— Demande à Tariq-Bhai s'il veut jouer au cricket ce soir !

La ruelle devant la maison d'Aanchal forme un léger coude qui donne sur la route. Juste à l'entrée se trouvent un dhaba où se restaurer et une station de rickshaws à moteur. Quelques hommes appuyés sur leurs vélos sont regroupés près du dhaba où les puris gonflent, dorent et croustillent dans l'huile bouillante. Attachée à l'un des quatre poteaux qui soutiennent le toit en tôle, une photo du dieu Ganpati dans un cadre kitsch avec des lumières clignotantes bleues, vertes et rouges.

À la station, Pari et moi on demande le prix d'une course pour aller jusqu'au Let's Talk, même si on n'a pas d'argent.

— 200 roupies.

— On peut faire des kilomètres sur la Purple Line pour beaucoup moins que ça, je dis.

— Alors prenez la Purple Line, me rétorque un chauffeur. Oh, attendez, c'est impossible, n'est-ce pas, parce qu'elle ne va pas au Let's Talk.

Pari n'écoute pas ses sarcasmes et lui parle de Bahadur et d'Omvir. Elle demande si Aanchal n'a pas été vue en compagnie des garçons disparus.

— Aanchal n'a pas de temps à perdre avec des garçons, sauf s'ils ont au moins dix ans de plus que ton ami qui est là, dit l'un des chauffeurs en me montrant du doigt.

Je tente le coup :

— Elle a pris un rickshaw samedi dernier ?

— C'est le jour où elle a disparu, précise Pari.

— Elle n'a pas besoin de rickshaw, dit un chauffeur. C'est une princesse, elle a son propre carrosse.

— Et un barbu comme cocher, dit un autre en riant.

— Le chacha qui répare les téléviseurs ? Avec une barbe orange et blanc ?

— Un genre de mullah, mais un jeune, dit le chauffeur.

Ils se mettent ensuite à parler du père d'Aanchal comme si on n'était pas là.

— Rien que la semaine dernière, je lui ai conseillé de lui dire deux mots.

— Sa fille gagne son propre argent. Il ne la nourrit pas. Elle s'en fiche de ce qu'il pense !

Les autres chauffeurs acquiescent avec des claquements de langue.

— Le père d'Aanchal conduit toujours un rickshaw ? demande Pari.

— Ça fait deux ans qu'il est trop malade pour travailler, dit quelqu'un en secouant la tête. Pauvre homme. Voilà où il en est.

Un rickshaw rejoint le groupe devant la station, il en sort un homme à la barbe clairsemée, qui porte une chemise à manches longues couleur crème et aux poignets tachés de noir. C'est le père d'Aanchal. Il paie le chauffeur.

— Rien de nouveau aujourd'hui ? lui demande un des hommes.

— Elle n'est dans aucun hôpital. Je suis allé voir en ville.

— Vous avez parlé avec son amoureux mullah ? Elle est peut-être avec lui.

Alors que je finis ma phrase, une chape de silence retombe sur notre groupe, rendant d'autant plus audible le grondement des véhicules sur l'autoroute. Le père d'Aanchal lève alors la main et se jette sur moi, les yeux presque sortis de leurs orbites. Je réajuste la bandoulière de mon cartable et me prépare à courir, quand une quinte de toux s'empare de lui, le forçant à s'arrêter pour prendre de longues et bruyantes inspirations. Je réussis à m'enfuir, Pari sur mes talons.

— Espèce de crétin ! siffle Pari au moment où elle me dépasse.

Les policiers ont des commissariats ; les détectives, eux, peuvent s'installer dans des endroits bizarres pour parler de leurs suspects, comme les thekas. Pari et moi, on ne peut se réunir que devant les toilettes publiques ou dans la cour de récréation. Mais aujourd'hui, ma maison abritera les bureaux de mon agence Jasoos Jai, au moins jusqu'à ce que Runu-Didi revienne de son entraînement. On va échanger nos notes sur le témoignage d'Ajay, le frère d'Aanchal. Moi, je n'ai pas vraiment pris de notes. Elles sont dans ma tête.

Pari demande si j'ai des journaux chez moi afin d'y chercher des photos de fruits et de légumes pour son projet. Je ne me donne même pas la peine de répondre.

Shanti-Chachi se peigne, assise sur le charpai devant sa maison. Je devine qu'elle s'est teint les cheveux aujourd'hui parce qu'ils sont plus noirs que ce matin, et aussi plus noirs que ceux de Ma qui, elle, ne les teint pas.

— Tu ne rentres pas plus tôt d'habitude ? me dit la chachi.

— Il n'est pas si tard.

Une fois à la maison, j'explique à Pari qu'on doit interroger Naina, l'amie d'Aanchal de l'institut de beauté, et garder l'œil sur nos trois suspects : Quarter, le chacha de l'atelier de réparation et le père d'Aanchal, cet homme méchant, colérique et sans scrupules qui vit aux crochets de sa femme et de sa fille. Bien sûr, les djinns restent nos principaux suspects, mais impossible de parler d'eux avec Pari.

On revient sur ce que nous a dit Ajay.

— C'est une affaire épineuse, je résume, car on n'est pas à 100 % sûrs qu'il y ait un crime et un criminel. Aanchal peut très bien avoir décidé de s'enfuir. Bahadur et Omvir aussi.

— L'homme qui a répondu au portable d'Aanchal, ça pourrait être un criminel, dit Pari.

— Mais qu'est-ce qu'il fait avec elle ?

— T'as oublié ce que nous a dit le type de la Fondation pour l'Enfance ? Tu ne regardes pas *Police Patrol* ? Les gens se servent des enfants et des femmes pour toutes sortes de mauvaises raisons, pas seulement pour nettoyer les toilettes et mendier.

Je tremble à l'idée qu'on puisse me forcer à nettoyer nos toilettes publiques.

Runu-Didi rentre de son entraînement. Pari lui demande comment ça s'est passé.

— Didi ne va à l'école que pour pouvoir s'entraîner, je dis. Même pas pour le déjeuner. Et sûrement pas pour étudier.

— On ne t'a rien demandé, dit Pari.

Les vêtements de Didi sont poussiéreux et tachés de sang. Aux endroits où elle est tombée les cailloux lui ont arraché la peau, mais elle ne semble pas avoir mal. Elle décide d'aller aux toilettes publiques se doucher. Elle cherche des pièces pour payer l'employé, sous les oreillers du lit, dans les poches des pantalons de Papa accrochés aux clous et sur la corde à linge à l'intérieur de la maison. Elle ne touche pas au bocal de Parachute. Puis elle se tourne vers moi.

— Ma te donne de l'argent pour faire ta toilette alors que tu ne te laves même pas la figure.

Pari a honte pour moi.

L'eau des douches publiques est trop froide l'hiver, alors parfois je n'y touche pas et je sors en disant que je suis propre, c'est vrai. Mais j'essaie de me débarbouiller tous les jours.

— Comment sais-tu ce qui se passe chez les hommes ? Tu espionnes parce que tu espères voir ton ami le sportif en caleçon ?

Pari me pousse et me dit de la fermer comme si Runu-Didi était *sa* sœur. Puis elle lui demande :

— Didi, Quarter et Aanchal, ils se connaissaient ?

C'est une question stupide, mais au moins Didi cesse de me fusiller du regard.

— Pourquoi ?

— Pour rien.

— Quarter se mettait à chanter dès qu'il voyait Aanchal. Il lui donnait des cartes de Saint-Valentin toute l'année, même en juin ou en octobre.

— Ils sortaient ensemble ?

Didi me regarde avec mépris.

— Elle prenait ses cartes, me répond-elle. Elle prenait celles de tout le monde. Les filles à la pompe en parlent tout le temps. Quarter chantait pour déclarer son amour à Aanchal, mais venant de lui, ça ne veut rien dire. S'il fallait en juger par ses chansons, il serait amoureux de toutes les filles du basti.

— Et Aanchal ? demande Pari. Elle aimait bien Quarter ?

— Qui sait ? Elle avait beaucoup d'admirateurs. Apparemment, elle aimait les compliments.

Je ne comprends rien à rien. Et je ne peux pas poser plus de questions parce qu'à cet instant précis Runu-Didi me déteste, alors que je n'ai rien fait.

AANCHAL

La jeune fille perçut le frémissement qui parcourait le groupe d'hommes posté devant le dhaba, en face du Let's Talk, à Angrezi. Les têtes pivotèrent quand ses sandales bleues crissèrent sur les marches carrelées de l'institut, et les regards la suivirent aussi vite qu'elle avançait, comme reliés à elle par des longes invisibles. Elle abaissa son dupatta jaune pour se couvrir les bras. Ce matin, sa mère avait voulu la dissuader de s'habiller ainsi, pour ne pas attirer le regard des garçons du cours de conversation anglaise. Pourquoi porter une tenue sans manches avec ce froid, avait-elle demandé, frappant le sol avec ses béquilles pour rythmer ses tut-tut-tut réprobateurs. Elle avait insisté pour qu'Aanchal prenne au moins un dupatta.

Mais à quoi bon, la peau d'Aanchal était déjà jaune, et d'autant plus éclatante dans cette nuit d'hiver noire qui lui collait à la peau comme du goudron humide. Et puis Aanchal était blindée contre le froid et les regards chargés de désir des jeunes hommes qui payaient le réceptionniste du Let's Talk pour connaître son emploi du temps, qu'ils apprenaient par cœur. Séchant leur travail ou leurs cours, ils attendaient devant la sortie à l'heure exacte où se terminait sa leçon, comme à présent. Les pires d'entre eux lui adressaient des gestes obscènes. Les autres sifflaient ou levaient leurs téléphones en catimini pour la prendre en photo. Quelques-uns connaissaient aussi son numéro ; le réceptionniste l'avait mal pris quand elle lui avait rappelé que certains éléments de sa vie devaient rester privés. Toute la journée, le téléphone d'Aanchal affichait des messages anonymes : *Slt ! Saalut ! JepE être ton ami ? Cv ? Ta u mon msg ?* Et ceux-là étaient les plus sobres.

Elle connaissait les rumeurs qui se répandaient dans le basti et dans les ruelles du Bhoot Bazar. Hommes, femmes, jeunes et vieux, femmes mariées insatisfaites ou trop souvent battues qui multipliaient les amants, maris qui dépensaient tout leur argent en gnôle et en maîtresses… Tous la disséquaient avec cruauté, tels des chiens affamés se jetant sur un oiseau décharné.

Qu'ils s'en donnent à cœur joie, ces gens avides de feuilletons plus réels et accessibles que ceux qu'ils regardaient à la télévision ! Qu'ils inventent des histoires à partir d'une jupe trop courte à leurs yeux ou du garçon barbu qui l'accompagnait parfois ! *Un musulman, en plus. Cette fille n'a aucune pudeur. Rappelez-vous comme elle était jeune quand elle a commencé…* Ils colportaient leurs commérages et rentraient chez eux en soupirant de soulagement : leurs enfants avaient beau être décevants, indisciplinés ou laids, au moins ils ne sombraient pas comme elle dans un naufrage moral sans nom.

Elle s'éloigna de l'institut et crut déceler dans son champ de vision l'ombre d'un homme qui la suivait. Elle fit comme s'il n'était pas là, mais les pas réguliers la rattrapèrent.

« Tu te souviens, dit-il. Tu te souviens de ce qu'on a dit. »

Elle se souvenait très bien de lui, de son visage, du ton menaçant de sa voix. Elle pressa le pas, non sans l'avoir entendu lancer : « Pas la peine de faire ta timide, on sait qui tu es. »

Quelques mois auparavant, il avait tambouriné à la vitre de l'institut de beauté jusqu'à ce qu'elle sorte pour lui demander ce qu'il voulait. Il lui avait fait sa proposition comme s'il s'agissait de décider simplement de la longueur de tissu nécessaire pour confectionner une lehenga. Elle y avait réfléchi ; comment aurait-elle pu faire autrement ? On lui avait parlé de l'argent facile que les étudiantes gagnaient en travaillant comme escorts. Avec cet argent elle pourrait fuir le basti, un père toujours en colère et une mère désespérée par une fille qui n'avait aucun trait commun avec le reste de la famille.

Peut-être cet homme revenait-il à la charge parce que la dernière fois elle avait mis trop de temps à répondre non.

— Bonsoir, Madame, je vous parle, disait-il à présent.

Non loin de là, des fillettes marchandaient des bracelets. Un camelot secouait des têtes d'ail dans un panier en bambou, leurs peaux se détachaient et flottaient dans l'air comme des papillons. Un jeune garçon s'amusait à poser trois bols en métal vides sur la tête d'un autre plus âgé. Tout, autour d'elle, respirait la vie ordinaire. Sauf cet homme.

Elle lui siffla de la laisser tranquille, menaça d'appeler la police. L'homme se rapprocha encore. Elle fit signe à quelqu'un au loin, afficha un joyeux sourire forcé et courut en direction d'un groupe d'ouvriers réunis autour de l'étal d'un vendeur de dosas, devant un immeuble qui changeait de forme tous les jours derrière des toiles vertes poreuses et des échafaudages.

Elle s'approcha d'eux, le rouge de la honte étalé sur sa poitrine comme si on lui avait jeté une tasse de thé brûlant. Dans le basti, on disait que les hommes la poursuivaient à cause de sa façon de s'habiller ou de se comporter. Et comme elle refusait de serrer ses livres contre ses seins et de se couvrir de son dupatta, ou de courber le dos comme le faisaient les filles pudiques qui espéraient échapper aux jugements en se ratatinant vers le sol, elle aggravait les choses.

Elle n'avait aucune raison d'avoir honte, bien sûr. Mais dans ces moments-là il lui arrivait de penser qu'ils avaient raison. Pourquoi se croyait-elle différente ? Sa tête résonnait parfois du même chœur que celui des ruelles du basti.

— Pardon, excusez-moi, dit-elle aux ouvriers groupés devant l'étal de dosas.

Ils s'écartèrent aussitôt, comme impressionnés par ses vêtements repassés, propres, encore imprégnés du parfum qu'elle avait vaporisé sur elle le matin, et par son visage hydraté deux fois par jour au gel-crème Lakme Absolute Skin Gloss. Eux portaient des haillons maculés de peinture et de ciment.

Le vendeur de dosas et l'enfant qui l'aidait à étaler la pâte sur une poêle chaude l'interrogèrent du regard. Pointant de son index l'assiette d'un ouvrier, elle indiqua qu'elle voulait la même. L'enfant étendit la pâte, en lissa soigneusement les grumeaux avec le dos de sa louche, puis un long filet d'huile la rendit croustillante. Malgré ce qu'Aanchal était en train de vivre, l'odeur délicieuse de la crêpe lui donna l'eau à la bouche. Les ouvriers la regardaient, sans aucune sévérité, plutôt avec surprise.

Son téléphone sonna. Elle fut soulagée quand elle vit apparaître le nom de Suraj, et elle décrocha. Il lui dit qu'il était venu l'attendre devant le Let's Talk, alors qu'ils avaient prévu de se retrouver dans un centre commercial une heure plus tard. Elle lui fit savoir qu'elle était déjà en route. Il répondit qu'il la trouverait. Elle pêcha dans son sac 40 roupies qu'elle tendit à l'enfant occupé à plier la dosa sur une assiette. Elle lui dit de la donner à quelqu'un d'autre, *je dois y aller*, mima-t-elle avec les mains et les yeux. L'enfant fut consterné à l'idée qu'on puisse ne pas prendre une nourriture déjà payée.

En émergeant de la foule, elle vit qu'il était encore là. Et puis la vieille moto de Suraj s'arrêta à côté d'elle et l'homme battit en retraite.

Sous la visière de son casque, Suraj avait les yeux rouges. Il travaillait de nuit et n'avait sans doute dormi que trois ou quatre heures. Elle s'assit derrière lui, lui encerclant la taille de ses bras, le menton posé sur son épaule droite. Elle ne sentit pas le froid quand, au démarrage de la moto, le vent s'engouffra dans ses cheveux.

Suraj l'emmena dans une galerie marchande et se dirigea vers le parking souterrain aux tarifs exorbitants. Ils passèrent devant une barrière dont le gardien, qui habitait dans le même basti qu'elle, lui signifia par son regard insistant et sombre qu'il la reconnaissait et la condamnait, puis devant un vigile, du basti lui aussi, qui inspectait le dessous des voitures à l'aide d'un miroir portatif. Les deux hommes avaient décidé de prendre tout leur temps avant de les laisser passer.

Une fois dans la galerie, ils allèrent chez McDonald's, où elle prit pour Suraj un tikki burger, alors qu'elle avait largement dépassé son budget de la journée. Ils s'installèrent près d'une immense baie vitrée. Ils avaient vue sur les rames de la Purple Line qui flottaient sur un pont, blanches apparitions dans le smog noir. Suraj s'efforça de redonner forme à ses cheveux aplatis par le casque, mais sans succès. Ils regardèrent les enfants des rues se faire chasser par les vigiles postés près des détecteurs de métaux à l'entrée de la galerie. Le bras de Suraj se pressait contre le sien. Sous son pull moulant, elle pouvait entrevoir le contour de ses biceps.

Avec ses doigts, Suraj écrivit LOVE sur le côté de sa cuisse. Elle portait un jean épais, mais la chaleur de son contact la fit tressaillir sur son siège. Il posa le bras gauche sur le dos de sa chaise. Ils mordaient dans le hamburger par petits bouts, de manière à en laisser plus à l'autre. Il l'interrogea sur ses cours et quand il lui suggéra de parler en anglais, elle devint muette. Dans son centre d'appels, il parlait toute la nuit avec des Américains. Ses compétences à elle se limitaient à *Where do you work ? – Où travailles-tu ?* – et *How was your day ? – Comment s'est passée ta journée ?*

Il lui posa des questions sur sa mère, son père et ses frères. Elle se demanda ce que ses parents penseraient de lui, s'ils s'inquiéteraient du fait que, issu d'une haute caste, il risquait de se débarrasser d'elle une fois la lassitude venue, ou s'ils verraient en lui ce calme qu'elle admirait par-dessus tout, cette voix tranquille qui montrait bien qu'il n'avait aucune exigence. Il ne voulait rien d'elle, seulement ce qu'elle était prête à partager. Pour Aanchal, c'était une nouveauté. Les garçons et les hommes qui jour et nuit faisaient vibrer son téléphone ne cachaient pas leurs intentions dans leurs messages, ni leurs *besoins*, même si certains d'entre eux les présentaient dans des termes flatteurs.

Des attentes cachées la suivaient jusque dans sa propre maison, elles passaient à travers les murs de sa chambre où elle révisait pour le TOEFL. Sa mère voulait qu'elle paie les frais de scolarité de ses frères et qu'elle fasse un beau mariage. Selon ses frères, elle se devait, en tant que sœur aînée, de partager avec eux l'argent gagné à l'institut de beauté. Son père ? Il se déchaînait contre elle quand elle ne l'écoutait pas, lui disant qu'elle était trop bête et trop débile pour réussir l'examen de seconde. Il demandait aussitôt pardon, en larmes, ravalant les glaires que la toux faisait remonter aux coins de ses lèvres.

Le téléphone de Suraj sonna. Il décrocha. « Bureau »,

articula-t-il tout bas. Elle repensa à l'homme à forte carrure qui l'avait prise en chasse et regarda autour d'elle dans le McDonald's, terrifiée à l'idée de le voir siroter un milk-shake à la fraise. Mais non, il n'y avait là que des employés de bureau en train de manger un morceau, des garçons et des filles de son âge, des mères conciliantes cédant aux envies de hamburger de leur enfant, et des nounous debout, à l'écart, munies de Tupperware remplis de plats faits maison pour le cas où leurs chers munna-munni réclameraient soudain autre chose.

Sa mère, à cet instant précis, fixait sûrement son téléphone, se demandant où était sa fille. Aanchal lui envoya un message disant qu'elle restait un peu avec Naina. *Je vais rentrer tard, ne m'attends pas.*

Suraj termina son appel et insista pour qu'elle finisse le hamburger. Sur son téléphone, il lui montra une maison mitoyenne proposée à la vente dans une résidence sécurisée à quelques kilomètres des galeries marchandes. À l'intérieur des grilles couleur ivoire, il y avait tout, piscines, salles de sport, jardins et supermarchés. Le téléphone d'Aanchal émit un bip, elle l'éteignit.

Suraj l'emmena au cinéma, au dernier étage de la galerie marchande, paya les billets, beaucoup plus chers que le hamburger, et ils virent un film américain qui, selon lui, les aiderait à progresser en anglais. Les acteurs parlaient si vite que les mots leur volaient au-dessus de la tête. Il y avait beaucoup de violence. Elle ne parvenait pas à s'expliquer la fréquence avec laquelle les personnages apparaissaient à l'écran pour se faire aussitôt démolir par un coup de poing ou tuer par une balle. Mais elle voyait Suraj captivé, et elle fit semblant d'y trouver du plaisir.

Après le cinéma, ils se promenèrent dans la galerie marchande, cherchant refuge dans les escaliers où ils espéraient pouvoir s'embrasser tout en échappant aux caméras de surveillance. Suraj devait faire réparer un accroc dans un pull acheté en solde chez Gap, ils quittèrent donc la galerie pour se rendre au Bhoot Bazar, dans le secteur où une ribambelle de tailleurs, assis en rang, mètres rubans noués autour du cou comme des écharpes, se tenaient prêts à actionner les pédales de leurs machines à coudre. Leurs pancartes promettaient retouches et nettoyage à sec « sans odeur » en l'espace de quelques heures.

Elle commençait à trembler de froid. Suraj voulut lui prêter sa veste mais elle refusa. En attendant que son pull soit reprisé, ils commandèrent à une échoppe du thé épicé et du dal-chawal, et tout le monde dévisageait ce couple qui se donnait la becquée sans honte, peut-être même avec une certaine fierté.

Une fois son pull raccommodé, Suraj dut aller prendre son service. Il la déposa à l'entrée de la bretelle qui rejoignait la route ; de là, elle pouvait rentrer chez elle à pied, en moins d'une minute. Il semblait épuisé, mais triste aussi de la quitter. Il voulait attendre qu'elle l'appelle à son arrivée. Inutile, insista-t-elle. Le dhaba était fermé, mais il restait encore, à la station de rickshaws, deux ou trois chauffeurs qui dormaient sur le siège passager, jambes pendantes, les pieds dans leurs chaussettes trouées.

Le téléphone de Suraj sonna de nouveau. Sans répondre, il sortit de sa poche un badge laminé, passa le cordon autour de son cou et lui demanda de l'appeler dès qu'elle serait dans sa chambre. Des inflexions d'accent américain coloraient sa voix, comme s'il était déjà installé à son bureau.

Tandis qu'elle marchait, un chien aboya sur son passage, mais sans conviction. L'air craquait comme du bois. Elle se retourna, discernant un bruit, la respiration haletante du chien, des pas écrasant des cailloux. Un bras la saisit dans l'obscurité, elle sursauta en soufflant « Suraj », mais naturellement il était lancé sur la route à présent, et sans doute au-delà de la limite de vitesse autorisée. « Sois prudent », lui dit-elle dans sa tête.

Et la voix, la voix si familière de tout à l'heure, lui ordonna de s'arrêter. Elle se demanda si l'homme l'avait suivie toute la journée.

— Laissez-moi tranquille ! lui hurla Aanchal. Vous voulez que je réveille tout le basti ?

Il se planta devant elle, les bras croisés sur le torse, comme s'il la mettait au défi d'essayer. Et quand il fit un mouvement, elle perçut un miroitement doré, aussitôt happé par la nuit.

J'attends dans une queue sinueuse…

… de pouvoir entrer aux toilettes et je fais signe à Faiz, qui se trouve devant moi en compagnie de ses frères, lorsque j'aperçois la mère de Bahadur dans la file d'attente des dames. Devant et derrière elle, il y a un espace vide de cinquante centimètres, alors qu'ailleurs les autres femmes et les autres filles se bousculent.

Quand elle me voit, elle abandonne sa place de choix et se dirige vers moi. Peut-être a-t-elle su que nous étions entrés chez elle sans sa permission et que Samosa avait reniflé le cahier de Bahadur.

— Vous n'avez pas retrouvé mon fils, na ? dit-elle.

L'homme qui n'arrête pas de péter devant moi retient ses gaz pour mieux l'entendre.

La mère de Bahadur me caresse la tête et mon crâne se hérisse au contact de ses doigts.

— Vous avez bien agi. Toi et la petite fille. Vous deux, vous avez été les seuls à essayer de m'aider.

— On a remis la photo à sa place.

— J'ai vu.

— Chachi, vous voulez venir attendre ici ?

C'est Runu-Didi qui l'appelle depuis la queue des dames. Elle recule et fait de la place pour la mère de Bahadur parce qu'une autre femme lui a pris la sienne, marquée pourtant par sa cuvette. La mère de Bahadur opine de la tête. Elle me serre l'épaule et j'évite son regard parce que je me sens coupable, comme si c'était moi le kidnappeur de Bahadur. Et elle s'en va.

— Qu'est-ce que t'as fait pour elle ? demande le chacha-péteur.

— Rien.

Les autres chachas dans la queue racontent que c'est l'horreur d'être obligé de faire le tour des morgues pour voir si votre enfant est couché sous un drap blanc. C'est le lot de tous les parents des enfants disparus.

— Il n'y a pas de plus grand malheur que de survivre à son enfant, commente un chacha.

Les larmes me montent aux yeux. Deux singes sur le toit des toilettes publiques se penchent et montrent les dents. Le smog est moins épais aujourd'hui, je les vois nettement.

Sur le chemin de l'école, je m'en prends à Faiz :

— Tu ne fais rien pour notre enquête.

— Depuis quand c'est mon travail ?

— Et toi non plus, tu ne m'aides pas beaucoup, dis-je à Pari. Personne ne m'aide. Même pas Samosa. Il fait que manger.

— Comme toi, réplique Pari.

Faiz rigole et met ses doigts dans sa bouche.

— Je t'ai pourtant demandé d'espionner le chacha de l'atelier de réparation. Ils sont où, tes rapports ?

— Chacha ne quitte pas sa boutique, de neuf heures du matin à neuf heures du soir. Ce n'est pas un criminel.

— Tu l'as surveillé hier ?

— Oui.

— Mais je pensais que tu devais aller travailler, dit Pari. C'est pour ça que tu n'es pas venu avec nous parler aux rickshaws.

— Oui.

— Alors tu ne l'as pas surveillé ?

— Pas hier, me répond-il.

— Tu vas le surveiller aujourd'hui ?

— Oui.

— On est vendredi. Tu ne vas pas à la mosquée ? demande Pari.

— Si. Je dois faire mes prières.

— À ce train-là, on ne résoudra jamais notre affaire, dis-je en tapant du pied.

— On se calme, fait Pari.

— Hier soir, Tariq-Bhai m'a donné une bonne idée qui pourrait vous aider.

Je n'en crois rien. Faiz essaie juste de me calmer.

— Tariq-Bhai dit que tous les portables possèdent un numéro appelé IMEI. Et que même si tu mets une nouvelle carte SIM, l'IMEI ne change pas. La police peut retrouver ce numéro grâce à Airtel, Idea, BSNL ou Vodaphone.

— Il est sûr ?

J'ai bien vu, à la télévision, la police retrouver des téléphones grâce aux numéros IMEI. Mais je ne m'en souvenais plus.

— Tariq-Bhai est incollable sur les portables, nous assure Faiz. Il est intelligent. S'il travaille dans un magasin Idea au lieu d'être ingénieur, c'est parce qu'il a dû arrêter l'école quand notre abbu est mort.

— Il faut que la police trouve le numéro attribué au téléphone d'Aanchal, dit Pari. On sait que le kidnappeur utilise son portable puisqu'il a décroché quand son père a appelé.

— Si c'est un kidnappeur, pourquoi n'a-t-il pas réclamé de rançon ?

— Nous, les habitants des bastis, me répond Pari, nous ne pouvons pas payer de rançons, tout le monde sait ça.

Les voleurs gagnent plus d'argent en revendant les enfants qu'ils ont enlevés.

— Les djinns n'ont pas besoin de rançons, lâche Faiz. Ni de portables.

Cela fait moins d'un mois que je suis devenu détective, mais ce jour-là, après l'école, en poussant la porte de l'institut de beauté Shine, je me sens vieux et sage comme un baba de l'Himalaya.

L'esthéticienne répond à Pari que oui, elle s'appelle Naina. Elle paraît à peine plus âgée que Runu-Didi, mais elle est sophistiquée ; ses fins sourcils en forme d'arcs haut perchés lui donnent l'air constamment étonné, et ses cheveux semblent doux et lisses comme si on les avait repassés au fer à charbon.

— Tu es venue pour une coupe ? demande Naina à Pari, tout en recouvrant de pâte blanche les joues d'une femme allongée sur un fauteuil noir.

Pari caresse son demi-dôme en un réflexe protecteur :

— Bien sûr que non, dit-elle, vexée qu'on ait eu l'audace de suggérer une chose pareille.

— On…

— Ne parlez pas, m'interrompt Naina, mais elle s'adresse à la femme sur le fauteuil. Fermez bien les yeux.

La cliente se fait éclaircir la peau. Ma dit que Runu-Didi aura besoin de centaines de soins éclaircissants avant que quiconque accepte de l'épouser. Elle a abîmé son teint à force de courir au soleil.

— Prévenez-moi si ça brûle, dit Naina à sa cliente.

Faiz inspecte les lotions et les vaporisateurs présentés sur un comptoir en fredonnant de plaisir. Mon sermon a eu zéro effet ; il ne cherche aucun indice. Pari explique à Naina qu'on veut retrouver Bahadur et Omvir.

— J'ai dit qu'Aanchal était avec moi alors que ce n'était pas vrai, et après ? lance Naina à Pari. Tu ne mens jamais à tes parents, toi ? Ils savent où tu es en ce moment ? Et toi, petit, ne mets pas tes mains sales sur mes produits.

Faiz repose le flacon qu'il était en train de renifler, mais en prenant tout son temps.

— Le père d'Aanchal est très sévère, na ? demande Pari.

— Aanchal avait-elle un ami barbu ?

Je sais que j'ai bien fait de ne pas dire « un petit ami musulman ».

— En quoi ça vous regarde ? dit Naina en appliquant rapidement la pâte sur le front de la femme.

— On veut savoir si la personne qui a enlevé Aanchal a aussi enlevé nos amis, explique Pari.

Naina repose le pinceau et s'essuie les mains avec une serviette vert clair tachetée de blanc par endroits.

— L'ami d'Aanchal n'est pas un kidnappeur, finit-elle par dire.

— Est-ce qu'il répare des téléviseurs ?

Les étranges sourcils de Naina grimpent encore plus haut.

— C'est quoi, ce délire ? répond-elle en nous donnant des coups de serviette. Laissez-moi, maintenant, je dois travailler.

J'insiste :

— Alors qui est l'ami d'Aanchal ? Il fait quoi ?

Naina secoue la tête :

— Mais c'est quand même fou ! Des gamins qui se permettent de me parler comme ça ?

Je me tourne vers Pari en haussant les épaules. Pari baisse les siennes. On n'a plus qu'à partir, si je comprends bien. C'est alors que Naina décide de se mettre à table.

— L'ami d'Aanchal n'est pas musulman. Je ne sais pas où les gens sont allés chercher cette idée.

Faiz cesse de tripatouiller la lotion qui a séché autour du goulot d'un flacon. Naina a toute son attention à présent.

— Aanchal le connaît depuis un moment. Il a un bon poste dans un centre d'appels. Et il travaillait la nuit de sa disparition. Les employés des centres d'appels, ils doivent pointer avec leurs badges en entrant et en sortant, alors ils ne peuvent pas mentir.

Naina tapote l'épaule de sa cliente, immobile dans son fauteuil comme une morte avec un visage de morte.

— Il s'inquiète pour Aanchal. Il m'appelle tous les jours pour savoir si elle est revenue.

— Il s'appelle comment ? demande Pari. Il est de notre basti ?

— Aanchal n'aime pas les garçons du basti. Ils l'embêtent tout le temps.

— Alors, vous croyez que c'est Quarter qui a enlevé Aanchal ? dit Pari. Le fils du pradhan. Il l'embête, à ce qu'il paraît.

— Et pour quelle raison il l'aurait enlevée ? Ce serait bien la première fois.

— L'ami d'Aanchal qui travaille au centre d'appels, il est vieux ? Dans le basti, ils répétaient tous que son amoureux était vieux.

— On se demande comment les gens trouvent le temps d'inventer tous ces mensonges, me répond Naina. Bien sûr que non, son ami n'est pas vieux.

— Naina, Naina, appelle la cliente, ça brûle.

— On va vous rincer le visage et ce sera beaucoup mieux qu'avant, la rassure Naina en lui prenant le bras pour l'aider à se lever. Et vous – c'est à nous qu'elle s'adresse –, il est temps de partir.

— Vous voyez, dit Faiz quand nous sommes dehors. Le chacha de l'atelier de réparation, c'est un chacha, point. Il n'est l'amoureux de personne.

— Même s'il ne connaissait pas Aanchal, le chacha reste un suspect à cause de Bahadur, rétorque Pari.

Faiz n'a pas le temps d'argumenter. Il doit aller au kirana et à la mosquée. Quand il s'en va, je lui crie : « OK, à plus, glandeur ! »

— C'est lui qui a su pour l'éléphant et l'argent de Bahadur, lâche Pari quand Faiz est trop loin pour l'entendre. Pas toi.

Quand on arrive, Pari et moi, Ajay et son frère sont en train de suspendre des chemises fraîchement lavées à une corde à linge accrochée au mur extérieur de leur maison.

— C'est ta didi qui faisait ça avant ? demande Pari.

Elle a du mal à cacher un sourire ironique ; elle croit que les garçons de notre basti se la coulent douce quand leurs parents obligent les filles à faire toutes les corvées. Pourtant, son père et sa mère ne lui demandent rien à elle, pas même d'éplucher un oignon.

— Vous avez des nouvelles de vos amis ? demande Ajay.

Pari répond que non. Puis elle parle à Ajay des numéros IMEI.

— Papa a déjà demandé à la police de retrouver le téléphone de Didi. Mais ils n'ont rien fait.

— Pour le portable de ta sœur, t'as une facture ? dit Pari.

— Elle l'a eu d'occasion, je ne sais pas où. Il n'y a pas de facture. Papa a cherché le certificat de garantie pour le montrer à la police, mais il n'a rien trouvé.

Ajay essore l'eau d'une chemise, il s'y prend mal et s'asperge les pieds.

Je me demande si ce n'est pas l'amoureux d'Aanchal qui lui a donné le portable. Cette partie de notre enquête aboutit à un fiasco, comme toutes les autres parties d'ailleurs.

— C'est ekdum idiot que la police n'ait toujours pas retrouvé le portable d'Aanchal, dit Pari tandis qu'on rentre en trimballant nos sacs sacrément lourds.

— Si seulement on avait leur technologie, j'ajoute, alors que je ne sais même pas me servir d'un ordinateur.

— Tu crois que Byomkesh Bakshi s'en remettait à la technologie ? demande Pari. Il n'avait que son cerveau.

Malheureusement, mon cerveau n'est pas assez intelligent pour me dire où se trouve Aanchal. Je dresse les oreilles en marchant pour essayer d'intercepter des signaux, mais je ne capte rien d'autre que les bruits ordinaires du bazar et du basti – les chamailleries des voix, les feulements des chats et le baratin des téléviseurs.

Les journées passent aussi vite que des heures et…

… Aanchal ne revient pas, Bahadur et Omvir ne reviennent pas non plus, mais à la télévision je vois cette manchette : **Dilli : le chef de la police a récupéré son chat !**

Papa aussi la voit. Son visage se fige comme le lait qu'on laisse dehors en été, et ses doigts triturent les touches de la télécommande. Le volume monte et descend, les présentateurs laissent place à des chanteurs et des danseurs, puis à des cuisiniers sur d'autres chaînes.

Notre basti pourrait partir en fumée, on n'en parlerait pas à la télévision. Papa lui-même le répète tout le temps, et il ne décolère pas.

Je lui demande si je peux regarder *Police Patrol.* Il accepte, alors qu'il s'agit d'un épisode réservé aux adultes, l'histoire de cinq enfants tués par un oncle diabolique qui se faisait passer pour leur meilleur ami.

Un matin, peu après ce soir-là, quand le mois de novembre s'est coulé dans décembre et que l'eau elle-même a pris l'odeur de la fumée et du smog, Pari, Faiz et moi, on aperçoit le père d'Aanchal sur le chemin de l'école. Il est en train d'acheter des cartons de lait et répète à qui veut l'entendre que les meurtriers et les kidnappeurs pleins aux as ont la police dans leurs poches doublées de soie.

— Moquez-vous de moi, dit-il, mais vous vous souviendrez de mes paroles quand d'autres enfants auront disparu. Et croyez-moi, il y en aura d'autres.

Un homme crie, je pense qu'il est épouvanté d'entendre une chose pareille, mais il se fait seulement récurer et lubrifier les oreilles par un laveur d'oreilles muni d'un cure-oreille en cuivre et de boules de coton pelucheux. On passe devant un père Noël colérique à la barbe blanche toute sale et au costume rouge tout troué, qui lance des ordres à des ouvriers en train de fabriquer un bonhomme de neige en polystyrène et en coton. Avec leurs portables, les passants prennent des photos du bonhomme de neige à moitié fini.

Au rassemblement, le directeur sermonne des garçons qu'on a surpris en train de faire des dessins obscènes dans les toilettes. Ensuite, il parle de Bahadur et d'Omvir. Cela fait près de six semaines qu'on ne les a plus vus, dit-il. Il nous met en garde contre les idées de fugue et nous raconte que les voleurs d'enfants ont des seringues de somnifères et des bonbons contenant de la drogue. « N'allez nulle part tout seuls », assène-t-il.

Je regarde Faiz. Il va seul le soir dans le bazar. J'aurais dû penser à m'inquiéter pour lui.

En classe, quand M. Kirpal nous demande de dresser la liste des capitales d'État, je dis à Faiz qu'il ne devrait pas traîner dehors.

— Depuis quand t'es mon abbu ?

— Très bien, fais-toi kidnapper.

Fâché, je repousse sa main qui dépasse sur mon côté du pupitre.

Plus tard, pendant la pause déjeuner, je croise le boutonneux admirateur numéro 1 de Runu-Didi.

— Tu dois attendre que ta sœur ait terminé son entraînement pour rentrer avec elle, me souffle-t-il, tout en lançant des regards noirs vers l'autre côté de la cour, où Quarter, comme tous les jours, tient ses audiences sous le margousier. Il ne faut pas qu'elle sorte seule. C'est devenu dangereux.

Tout le monde pense que Quarter est redoutable, mais on n'arrive toujours pas à lui coller les kidnappings sur le dos. Soit il est trop malin comme criminel, soit on est vraiment idiots. Il n'empêche, je ne vais pas écouter les conseils d'un loser.

— La seule personne dont Didi devrait avoir peur, c'est toi, je lâche au boutonneux avant de partir en courant.

Quand la sonnerie retentit, la voix de M. Kirpal s'élève au-dessus du brouhaha de la classe et nous crie de ne pas oublier de finir nos projets et de les apporter lundi. Il s'agit de fabriquer des cartes de vœux pour le nouvel an. C'est le pire projet de ma vie.

On se précipite hors de la classe, puis hors de l'école. On est vendredi et Faiz est pressé. Dans la rue, il y a un maelström de charrettes, de rickshaws et de parents venus chercher leurs jeunes enfants. Je sens l'odeur des cacahuètes grillées, des cubes de patate douce fumante saupoudrés de masala et arrosés de citron vert que les vendeurs proposent sur leurs charrettes ou dans des paniers.

Soudain, un poignet cliquetant de bracelets écarte une femme en burqa, et une voix s'écrie : « Pari, tu es là ! »

C'est sa mère. Je n'ai pas la moindre idée de ce qu'elle fait ici ; elle est censée finir son travail beaucoup plus tard.

— Ma, qu'est-ce qui se passe ? Papa n'a rien ?

La mère de Pari sanglote.

— Un autre enfant…, dit-elle en lui serrant le bras plus fort.

— Ma, tu me fais mal.

— … un autre enfant a disparu la nuit dernière. Une petite fille. Dès qu'elle l'a su, ta chachi-voisine m'a téléphoné. Les gens la cherchent partout. Ce n'est pas prudent de rentrer seule.

— Elle n'est pas seule, intervient Faiz. On est là.

Un rickshaw débordant d'enfants passe en cahotant. Des odeurs épicées flottent, poulet biryani et tandoori. On ne dirait pas qu'un malheur est arrivé. Autour de nous, tout est bruyant et paraît normal.

— Jai, où est ta sœur ? me demande la mère de Pari.

— Elle a entraînement.

— Ta mère m'a dit de la récupérer aussi. Je l'ai eue au téléphone.

Le réseau de femmes de notre basti est trop fort. Je me précipite dans la cour de l'école. Runu-Didi est en train de rire avec ses coéquipières.

— Didi, il y a eu une autre disparition dans notre basti, Ma a appelé la mère de Pari et a dit qu'il fallait qu'on rentre tous ensemble. La mère de Pari nous attend à la grille.

— Sans moi, répond Didi.

— Un autre enfant a disparu ? demande Tara, une de ses coéquipières.

— La mère de Tara va me raccompagner, précise Didi.

— Elle n'est même pas…

Mais Didi la fait taire et me lance :

— Bye-bye !

Si on la kidnappe, ce sera de sa faute. J'aurai fait de mon mieux. À la grille, je répète le mensonge de Didi. La mère de Pari dit « d'accord » entre deux reniflements.

On rentre à la maison en rang serré, sourds aux insultes des rickshaws furieux parce qu'on leur bloque la route. Faiz nous quitte pour aller au kirana, sans écouter la mère de Pari qui veut l'en empêcher. S'il ne travaille pas, lui dit-il, sa famille ne pourra pas se nourrir, ce qui est un demi-mensonge. Elle le croit.

Les ruelles sont remplies d'hommes et de femmes pointant le doigt vers le ciel (*les dieux dorment-ils ?*) ou en direction du commissariat (*quand vont-ils se réveiller, ces fils d'ânes ?*). « Allons gherao[1] le chef de la police, ça lui fera une bonne leçon », dit l'un. « Il paraît qu'il est à Singapour », dit un autre.

La mère de Pari nous presse, on ne peut même pas s'arrêter pour bavarder ou poser des questions.

— Je vais confier Pari à la chachi-voisine et retourner travailler, dit-elle quand nous sommes devant sa maison.

Ça lui est égal si je me fais kidnapper, on dirait. Et puis je vois que Shanti-Chachi est là, en train de discuter avec la chachi-voisine de Pari. Notre basti est devenu une prison. Partout des gardiens nous surveillent.

Shanti-Chachi me demande où est Runu-Didi. Je répète son mensonge.

Quand Chachi me dépose devant chez moi, je sors mon livre de sciences de la vie de mon cartable et je m'installe sur les marches, sans même avoir ôté mon uniforme. Je l'écoute parler avec d'autres chachis. J'apprends :

— que l'enfant disparue s'appelle Chandni ;

— qu'elle a 5 ans et ne va pas à l'école ;

— que la sœur aînée de Chandni a 12 ans et reste à la maison pour s'occuper de ses frères et sœurs ;

— que Chandni est la quatrième de cinq enfants. Le plus jeune, un garçon, est un bébé, il n'a que 9 mois ;

— que quatre presque-enfants – Aanchal n'est pas une enfant, car elle a 16 ans – ont déjà disparu dans notre basti.

1. Forme de protestation ouvrière consistant à retenir un patron contre son gré sur son lieu de travail.

Qui les enlève ? Est-ce un criminel ou y a-t-il parmi nous un méchant djinn affamé ? Pari aurait noté tout ça dans son carnet.

Je ne sais pas combien de temps je reste à écouter. Runu-Didi rentre, pose son sac et s'accroupit près de la citerne pour se laver le visage. Quand elle a fini, je me pousse sur le côté et la laisse entrer à l'intérieur.

— Pourquoi le kidnappeur enlève-t-il autant d'enfants ?

— Peut-être qu'il aime les dévorer, me répond Runu-Didi.

Elle ferme la porte à demi pour se changer derrière le battant. Je ne la vois pas, mais elle continue de parler.

— Il y a des gens qui aiment la chair humaine. Comme toi tu aimes le rasgulla ou le mouton.

— Menteuse.

— D'après toi, où sont les enfants disparus en ce moment même ? Dans le ventre de quelqu'un.

— Un enfant ne tient pas dans un estomac. Et Aanchal ? Impossible. Un voleur d'enfants ne les mange pas. Il les vend pour se faire de l'argent.

Si des djinns ne les ont pas attrapés et enfermés dans des donjons. À l'heure qu'il est, Omvir et Bahadur sont sûrement en train de nettoyer les toilettes de riches. De transporter de lourdes briques sur le dos, les yeux et le visage rougis par la poussière et les larmes.

Runu-Didi finit de se changer, ouvre la porte en grand et sort parler à ses copines du basti. J'entre, je m'allonge sur le lit, mon livre posé sur la poitrine. J'observe notre toit, le petit ventilateur fixé au mur – qu'on n'a pas utilisé depuis Diwali –, et le lézard immobile à côté de lui, qui essaie de faire partie du mur. Je prie : « Dieu, je t'en supplie, fais que je ne sois pas enlevé ou assassiné, ou djinné. »

Je me rappelle les garçons de la gare ferroviaire et Guru nous expliquant que les dieux sont trop occupés pour écouter quiconque. Je voudrais pouvoir prier Maboul, plutôt.

Je pense à tous les noms que je connais, au cas où l'un d'eux serait celui du fantôme : Abilash, Ahmed, Ankit, Badal, Badri, Bhairav, Chand, Changez, Chetan… C'est dur de penser dans l'ordre alphabétique, alors je les laisse venir dans ma tête dans l'ordre qu'ils veulent. Sachin Tendulkar[1], Dilip Kumar[2], Mohammed Rafi[3], Mahatma Ghandi, Jawaharlal Nehru…

Le bruit des graines de moutarde hurlant dans l'huile bouillante me réveille. J'ai dû m'endormir en récitant les noms. J'entends Ma et Runu-Didi chuchoter, elles parlent de la petite fille qui a disparu.

— Runu, tu dois faire attention, toi aussi, dit Ma. On ne les connaît pas, mais ils n'enlèvent pas que des enfants. Aanchal a 19 ou 20 ans, n'oublie pas ça.

— Elle a 16 ans, dis-je en m'asseyant.

— Depuis quand tu es réveillé ? demande Ma.

Elle jette des oignons dans la poêle et les remue en faisant crisser la louche sur les côtés.

— Ma, c'est vrai que quelqu'un vole les enfants pour les manger ?

— Quoi ?

— Parce que notre chair est sucrée.

— C'est toi qui lui as raconté ce genre de bakhwas ? demande Ma à Runu-Didi.

---

1. Grand joueur de cricket.
2. Acteur très célèbre.
3. Chanteur populaire.

Elle essaie de lui donner une tape de la main gauche.

— C'est pas moi ! glapit Didi.

— La vérité, la voilà, me dit Ma. Chandni est sortie le soir toute seule. Elle avait envie de manger des gulab-jamuns et sa mère lui a donné de l'argent pour en acheter. Qui fait ça par les temps qui courent ? Cette femme aurait dû aller les acheter elle-même !

Ma prend du gingembre et de l'ail, jette le tout dans la poêle, ajoute une pincée de curcuma, un peu de coriandre et de cumin en poudre.

— La maison de Chandni se trouve juste à côté du bazar, commente Didi en s'essuyant les mains sur son kameez. Tout le monde dit ça. C'est comme si, moi, j'allais chez Shanti-Chachi.

— Ça ne peut pas être aussi près, rétorque Ma.

— Peut-être que sa mère était occupée à faire la cuisine, comme toi.

— Vishnu Bhagavan lui-même pourrait me demander de t'envoyer dans la rue le soir, je refuserais.

Papa entre et me regarde avec son air sévère.

— Qu'est-ce que j'apprends ? On te croit en train de réviser, et tu cours partout dans le bazar ?

La louche de Ma cesse de remuer les oignons.

— Je suis là tout le temps, je dis. Je suis là, en ce moment. Tu ne me vois pas ?

— Ça suffit ! crie Papa de sa voix la plus impressionnante. Tu trouves ça drôle ? On ne vous a jamais empêchés d'aller où vous vouliez. L'un comme l'autre.

Il se tourne vers Runu-Didi.

— Mais il y a des limites à tout.

— Papa…

— Runu, écoute-moi bien. Cela vaut pour toi aussi. À partir de maintenant, fini de courir et de sauter après l'école, compris ?

— Mais… ma… interdistricts… je…

— Tu rentres avec Jai après l'école et tu restes à la maison pour le surveiller. Passe-lui une laisse s'il le faut.

— L'entraîneur va me tuer, fait Didi.

— Il n'entraîne tout de même pas l'équipe indienne de cricket, si ? fait Papa. Ce type-là ne sert à rien, tout ce qu'il sait, c'est enseigner le sport.

— La compétition interdistricts est super importante, Papa ! Le coach veut qu'on s'entraîne tous les jours, même le dimanche.

Les oignons sentent le brûlé parce que Ma n'a plus l'œil sur la poêle. Je me demande comment je vais faire pour aller travailler chez Duttaram après-demain.

— Les enfants ne se font kidnapper que la nuit, Papa. Didi et moi on est toujours rentrés avant.

— Oui, c'est vrai. Papa…

Des larmes de colère font briller les yeux de Didi.

— Runu, je ne veux pas entendre un mot de plus. Et toi, Jai, tu auras de mes nouvelles si j'apprends que tu te promènes dans le bazar tout seul. Ne va pas croire que je ne le saurai pas.

Comme un lion en cage, Runu-Didi…

… tourne en rond dans la maison. On est dimanche, ses cheveux qu'elle vient de laver forment une crinière autour de son visage.

— J'y crois pas ! s'exclame-t-elle.

— Papa est devenu fou, je dis.

Je suis en retard au travail et Duttaram m'a peut-être déjà remplacé par quelqu'un d'autre. Je sais que Papa et Ma me battront s'ils me surprennent à désobéir à leur règle de *ne pas se promener dans le Bhoot Bazar*, mais les coups seront bien pires s'ils découvrent que le bocal de Parachute est à moitié vide et que c'est moi le voleur. Je ne veux pas être un voleur. Je suis un détective. Jasoos Jai est quelqu'un de bien.

— Je ne peux pas rater l'entraînement aujourd'hui. Le coach va prendre cette abrutie d'Harini à ma place. Elle court deux fois moins vite que moi, mais c'est la fille de son meilleur ami.

— Didi, pourquoi tu ne vas pas t'entraîner ? Je dirai rien à Ma et Papa.

— Pour que tu puisses courir tout seul dans le bazar ?

— Je veux seulement aller chez Pari. Je vais réviser avec elle. Promis. On regardera un peu la télévision, mais on travaillera aussi.

Didi réfléchit, elle va et vient et les lames du plancher se soulèvent sous ses pas.

— Les enlèvements, dit-elle, ça s'est passé la nuit.

Exactement ce que j'ai dit à Papa.

— On sera rentrés avant.

Je ne lui fais pas remarquer qu'elle répète mot pour mot mes paroles.

— Il ne faut pas que cette abrutie d'Harini prenne ta place.

— Mais la mère de Pari va appeler Ma et tout lui dire.

— La mère de Pari travaille le dimanche, comme Ma. Et son papa, tous les dimanches, il va voir ses parents de l'autre côté du fleuve.

— Ils laissent Pari seule à la maison ?

— Ils l'emmènent au centre de lecture quand il est ouvert. Mais aujourd'hui elle reste chez elle.

Je ne mens pas. C'est Pari qui me l'a dit.

Didi m'envoie m'asseoir sur les marches pour pouvoir enfiler sa tenue de sport. Elle me laisse revenir quand elle est habillée. Elle attache ses cheveux en queue-de-cheval avec un chouchou blanc, ce que Ma n'accepterait pas. Quand on attache ses cheveux encore mouillés, des trucs horribles poussent à l'intérieur, comme des fruits, et on ne peut pas les enlever ni rien. Il faut se raser la tête. C'est Ma qui le dit.

J'ai déjà mis mon pantalon cargo et deux tee-shirts. Par-dessus les tee-shirts j'enfile un pull rouge. Puis, après s'être assurés que Shanti-Chachi et son mari ne sont pas dehors, Didi et moi on part en courant.

Par chance, Pari est assise devant sa porte et révise.

— Tu veux bien obliger cet idiot à rester chez toi ? lui demande Didi, qui me prend par la nuque et me pousse à l'intérieur. Il n'a le droit d'aller nulle part. Surtout pas au Bhoot Bazar.

Elle n'a pas la même voix ; avec moi, Didi crie tout le temps, mais avec Pari elle parle poliment, comme si elle s'adressait à une adulte.

— Jure devant Dieu que tu ne vas pas m'enquiquiner, dit Pari.

Je remonte ma lèvre supérieure sur le bout de mon nez, pour ressembler à un cochon. Et puis je déclare : « Je jure devant Dieu. » Dieu sait que je n'en pense pas un mot.

Didi détale. Je me tourne vers Pari :

— Il faut que j'aille au bazar.

— Mais tu as juré. Il y a à peine deux secondes. Tu n'as pas peur que Dieu te punisse ?

— Je vais juste acheter des gulab-jamuns. Dieu comprendra.

— Où as-tu trouvé l'argent pour acheter des gulab-jamuns ? Reste ici tranquille.

J'en ai marre qu'on me dise ce que je peux faire et ne pas faire. Je crache le morceau :

— Faiz m'a trouvé un travail au Bhoot Bazar.

— Quoi ?

— Je dois rendre l'argent que Didi m'a prêté pour prendre la Purple Line.

— Elle veut que tu la rembourses ?

— Elle n'a rien demandé, mais je vais le lui rendre. Ce sera une surprise. Elle ne sait pas que je travaille. Tu ne dois le dire à personne. C'est un secret.

— Tu dis trop de mensonges. Tout le temps.

— Viens voir par toi-même.

Pari attend que la voisine-chachi ait le dos tourné et on pique un sprint en direction du Bhoot Bazar, qui grouille de monde, comme d'habitude. Un tas de gens se bousculent devant un magasin de pères Noël et d'ours en peluche coiffés de casquettes rondes à volants.

Dès qu'il me voit, Duttaram me lance :

— T'étais où ? Demi-paie aujourd'hui. C'est tout ce que t'auras.

— C'est pas bien de faire travailler les enfants, me chuchote Pari.

— Va-t'en, je lui dis.

Elle regarde Samosa et lève les yeux au ciel, il est en train de se lécher les parties sous la carriole de samosas. Il a décidé de me faire honte devant Pari.

— Rentre avant ta didi, me dit-elle.

Je hoche la tête. Elle est très à cheval sur les règles, mais elle comprend aussi pourquoi il faut désobéir parfois.

Duttaram me demande d'aller acheter de la cannelle à l'étal d'à côté parce qu'il n'en a plus.

— Ce froid rend tout le monde constipé, explique-t-il, alors ils boivent beaucoup de thé pour se soulager.

— L'isabgol[1] est plus efficace, je dis.

— Pas la peine de raconter ça partout, m'avertit Duttaram.

Je lui rapporte un fagot de bâtons de cannelle. J'écoute les nouvelles du basti qui flottent toujours autour du tea shop. Aujourd'hui elles sont assaisonnées de peur. Les gens craignent de laisser leurs enfants seuls. Ils critiquent la police qui a demandé de l'argent aux parents de Chandni au lieu d'enregistrer leur plainte. Certains veulent organiser une marche contre la police, d'autres disent que ça se terminera par des bulldozers et la destruction de nos maisons. Quelqu'un affirme que le pradhan et son parti, l'Hindu Samaj, préparent une manifestation. Seuls les enfants hindous sont enlevés ; par conséquent, les kidnappings sont sûrement l'œuvre des musulmans. Quelqu'un d'autre dit que l'ami d'Aanchal est hindou ; cette information provient certainement de Naina, ou de ses clientes indiscrètes venues se faire blanchir la peau. Les gens n'en continuent pas moins d'accuser les musulmans.

1. Le psyllium, plante médicinale utilisée pour traiter la constipation.

Les clients de Duttaram sont majoritairement hindous. Pour eux, les musulmans ont trop d'enfants et maltraitent les femmes. Ils disent qu'au bout du compte on ne peut pas faire confiance à des gens qui écrivent de droite à gauche comme le font les musulmans dans leur langue *diabolique*.

Personne ne pense que Chandni s'est enfuie ; elle est trop petite pour aller où que ce soit toute seule. C'est la preuve qu'il y a un vrai kidnappeur dans notre basti, peut-être bien plusieurs, et nous n'avons même pas un Maboul pour nous sauver.

Un peu plus tard dans l'après-midi, Duttaram me donne une lourde bouilloire remplie de thé dont la poignée est enveloppée de chiffons, ainsi que huit verres empilés les uns dans les autres. Il me demande de les apporter à des clients dans une bijouterie de la ruelle voisine ; il reçoit beaucoup d'appels sur son portable pour des requêtes semblables. Je marche tout en pensant à l'habileté avec laquelle je porte le thé désormais, sans en renverser, lorsque mon regard tombe sur Runu-Didi. Elle me voit elle aussi avant que j'aie pu me cacher. Pour rentrer, Didi a pris un raccourci par le bazar. C'est bien ma veine.

Elle reste stupéfaite, sans voix. Ses yeux tournent dans ses orbites comme ceux d'une chouette, je vois sa bouche s'ouvrir et se fermer mais il n'en sort aucun son, et même la sueur qui dégouline sur son visage parce qu'elle court tout le temps semble s'être figée pendant une seconde. Elle s'avance, me soulève le menton, examine mon visage comme pour s'assurer qu'il s'agit bien de moi, Jai. Puis son regard se pose sur la bouilloire et les verres de thé.

— Je travaille, mais seulement le dimanche, je dis aussitôt. Je te donne la moitié de ce que je gagne. Tu pourras acheter les chaussures de course dont tu as besoin et laisser tomber celles-là.

Je pointe le doigt sur ses tennis d'homme blanc et noir tout éraflées que Ma a achetées d'occasion au vigile d'un immeuble de riches.

— Qu'est-ce…

— Pas le temps de parler. Les gens attendent le thé.

— Jai, dis-moi ce qui se passe.

— Je travaille.

Et je lui passe devant.

— Mais pourquoi tu travailles ? Tu nc fais jamais rien à la maison !

— Paie-moi et je me lèverai tôt pour aller chercher de l'eau à ta place.

— Mais pourquoi as-tu besoin d'argent ?

Je me tais parce qu'on est arrivés devant la bijouterie. Des femmes en burqa sont assises sur des poufs et désignent les colliers et les bracelets qu'elles veulent essayer. Je leur distribue les verres. En offrant le thé à ces clientes, le propriétaire espère réaliser une grosse vente.

— Les hôtels cinq étoiles ne servent pas de thé de cette qualité, assure-t-il aux femmes.

Nous attendons dehors qu'elles terminent.

— Ça dure depuis combien de temps ? demande Runu-Didi.

— Tu vas me cafter à Ma-Papa ?

— Seulement si tu leur dis que je continue à m'entraîner.

J'essaie de siffler pour avoir l'air cool, mais seul de l'air sort de ma bouche.

— C'est dangereux de rester dehors le soir, me sermonne Didi. Même un idiot comme toi sait ça, non ?

— Duttaram regarde un film tous les dimanches soir,

alors il ferme au plus tard à cinq heures. Même si c'est des films nuls. La semaine dernière, il a vu…

— Ne te fais pas enlever, d'accord ?

Runu-Didi me donne une étrange petite caresse sur la tête. Je fais comme si un fantôme m'avait touché et je tremble de tous mes membres. Elle m'envoie des coups de poing dans la figure pour de faux. Et puis elle se remet à courir en fonçant dans les gens. Ils l'injurient et lui demandent si elle se prend pour une richarde qui a un avion à prendre.

Le lendemain matin, je ne peux pas raconter à Pari et à Faiz ce que j'ai entendu au tea shop car Pari nous engueule non-stop parce qu'on lui a caché que je travaillais.

— Vous avez formé un club de garçons, haan ? Très bien, je me passerai de vous. À partir d'aujourd'hui, ce sera Tanvi, ma meilleure amie.

— Tanvi ne s'intéresse qu'à son sac en forme de pastèque, dit Faiz.

Pari s'énerve encore plus et nous passe devant. Je murmure à Faiz qu'elle ne sait pas que j'ai volé l'argent de Ma.

— Je m'en doutais bien.

Pari ne nous adresse pas la parole au rassemblement, ni après. M. Kirpal commence son cours de sciences sociales sur le jeu de cricket, mais on en sait plus que lui. Soudain, roulement de tonnerre dans la classe.

— Les bulldozers ! crie quelqu'un.

— Non !

J'ignore quel est ce bruit, mais je ne veux pas que ce soient les bulldozers.

— Silence ! glapit M. Kirpal.

Le bruit se transforme en rugissement. Nous nous précipitons vers la porte puis dans le couloir. M. Kirpal ne cherche pas à nous arrêter. Derrière les murs de l'école, les rugissements deviennent des cris furieux : *Rendez-nous nos enfants !* Une voix qui nous est familière hurle dans un mégaphone : *N'oubliez pas, l'Inde nous appartient, l'Inde appartient aux hindous*. C'est Quarter.

— J'ai entendu les gens parler de cette manifestation au tea shop, je dis à Pari et à Faiz. Mais je ne savais pas que ce serait pour aujourd'hui.

— Les musulmans ont enlevé Bahadur et Omvir, Aanchal et Chandni, claironne Gaurav dans le couloir. L'Hindu Samaj va les empêcher de continuer.

— Ils ne devraient pas plutôt manifester contre la police ? demande Faiz.

— Il paraît que c'est aussi contre elle, je réponds.

Dans le couloir, M. Kirpal discute avec d'autres professeurs. Quand les cris de la manifestation s'éloignent, il nous demande de retourner en classe. On met des heures à se rasseoir. Un garçon s'amuse même à souffler des bulles en plongeant un rond en plastique dans un petit flacon d'eau savonneuse.

— N'essayez pas de vous faufiler dehors pendant la récréation, nous avertit le professeur quand on s'arrête enfin de courir après les bulles. On aura de la chance si ça ne se termine pas en émeute.

— Il va y avoir une émeute ? demande Gaurav, qui a du mal à cacher sa joie.

— Pas d'émeute ici ! dit M. Kirpal.

— Émeute, émeute, émeute, psalmodie Gaurav, tout en regardant Faiz.

Sur son front, le tikka rouge semble prendre feu.

— Il ne peut rien te faire, je rassure Faiz.

— Qu'il essaie un peu !

Les autres élèves musulmans se tortillent sur leurs sièges comme s'ils avaient été pris en faute.

— Ces gens ne savent pas de quoi ils parlent, dit Pari à Faiz.

Elle n'est plus en colère contre nous.

Faiz lisse les pages de son cahier. Ses mains tremblent.

CHANDNI

Les dieux étaient bons, les démons étaient mauvais. Les épinards étaient bons, les nouilles étaient mauvaises. Hier était bon comme les dieux et les épinards, mais aujourd'hui était mauvais comme les démons et les nouilles. Chandni l'avait compris parce que toute la soirée Nisha-Didi avait écrasé le sol de la maison quand elle marchait, coupé une tête de chou comme si elle abattait un arbre, et bercé Baby trop fort en le couchant. Et maintenant, quand Chandni voulait s'asseoir sur ses genoux comme tous les soirs, Nisha-Didi la repoussait. « Va faire autre chose », lui disait-elle.

Chandni ne savait pas ce que c'était, *autre chose*. Tous les soirs, une fois le bébé trop bruyant et trop petit endormi, Didi demandait à ses frères de faire leurs devoirs, allumait la télévision au son moelleux comme une éponge et regardait un feuilleton dans lequel une femme dormait dans une chambre d'hôpital depuis des semaines, sans se réveiller quand son mari venait la voir. D'abord il lui rendait visite tous les jours, et puis il ne venait presque plus.

Nisha-Didi ne voulait pas mettre *Chhota Beem* ou *Tom et Jerry*, même quand elle la suppliait « s'il te plaît, na ; s'il te plaît, na ». Mais elle chatouillait Chandni et faisait semblant de lui manger les mains, en chuchotant « délicieux, délicieux », jusqu'à ce que les joues de la petite ruissellent de larmes tant elle se retenait de rire pour ne pas réveiller Baby. Baby pleurait tout le temps, parfois même en buvant le lait sous la blouse de Ma, et le lait lui rentrait dans le nez, alors il toussait et pleurait encore plus. Ma disait que Chandni faisait pareil quand elle était bébé, mais maintenant Chandni aimait ce que mangeaient les grands – kurkure, Kit Kat et aloo tikki –, et la seule vue du lait de Ma mouillant sa blouse était beurk.

À présent le silence régnait dans la maison et Chandni n'entendait plus que les stylos de ses frères gratti-grattant le papier et les voix étouffées de la télévision. Didi était assise et, la télécommande à la main, elle baissait le volume quand ça criait, le remontait quand ça murmurait. Mais Baby se mit à pleurer. Chandni s'enfonça les doigts dans les oreilles. L'odeur de caca entra dans son nez. Le caca de Baby sentait le poisson pourri.

Didi emporta Baby dehors pour laver ses fesses sales. Ses frères s'interrompirent dans leurs devoirs, prirent la télécommande et changèrent de chaîne jusqu'à ce qu'un jeu de cricket apparaisse sur l'écran. Ils tirèrent les cheveux de Chandni et se moquèrent d'elle quand ses yeux se remplirent de larmes. Elle se leva, sortit sur le seuil et regarda Nisha-Didi consoler Baby, dont la bouche, accrochée au pull de Didi, dessinait un cercle mouillé.

Chandni tendit les bras, elle voulait tenir Baby. Didi le lui donna, mais il se débattit et il essaya de casser le joli collier en plastique rose que portait Chandni. Didi reprit le bébé en faisant *ch-ch-ch-ch*. Elle essaya de le coucher dans le lit mais il voulait que Didi le porte. Il était grincheux, alors Didi était grincheuse aussi.

Ses frères parlaient de cricket. En même temps. Deux voix, les mêmes mots. Ils étaient nés à une année d'intervalle, mais Ma disait qu'ils étaient comme des jumeaux. Didi leur ordonna sèchement de se taire. Ses frères lui répliquèrent d'arrêter de se prendre pour leur patronne. Baby brailla. « On peut lui couper le son, comme avec la télé ? » demandèrent ses frères. Didi marmonna quelque chose que Chandni ne put entendre. « Pas de gros mots », dirent les frères en pressant une touche sur la télécommande, jusqu'à ce que la télévision fasse plus de bruit que Baby.

— Vous me rendez folle, tous autant que vous êtes ! cria Didi.

Elle marchait en frappant le sol, en balançant Baby comme si elle allait le jeter dans la ruelle. Ses pieds cognèrent contre une marmite de dal de la veille qu'elle avait fait réchauffer en y ajoutant de l'eau. La marmite tangua et le dal se renversa par terre.

Chandni n'aimait pas voir Didi en colère. Ça n'arrivait presque jamais. Tous les jours, Didi lavait leurs vêtements, leur préparait le déjeuner et le dîner, et jetait des cailloux aux chiens qui venaient leur mordre les fesses quand ils baissaient leur pantalon ou remontaient leur jupe pour faire pipi-caca dans la décharge. Tout cela sans les gronder ni crier.

Chandni connaissait un moyen de rendre la soirée plus agréable. Elle grimpa sur un tabouret, passa la main derrière une photo de Durga-Mata accrochée à côté de la porte et prit le billet de 20 roupies roulé que Nana lui avait donné pour son anniversaire quand il était venu les voir. Il lui avait dit de garder le secret. Ma et Papa lui auraient pris l'argent pour acheter des « bonnes choses », des légumes par exemple. Nana préférait que Chandni le dépense pour quelque chose de « pas si bon », comme du buddi ka baal. Imaginer la sucrerie fit monter une bulle de rire dans son ventre. En quoi est-ce qu'un nuage de sucre rose autour d'un bâton ressemblait à des cheveux de vieille ?

Dehors, il faisait tout noir. Chandni se glissa dans la

ruelle et marcha à toute vitesse. Personne ne lui cria de revenir. Arrivée au bazar, elle trouva certaines échoppes fermées, et d'autres pas. Elle se demanda quelle heure il était. On ne lui avait pas appris à lire l'heure.

Son cœur se serra un peu quand elle vit que le vendeur était déjà parti, mais une échoppe qui vendait des gulab-jamuns était encore ouverte. Elle donna au marchand son billet de 20 roupies, en pointant du doigt les sucreries noyées dans un plat de sirop derrière une vitrine. L'homme les versa dans un sac en plastique et, penché au-dessus du comptoir, le déposa dans ses mains. Il ne lui rendit pas sa monnaie. Mais qu'importe ? Les gulab-jamuns allaient faire abracadabra-jantar-mantar-jadu-mantar sur la mauvaise humeur de Didi. Une seule petite bouchée suffirait pour que sa langue s'enduise de joie et que ses yeux brillent.

La ruelle était presque déserte. La nuit résonnait de crac-crac et de clac-clac, de tagada et de pof-pof. Certains sons étaient peut-être des restes de la journée, de toutes ces voix qui ne parvenaient pas à se faire entendre quand trop de gens jacassaient dans les boutiques. À présent, ils s'échappaient des plafonds tissés de toiles d'araignée, sortaient de derrière les portes, de sous les ronflements des réfrigérateurs, et ils faisaient autant de vacarme qu'ils pouvaient.

Chandni ne les aimait pas, ils s'insinuaient dans ses oreilles comme des vers, ils grattaient comme des couvertures râpeuses.

Elle eut une bonne idée. Elle se mit à faire cot-cot comme une poule, ahou-ahou comme un chien, miaou-miaou comme un chat pour que les bruits qui la poursuivaient ne sachent pas si elle était une petite fille, une poule, un chien ou un chat. Ainsi désorientés, ils la laisseraient tranquille. Elle sauta et gambada, sa queue de chat hérissée, picorant le sol avec son bec de poule, léchant avec sa langue de chien le sirop poisseux qui dégoulinait du sac de bonbons et faisant *plic-ploc* sur ses pattes.

Elle était presque arrivée.

La manifestation de l'Hindu Samaj est terminée…

… depuis longtemps, mais elle a laissé des traces partout. Après l'école, nous marchons sur des tracts qui montrent les visages des disparus. J'en ramasse un. La photo de Bahadur est la même que celle que sa mère nous avait donnée, mais elle est en noir et blanc ; on ne voit pas qu'il porte une chemise rouge. Les cheveux d'Omvir sont soigneusement peignés et lui découvrent le front. Il sourit. Aanchal porte un salwar-kameez et son dupatta lui couvre la tête ; elle n'a pas du tout l'air d'une prostituée. Le visage de Chandni est enfantin, et le cliché de mauvaise qualité. Sous les photos, ces mots : *Rendez-nous nos enfants.*

— Ils ont déjà vu un musulman enlever un enfant – Pari enfonce le doigt dans le tract que je tiens –, pour aller partout avec ces trucs débiles ?

— Byomkesh Bakshi aurait bien rigolé, je dis.

— On devrait aller chez Chandni, suggère Pari. On verra peut-être quelque chose ou quelqu'un de suspect. On ne va pas laisser le Samaj accuser des gens bien de ces choses horribles.

Elle s'efforce de réconforter Faiz qui a le moral à zéro.

Pari demande à une femme assise au bord de la route et entourée de sacs débordant d'épices si elle sait où se trouve la maison de Chandni. La marchande d'épices nous désigne la gauche ou la droite, je ne sais pas trop, mais Pari semble avoir compris.

On passe devant l'atelier de réparation du chacha, fermé, comme toutes les boutiques du bazar appartenant à des musulmans. Si j'étais musulman, moi non plus je n'ouvrirais pas ma boutique alors que Quarter et son gang hurlent des menaces dans les rues.

— Faiz, pourquoi tu ne rentres pas chez toi ? dit Pari, en regardant les volets cadenassés. C'est peut-être plus sûr.

— Tu veux bien la fermer ? grogne Faiz.

La ruelle aboutit à un terrain grand comme trois fois nos maisons, bordé d'un côté par des montagnes d'ordures si anciennes qu'elles sont devenues dures comme du roc. Des chèvres cherchent de la nourriture dans des sacs en plastique centenaires, déchiquetés. De l'autre côté, un transformateur électrique, énorme boîte en métal gaufré, propriété de la compagnie d'électricité, est cerné par une haute clôture en fer. La tête coupée d'une déesse Saraswati, le visage médusé et défiguré par une fissure grimaçante, gît dans l'herbe qui prolifère autour du transformateur. Terrible présage.

Sur une pancarte blanche fixée à la clôture se trouve un avertissement : DANGER-ÉLECTRICITÉ surplombant un crâne ; le crâne a une bouche immense et des dents tordues. Il sourit mais d'un sourire diabolique.

Des colliers de jasmin et de marguerites pendent au grillage de la clôture. Peut-être cet endroit est-il un temple dédié à la déesse brisée. Ma me traîne dans les temples autour du Bhoot Bazar pour célébrer Diwali ou Janmashtami, mais jamais elle ne m'a emmené ici. Notre basti est plutôt étendu – on dit qu'il compte plus de deux cents maisons –, et Ma, malgré le réseau super puissant de son téléphone portable, ne connaît pas tout ni tout le monde.

Deux garçons courent en se criant dessus et s'arrêtent pour se bagarrer. L'un frappe l'autre avec un bâton et marque sa peau de zébrures qui passent du blanc au rouge en quelques secondes.

— Vous savez où se trouve la maison de Chandni ? leur demande Pari. Chandni, la petite fille disparue.

Le garçon armé du bâton désigne la série de maisons de l'autre côté du terrain.

— Continuez tout droit.

Et il se remet à taper sur son ami.

On marche jusqu'à l'endroit où l'allée se divise en deux ruelles, l'une menant droit vers la zone où le garçon a situé la maison de Chandni, l'autre tournant à droite en direction de l'autoroute.

— On dirait que c'est autour de ce temple-transformateur que tout se passe ! s'exclame Pari.

— Tout quoi ?

— Bahadur travaillait à l'atelier de réparation, pas loin d'ici, me répond Pari. Et les maisons d'Aanchal et de Chandni sont aussi tout près.

— Pas celle d'Omvir.

— Il est peut-être venu parler au chacha de l'atelier, comme nous. Pour un kidnappeur qui voudrait kidnapper, c'est l'endroit idéal. La nuit, ça doit être désert. C'est quasi désert en ce moment.

— Peut-être, je dis, mais d'une voix triste.

J'avais tous les indices en main et je n'ai pas su relier les points entre eux. Pari, oui. Son cerveau fait les recoupements à la vitesse de la lumière. Pari est Feluda, et Byomkesh, et Sherlock. Je ne suis qu'un second, Ajit, Topshe, ou un genre de Watson.

— Tu accuses encore le chacha de l'atelier ? demande Faiz. Comment sais-tu si le kidnappeur est un humain ou un djinn maléfique ?

— Les djinns rôdent peut-être par ici comme les criminels du genre de Quarter se réunissent au theka, je dis. Ce doit être leur adda.

— Oui, la tanière du shaitan, répond Faiz.

— *Shaitan*, ça ne signifie pas « diable » ?

— Les djinns maléfiques, on les appelle aussi *shaitan*, m'apprend Faiz.

— Vous deux, vous devriez créer votre propre émission, intervient Pari. L'appeler *Djinn Patrol* et y parler de toutes ces idioties.

— Je suis sûr que plein de gens la regarderaient, je dis.

Comme on arrive devant la maison de Chandni, Pari arrête de nous faire la morale. On devine que c'est là, car il y a une foule massée devant. Je reconnais les visages de Quarter, du press-wallah, du papa d'Aanchal et de Laloo l'Ivrogne. Affalée sur le seuil, une jeune fille tient un bébé dans les bras. Une femme se penche dans l'ombre derrière elle, le visage à demi couvert sous le pan d'un sari. La mère de Chandni, j'imagine. Un drap déchiré a été accroché à la maison en guise de porte.

La plupart des hommes portent des vêtements safran. Ils ont dû défiler avec le Samaj. Seul Quarter est vêtu de noir, comme toujours.

— Je ne crois vraiment pas que tu sois en sécurité ici, Faiz, s'inquiète Pari.

— Quarter ne sait pas qu'il est musulman. Personne ne nous connaît, je dis, mais mon estomac se retourne et ce n'est pas à cause du riz aux épices aigrelet du déjeuner.

Faiz semble terrifié, tel un chien pris dans la nasse d'un employé de la fourrière.

— Je ne vais nulle part, proteste-t-il.

Il cherche à prouver quelque chose à quelqu'un, peut-être même à nous.

Un homme en tunique safran, collier en graines de

rudraksha cliquetant sur son torse, sort de la maison de Chandni. C'est un baba, je ne saurais dire lequel. Il y a beaucoup trop de babas dans le Bhoot Bazar.

Je tends le cou pour bien voir. Le pradhan est là, juste derrière le baba. Cela fait des mois que je ne l'ai pas vu. Il a les cheveux noirs et luisants comme si le soleil brillait dessus, alors qu'aujourd'hui encore l'air est souillé par le smog. C'est un homme maigre, de petite taille, vêtu d'un kurta-pyjama blanc et d'un gilet de riche, doré, boutonné jusqu'au cou. Une écharpe safran flotte autour de ses épaules. Il parle à Quarter, qui se penche pour que son père puisse chuchoter à son oreille. Quelqu'un veut l'interrompre, mais le pradhan l'écarte.

Le baba s'assoit sur un charpai. Les gens lui prennent les pieds, touchent l'ourlet de sa tunique.

— Comme tu avais raison, Baba…, dit un homme.

Il est à genoux, tête baissée, mais je le reconnais. C'est le type-qui-est-peut-être-un-lutteur qui reprochait à Duttaram de faire travailler des enfants. Je le dis à Pari.

— Chut, silence, me siffle un chacha.

— … tellement raison, poursuit le Lutteur. Avant que ta présence lumineuse répande sa lumière sur l'atroce vérité de ce basti, nous n'avions pas compris que c'étaient eux, les musulmans, qui nous causaient tant de souffrances.

Il tombe aux pieds du baba. Celui-ci lui relève les épaules et le tape dans le dos. Trois coups puissants de son poing fermé, qui viennent s'échouer directement sur les arêtes de sa colonne vertébrale.

Le Lutteur se lève pour parler au pradhan, toujours posté derrière le baba, les mains jointes. Il ne s'intéresse jamais aux gens comme nous, mais cette fois il écoute, la mine grave. Le Lutteur est sûrement l'un de ses informateurs du basti. Ma dit que le pradhan les paie grassement. Peut-être le Lutteur a-t-il pu s'acheter une montre en or grâce à cet argent.

Puis c'est au tour du père d'Aanchal :

— Baba, tu es notre consolation. À la seconde où je t'ai vu, mon cœur a cessé d'avoir mal. Je sais que tu vas me ramener ma fille.

Le baba passe sa main droite dans sa barbe. Comme par magie, le bout de ses doigts se couvre de cendre. Il en dépose dans les mains du père d'Aanchal, puis il le serre contre lui et lui donne trois coups dans le dos. Le père d'Aanchal est pris d'une quinte de toux. Il est tellement faible, il n'a pas pu faire quoi que ce soit à sa fille. Il n'a même pas la force de soulever un petit enfant comme Chandni. Je crois qu'il faut le rayer de notre liste de suspects.

Laloo l'Ivrogne se lève, les bras tendus le long de son corps comme des branches mortes prêtes à tomber par terre.

— Baba a raison, aucun enfant musulman n'a disparu, dit-il de sa voix traînante, rendue huileuse par la gnôle. Il faut arrêter ces démons de musulmans, Baba, il faut les arrêter !

Je regarde Faiz. Il fait comme s'il s'en fichait, mais la cicatrice près de son œil gauche tremble.

— Ce n'est qu'une enfant, déplore un homme debout à côté de la mère de Chandni.

Peut-être son père. Ses cheveux hérissés se dressent comme des flammes au-dessus de son front. Il ajoute :

— Hindoue ou musulmane, quelle différence ?

— Fils, nous comprenons, murmure le pradhan en se tournant vers lui. Mais les méchants ?

Un homme donne au baba un verre de babeurre qu'il vide en deux gorgées. Un autre, un bol de bhel puri qu'il enfourne avec une cuillère à glace en bois. Je me demande si le baba est comme Maboul ; peut-être a-t-il le pouvoir de faire apparaître des choses, de changer l'air en argent ou en cendre, et le smog en couvertures.

— Comme je l'ai expliqué à la mère et au père de Chandni, dit le baba en mordant dans le bhel qu'il fait ensuite passer d'une joue à l'autre, ils doivent préparer une puja spéciale pour demander la bénédiction de Dieu. Vous trois – il désigne le père d'Aanchal, Laloo l'Ivrogne et le press-wallah –, vous pouvez aussi participer.

Ceux qui sont assis par terre chantent *ram-ram-ram-ram*. Le baba pose le bol sur le côté et récompense chaque disciple d'un coup dans le dos.

— C'est de cette façon qu'il bénit les gens, me chuchote Pari. J'ai entendu parler de ce baba-frappeur.

— Il les bénit ou il les envoie à l'hôpital ?

Pari glousse.

— Les enfants ! Venez ici !

C'est le baba. Je ne sais pas pourquoi ni comment il nous a remarqués. Tous les autres aussi ont les yeux rivés sur nous, et j'aimerais qu'ils arrêtent et retournent à ce qu'ils faisaient avant.

— Ce sont les amis de Bahadur, dit Laloo l'Ivrogne.

Le père d'Aanchal me regarde en plissant les yeux, mais il n'essaie pas de me cogner.

Des mains vigoureuses nous poussent vers le baba, qui nous baise le front avec sa bouche tout hérissée de barbe et de moustache. Il nous frappe dans le dos, la douleur traverse mon corps de la tête aux pieds. Il tape Faiz aussi, c'est une bonne chose : ça veut dire qu'il ne sait pas qu'il est musulman.

Je jette un coup d'œil vers Quarter et le Lutteur, debout derrière le baba-frappeur. Quarter m'adresse un sourire narquois quand il me voit frotter mon dos endolori. Le Lutteur chuchote toujours les secrets du basti à l'oreille du pradhan. Il nous regarde, mais s'il se souvient de m'avoir vu au tea shop, son visage n'en laisse rien paraître.

Les mots du baba-frappeur nous accompagnent tandis

que Pari nous entraîne, Faiz et moi : « Il existe dans ce basti un grand démon qui n'obéit pas à nos dieux, et il nous revient de l'empêcher d'agir avant qu'il ne fasse plus de mal… »

C'est les vacances de Noël. On a plus de liberté pour surveiller les suspects qui ne sont pas des djinns. Pari avait rayé de sa liste le chacha de l'atelier de réparation, mais elle l'a remis parce que sa boutique est proche de l'adda du shaitan. Faiz dit que Pari et moi on devrait porter des habits safran, parce qu'on agit comme des membres de l'Hindu Samaj. Pari explique que si on attrape le kidnappeur, on rendra service à tous, hindous et musulmans.

Les planques, c'est épatant pour des enfants-détectives comme nous. Je peux prendre Samosa avec moi, quand il n'est pas occupé à courir après sa queue ou à laper les flaques d'eau dégoûtante.

Aujourd'hui on se trouve à l'atelier de réparation du chacha. Faiz n'est pas allé travailler et nous accompagne parce qu'il craint que Pari et moi on accuse le chacha d'être un voleur d'enfants. Et alors Quarter et l'Hindu Samaj viendront mettre le feu à la barbe du chacha ou lui couper la tête avec un sabre. C'est arrivé à des musulmans, on l'a vu au journal télévisé. Chose étrange : Quarter, notre principal suspect, agit comme s'il voulait attraper le ravisseur.

Pour l'instant, on cache le fait que nous sommes en planque en faisant semblant de jouer aux billes – ce sont les billes des frères de Faiz. Samosa s'excite chaque fois qu'on en lance une et aboie beaucoup trop.

— Pourquoi as-tu emmené ce chien débile ? demande Pari.

— Il peut flairer des pistes.

— Tout le monde nous regarde à cause de Pakoda[1].

— Tu sais très bien qu'il ne s'appelle pas comme ça.

— Tu peux faire taire Chow-Mein, s'il te plaît ?

Faiz ramasse les billes et les glisse dans sa poche. Il a peut-être peur que Samosa en avale une.

Je lance au chien un morceau de la biscotte que Ma me donne au petit déjeuner. Heureusement qu'il aime les biscottes, car je déteste ça. Ma pense que Runu-Didi et moi on reste à la maison toute la journée pour réviser nos examens qui commenceront le jour de la reprise. Mais Didi va s'entraîner dès qu'elle a fini ses corvées. Elle et moi, on ne se pose aucune question. On sait très bien garder nos secrets.

Le chacha de l'atelier de réparation sort de son échoppe avec deux clients et nous aperçoit :

— Vous jouez ici parce que vous pensez qu'à son retour Bahadur viendra d'abord dans ma boutique, haan ? Vous êtes de bons petits.

Il nous demande si on veut du thé, on répond non ; mais ses paroles nous ont donné mauvaise conscience, alors on met fin à notre planque pour aller à l'adda du shaitan. On cherche les traces qu'aurait laissées le kidnappeur ou le djinn, mais il n'y a que les ordures habituelles, les mêmes que dans toutes les ruelles du basti : papiers de bonbons, paquets de chips, journaux écrasés sous les semelles, crottes de chèvres, bouses de vaches, une queue de rat – reste du repas d'un oiseau. Dans les herbes, la déesse brisée Saraswati a toujours son expression stupéfaite.

— Si on parlait de cet endroit aux adultes ? Ils peuvent peut-être le surveiller vingt-quatre heures sur vingt-quatre, sept jours sur sept. Y compris la nuit.

1. Beignet de légumes.

— Depuis quand t'es débile à ce point ? me crie Faiz.

L'amulette qui le protège des djinns maléfiques vole autour de son cou. Samosa glapit.

— Si tu parles à quelqu'un de cet endroit, tu peux être sûr que les gens vont accuser le chacha de l'atelier de réparation. Comme vous, ils vont croire que c'est lui le kidnappeur.

Là-dessus, il s'éloigne à grands pas, les billes cliquetant dans ses poches.

— Tu n'aurais pas dû le fâcher, s'énerve Pari.

— Moi ? C'est toi qui as dit que le chacha était un suspect.

Samosa aboie.

C'est sûr que l'adda du shaitan est un mauvais endroit plein de mauvais sentiments, parce qu'ici même les bons amis se disputent.

Le jour de Noël est aussi le jour de…

… la puja organisée par l'Hindu Samaj pour terrasser le grand démon de notre basti. Ma a même pris une matinée de congé pour pouvoir y participer.

J'ai mis mes vêtements habituels, mais elle, elle porte autour du cou une chaîne en plaqué or et a mis du rouge à lèvres. Runu-Didi a enfilé un salwar-kameez bleu, scintillant de paillettes. Ma lui natte les cheveux pendant que Didi lui répète qu'elle ne sait pas s'y prendre.

— Quand tu étais à peine plus petite que Jai, tu courais derrière moi et tu me suppliais de te faire des nattes comme les miennes, lui dit Ma. Tu me trouvais belle.

— Tu es toujours belle, je dis, et Ma sourit.

Quand elle en a terminé avec la tresse de Didi, elle lui donne des bracelets et une chaîne argentée. Runu-Didi a l'air plus âgée maintenant, on dirait qu'elle cache des secrets que je ne peux pas deviner.

La puja se déroule près de la maison d'Aanchal, mais pas loin de l'autoroute pour que les personnages importants de l'Hindu Samaj ne soient pas obligés de marcher dans la fange du basti. J'espère que les hommes du dhaba, avec leur Ganesh aux lumières disco, et les chauffeurs de rickshaws ne diront pas à Ma qu'ils m'ont déjà vu.

Un baldaquin rouge a fleuri telle une immense rose rouge devant le dhaba. En dessous, sur le sol, on a déroulé des tapis marron. Au milieu, sur un carré de briques, on a disposé un tas de bûches.

Au dhaba, on prépare des puris. Dans la puja, le moment que je préfère c'est la fin, quand on nous distribue de la nourriture gratuite. Je suis triste pour Pari et Faiz, car ils ratent le festin. La mère de Pari est partie travailler et l'a laissée seule à la maison pour réviser. Mais Pari, ça lui est égal, elle adore réviser.

Le pandal est vide pour l'instant. Seuls quelques membres de l'Hindu Samaj, qui se distinguent par leurs vêtements safran, vont et viennent, la nuque raide, en indiquant aux autres ce qui doit être rectifié. Soudain, une femme accourt vers nous, les cheveux en bataille ; la couverture jetée sur ses épaules a glissé et traîne derrière elle en ramassant la poussière. Elle s'assoit tout au bord du pandal, près de l'entrée qui fait face à l'autoroute, le dos appuyé contre un poteau qui menace de s'écrouler d'un instant à l'autre. Ma et moi nous dirigeons vers elle, Runu-Didi reste pour garder nos places.

— Que se passe-t-il ? demande Ma à la femme.

Je la reconnais, c'est la mère de Chandni.

Ma crie aux hommes du dhaba :

— De l'eau ! Vite !

L'un d'eux apporte un verre en métal rempli à ras bord. La mère de Chandni boit à toute vitesse, regarde Ma et dit :

— Je suis allée au commissariat.

— Pourquoi ? demande Ma.

— Je voulais qu'ils assistent à la puja, ainsi ils auraient pu entendre le baba parler de ma Chandni. Ma fille, elle a disparu.

Ma hoche la tête et répond :

— J'ai su ça.

— Mais ces animaux m'ont battue.

La mère de Chandni se touche le cou – « là » –, elle tord son bras gauche pour se toucher le dos, juste sous sa blouse et au-dessus de la taille de son sari – « et là aussi ». Elle se touche ensuite les jambes.

— Je leur ai demandé pourquoi ils ne cherchaient pas mon enfant et ils ont dit : « On est vos domestiques, ou quoi ? Pourquoi vous autres vous pondez des gosses comme des rats, si vous ne pouvez pas vous en occuper ? Ce ne sera pas une grande perte si on démolit votre bidonville. »

Je pense aux mots APPÂTS POUR RONGEURS, écrits sur une boîte en fer dans notre cour de récréation, près d'un espace pavé où les camions viennent décharger les déjeuners.

— Adresse tes doléances au baba, dit un homme à la mère de Chandni. Il t'aidera. Mais maintenant, au nom du dieu Hanuman, arrête tes simagrées. On a dépensé beaucoup d'argent pour préparer cet événement.

Avec un sourire gêné, elle ravale ses sanglots. Le dhaba-wallah reprend son verre.

Je me demande pourquoi le membre de l'Hindu Samaj dit qu'ils ont dépensé beaucoup d'argent pour la puja. L'argent, c'est nous qui l'avons donné. Chaque hindou de notre basti a donné ce qu'il pouvait aux hommes du Samaj, quand ils ont fait le tour des maisons avec un seau dans lequel chacun a jeté des pièces et des billets. Le Samaj et ses goondas font tellement peur, personne n'a osé leur dire non.

— La police va changer de refrain, dit la mère de Chandni à Ma. Baba lui-même est de notre côté. Avant, un saint homme comme lui n'aurait pas accordé un seul regard à des gens de notre caste. Les choses s'améliorent. Tu vois, il y a moins de smog aujourd'hui.

Les gens commencent à arriver pour la puja. Ils enlèvent

leurs chappals et leurs chaussures avant de pénétrer dans le pandal. Un membre du Samaj désigne trois garçons pour surveiller toutes les Poma, les Adides et les Nik. Ma, Didi et moi, on a oublié d'ôter les nôtres.

Le baba-frappeur fait son entrée, accompagné du pradhan, de Quarter et de ses acolytes, et du Lutteur. Il se pourrait bien que le Lutteur ne soit pas seulement l'informateur du pradhan, mais aussi un membre important de l'Hindu Samaj. Je me rapproche du poteau pour que le baba ne puisse pas me frapper dans le dos.

— Ma chère enfant, dit le baba à la mère de Chandni, tu as enduré de telles souffrances. Mais ne crains plus rien. Je vais résoudre tous tes problèmes.

Elle tombe à ses pieds, elle pleure de nouveau – de gratitude ou de tristesse, impossible à dire. Le baba lui fait poum-poum dans le dos et ensuite c'est à peine si elle parvient à se relever ; pour elle, ce doit être comme un deuxième passage à tabac.

Après avoir confié nos chappals aux garçons-surveillants, Ma et moi on est autorisés à rester à côté de la mère de Chandni. Le baba, le pradhan, Quarter et le Lutteur s'installent près du feu. Nos places se trouvent derrière le baba, et très vite notre rangée devient la triste rangée des parents aux enfants disparus : la mère d'Omvir avec son bébé-boxeur qui dort malgré le bruit, son papa-repasseur et son frère-mauvais-danseur, la mère de Bahadur, Laloo l'Ivrogne, le père d'Aanchal et ses frères, Ajay et l'autre dont je ne connais pas le nom. Le père de Chandni n'est pas là, probablement parce qu'il travaille. Je souris à Ajay, mais il détourne la tête.

Ma appelle Runu-Didi, qui refuse de se joindre à nous. Elle est assise avec Shanti-Chachi, sa coéquipière Tara et la mère de Tara.

Quelqu'un allume le feu, la puja commence par des

chants que je ne comprends pas, et la fumée suffocante nous brûle la gorge. Du coin de l'œil, je vois Ma tenir la main de la mère de Chandni. Je ne crois pas qu'elle l'ait déjà vue avant aujourd'hui, ou alors seulement aux toilettes publiques ou dans la file d'attente devant la pompe, et voilà qu'elle se conduit comme si elles étaient sœurs. Les yeux de Ma sont noyés de larmes, on dirait que son propre enfant a disparu. Je suis là, juste à côté, et elle ne me voit même pas.

Après la puja – moment génial, parce qu'on nous distribue du lassi agrémenté de feuilles de coriandre et autant d'aloo puri que nos estomacs peuvent en contenir –, Ma permet à Runu-Didi de rester à la maison, tandis que moi, elle me laisse chez Pari. Elle pense que, grâce à Pari, j'obtiendrai de bonnes notes aux examens.

Ma m'aurait bien emmené à son travail, pour me tenir à l'œil et me crier dessus afin que je révise toute la journée, mais c'est impossible. Sa riche patronne est persuadée que les enfants des bastis apportent des microbes, la tuberculose, la typhoïde et la variole, même si la variole a disparu depuis des siècles.

Je ne veux pas aller dans un immeuble où on pense que j'ai la variole. Papa répète que nous devons garder notre dignité même si les autres n'ont aucune estime pour nous. Quand il dit *les autres*, il veut parler des riches patronnes et des vigiles des galeries marchandes – des habitants des bastis comme nous – qui ne nous laissent pas entrer parce que nous n'avons pas l'air riches.

— La puja va servir à quelque chose ? demande Pari à Ma.

Elle est debout sur le seuil de sa maison et tire sur l'ourlet de sa robe bleue qui a l'air d'une robe de riche.

Sa mère lui rapporte de beaux vêtements de chez sa riche patronne, des affaires brillantes dont elle se débarrasse dès qu'elles commencent à briller un peu moins.

— Espérons que les dieux nous ont entendus, dit Ma.

— Pas besoin de puja pour parler aux dieux. Ils entendent même quand on chuchote.

Ma me donne une tape sur la nuque. C'est le signal, pas si secret que ça, qui signifie que je dois la boucler.

— Jai gâche toutes ses vacances à ne pas réviser, se plaint Ma à Pari comme si elle était mon professeur. Vois si tu peux faire quelque chose pour lui…

— Bien sûr, Chachi.

Ma s'éloigne, elle a l'air satisfaite.

Je m'assois par terre à côté de Pari. Elle pose un de ses livres sur mes genoux.

— Commence à réviser les sciences de la Terre. Dès que j'ai fini les sciences sociales, on échange.

Pari lit un petit moment. J'observe les fourmis qui défilent sur le sol et je les désoriente en interrompant leur colonne avec le coin du livre.

— Police ! Police ! Police ! hurle un enfant.

Quelqu'un d'autre aussi crie « Police ». Pari et moi, on laisse tomber nos livres et on se précipite vers la porte. Puis elle tend le bras et m'empêche d'aller plus loin.

— J'ai promis à ta mère.

— Faut qu'on sache ce qui se passe. On est des détectives.

Mais je ne bouge pas. L'avantage et l'inconvénient de vivre dans un basti, c'est que les nouvelles vous parviennent, que vous le vouliez ou non.

Pari et moi, on écoute attentivement. On relève les mots qui semblent importants au milieu des on-dit haletants : *police*, *arrêter*, *voleur*, *enfants*, *baba*, *puja*, *succès*, *atelier de réparation*, *Hakim*. On remet les mots dans un ordre logique : la police a arrêté le voleur d'enfants. Hakim, le réparateur à l'aspect inoffensif ? Pas si inoffensif en fin de compte ! La puja a eu un succès immédiat. Le baba est vraiment Dieu incarné ! Le baldaquin n'est pas encore démonté, les tapis ne sont pas encore roulés, mais les dieux nous ont déjà accordé leur bénédiction.

— C'est vrai ? demande Pari à l'une de ses voisines-chachis qui marmonne « Qui l'aurait cru ? » à qui veut bien l'écouter.

— Baba avait raison, lui explique la chachi. Il s'avère que c'était l'œuvre des musulmans.

— Quel musulman ?

— La police en a arrêté quatre. Un gang de mullahs.

La chachi s'éloigne de nous et va répéter la même chose à quelqu'un d'autre.

De son pied droit, Pari frappe le sol.

— Quatre musulmans, arrêtés le jour même où le baba du Samaj organise une puja ? Ça ne te paraît pas louche ?

— Faiz va être furieux.

Et je le suis, moi aussi. Parce que ce n'est pas moi qui ai résolu l'affaire.

On s'assoit sur le pas de la porte. Faiz vient vers nous. Je lui fais signe et je pousse mes fesses pour lui faire de la place. Il se laisse tomber à côté de moi.

— Ils l'ont arrêté.

Il n'a pas l'air triste, seulement sous le choc, comme quelqu'un qui vient de recevoir un coup sur la tête et voit encore les trente-six chandelles.

— On sait.

— Ils ont arrêté Tariq-Bhai. Ils disent qu'il a le portable d'Aanchal. C'est juste parce qu'il travaille dans un magasin de téléphones.

— Non, je dis. C'est le chacha de l'atelier de réparation que la police a arrêté.

— Et Tariq-Bhai aussi.

Quelque chose me serre la gorge. J'ai dû respirer trop de smog, alors je tousse pour l'éliminer.

Faiz se gratte le ventre, puis s'essuie le nez sur sa manche.

— Il avait le portable d'Aanchal ? demande Pari.

— Bien sûr que non, répond Faiz dont le nez rougit de colère.

— C'était juste une question.

— La police a fouillé notre maison.

— Sans mandat ? je demande.

— Ils ont cherché sous le lit, ils ont même ouvert les bocaux de farine. Ils ont dit « Quand on aura trouvé le portable HTC d'Aanchal, on… »

Je l'interromps :

— C'est un portable qui coûte cher. Avec le portable de Ma, on ne peut que passer des appels, mais avec celui de Shanti-Chachi, on peut…

— La ferme, Jai ! me coupe Pari en me fusillant du regard, les yeux écarquillés.

— Vous devez être contents, dit Faiz. C'est ce que vous vouliez, que le chacha de l'atelier de réparation soit arrêté.

— Tu devrais peut-être aller au commissariat, dit Pari à Faiz. Tariq-Bhai pourrait avoir besoin d'aide.

— Ammi y est allée avec Wajid-Bhai. On m'a dit d'attendre à la maison avec ma sœur Farzana-Baji, mais je ne pouvais pas rester sans rien faire.

— Écoute, il ne faut pas t'inquiéter, cherche à le rassurer Pari.

— C'est très inquiétant, je dis.

— Qui d'autre la police a-t-elle arrêté ? demande Pari.

— Deux amis de Tariq-Bhai, de la mosquée. Vous ne les connaissez pas.

J'essaie d'imaginer Tariq-Bhai en kidnappeur, mais c'est

impossible. Je le connais depuis que je suis né. Il n'a jamais essayé de m'enlever.

— Un djinn maléfique nous a maudits, gémit Faiz. Il nous regarde pleurer et il danse de joie.

Il pousse sa langue contre l'intérieur de ses joues et la fait rouler comme si ça pouvait l'aider à empêcher ses larmes de couler.

— Allons au commissariat, je dis.

— J'ai promis à ma mère et à la tienne qu'on restait ici, me lance Pari.

— T'es pas obligée de venir.

— Ya Allah, dit Faiz en se frappant par deux fois le front du tranchant de la main droite.

— Ne fais pas ça, supplie Pari, dont la voix se brise comme si elle allait pleurer.

Elle ferme la porte de sa maison puis glisse ses pieds dans ses chappals.

— On y va tous.

Sur la route, les rickshaws et les marchands ambulants nous indiquent où se trouve le commissariat. Aucun de nous n'y est jamais allé. Nous marchons vite, Pari tient la main de Faiz, c'est la honte.

Devant le commissariat s'agglutinent des femmes en abayas noires et des hommes en calottes. Certaines femmes pleurent et se frappent la poitrine. Les hommes, en chuchotant, parlent des « preuves » que la police pourrait cacher dans leurs maisons pour faire croire qu'elle a bien arrêté les vrais criminels. « On doit surveiller nos maisons, répètent-ils, mais il faut aussi qu'on vienne ici. » Je me demande laquelle de ces familles est celle du chacha de l'atelier de réparation, mais je ne sais pas et je n'ai pas le temps de leur parler. On doit trouver l'ammi de Faiz.

Le commissariat ressemble à une vieille maison. Les fenêtres grincent et des taches d'humidité s'étendent sur les murs jaunes, alors qu'il n'a pas plu depuis des siècles. On entre, il fait tellement sombre qu'il me faut plusieurs secondes avant de distinguer ce qu'il y a à l'intérieur. J'ai le cœur qui cogne comme quand je dois montrer mes notes à Ma.

L'atmosphère de la pièce est lourde de murmures, de sonneries de téléphones, fixes et mobiles. J'ai l'impression que mes jambes plient comme l'herbe sous le vent. Je me rapproche de Pari et de Faiz.

Les bureaux des policiers sont encombrés de gros ordinateurs et de piles de dossiers poussiéreux attachés par des ficelles. Dans un coin, à notre droite, l'ammi de Faiz et Wajid-Bhai sont assis devant l'agent, celui qui est venu dans notre basti avec l'officier et a pris la chaîne en or de la mère de Bahadur.

— Vous autres, vous venez manifester contre nous, parfait, parfait, leur dit l'agent de sa voix forte et le visage gonflé d'importance. Mais commencez par regarder dans quel état est cet endroit. On n'est pas dans un de ces cyber-commissariats que vous voyez à la télévision. On n'a même pas de climatiseur. Pas de distributeur d'eau. C'est de notre poche qu'on a eu ces bonbonnes de vingt litres d'Aquafina. Tous ceux qui travaillent ici ont attrapé au moins une fois la malaria ou la dengue. Vous croyez que c'est facile pour nous ?

— Personne ne dit ça, lui répond Wajid-Bhai.

Je me demande si l'agent dresse la liste des difficultés du commissariat juste pour réclamer un nouveau pot-de-vin.

— Si votre frère n'a commis aucun crime, le juge le libérera et vous pourrez le ramener chez vous.

— Par pitié ! c'est une vieille femme qui tombe à vos

pieds, ne laissez pas mon fils attaché à un banc, sanglote l'ammi de Faiz. Laissez-le s'asseoir. Il ne s'enfuira pas, je vous le jure au nom d'Allah.

On cherche Tariq-Bhai du regard. On se trouve dans une sorte de couloir, avec une porte qui ouvre sur une autre pièce depuis laquelle nous parviennent des gémissements ; le dépôt, sûrement. Faiz s'y précipite et on le suit. Un policier, assis derrière une table branlante dont deux pieds sont calés par des feuilles de journal pliées, se lève et se jette sur nous : « Arrêtez ! ARRÊTEZ ! » Mais on ne s'arrête pas.

Le chacha de l'atelier de réparation est enchaîné sur une chaise et deux jeunes hommes, que je ne reconnais pas, sont debout dans un coin, pieds et poings liés avec des cordes. Tariq-Bhai est assis par terre, la tête sur les genoux, les mains menottées dans le dos et enchaînées au pied d'un banc. Faiz l'étreint une seconde avant que le policier ne l'écarte.

— Dehors ! Tu veux qu'on t'arrête aussi ?

Il saisit Faiz par le col et le traîne hors de la pièce. Nous courons derrière eux, et Pari crie :

— Ne faites pas ça ! Ne lui faites pas de mal. Je vais me plaindre au chef de la police. C'est inadmissible d'enchaîner notre frère comme une bête. Ça passera à la télévision, et demain vous n'aurez plus de travail !

Stupéfait, le policier relâche Faiz et se tourne vers Pari :

— Si ça passe à la télévision, on aura peut-être droit à un vrai dépôt, dit-il en reprenant son air supérieur. Dis bien aux journalistes qu'ici on n'a pas de générateur non plus, et qu'à la moindre coupure de courant ça dure huit heures, parfois plus. Dis-leur aussi que nos bureaux sont infestés de rats, d'accord ? N'oublie pas.

Wajid-Bhai accourt vers nous. Il lisse le pull de Faiz que le policier, en le ceinturant, a déformé.

— Qu'est-ce que vous faites ici ? Je vous avais dit de rester à la maison.

Mais Wajid-Bhai nous laisse rester à côté de lui pendant qu'il reprend sa conversation avec l'agent.

L'ammi de Faiz s'accroche à lui :

— Tu as vu ce qu'ils ont fait à ton frère, gémit-elle.

Wajid-Bhai dit au policier qu'il va prendre un avocat.

— C'est ça, raille l'agent.

— Ramène Faiz à la maison, dit l'ammi à son fils, dans un filet de voix. Farzana doit se demander où il est.

Elle pousse Faiz vers nous tout en s'essuyant les joues.

— Comment on va faire pour payer un avocat ? s'interroge Faiz, une fois qu'on est dehors. Ça coûte sûrement des milliers de roupies.

— On trouvera un moyen, dit Pari.

C'est le dernier jour de l'année…

… et il fait déjà nuit, mais Papa et Ma ne sont pas encore rentrés. Assis devant notre porte, je suis du regard un ballon en forme d'ourson qu'un garçon fait voler dans le smog. Il a dû le chiper dans les décorations de Noël du Bhoot Bazar.

Ma est en retard parce que sa riche patronne a organisé une fête qui va durer du soir jusqu'au matin. Dans notre basti, il n'y a jamais de fêtes pour le Nouvel An, mais parfois des gens font exploser des pétards. Pas cette année, à mon avis. Notre basti tout entier est d'humeur chagrine parce qu'il est arrivé trop de malheurs. Les disparus sont toujours disparus, Tariq-Bhai est en prison et Faiz vend des roses au bord de la route pour gagner un peu d'argent en plus.

Runu-Didi sort pour vider l'eau d'une marmite de riz cuit, elle l'a enroulée d'une vieille chemise de Papa pour ne pas se brûler les doigts. Je me lève de crainte que l'eau ne m'éclabousse les jambes. Ces jours-ci, Didi s'occupe toute seule de la cuisine et des courses, parfois avec ses copines du basti, parfois avec les chachis-voisines. Elle est obligée d'aller et venir dans les mêmes ruelles dix, vingt fois par jour, pour chercher de l'eau, se rendre aux toilettes publiques, acheter des légumes ou du riz. Elle dit que je ne fais rien du tout, mais c'est faux.

L'air enfumé autour de nous s'agite, une salve de bruits, des pas qui frappent le sol. J'en ai la chair de poule, ma bouche est toute sèche. Un groupe d'hommes zigzaguent dans les ruelles, s'arrêtent pour parler aux adultes.

Shanti-Chachi sort de chez elle.

— Vous deux, vous ne bougez pas, ordonne-t-elle.

Didi rentre avec la marmite mais revient s'asseoir à côté de moi, la vieille chemise de Papa toujours à la main. Elle l'entortille autour de ses doigts. Dans la ruelle, quand les hommes parlent aux femmes, elles attrapent leurs enfants et se précipitent dans leurs maisons. Les fenêtres se ferment, les portes claquent. Les deux mains sur les joues, Shanti-Chachi écoute ce que disent les hommes. Le ballon-ourson, laissé à l'abandon, frotte contre le bord d'un toit en tôle et éclate. Comme un coup de feu à la télévision.

Shanti-Chachi se presse la poitrine : « C'était quoi ? » Elle voit l'ourson moribond mais n'a pas l'air rassurée. Elle vient vers Didi et moi, pose les mains sur nos épaules et nous pousse à l'intérieur. Elle ferme la porte même si, dans la maison, la fumée du feu de cuisine ne s'est pas encore dissipée.

— Qu'est-ce que tu as préparé pour le dîner, Runu ?

— Du riz. On le mangera avec du dal.

— Qu'est-ce qu'ils voulaient, ces hommes ?

— J'attends avec vous que votre mère soit rentrée, me répond Shanti-Chachi. Il est plus que temps de dîner, et sa riche patronne la fait encore travailler. Cette femme, elle n'a pas de cœur.

Runu-Didi allume la télévision. Les présentateurs expriment leur tristesse pour les gens qui ne peuvent célébrer le nouvel an dans la rue parce que « le smog d'hiver en a décidé autrement ».

Le mari de Shanti-Chachi frappe à la porte et lui donne son portable. « Il n'arrête pas de sonner », dit-il. Il nous fait un signe de tête et s'en va. Chachi tourne en rond dans la maison, le portable à l'oreille, sans rien dire d'autre que « haan-haan » et « wohi toh ». Elle ouvre des boîtes, regarde ce qu'il y a à l'intérieur. Elle inspecte même le bocal de Parachute. Ma ne lui a sûrement pas dit qu'il contient nos économies pour les *au-cas-où*, sinon la chachi aurait deviné qu'il manquait un peu d'argent, parce qu'elle est finaude.

— Quelqu'un a disparu ? demande Runu-Didi quand la chachi termine un énième appel.

— Tu devrais dire à ta mère de mettre un ou deux clous de girofle dans la boîte de piment, dit la chachi. Ça évite que la poudre s'abîme.

La porte s'ouvre. C'est Papa. Il rentre tôt et sent un peu comme Laloo l'Ivrogne. Papa n'a jamais cette odeur ; une fois ou deux par an, peut-être. Il hoche la tête et s'adresse à Shanti-Chachi :

— Je suis rentré dès que j'ai su. C'était gentil de la part de ton mari de nous appeler, Madhu et moi, pour nous dire – il nous regarde, Didi et moi – qu'ils vont bien.

— Horrible, ce qui se passe, répond la chachi. Je ne sais pas comment vous supportez ça.

— Supporter quoi ?

— Deux autres enfants ont disparu, me répond Papa. Des enfants musulmans. Un frère et une sœur. Ils sont allés chercher du lait ce matin et ils ne sont pas revenus. À peu près du même âge que vous.

Farzana-Baji est beaucoup plus vieille que Faiz, j'en déduis qu'il n'a pas été enlevé.

— Jai, ça veut dire que le ravisseur court toujours, dit Papa. Tu sais pourquoi je te dis ça ?

Je déteste quand les adultes me parlent sur ce ton.

— Ils vont relâcher Tariq-Bhai maintenant ? Il n'a pas pu kidnapper qui que ce soit depuis sa prison.

— Qui peut savoir ? me répond Shanti-Chachi.

— Les enfants musulmans ont disparu près du transformateur, celui qui sert aussi de temple ? À côté de la maison de Chandni ?

— Comment sais-tu où se trouve la maison de Chandni ? me demande Papa.

— On a vu le transformateur en allant à la grande puja du baba-frappeur. C'est comme un trou dans lequel les enfants tombent en série, tak-tak-tak. Des djinns diaboliques habitent là. On l'appelle l'adda du shaitan.

— Qui ça, *on* ? demande Runu-Didi.

— Pari, Faiz et moi.

— Jai, s'énerve Papa, c'est du sérieux. Quand vas-tu comprendre ça ?

Cette nuit-là, je rêve de jambes et de bras d'enfants qui disparaissent dans des bouches dégoulinantes de sang. Des disputes viennent s'entremêler. Je crois qu'elles font partie de mon cauchemar, mais quand j'ouvre les yeux, c'est le matin, et Papa et Ma se querellent dehors pour savoir qui va nous garder.

Runu-Didi est assise sur le lit, le menton dans les mains, le visage tout propre. Elle et Ma sont sûrement déjà allées chercher l'eau.

— Regarde comment ils sont éduqués, dit Papa. Une fille qui court comme un garçon et un garçon qui erre dans le bazar comme un mendiant. Je m'étonne qu'on ne les ait pas encore kidnappés.

— Quoi ! hurle Ma. C'est ce que tu souhaites à tes propres enfants ?

— Ce n'est pas ce que je voulais dire.

On entend des bruits de pas, je me recouche aussitôt et je remonte la couverture sur ma tête.

— Jai, dit Ma, je sais que tu es réveillé. Allez, debout.

Je t'emmène aux toilettes publiques. Runu, range le matelas, fais bouillir de l'eau pour le thé et coupe des oignons.

Didi me lance un regard noir, comme si c'était moi qui lui imposais ces corvées.

Ma ne me laisse même pas me brosser les dents correctement. Dans les files d'attente des toilettes publiques, je vois Pari avec sa mère, et Faiz avec Wajid-Bhai. Ma m'entraîne vers la mère de Pari ; elle veut savoir si elle a l'intention de rester chez elle aujourd'hui.

— Tu cherches à les faire passer devant ? aboie la femme derrière Pari, en nous menaçant de ses doigts.

— On n'a pas besoin de votre place, je dis.

— La police a arrêté Tariq-Bhai et le chacha de l'atelier de réparation pour rien, me souffle Pari.

— Il ne faut pas se fier aux musulmans, grommelle la fouine.

— Pourquoi, alors, des enfants musulmans ont disparu, eux aussi ? demande Pari, la main droite posée sur la hanche.

Puis elle se tourne vers moi :

— T'as entendu, me chuchote-t-elle, le frère et la sœur qui ont disparu habitaient aussi près de l'adda du shaitan.

— Faiz a raison. C'est un djinn maléfique qui fait ça.

— N'importe quoi, dit Pari.

Faiz nous observe depuis sa file. Je ne le vois presque plus parce qu'il travaille tout le temps pour aider son ammi à payer les factures à la place de Tariq-Bhai. Avec mes doigts, je fais mine de tirer sur lui.

— Oui, on devrait les tuer pour de vrai, crache la femme derrière nous. Tout ça, c'est de leur faute.

Elle montre l'ammi de Faiz, parvenue avec Farzana-Baji en tête de la file d'attente des dames. Toutes deux portent des abayas noires.

— Ce basti est devenu un nid de criminels. Le gouvernement ne va plus tarder à nous chasser.

— Non, c'est *votre* faute ! lui crie quelqu'un. Deux de nos enfants ont disparu. Vous croyez que mon frère a fait ça depuis la prison ?

C'est Wajid-Bhai.

— Qui sait de quoi vous êtes capables, vous autres ? réplique la femme, tandis que les singes piaillent sur le toit des toilettes. Vous avez peut-être enlevé vos propres enfants pour qu'on ne vous accuse plus !

Le téléphone de Ma sonne.

— Haan, Madame, dit-elle. Haan, vous avez raison. Non, Madame. Oui, Madame. Je ne serai plus en retard. Cette fois, c'est juste…

— Pourquoi est-ce que ton frère n'avoue pas à la police où il a caché nos enfants ? rugit un homme en s'adressant à Wajid-Bhai.

— Il ne faut pas parler à ces musulmans, peste la femme qui a déclenché l'esclandre, resserrant son pallu autour de son cou.

J'aperçois son nombril. Il a la forme d'une bouche triste.

— Nuit et jour ils crient « Allah ! Allah ! » dans leurs haut-parleurs et nous empêchent de dormir, continue-t-elle.

— Au nom du dieu Krishna, arrêtez, s'il vous plaît. Vous faites peur aux enfants, lui dit la mère de Pari.

— Si on kidnappe ta fille, tu chanteras sur un autre ton, répond la femme en pointant son long doigt tout noir sur le visage de Pari, qui redresse la tête.

— *Je peux trouver cent personnes pour faire ton travail, je n'ai qu'à claquer des doigts*, hurle la riche patronne de Ma au téléphone, si fort qu'on peut tous l'entendre.

La patronne parle en anglais. Ma dit que ça lui arrive parfois quand elle est ultra en colère.

Les singes grognent sur le toit. L'ammi de Faiz s'accroche aux épaules de Farzana-Baji comme si ses jambes étaient devenues du caoutchouc et qu'elle allait s'évanouir. « Ammi, Ammi », crie Farzana-Baji, les yeux agrandis par l'angoisse, les plis lâches de son abaya pivotant et se tordant à chacun de ses mouvements.

— Oui, je sais, je vous dois de l'argent, répond Ma à sa riche patronne. Vous avez été très gentille de ne pas le retenir sur mon salaire ce mois-ci.

Des hommes, écharpes nouées sur le visage, se jettent sur Faiz et ses frères. Des brocs et des seaux s'entrechoquent. Faiz pousse un cri, ferme les yeux et se couvre les oreilles avec ses mains.

— Madhu, chalo, on s'en va, dit la mère de Pari.

La riche patronne continue de déverser sa fureur dans le téléphone de Ma. Pari court vers Faiz et Wajid-Bhai frappe un homme parce qu'il l'a provoqué. Une rixe éclate, Faiz s'accroche à Pari. J'entends quelqu'un crier qu'il faut écraser les musulmans et les aplatir comme des cafards jusqu'au dernier. L'ammi de Faiz et Farzana-Baji se réfugient auprès de Wajid-Bhai et de Faiz.

— Ce ne sont que des enfants, dit l'ammi de Faiz aux hommes en colère. Laissez-les tranquilles.

— Arrêtez ça, gémit la mère de Pari. On ne veut pas d'émeute dans notre basti.

Des petits malins profitent de la mêlée pour enjamber les autres et entrer dans les toilettes sans payer. L'employé leur court après. Derrière nous, la méchante femme sourit et son visage s'illumine comme si elle attendait depuis des siècles de mettre une aussi belle merde. Faiz prend la fuite et quitte les toilettes publiques avec son ammi, ses frères et ses sœurs, Pari tient la main de Faiz, et la mère de Pari crie « Pari ! Attends, attends ».

— Si l'année commence de cette façon, imaginez comment elle va finir, lance quelqu'un.

J'avais oublié qu'on était le premier de l'an.

Après l'appel de sa riche patronne, Ma décide d'aller travailler. « Toute cette télévision que tu regardes, me dit-elle, ça coûte de l'argent. »

Elle a peur de sa riche patronne ; elle ne veut pas l'avouer, alors elle essaie de me culpabiliser.

Une fois Ma partie, Runu-Didi commence à faire la lessive. Pour l'aider, je lui indique quand elle oublie des taches de boue.

— Bon, ça suffit ! dit-elle en m'éclaboussant d'eau savonneuse.

Elle met les vêtements lavés à sécher et abandonne ses autres tâches pour aller bavarder avec ses copines du basti. Elle n'a pas entraînement aujourd'hui parce que le jour du nouvel an, même le coach inflexible lâche du lest avec ses athlètes.

Je calcule combien de dimanches il me faut encore travailler pour rembourser les 200 roupies que j'ai chipées dans le bocal de Parachute :

— Je me suis échiné au tea shop pendant sept dimanches.

— Pendant cinq dimanches, Duttaram m'a payé la moitié de ce qu'il m'avait promis, et je n'ai reçu mon vrai salaire de 40 roupies que deux fois.

— Combien de temps avant d'atteindre le but que je me suis fixé ?

C'est aussi dur qu'un vrai problème de maths. J'additionne, je multiplie, je soustrais et je trouve la solution. Dimanche prochain, même si Duttaram ne m'en donne que 20, j'aurai réuni les 200 roupies.

Des éclats de voix furieux me font lever la tête. Dans la ruelle, une hindoue au front marqué d'un sindoor agite une louche percée sous le nez d'un marchand ambulant, un musulman coiffé d'une calotte.

— Tu prends ma maison pour quoi ? Un garage ? hurle-t-elle.

Il s'empresse de déplacer sa magnifique charrette, remplie d'oranges étincelantes, loin de la porte.

— Tueur d'enfants ! crie un garçon tandis que la charrette du marchand d'oranges grince dans la ruelle.

Runu-Didi me fait signe de rentrer dans la maison.

— Il va se passer quelque chose de terrible, je le sens.

Elle ne semble pas avoir peur ; elle est toujours comme ça. Même là, elle parle sur un ton calme, comme si elle voulait simplement me prévenir de prendre un parapluie parce qu'il va pleuvoir.

Je devrais réunir des indices sur les enfants musulmans disparus, mais ça ne me dit rien. J'aurai beau tout savoir sur eux, je ne les retrouverai pas. Je le sais.

Je fais semblant de réviser, je pense à Pari et à Faiz, et je me demande si l'ammi de Faiz s'est rendue au commissariat pour demander qu'on relâche Tariq-Bhai. Et puis c'est l'heure de déjeuner. L'après-midi, Didi me laisse regarder la télévision. Je joue au cricket dans la ruelle avec quelques voisins plus âgés que moi. Je m'assoupis un moment, et bientôt le soir arrive, ainsi que Ma et Papa. Papa et moi, on regarde un match de 20/20[1]. Papa préfère de loin ces matchs de courte durée à ceux qui s'étalent sur un jour ou au Test Cricket[2].

---

1. Match de cricket écourté.
2. Forme de cricket disputé au niveau international.

La journée se déroule comme avant la disparition de Bahadur et compagnie, quand je n'étais pas détective ou serveur au tea shop. C'est une bonne journée, la meilleure de toutes. C'est trop dur d'être un détective. Peut-être que je n'en ai plus envie. Peut-être Jasoos Jai va-t-il prendre sa retraite, indemne – OK, à plus. Je ne sais pas ce que je ferai quand je serai grand. Parfois, en voyant mes notes, Ma dit que Pari deviendra haut fonctionnaire de l'administration, juge de district ou quelque chose comme ça, et que je serai son sous-fifre.

Tard dans la nuit, je suis réveillé par des coups sur les portes, mêlés à des pleurs et des cris. Papa sort de son lit et tâtonne dans le noir à la recherche de l'interrupteur. L'ampoule jaune, furieuse d'avoir été tirée de son sommeil, siffle et crépite.

— Les JCB sont là ?

— C'est un tremblement de terre ? demande Runu-Didi.

— Dehors ! nous crie Papa.

Ma saisit le bocal de Parachute. Elle l'attache au pallu de son sari. Elle se penche et regarde le ballot rempli de nos biens les plus précieux posé près de la porte. Depuis près de deux mois, il attend précisément ce moment, mais Ma ne l'emporte pas.

Nous filons dans la ruelle. Nos voisins, eux aussi, sortent en hâte, certains munis de lampes de poche dont les lumières se reflètent dans les yeux étonnés des chèvres et des chiens.

— Attendez ici, dit Ma en me poussant vers Runu-Didi.

Papa et elle s'en vont ensuite parler à Shanti-Chachi et aux autres voisins.

— On dirait que ton djinn a encore frappé, me souffle Didi en se frottant les yeux.

Je regarde de chaque côté de la ruelle, imaginant qu'un djinn s'élance vers nous à travers les airs, et j'espère à demi, parce que je suis à côté de Runu-Didi et parce qu'elle est plus forte et plus grande que moi, qu'il l'enlèvera, elle, plutôt que moi. *S'il te plaît, s'il te plaît, s'il te plaît.*

Papa et Shanti-Chachi se dirigent vers les cris…

… pour décider s'il vaut mieux quitter le basti à toutes jambes ou nous cacher dans nos maisons. Le mari de Shanti-Chachi parle avec Ma, il se gratte nerveusement les parties dès qu'elle a la tête tournée.

Runu-Didi et moi on patiente sur le seuil, cachés sous la même couverture qui nous gratte la peau.

— Arrête de bouger, marmonne Didi chaque fois que j'étire mes jambes engourdies.

Je me demande ce que les dieux attendent de nous. Peut-être un hafta plus élevé, comme la police de notre basti. Peut-être une puja plus grandiose que celle du baba-frappeur. Peut-être qu'elle était assez grandiose, mais que les dieux se fichent de ce qui peut nous arriver. Peut-être, peut-être, peut-être. J'en ai marre des peut-être.

— Les voilà, annonce Didi en se levant.

Elle laisse retomber par terre son côté de la couverture. Je veux la replier pour que Ma ne nous reproche pas de l'avoir salie, mais elle est trop lourde, et rêche, j'ai l'impression d'être en train d'aplatir un acacia plein d'épines et j'ai mal aux doigts. Ça me rend triste d'être trop petit pour réussir même une chose aussi bête. Les larmes me brûlent les yeux.

— Ne pleure pas, dit Runu-Didi. Il ne va rien t'arriver.

— Je pleure pas.

Didi m'arrache la couverture des mains. L'entraînement a dû lui donner des forces, parce qu'elle l'oblige à obéir et la plie en quelques secondes.

Papa me prend dans ses bras. Je ne suis pas petit au point qu'il faille me porter, mais j'enfouis mon visage dans son cou. Je l'entends respirer. Son souffle est bruyant et haletant, comme celui de Samosa. Des pinceaux de lumière tournoient dans la ruelle, ils éclairent une demi-antenne parabolique, un quart de corde à linge où on a mis des vêtements à sécher, des pigeons sur les toits qui se réveillent et battent des ailes.

— Le buffle de Fatima, dit Shanti-Chachi, la voix brisée comme du verre. Il est mort. Décapité.

Je lève la tête. Quand les bouchers comme Afsal-Chacha tuent des animaux, c'est seulement pour les manger. Personne ne voudrait manger Baba Buffle. Même ce bon à rien de Laloo l'Ivrogne le vénère comme un dieu.

Shanti-Chachi a glissé la main au creux du bras de son mari. Du bout de son pied droit, Runu-Didi dessine des demi-cercles sur le sol.

— Ils ont laissé la tête du buffle devant la porte de Fatima, explique Papa.

— Elle n'arrête pas de pleurer, ajoute Shanti-Chachi. Elle aimait ce buffle comme s'il avait été son enfant. Il ne lui rapportait rien, pas de lait, même pas de bouses avec quoi allumer du feu pour une seule journée. Et pourtant elle dépensait tellement d'argent pour le nourrir.

Papa me pose par terre et je me précipite à l'intérieur. Je me glisse sous le lit de Ma et Papa. Je suis courageux pendant la journée, mais mon courage n'aime pas se manifester la nuit. Il dort, je pense.

— Jai, que fais-tu ? demande Ma.

Elle m'a suivi jusque dans la maison. Je dois avoir l'air ekdum stupide. Seule la moitié de mon corps rentre sous le lit à cause de tous les sacs qu'elle y entasse. Ma se met à genoux :

— Sors de là, sona.

Elle ne m'appelle sona que lorsqu'elle m'aime plus que tout au monde. Elle détache le bocal de Parachute de son pallu et m'essuie le visage avec un bout du sari pour ôter la poussière que j'ai récoltée sous le lit. Je m'extrais en me tortillant pour qu'elle puisse bien me nettoyer. Elle repose le bocal de Parachute sur l'étagère. Papa et Didi rentrent.

— Est-ce qu'un djinn a mangé Baba Buffle ?

— Les djinns n'existent pas, me répond Papa. C'est l'œuvre de goondas. La tête du buffle a été coupée net avec un sabre. Il y a des traces de sang des deux côtés de la ruelle de Fatima-Ben.

Les djinns n'ont pas besoin d'armes. Ils peuvent décapiter les gens rien que par la pensée.

— Les partisans de l'Hindu-Samaj ont sûrement tué Baba Buffle parce qu'il appartenait à Fatima-Ben, dit Runu-Didi. Pour donner une leçon aux musulmans.

— Pour nous, les vaches sont sacrées, rétorque Ma. Les nôtres n'auraient jamais fait une chose aussi horrible.

— Tout le monde sait que les partisans du Samaj ont des sabres, insiste Didi. Ils les prennent quand il y a des émeutes. On l'a vu à la télévision, haan, Papa ?

— Je retourne chez Fatima, dit Papa. La pauvre femme est sonnée.

— Ne fais pas ça, supplie Ma. Ne sors pas, qui sait quelle horreur risque encore d'arriver.

Mais Papa a déjà enfilé son pull et un passe-montagne.

— Prends au moins une écharpe. Il fait très froid dehors.

— Madhu, ma vie, tu ne veux pas me laisser les soucis, pour une fois ?

Runu-Didi a l'air gênée comme chaque fois que Papa appelle Ma sa vie, son cœur ou son foie. Moi, ça me rassure.

Ma enroule une écharpe autour du cou de Papa, comme si c'était une guirlande et qu'elle l'épousait de nouveau.

Je n'arrive pas à croire que Baba Buffle ne soit plus là. Il n'a jamais fait de mal à personne, pas même aux mouches qui vrombissaient et vrombissaient autour de ses yeux, des heures entières, jusqu'à ce qu'elles tombent mortes d'épuisement, pile entre ses cornes.

On n'a même pas dormi que c'est déjà l'heure de se lever, et Ma et Papa se disputent pour savoir qui va aller travailler. Hier soir, Ma s'inquiétait pour Papa, maintenant on dirait qu'elle veut le faire entrer dans la gueule d'un djinn. C'est la même histoire chaque fois qu'il se passe quelque chose d'horrible, ils ne peuvent pourtant pas nous garder tous les jours. Ils sont naïfs, mais pas moi. Je m'assois sur mon matelas, la gorge comprimée par le froid. J'en suis certain, Papa va encore gagner, mais, à la surprise générale, y compris celle de Ma, c'est elle qui l'emporte, à ce qu'il semble.

— Ne va pas te plaindre si je perds mon travail, dit Papa dont les doigts font clac-clac pour que je me lève. Je ne sais même pas comment on va pouvoir manger ce mois-ci. Je crois bien qu'il faudra piocher dans nos économies.

Papa se dirige vers l'étagère de la cuisine et s'empare du bocal de Parachute. Une boule se forme dans mon estomac. Ma arrache le bocal des mains de Papa et le repose sur l'étagère.

— Ce n'est pas le moment de plaisanter, peste-t-elle.

— Qui a dit que je plaisantais ?

— C'est juste pour aujourd'hui et demain, poursuit Ma. Shanti peut surveiller les enfants dimanche, et lundi ils retournent à l'école.

Après cela, Ma et Runu-Didi partent chercher de l'eau. Papa dit qu'il m'emmènera aux toilettes publiques.

— Baba Buffle ? je demande une fois qu'on est dehors.

— Tout a été nettoyé, dit Papa.

— C'est Fatima-Ben qui l'a pris ?

— Non, un boucher du Bhoot Bazar.

— Afsal-Chacha ?

— C'est qui ? Tu as encore parlé à des étrangers dans le bazar ? Je ne te l'ai pas interdit ? Le Bhoot Bazar n'est pas un endroit où jouer.

— Je n'y joue pas.

On croise un chien qui ressemble à Samosa. J'espère qu'il ne lui est rien arrivé. J'espère qu'il évite les djinns et les gens avec des sabres.

On est maudits, comme l'a dit Faiz, ce pauvre Faiz qui est devenu un petit vendeur de rue. Son ammi, raconte Ma, nage désormais dans son abaya. Elle s'inquiète de ce que son fils mange en prison : du riz cuit aux cafards, du thé mélangé à des queues de lézard, de l'eau bouillie avec des crottes de rat.

— Est-ce qu'on aura de quoi manger ce mois-ci ? je demande à Papa.

— Ne t'inquiète pas, me répond-il.

— Mais tu vas aller travailler demain ?

Papa hausse les épaules. Ma ou Papa seront bientôt obligés d'ouvrir le bocal de Parachute s'ils continuent à prendre des jours de congé comme ça.

Je ne suis plus très loin du but. Il ne me faut plus que 20 roupies.

— Papa…

— Écoute, Jai, tout ira bien. Tu ne mourras pas de faim.

Pendant que nous prenons notre petit déjeuner-biscottes, sa mère dépose Pari chez nous pour qu'elle soit en lieu sûr. C'est Ma qui a dû le lui proposer par téléphone. Sans même penser à me le dire d'abord.

Pari ne veut pas de biscotte parce qu'elle a déjà pris son petit déjeuner, probablement des nouilles Maggi, elle en mangerait cinq fois par jour si elle le pouvait.

— Tu révises ou quoi ? me demande-t-elle.

— Écoute-la, Jai, fait Papa.

Papa accompagne Ma et la mère de Pari au bout de la ruelle. Quand il revient, il bavarde avec nos voisins. Ensuite, il demande à Runu-Didi ce qu'elle a préparé pour le déjeuner, comme si on ne mangeait pas tout le temps du riz et du dal. Il allume la télévision, s'assoit sur le lit et secoue ses jambes. Il ne fait que zapper. Fredonne un air. Se peigne devant une boîte en fer qu'il a prise comme miroir. Chante. D'habitude, quand il rentre, il est tellement fatigué qu'il se couche et regarde la télévision. S'il décide de chanter, c'est rien qu'une chanson. Mais maintenant, il ne s'arrête plus.

— Papa, on révise, là.

— Bien sûr, dit-il en baissant le volume de la télévision, comme si c'était le problème.

Pari et moi, on va s'asseoir sur le seuil. Je l'interromps dans ses révisions pour lui dire que nous ne pouvons plus être détectives.

— On enquêterait sur quoi ? On ne connaît même pas le nom des enfants musulmans.

— Kabir et Khadifa, dit Pari. Ils ont 9 et 11 ans. Ils ne sont pas dans notre école, mais vont dans une école gratuite près de notre basti. Leur mère attend un autre bébé pour bientôt.

— Tu inventes.

— Je l'ai entendu dans la file d'attente des dames.

Soudain, les coins de sa bouche et son front se plissent.

— Qu'est-ce qu'il fait ici ? s'inquiète-t-elle.

C'est Quarter et sa bande, accompagnés de quelques membres de l'Hindu Samaj. Ils parlent aux voisins. Quand ils parviennent devant la maison, on se lève, Pari et moi.

Quarter sent un peu le daru, mais il a l'air plus propre et plus jeune. Je plisse les yeux pour mieux voir et je comprends que c'est parce qu'il a rasé sa presque-moustache et sa pas-tout-à-fait-barbe.

Papa et Runu-Didi nous rejoignent sur le pas de la porte.

— C'est le fils du pradhan, explique Pari à Papa.

En fait, on ne connaît toujours pas le vrai nom de Quarter.

— Un autre enfant a disparu ? demande Papa.

— Nous essayons de trouver ceux qui causent tous ces problèmes dans le basti, dit Quarter en regardant Runu-Didi. Tu sais quelque chose ? Tu as vu un musulman agir de façon suspecte ?

Papa fait reculer Didi et se place devant elle. Il prend le ton d'un présentateur du journal télévisé :

— Vous devriez éviter de semer la discorde dans cette communauté.

Quarter roule puis déroule les manches de sa chemise noire. Ses cheveux sont plaqués en arrière, graissés à l'huile ou à quelque chose de plus cher comme de la Brylcreem – une crème, disent les publicités à la télé, faite « pour les hommes, pas pour les garçons ».

Je me demande si Quarter a tué Baba Buffle avec un sabre qu'il cache dans son appartement de riches.

J'inspecte ses chaussures en toile noires pour y chercher des traces de sang, mais je ne vois que de la boue. Et puis je me souviens qu'il paie toujours quelqu'un d'autre pour faire le sale boulot.

Quarter incline la tête, peut-être de façon à mieux voir Runu-Didi.

— Il n'y a rien à surveiller sur le feu ? demande Papa à Didi.

Elle s'éloigne vers le coin-cuisine. Après quoi, Papa s'adresse à Quarter d'une voix énergique, les mains croisées derrière le dos :

— Les choses empirent de jour en jour. Il faut que ton père fasse davantage pour nous. Il faut qu'il demande à la police de retrouver les ravisseurs. Il doit dire aux hindous et aux musulmans de cesser de se battre les uns contre les autres.

J'ai beau ne plus être détective, j'observe attentivement le visage de Quarter ; c'est plus fort que moi. Le chacha de l'atelier de réparation étant en prison, il redevient le principal suspect. De la pointe de son pouce, il se gratte le menton. Les paroles de Papa retombent par terre. Les poules peuvent venir les picorer et les chèvres les mâchouiller, parce que Quarter a les oreilles bouchées, il ne les laisse pas entrer.

Dimanche, c'est Shanti-Chachi qui nous garde, mais…

… elle est horrible avec nous. Elle retourne sans arrêt chez elle parce que c'est elle qui cuisine, pour une fois, et qu'elle a peur de faire brûler la nourriture. Pas question de réviser dans sa maison, elle est remplie de tubes de crèmes industrielles. Son mari est balayeur municipal, un excellent emploi de fonctionnaire, mais il a aussi un autre travail, à domicile, qui consiste à visser des bouchons sur des tubes. Un jour, je suis entré dans sa maison en courant, j'ai écrasé un tube, ou peut-être une dizaine, et depuis les enfants sont interdits chez lui.

— Révisez, révisez, répète Shanti-Chachi, passant le nez à notre porte avant de courir de nouveau chez elle pour s'assurer que son déjeuner sera réussi.

Runu-Didi enfile ses chaussures.

— Tu vas où ?

— L'entraînement a repris vendredi, me répond-elle. Tara a parlé au coach de la mort de Baba Buffle et il a accepté de m'accorder quelques jours. Mais si je rate encore aujourd'hui, c'est fini, je ne ferai plus partie de l'équipe.

— Si on n'est pas là tous les deux de la journée, Shanti-Chachi s'en apercevra.

— Tu vas toujours au tea shop ?

— Tu vas toujours au sport ?

— Ne bouge pas d'ici.

Didi prend son pull et part en courant. Elle ferme la porte à demi et me laisse à l'intérieur. Elle est probablement allée aux toilettes publiques. J'attends une, deux, trois, quatre… cent secondes, mais elle ne revient pas. D'après le réveil de Ma qui tictaque sur l'étagère, je suis super en retard pour mon travail. Je n'y crois pas, Runu-Didi m'a bien eu.

Les bracelets de cheville de Shanti-Chachi se rapprochent. Je bondis hors du lit et me place devant la porte, que je ferme à moitié pour qu'elle ne voie pas à l'intérieur.

— Runu-Didi a ses problèmes de filles, je dis. Elle a mal au ventre.

Ma m'a expliqué ça un jour en me demandant de ne pas déranger Didi.

— Oh, oh, répond Chachi. Laisse-moi voir.

— Elle dort. Elle a pris un Crocin[1].

— Si elle a besoin de quelque chose…

— Elle vous le demandera.

— Tu dois t'ennuyer, à rester assis comme ça.

— C'est la rentrée demain. J'ai des examens. Je dois réviser.

Un nuage de doute assombrit son visage, mais elle s'en va. Je guette le bruit de sa louche qui remue le contenu de la marmite, puis je tire la porte, la ferme presque entièrement et pique un sprint en direction du Bhoot Bazar.

— Miracle ! Il est venu, mesdames et messieurs, le maharajah du Bhoot Bazar daigne nous faire grâce de sa présence, s'exclame Duttaram à la seconde où il me voit.

— Quelqu'un a coupé un buffle en deux dans notre

1. Comprimés à base de paracétamol dont la marque est très répandue en Inde.

ruelle, j'explique. C'est plein de monde là-bas. Impossible de mettre le nez dehors depuis des heures.

— Triste affaire, dit Duttaram, sans pour autant avoir l'air triste.

Il m'indique du bec de sa bouilloire des clients qui attendent. Je ne renverse pas une seule goutte. Je sers le thé comme un crack à présent.

Ce n'est pas encore l'après-midi quand j'aperçois deux de mes chachis-voisines devant l'échoppe de Duttaram.

— Petit, tu vas avoir de gros ennuis, dit celle qui habite juste à côté de chez Shanti-Chachi. On vous cherche partout, ta sœur et toi.

Duttaram me tord l'oreille quand les chachis lui expliquent qu'elles ont bien cru qu'on m'avait enlevé.

— Où est ta sœur ? demande une chachi-voisine.

— Qu'est-ce que j'en sais ?

C'est la pire des poisses. Si on m'avait attrapé après cinq heures, j'aurais gagné mes 20 roupies.

— Allez, on y va, dit la chachi. Pauvre Shanti, elle a dû faire mille crises cardiaques à l'heure qu'il est.

Duttaram sort 20 roupies de la poche de sa chemise et les dépose dans ma paume sale et mouillée.

— Donne-les à tes parents.

J'enfonce le billet dans ma poche. Je me suis fait attraper, mais ma poisse est moins poisseuse que je pensais.

En me voyant, Shanti-Chachi pousse un cri, puis elle me serre dans ses bras si fort que j'ai peur qu'elle me casse les os.

— Pourquoi m'as-tu menti, Jai ? Où est ta sœur ?

— Runu-Didi est allée à l'école parler à son coach. Elle sera là avant le retour de Ma.

— Ta mère rentre d'une minute à l'autre. Je l'ai appelée, il a bien fallu. Attends, je vais la rappeler et lui dire de ne pas s'inquiéter.

Les mains de Chachi enfoncent toutes sortes de touches sur son portable.

Malgré les rotis luisants de ghee de son mari, et malgré le beurre qu'il ajoute à son dal, Chachi est aussi maigre que Ma. Et maintenant, elle paraît encore plus maigre. Elle dit à Ma que je suis sain et sauf et que Runu-Didi est avec moi. Des écailles de vernis rose s'accrochent à la racine de ses ongles, dont les pointes sont jaune curcuma, comme le bout de ses doigts. Des mèches blanches parsèment ses cheveux aux endroits où la teinture se délave.

— Ta mère va retourner travailler, sa riche patronne organise une fête ce soir. Je lui ai dit que Runu est avec nous pour ne pas l'inquiéter davantage. Elle est bien en sécurité, ta didi ? Tu n'as pas encore menti ?

— Elle est à l'école.

— Il faut qu'on aille la chercher.

— Elle est avec son coach. Elle s'entraîne.

— Je me fiche de savoir si elle est avec le Premier ministre en personne. Je vais la chercher.

— Je peux me changer ? Quelqu'un a renversé du thé sur moi.

— Fais vite.

Je me précipite dans la maison, j'ouvre le bocal de Parachute, plie le billet de 20 roupies que m'a donné Duttaram et le glisse dedans. Ma peut me tuer aujourd'hui, je ne mourrai pas en criminel.

Sur le chemin de l'école, Shanti-Chachi me pose un tas de questions. *Pourquoi est-ce que je lui ai raconté que Runu-Didi avait ses problèmes de filles ? Est-ce que je sais seulement ce que c'est, les problèmes de filles ? Pourquoi je suis allé au Bhoot Bazar ? Je n'ai pas peur des kidnappeurs ? Depuis quand un petit garçon comme moi est-il devenu un pareil menteur ?*

D'une voix à peine audible, je lui révèle que je travaille le dimanche, mais que Ma et Papa ne le savent pas. Je lui parle de Runu-Didi et de son championnat interdistricts.

— Didi va recevoir une grosse somme d'argent si elle gagne, et elle donnera tout à Ma et Papa. C'est pour ça que je travaille, moi aussi. Didi et moi, on essaie de les aider. Mais on voulait leur faire la surprise. Alors on a gardé le secret.

— C'est bien beau tout ça, dit la chachi un peu en colère, mais si vous vous faites enlever, il arrive quoi, haan ? Vous avez la meilleure mère et le meilleur père de tout le basti. Vous ne vous rendez pas compte de votre chance.

— Mais si, je m'en rends compte.

— Et si Runu n'est pas ici ? demande la chachi quand on approche de l'école. Ta mère me tuera. Ou il faudra que je me tue de mes propres mains.

Aujourd'hui, la porte de l'école est à moitié ouverte. Le boutonneux, l'admirateur numéro 1 de Didi, la mate à travers la grille.

— Pousse-toi ! aboie la chachi, et il s'écarte d'un bond, l'air honteux, comme si on l'avait surpris en train de voler.

Runu-Didi est positionnée sur une ligne de transmission dessinée à la craie sur le sol, le bras gauche tendu pour attraper le témoin de sa coéquipière. Elle m'a expliqué que le passage de témoin ne doit pas durer plus de deux secondes. Il suffit d'une fausse manœuvre ou de le laisser tomber pour vous faire éliminer de l'équipe.

Didi se met à courir tandis que son équipière s'approche ; celle-ci n'a pas le temps de finir de crier « témoin ! » que ma sœur se saisit du bâton et s'élance, sa queue-de-cheval volant derrière elle, ses bras s'agitant en cadence, ses jambes se soulevant dans les airs comme si elles ne pesaient rien. Elle est la dernière à courir parce qu'elle est la plus rapide.

— Runu, viens ici tout de suite ! hurle Shanti-Chachi.

Didi continue sa course, comme si elle devait ne jamais s'arrêter. Chachi l'appelle de nouveau d'une voix forte, « Qu'est-ce que tu fais, Runu ? » ; Didi franchit la ligne d'arrivée, donne le témoin à son entraîneur, lui dit quelque chose qui semble le rendre plus furieux que jamais. Puis elle se dirige vers nous au pas de gymnastique.

Quand Ma rentre, en fin de soirée, elle ne nous adresse pas la parole, à Runu-Didi et à moi. Je scrute son visage, mais elle fait tout en silence, comme lorsqu'elle est furieuse. Elle goûte le dal que Didi a préparé et y ajoute un peu de sel et de garam masala. Elle se frotte le bas du dos, juste au-dessus de son jupon, là où elle dit qu'elle a toujours mal. J'essaie de lui donner un vieux tube de baume du tigre ; elle fait comme si elle ne me voyait pas, alors que je tends le bras partout où elle pose les yeux. Je replace le baume sur l'étagère. Je vois Runu-Didi jeter un regard vers le mur, là où la ceinture de Papa est accrochée à un clou, si bien enfoncé au marteau que des fissures en forme d'étoile se sont formées tout autour. Papa ne nous a jamais frappés à coups de ceinture.

Papa rentre finalement à la maison. Ma, Shanti-Chachi et son mari nous chassent dehors et, à l'intérieur, lui font un compte rendu top niveau. Runu-Didi et moi, on reste assis sur le seuil, frissonnants.

Demain, on a des examens. Les examens paraissent irréels, comme s'ils appartenaient à un autre monde. Dans notre monde à nous, on se bat quotidiennement contre des djinns, des kidnappeurs et des tueurs de buffles, sans savoir quand on va disparaître.

Les adultes chuchotent, mais je perçois les hoquets de Papa, signe de son effarement.

Enfin, Shanti-Chachi ouvre la porte et nous appelle. Puis elle et son mari s'en vont. Didi et moi, on garde la tête baissée.

— Jai, tu as cru que si tu ne travaillais pas, nous n'aurions pas assez d'argent pour acheter à manger ?

— Je ne le ferai plus, Papa.

— On t'a déjà laissé mourir de faim ?

— Non. C'est juste… je voulais donner un peu d'argent à Faiz parce que son frère est en prison et que l'avocat coûte cher.

Ça me paraît être un bon mensonge, qui se tient, mais Papa ne semble pas de cet avis.

— Et ce Faiz, il prend ton argent ? demande Papa.

— Je n'ai pas… Duttaram ne m'a pas encore payé. Peut-être que si j'avais travaillé jusqu'à la fin du mois…

— Et toi, Runu, dit Ma, je t'avais demandé de garder ton frère. Et tu n'as rien trouvé de mieux que de te précipiter à l'école ? Tout le temps à courir dans le smog parce que tu as le béguin pour ton coach, haan ! Tu crois que je ne sais pas ce qui se passe dans ta tête ?

— Le coach ? fait Runu-Didi.

Elle me regarde, en haussant les sourcils comme si je devais lui expliquer à quoi pense Ma. Je rentre le menton dans ma poitrine. Je ne peux pas expliquer quoi que ce soit.

— Ton coach est ton héros, c'est ça ? Pour le voir, tu es prête à risquer de te faire enlever ?

À mes yeux, le coach de Didi n'a rien d'un héros.

— Donc, aucun djinn ne m'enlèvera si je vais acheter des légumes pour le dîner, s'énerve Didi en gesticulant ; elle me frappe au visage sans le vouloir mais elle ne s'arrête pas pour autant. Il ne m'arrivera rien si je fais la queue pour prendre de l'eau à la pompe, ou pour acheter du riz à l'épicerie d'État. Mais si je fais quelque chose que j'ai envie de faire, là, oui, on va me kidnapper. C'est bien ça ?

— Surveille ta langue, l'avertit Ma.

— Tu dois surveiller ton petit frère, dit Papa.

— Si vous ne pouviez pas vous occuper de Jai, pourquoi vous l'avez eu ? demande Didi.

Aussi vite que l'éclair, une gifle s'abat sur sa joue gauche, tout près de son oreille. Sa petite créole tombe par terre. Papa tremble. Il écarquille les yeux et contemple sa main comme s'il ne parvenait pas à croire ce qui vient de se passer. Ma pleure. Papa n'a jamais frappé Didi ; il n'a jamais levé la main sur moi non plus. Ma nous donne des taloches tout le temps, mais Papa, jamais.

Ma se penche et ramasse la boucle d'oreille. Elle essaie de la remettre sur l'oreille de Didi, mais celle-ci la repousse, grimpe sur le lit et s'assoit dans le coin où d'habitude je fais le poirier. Papa prend une couverture et s'en va.

— Tu ne veux pas dîner ? lui lance Ma.

Il lève le bras droit pour dire non, sans se retourner.

Je m'assois sur le lit, pas trop près de Runu-Didi, et j'enfonce mes doigts dans le vieux matelas déformé. Je crois bien qu'elle ne pourra pas participer aux championnats interdistricts. Ça doit la rendre beaucoup plus triste que la gifle de Papa, c'est sûr.

KABIR ET KHADIFA

Il lui semblait qu'elle attendait dans la ruelle depuis des heures. Derrière elle, les rideaux à l'entrée de la salle de jeux vidéo s'agitaient, déroulant des rubans de lumière qui s'échouaient à ses pieds. La nuit était tombée sans qu'elle s'en aperçoive, gommant les toits du Bhoot Bazar.

Khadifa aurait bien pénétré avec autorité dans la salle et traîné son frère dehors, mais sa pudeur l'en empêcha. Les filles du basti n'entraient pas dans ce genre d'endroit, pas même celles qui avaient le courage de porter des jupes courtes et de tenir tête à leurs parents. Elle fit ce qui lui paraissait raisonnable, elle tenta d'intercepter les garçons qui entraient en titubant dans la salle, mais ils étaient trop occupés pour l'écouter.

— S'il vous plaît, mon frère est à l'intérieur, dit-elle à un des gars, dont elle ne remarqua que trop tard la moustache hirsute et l'odeur adulte de fumée de cigarette, ce qui l'inquiéta. Il s'appelle Kabir, il est petit, il n'a pas tout à fait 9 ans. Pouvez-vous lui demander de sortir, s'il vous plaît ? Dites-lui que sa sœur l'attend.

L'expression du garçon resta figée. Elle s'écarta pour le laisser passer, en touchant son hijab, gênée. La honte lui brûlait les joues malgré le froid.

Elle enfonça les doigts dans le creux de ses coudes, aux prises avec une colère familière. Ce soir-là, Ammi avait envoyé Kabir acheter un carton de lait ; comme au bout de deux heures il n'était pas revenu, elle avait envoyé Khadifa le chercher. La jeune fille pouvait bien avoir envie de bavarder avec ses amies, ou avoir des travaux de couture à terminer, ça ne comptait pas. Chaque fois que Kabir désobéissait, c'était à elle de le ramener à la raison. C'était trop injuste.

Mais la justice, Ammi s'en fichait. Ces derniers temps, elle ne semblait s'intéresser qu'au bébé qui grandissait dans son ventre. La douceur avec laquelle elle lui parlait tard le soir et tôt le matin, lui assurant de sa voix endormie et roucoulante combien elle était impatiente de *le* connaître – et pourquoi ce bébé ne serait-il pas un autre garçon comme le désiraient ses parents ? – donnait à Khadifa envie de mordre. Le nouveau petit frère serait sûrement une canaille lui aussi, exactement comme Kabir. Il lui faudrait passer tout son temps à courir après ces morveux ; elle n'aurait même plus une minute à elle pour essayer un nouveau vernis à ongles ou un bandeau chez une amie.

Ammi et Abbu l'ignoraient, mais Kabir n'allait pas à l'école ; ce n'était pas vraiment une école d'ailleurs, plutôt un centre géré par des étudiants d'une ONG où les élèves entre 2 et 16 ans s'entassaient dans la même salle. Il séchait les prêches et les prières du vendredi, et chipait des roupies dans le portefeuille d'Abbu, en veillant bien à ne dérober qu'un billet ou deux à la fois pour ne pas se faire pincer. En effet, il ne gagnait pas suffisamment d'argent, même en faisant des courses pour les boutiquiers du Bhoot Bazar, pour pouvoir s'acheter le nombre d'heures dont il avait besoin dans la salle de jeux. Il aurait aussi volé quelques pièces à Khadifa – elle économisait plus de la moitié de ce qu'elle gagnait avec ses travaux de couture – si elle ne s'était pas méfiée de lui ; qu'il essaie de s'approcher de ses économies, et elle lui aurait fait un de ces croche-pieds !

Leurs parents passaient tout à Kabir, peut-être parce que c'était un garçon ; mais quand ils sauraient qu'il volait et qu'il manquait la mosquée et l'école, ils l'enverraient dans le village de leurs grands-parents, et ce serait à Khadifa de s'occuper de lui. Ils la jugeaient assez responsable pour le prendre en charge. Elle aurait pu en être flattée, mais Ya Allah, ce n'était pas le genre de louanges qu'elle avait besoin d'entendre.

Ammi serait trop contente de les envoyer dans sa maison natale, à trois heures d'autocar du basti. Elle évoquait souvent la douceur des fruits et la fraîcheur de l'air auxquelles elle avait renoncé pour cette ville où même respirer lui était impossible. Mais, pour Khadifa, ce village était un autre monde, un autre pays. Là-bas, seuls le fouettement des queues des buffles et le vrombissement des moustiques rythmaient les soirées baignées dans une obscurité silencieuse, parce que le mullah avait interdit la télévision et la radio, et peut-être même les conversations. Ses grands-parents opinaient de la tête quand il disait que les filles devaient être mariées avant qu'elles ne soient trop vieilles, et trop vieilles, ça signifiait 13 ou 14 ans.

Kabir ne perdrait rien s'ils s'installaient au village ; Khadifa, elle, perdrait tout.

Ça la mettait en rage, la façon dont il tenait tout pour acquis. Elle avait découvert les passions secrètes de Kabir grâce à des amies dont les frères aînés jouaient dans les salles de jeux vidéo ; elle pouvait, par l'entremise de ces mêmes amies, demander à ces garçons de lui faire peur. Voire de le malmener un peu. Il le méritait, Allah était témoin.

Elle donna un coup de pied dans la poussière, s'attirant les regards courroucés des passants, puis se plaqua contre le mur de la salle en espérant se camoufler dans le smog. Le rideau de l'entrée se souleva. Kabir apparut, clignant des yeux pour les réadapter à la lumière blafarde de la ruelle. En la voyant, il eut un sourire gêné.

— Où est le lait ? fit-elle sèchement. Et l'argent ?

Il fouilla dans ses poches comme s'il restait une chance que son cerveau embrouillé ne l'ait pas dépensé pour jouer. Elle l'entraîna jusqu'à une échoppe qui vendait du lait frais et du caillé. Sur le chemin, elle ne cessa de lui reprocher son égoïsme.

— Les hindous menacent de nous tuer, ils nous traitent de sales terroristes, de kidnappeurs et de tueurs d'enfants, mais toi, tu ne t'intéresses qu'à ces jeux ridicules, n'est-ce pas ?

Le cœur de Kabir se serra quand il entendit sa sœur parler ainsi, avant tout parce qu'elle disait vrai. Au début, il allait jouer parce qu'il s'ennuyait, mais maintenant l'excitation du combat à l'arme automatique était devenue un besoin, comme le Tipp-Ex pour les drogués qui sniffaient de la colle dans les ruelles poussiéreuses. Il avait oublié de faire son namaz aujourd'hui et, à plusieurs occasions, l'appel du muezzin s'était révélé impuissant à réveiller sa conscience, dans cette salle où seul le flot d'obscénités qui sortaient de la bouche des joueurs résonnait plus fort que les coups de feu. « Mille bites dans ton cul, frère », ou « Tu dois la vie à une capote trouée ».

Il le savait, il était trop petit pour venir dans cette salle aux écrans grésillants et aux joysticks capricieux, à peine éclairée par un tube de néon et aérée par un ventilateur fixé au plafond, dont les pales étaient encrassées par une poussière noire. Mais, dehors, il n'était personne ; ici, il était un soldat valeureux, il appartenait à une communauté plus vaste que le basti et le bazar.

— Je ne le ferai plus, dit-il, pas certain de le penser vraiment.

— Non, dit Khadifa. J'y veillerai, je te le promets.

Il se prépara à ce qu'elle se fâche de nouveau, mais elle resta silencieuse. Elle semblait fatiguée. Il la regarda acheter un carton de lait avec de l'argent qu'elle avait sûrement gagné elle-même, et il eut honte. Il ne savait pas comment lui dire qu'il regrettait.

Une foule s'était rassemblée dans la ruelle autour de deux mendiants. L'un d'eux était en fauteuil roulant, auquel était fixé un haut-parleur, et l'autre devait être son ami qui le promenait partout. Ils étaient en train de raconter une histoire à un groupe d'enfants de retour d'un match de cricket ou de football, et se chamaillaient sur la façon de la raconter. Sa sœur, captivée, s'arrêta et écarta l'enfant qui se trouvait à côté d'elle pour mieux voir.

Le soir était tombé, il se faisait tard, mais Kabir ne dit rien. Les mendiants parlaient de Junction-ki-Rani, une femme fantôme qui sauvait les filles en danger.

Même quand il regardait la télévision, Kabir était parfois distrait et se surprenait à penser à *Call of Duty 2*, mais l'histoire de Junction-ki-Rani était si féroce que, pendant quelques minutes, il en oublia le MP40 avec lequel il décimait ses ennemis et les éclaboussures de sang écarlate dont sa vision s'imprégnait ensuite.

« Cette histoire est un talisman, dit le mendiant en fauteuil. Gardez-la contre votre cœur. »

Sa sœur le poussa du coude et dit qu'il était temps de partir. Les rues commençaient à se vider.

Ils se hâtèrent en direction de la maison. Les pensées de Kabir eurent tôt fait de retourner à la salle de jeux, où il avait aujourd'hui combattu des nazis en Russie. Des images défilaient devant lui : un long hiver froid, la neige solidifiée en glace, lui caché derrière un pilier, balançant une grenade, le brouillard tel un écran de fumée qui le protégeait des balles ennemies. Il trébucha sur quelque chose et s'étala par terre comme une masse, ses deux mondes fusionnant dans la douleur qui l'envahit des pieds jusqu'au crâne.

Il sentit ses lunettes de soleil en plastique à monture noire et branches jaunes, soigneusement accrochées au col de son pull, craquer sous lui. Toujours au sol, il souleva sa poitrine juste assez pour voir si elles étaient cassées. À peine quelques rayures. Il les mettrait demain, soleil ou pas, parce qu'il se sentait cool avec lorsqu'il entrait dans la salle de jeux. Mais il n'allait pas retourner à la salle, n'est-ce pas ?

Khadifa, prise d'un élan inattendu de tendresse, attendit qu'il se relève, alors que le smog effaçait les lampes et les maisons. Kabir était encore un enfant dans un monde d'adultes. Un monde qui déjà pour elle était épuisant.

— Ça va ?

Il leva un pouce en l'air.

— Tu crois qu'Ammi va nous obliger à déménager ? demanda Kabir une fois debout. Dans un autre basti ? Parce que les hindous – il marqua un temps d'arrêt – menacent de nous tuer ?

— La police a arrêté les musulmans. Les hindous doivent être contents, ils ont eu ce qu'ils voulaient. Ils vont nous laisser tranquilles.

Elle espérait ne pas se tromper. Elle ne connaissait pas les musulmans que la police avait arrêtés, et c'était une chance selon elle.

Elle ne voulait pas partir du basti. Toutes ses amies y habitaient, des filles qui l'appelaient, quand leurs parents travaillaient, pour jouer à organiser des fêtes de riches, qui lui prêtaient des vêtements et des bijoux, et qui lui rapportaient les histoires d'amour scandaleuses et secrètes des adultes. Ces filles lui avaient appris à coudre des paillettes sur des lots de chemisiers envoyés par des usines et à en garder un peu pour elle afin que ses foulards scintillent.

Rien que de penser à l'idée de tout quitter, de faire un mariage forcé, elle était de nouveau au bord de la crise de nerfs ; elle avait envie de crier, de casser les bracelets en verre rouge à ses poignets en tapant contre les murs. Mais quelque chose l'empêchait de se laisser aller. Peut-être Ammi et Abbu avaient-ils raison, c'était une enfant responsable.

Kabir attendait que sa sœur dise quelque chose, mais elle ne pipait mot. Il aurait tant voulu ne pas la décevoir ainsi. Il se jura de ne passer désormais son temps que dans des lieux convenables et décents, comme la salle de sport du Bhoot Bazar, dont les affiches promettaient de changer « l'agneau en lion ». Kabir imaginait sa poitrine s'élargir et se muscler comme celle d'un héros de film hindi. Il imaginait ses pas lourds résonner dans les ruelles et les boutiquiers qui l'embauchaient trembler en le voyant passer. Les bruits de pas semblaient réels, et en se retournant il distingua une forme colossale enveloppée dans une couverture noire. Mais, cette forme, était-elle bien réelle ? La moitié de son esprit se trouvait encore en 1942.

Khadifa regarda son frère et, à ses yeux éteints, devina qu'il rêvait de nouveau.

— Il n'y a pas de secrets dans ce basti, dit Khadifa. Abbu ne va pas tarder à savoir combien d'argent tu lui voles pour le gaspiller en jeux vidéo. Il te chassera. Tu seras obligé de vivre dans les rues et de renifler de la colle pour dormir les nuits où il fera froid comme maintenant.

Elle vit alors quelque chose remuer. Une pièce en or scintilla dans l'obscurité. Tournant les yeux vers lui, elle comprit que Kabir l'avait vue aussi. Ils auraient dû être rentrés à cette heure. Ils connaissaient les histoires d'enfants qu'on kidnappait.

Du coin de l'œil, elle vit étinceler une aiguille argentée, onduler un carré de tissu à la forte odeur sucrée, si puissante qu'elle transperçait l'air enfumé et pénétrait ses narines. Elle entendit cliqueter des bracelets, mais ce n'étaient pas ceux qu'elle portait aux poignets. Le carton de lait dans sa main lui sembla soudain détrempé et pâteux.

— Si tu as peur, appelle Junction-ki-Rani, murmura Kabir en voyant sa sœur frissonner. Elle protège les filles.

— Les fantômes hindous s'en fichent complètement, de nous, répondit Khadifa en lui prenant la main avant de se mettre à courir. Et toi ? Qui va te protéger ?

Trois

CETTE HISTOIRE VOUS SAUVERA LA VIE

Nous pensons que les djinns ont pris possession de ce palais à peu près à l'époque où nos derniers rois sont morts, le cœur brisé par les victoires déloyales des Blancs qui se proclamaient nos souverains. Nul ne sait d'où ils sont venus, s'ils ont été envoyés par Allah-Ta'ala ou si les paroles fiévreuses des fidèles les ont invoqués. Ils sont là depuis si longtemps, ils ont vu s'écrouler les murs de ce palais, les piliers se désagréger sous la mousse et les lianes, les pythons glisser sur les pierres fendues comme les rêves serpentent à la lumière de l'aube. Chaque année, ils sentent le vent secouer les frangipaniers du jardin et répandre leurs fleurs aussi parfumées que des fioles d'attar.

Les djinns sont invisibles, à moins de prendre la forme d'un chien noir, d'un chat ou d'un serpent. Mais l'on peut sentir leur présence dès l'instant où l'on pose le pied dans l'enceinte du palais ; ils sont dans le bruissement qui nous chatouille la nuque comme la branche d'un arbuste, dans la brise qui gonfle nos chemises, dans la légèreté qui pénètre nos cœurs quand nous prions. Tu as peur, nous le voyons bien, mais *écoute, écoute*, nous sommes les gardiens du palais des djinns depuis de longues années et, nous pouvons te l'affirmer, ils n'ont jamais fait de mal à personne. Oui, il existe des djinns malfaisants, des djinns scélérats et des djinns infidèles qui cherchent à s'emparer de votre âme, mais ceux qui vivent ici, les djinns qui lisent les lettres que les croyants leur écrivent, ce sont les bons djinns qu'Allah-Ta'ala a façonnés pour nous servir dans le feu sans fumée. Ce sont des saints.

Regarde maintenant cette foule qui grouille dans l'enceinte, jetant des bouts de viande aux vautours, laissant des bols en papier d'aluminium remplis de lait pour les chiens, faisant le pari qu'un djinn aura pris l'apparence de l'un de ces vautours ou de l'un de ces chiens. Il y a des croyants de toutes confessions. Pas seulement des musulmans comme nous, Faiz – c'est bien ton nom, n'est-ce pas ? Vois-tu, Faiz, il y a ici des hindous, des sikhs, des chrétiens, peut-être même des bouddhistes. Ils apportent les lettres qu'ils ont écrites aux djinns et collent leurs prières sur les murs poussiéreux. Le soir, quand les portes se referment, que le bout cendreux des bâtons d'encens tombe par terre, les djinns lisent les missives parfumées aux aromates et aux fleurs. Ils lisent vite, pas comme nous. S'ils jugent votre vœu sincère, ils l'exaucent.

En tant que gardiens de la maison des djinns, nous avons souvent pu en être les témoins. Mais ne nous crois pas sur parole. Là-bas, près du frangipanier, tu vois cet homme aux cheveux blancs qui aboie des ordres à quatre garçons chargés de marmites de biryani ? Pendant des années, sa fille a souffert d'une toux ininterrompue qu'aucun traitement ne parvenait à soigner. Il l'a emmenée dans les hôpitaux publics, dans les hôpitaux privés qui ressemblent à des hôtels cinq étoiles, chez une sainte – dans une hutte au bord de la mer d'Arabie –, et chez un baba dont l'ashram se trouvait sur les hauteurs de l'Himalaya. Elle a passé des radios, des scanners et des IRM. Elle a porté en gages de guérison des bagues ornées de pierres bleues, vertes ou violettes. Rien ne l'a soignée. Et puis ils ont entendu parler de ce palais, et le père est venu avec une lettre à l'attention des djinns-saints. À ce moment-là, il aurait fait n'importe quoi pour sa fille ; il se serait fait arracher toutes les dents et les aurait enroulées comme des perles dans un tissu de satin, si c'était ce que les djinns lui avaient demandé.

Sa lettre était brève. Certaines personnes rédigent leur liste de doléances sur plusieurs pages, ils y ajoutent des copies de certificats de naissance, de certificats de mariage, d'actes de vente de maisons divisées de façon inégale et litigieuse entre frères et sœurs, oncles et tantes.

Ce brave homme, lui, avait simplement écrit : *Je vous en supplie, prenez ma fille en pitié et guérissez-la de sa toux.* Nous le savons parce qu'il nous a montré sa lettre. Il y a agrafé une photo de sa fille prise avant que la toux ne la transforme en sac d'os.

Et maintenant, juge par toi-même. Sa fille est celle qui se tient près du frangipanier, vêtue d'un salwar-kameez vert. Elle cache ses cheveux sous un foulard de façon à ne pas tenter les djinns – car, oui, pour être honnête avec toi, même les bons djinns ont un faible pour les jolies filles –, mais n'a-t-elle pas l'air en pleine forme ? Ses joues sont colorées, ses os solides, sa colonne vertébrale ne présente aucune courbure, et sa toux a disparu. Elle se marie le mois prochain. Pour remercier les djinns, son père offre du biryani aux visiteurs.

Tu as bien fait de venir ici. À présent, il faut entrer, rejoindre ton ammi et ton frère. Il fait un peu sombre, c'est sûr. Les murs sont noirs des volutes de fumée qui montent des bâtons d'encens et des bougies. Nous n'allons pas te mentir, tu vas assister à un spectacle effrayant : ici, tu verras une femme agitée de tremblements dont les lèvres crachent la folie, amenée par son mari qui espère que les bons djinns la débarrasseront du démon qui la possède ; là, un jeune homme se cogne la tête contre le mur jusqu'au sang ; et ailleurs des chauves-souris sont pendues tête en bas aux plafonds effondrés, leurs cris se font l'écho des ardentes prières des désespérés.

Mais *écoute, écoute*, nos djinns-saints sont puissants. La lettre de ton ammi leur exposera les souhaits de ta famille : de bonnes notes pour toi au prochain examen, une bonne épouse pour ton frère, le retour sans encombre d'un cousin ou d'un ami. Peut-être – et nous ne disons pas que c'est le cas – espérez-vous que justice soit faite à votre père ou à un membre de votre famille faussement accusé par la police ou le tribunal. N'aie pas l'air surpris. À nous, les musulmans, cela arrive plus souvent qu'on le croit. Mais quel que soit l'air vicié qui flotte autour de toi, fais-nous confiance, les djinns le dissiperont.

Nous allons te confier un secret : non loin des plus belles routes de notre pays, bordées de cassiers et de jameloniers, vivent des politiciens devenus ministres de l'Union du simple fait qu'ils nous traitent, nous les musulmans, d'étrangers. Ils braillent dans les meetings que l'Hindoustan appartient aux hindous et que les gens comme toi et moi doivent aller au Pakistan. Pourtant, eux aussi viennent prier dans ce palais. À l'aube, quand les ruines sont presque désertes, ils envoient leurs sbires évacuer les gens afin que nul ne puisse les prendre en photo prosternés devant nos djinns. Ils ne laissent pas les Services archéologiques nous interdire l'entrée parce qu'ils croient en nos djinns autant que nous. Bien que ces politiciens aient la langue pourrie et le cœur mauvais, les djinns ne les chassent pas. Ici, nous sommes tous égaux.

Parle à n'importe quel visiteur. Il te dira qu'il est venu parce qu'il a perdu quelque chose. Parfois il a perdu jusqu'à l'espérance et c'est là, parmi ces ruines qui te font si peur, qu'il trouve une raison de vivre.

Cher garçon, dans ton intérêt, écoute-nous. Enlève tes sandales, lave tes pieds et entre. Les djinns attendent.

En cette nouvelle année, l'école est…

… pareille que l'an passé, mais en pire à cause des examens. Après la sonnerie, Pari et moi on attend dans le couloir. Pari se ronge les ongles et compte sur ses doigts, car elle pense s'être trompée au contrôle de maths. J'ai sûrement une, deux, trois, dix, toutes les réponses fausses, mais je m'en fiche. Je lui raconte que Papa a giflé Runu-Didi, elle serre et desserre le poing et dit :

— Cinq fois, Jai, tu me l'as raconté cinq fois aujourd'hui.

— Pas du tout !

Ce matin, Pari ne m'a même pas laissé parler parce qu'elle voulait réviser dans sa tête. Je regrette que Faiz ne soit pas là car il sait écouter, lui. Mais là, il est à un carrefour où il vend des roses, des étuis de téléphones ou des jouets qu'on ne nous offre jamais. De toute façon, on est trop vieux pour avoir des jouets. Il rate les examens, et il va louper plein de jours d'école, peut-être même une année entière si la police ne relâche pas Tariq-Bhai.

Runu-Didi sort dans le couloir.

— On est prêts, je dis quand elle s'arrête à côté de nous.

Didi, Pari et moi, on est censés rentrer ensemble à la maison.

— Ne m'attendez pas. Je dois parler à l'entraîneur.

— Il sera en colère si tu rates l'interdistricts ? demande Pari.

Les yeux de Didi me fusillent, ils me reprochent de ne pas savoir tenir ma langue.

— Il va être obligé de faire un changement de dernière minute. Qu'est-ce que tu crois ?

Les oreilles de Didi paraissent nues sans ses anneaux. Je tends la main pour lui toucher le bras.

— Chi ! C'est quoi, cette main toute poisseuse ?

— Vaut mieux pas demander, ricane Pari.

— Pari se gratte les fesses, pas moi.

— Laisse-moi tranquille, me répond Didi.

Et je m'entends lui dire :

— Va donc enlever les morpions sur les couilles de ton petit copain coach. C'est ce que tu fais le mieux de toute façon.

Pari pousse un cri en se couvrant la bouche de ses deux mains. D'un pas décidé, je me dirige vers la grille de l'école et elle me rejoint en courant. Une fois devant la porte, je tourne la tête pour regarder Runu-Didi. Elle est toujours debout dans le couloir, appuyée contre un poteau. Le boutonneux se tient derrière, il adresse un grand sourire à ce qui doit être la caméra de son portable. Il passe la langue, lentement, sur ses dents. Didi a les yeux rivés vers le côté de la cour où le coach va commencer l'entraînement des filles, alors pas sûr qu'elle ait remarqué la présence de son admirateur numéro 1.

Personne aujourd'hui n'a parlé de Kabir et de Khadifa ; peut-être bien parce qu'ils ne sont pas dans notre école. Même le directeur n'a pas cité leurs noms lors du rassemblement, mais il nous a encore avertis de rester sur nos gardes en toutes circonstances.

— Runu-Didi m'a laissé rentrer tout seul, j'informe Ma quand elle est de retour. Elle est encore à l'école. Son coach doit vouloir l'entraîner plus longtemps.

Didi et moi on est fâchés, fini donc de garder nos secrets. C'est la règle. Didi comprendra.

Ma soupire et s'assoit sur le lit. Je regarde le réveil. Il est six heures, autrement dit six heures quinze ou six heures trente. L'entraînement de Didi devrait être terminé maintenant. Je suppose qu'elle traîne un peu pour embêter Ma et Papa. C'est idiot de faire ça.

— Runu doit être en colère, lâche Ma.

Elle ferme les yeux et commence à prier : « Seigneur, fasse que ma fille soit saine et sauve. » Elle le répète neuf fois puis ouvre les yeux.

— Les parents ne doivent pas frapper les enfants, je dis. On n'est pas dans l'ancien temps, comme quand tu étais petite.

Ma sort parler avec Shanti-Chachi. Je mets un autre pull par-dessus mon premier pull. Ma revient et me dit qu'elle et le mari de Chachi vont à l'école pour parler au coach.

— Je viens avec vous.

— Jai, pas aujourd'hui.

Ma s'en va. Dans ma tête, je demande pardon à Runu-Didi. Je la supplie de revenir. Je lui promets de ne plus l'embêter. Shanti-Chachi vient s'asseoir avec moi, elle me masse le dos et me conseille de respirer lentement.

— Où est ta mère, Jai ? me parvient la voix de Papa. Shanti, qu'est-ce qui se passe ?

Je prie de toutes mes forces. J'entends la voix de Runu-Didi. Elle est rentrée ! J'ouvre les yeux. Non, elle n'est pas là. Mes oreilles m'ont joué un tour.

— Comment ça, Madhu est allée la chercher ? crie Papa. Où est Runu ?

Quand la colère lui fait élever la voix, il paraît beaucoup plus grand. J'ai envie de me recroqueviller comme un mille-pattes ou de rentrer dans ma carapace comme une tortue et de ne jamais en sortir.

— Runu t'a dit quoi exactement ?

Papa s'adresse à moi. Je lui raconte tout, mais pas tout non plus, par exemple pas que j'ai dit à Runu « les couilles de ton petit copain coach ».

— Elle voulait parler à l'entraîneur ? demande Papa en m'attrapant par le col. Combien de temps crois-tu que ça prend ? Tu ne pouvais pas l'attendre ?

— Ne crie pas, supplie Shanti-Chachi. Jai n'est qu'un enfant.

— On ne l'a pas enlevée, je dis à Papa quand il lâche prise. Le coach a dû la convaincre de rester dans l'équipe.

Papa prend son portable et passe un coup de fil.

— Je vais à l'école tout de suite, je lance. Je vais ramener Runu-Didi.

— Shanti, tu peux le garder ? demande Papa, le téléphone appuyé contre son oreille gauche.

— Bien sûr.

— Haan, Madhu, dit Papa au téléphone, et il quitte la maison en courant.

Je me réfugie sur le lit de Ma et Papa, j'essaie de me mettre dans la tête d'un détective, mais je n'arrive pas à penser, il y a trop de bruit autour de moi. Les voisins n'arrêtent pas d'entrer pour nous demander, à Shanti-Chachi et à moi, si on a des nouvelles. Ils butent contre le baluchon où Ma a emballé nos affaires les plus précieuses, et voilà que nos livres et nos vêtements sont tout éparpillés. Ils se demandent si un musulman n'aurait pas pris Runu pour venger la décapitation de Baba Buffle. D'abord ils parlent à voix basse pour que je ne les entende pas, mais ils sont tellement excités qu'ils m'oublient vite et leurs voix montent comme des fusées. Shanti-Chachi leur dit de ne pas faire de suppositions tant que nous ne savons rien. Comme ils n'écoutent pas, elle menace de leur couper leurs langues empoisonnées.

Je me pince le bras pour me réveiller de ce cauchemar, mais je suis bien réveillé. Je me pose les questions que j'ai posées au frère et à la sœur de Bahadur. Je conclus que Runu-Didi se cache parce que Papa l'a frappée, même si c'était une seule gifle et que ça compte pas beaucoup.

Shanti-Chachi demande à ses copines du basti si elles savent où est Didi. Elles ne savent pas.

— Elle était comme d'habitude ce matin, à la pompe, dit l'une d'elles. Elle n'avait pas l'air contrariée.

Une chachi me demande si elle aurait pu aller dans une galerie marchande ou au cinéma, mais Didi n'a pas d'argent pour voir un film et on ne va jamais dans les galeries marchandes, les vigiles ne nous laissent pas entrer de toute façon. Shanti-Chachi appelle Ma sur son portable. Ma explique que Didi n'est pas à l'école, qu'elle et Papa vont maintenant aller chez ses coéquipières.

J'essaie de deviner où Didi pourrait se trouver. Moi, je me serais caché derrière une charrette dans le Bhoot Bazar, ou bien dans le kirana où Faiz travaille. Mais Runu-Didi ne peut pas se cacher dans ces endroits parce que c'est une fille, et puis elle ne connaît pas les boutiquiers, ils lui diraient de vite rentrer chez elle.

Toute la nuit, on cherche Runu-Didi. On ne la trouve pas. J'y crois sans y croire. Ma et Papa rentrent à la maison, les cheveux de Ma lui collent aux joues, les yeux de Papa sont rouges et exorbités. Je leur demande si je peux partir à la recherche de Didi. J'ai un plan secret : je vais retrouver Samosa et lui faire renifler sa piste. Ma m'ordonne de ne pas bouger.

Cette nuit, je l'ai déjà vécue. La nuit où Bahadur a disparu et aussi la nuit où Omvir, Aanchal, Chandni et Kabir et Khadifa se sont volatilisés.

Pari et sa mère arrivent. Pari s'assoit avec moi sur le lit et sa mère verse encore plus de larmes que la mienne. Faiz vient aussi avec son ammi.

— Qu'est-ce qu'ils font ici, ces mullahs ? lance une chachi, le menton pointé sur l'ammi de Faiz.

J'ai l'impression de flotter au-dessus de tout le monde, je les regarde pleurer, échanger des ragots. Certains ne semblent être là que pour se repaître de nos larmes et de nos mots. Ils emporteront nos malheurs entre leurs lèvres pointues comme des becs et en nourriront leurs maris ou amis absents.

— Il a frappé Runu comme si elle avait 2 ans, explique une femme. C'est Shanti qui me l'a dit. On ne lève pas la main sur une fille de cet âge.

— Ne les écoute pas, fait Pari.

— Tu ne dois pas réviser ?

— Ces examens ne comptent pas. Ils ne peuvent pas nous éliminer avant la troisième.

— Moi non plus, je ne passe pas les examens, dit Faiz. C'est pas grave.

Les pleurs de la mère de Faiz redoublent.

Papa se rend avec quelques hommes du côté de la décharge, du bazar et des hôpitaux.

Ce n'est pas en train d'arriver. C'est en train d'arriver. Dieu m'enfonce un tournevis dans la chair, sans jamais faire de pause.

Les gens parlent de Runu-Didi. *C'était une fille si gentille. Elle faisait toutes les corvées dans la maison, sans se plaindre. Elle parlait poliment à tout le monde, même quand il y avait des bousculades à la pompe. Cette histoire de course, ça lui serait passé dans un an ou deux, et ensuite elle serait devenue une épouse parfaite, une mère parfaite.*

Je ne sais pas de qui ils parlent. Je ne connais pas cette personne.

— Ma fille n'est pas morte pour que vous racontiez tout ça, dit Ma, la sueur perlant à son front.

Tout le monde se tait.

Quarante-huit heures. Quand un enfant disparaît, si on ne le retrouve pas dans les quarante-huit heures, c'est qu'il est probablement mort. Je ne sais plus si c'est vingt-quatre ou quarante-huit heures. Quoi qu'il en soit, Runu-Didi n'est pas morte.

— Tu te souviens de ce garçon plein de boutons ? je dis à Pari. Le camarade de classe de Runu-Didi qui la suit partout comme son chien ou je ne sais quoi ?

— Je connais ce type, dit Faiz. Ekdum nul.

— Il était à côté d'elle la dernière fois que je l'ai vue. Pari, tu te souviens ?

— Je vais le dire à quelqu'un, répond-elle. On va le trouver.

Quand je la regarde, je ne sais pas si elle est en colère ou triste, parce qu'elle parle comme elle le fait toujours, avec sa voix ni haute ni basse. Elle me fait comprendre que je ne dois pas trop m'inquiéter. Je la fixe sans m'arrêter pour que le tournevis sorte de ma poitrine, mais elle et sa mère en pleurs doivent maintenant me laisser si elle veut pouvoir demander aux bonnes personnes de chercher le boutonneux. Tout me fait mal, encore plus qu'avant.

— Jai, regarde, quelqu'un m'a donné ça aujourd'hui, dit Faiz.

C'est un billet vert froissé qu'il lisse entre ses mains.

— Un dollar américain.

— Tu crois que c'est le moment ? demande son ammi.

Faiz remet l'argent dans sa poche. Il a le nez qui coule.

Si Didi avait eu une amulette comme Faiz, est-ce qu'elle serait rentrée maintenant ?

On nous fait sortir, Ma et moi, parce que les visiteurs nous prennent tout notre air et qu'on suffoque tous les deux. On s'assoit sur le charpai devant la maison de Shanti-Chachi. Des larmes roulent sur les joues de Ma et elle ne les essuie même pas.

Je veux lui avouer que c'est de ma faute si Runu-Didi est partie. Je lui ai dit une chose atroce, et pire, l'autre soir, j'ai souhaité qu'un mauvais djinn la prenne à ma place. J'ai invité le djinn dans notre maison.

Les yeux de Ma forment un cercle autour de moi comme un stylo rouge entoure une réponse fausse. Je parie qu'elle aurait préféré que ce soit moi qui disparaisse plutôt que Runu-Didi. Je ne gagne aucune médaille. Je n'obtiens pas de bonnes notes aux examens. Je ne participe pas aux corvées de la maison. Pas une fois, je n'ai apporté l'eau de la pompe. Je mérite d'être enlevé. Le smog tourbillonne autour de mes oreilles et me répète en chuchotant : *Ça aurait dû être toi-toi-toi.*

Ma croise les mains sur ses genoux. Elle a des marques de brûlures et des entailles sur sa peau. Elle travaille trop, trop vite, ici à la maison et dans l'appartement de la riche patronne. Seule Runu-Didi l'aidait ; moi, jamais.

J'entends la voix de Pari. Elle joue des coudes dans la foule qui se presse autour de nous. « Poussez-vous, poussez-vous ! » crie-t-elle à nos voisins jusqu'à ce qu'elle atteigne le charpai.

— Ton papa est allé à l'adda du shaitan, m'apprend-elle. Il parle avec les camarades de classe de Runu-Didi. Même le boutonneux, il va lui parler. D'accord ?

Faiz nous rejoint.

— Jai, poursuit Pari, tu dois être fort pour ta maman.

— Laisse-le pleurer un peu s'il en a envie, dit Faiz.

Je n'ai pas envie de pleurer, mais je ne peux pas empêcher mes larmes de couler. Il y a une boule salée dans ma bouche que je n'arrive pas à cracher, alors je l'avale. Je vois Ma qui m'observe avec une expression bizarre, le menton et le cou inondés de larmes. *Pourquoi pleures-tu ?* me demande son visage. *Tu n'as jamais aimé ta didi. Tu te disputais tout le temps avec elle.*

Vers minuit, la foule commence à se dissiper. Pari doit partir parce qu'elle passe l'examen demain-aujourd'hui, et Faiz pour aller travailler. Pari me serre les mains très fort. Les siennes, habituellement glacées, sont chaudes d'avoir été au milieu de tant de gens.

— C'est ma faute, je lui chuchote. J'ai demandé au djinn d'emporter Runu-Didi et pas moi.

— Ne raconte pas de bêtises, répond-elle, mais elle parle d'une voix douce. Ce n'est pas toi le voleur. C'est quelqu'un de méchant, quelqu'un de notre basti.

— Les djinns se fichent de ce que tu leur dis, ajoute Faiz. Ils n'écoutent personne, ils font ce qu'ils veulent.

Bientôt il ne reste plus que moi, la mère de Bahadur et ma mère. La mère de Bahadur nous fait rentrer et va s'asseoir dans un coin, elle tousse, de temps à autre elle croise le regard de Ma et pleure. Elle raconte à ma mère le jour où elle a surpris Bahadur en train de cacher le couteau de cuisine dans son cartable. Elle lui avait demandé ce qu'il comptait faire avec, et il avait répondu : « Je le prends pour que Papa ne puisse pas te poignarder. »

— Il s'inquiétait tellement pour moi. Et qu'est-ce que j'ai fait pour lui ?

Elle ne tarde pas à partir elle aussi. Le smog se glisse par la porte entrouverte, il ternit nos ampoules déjà noircies.

Quand Papa rentre, seul, il secoue la tête :

— Elle n'est pas là-bas, dit-il à Ma, qui se met à sangloter plus fort, et Pa pleure lui aussi.

On dirait deux petits bébés.

— Tu es allé voir à l'adda du shaitan ? Tu as parlé au garçon qui tourne toujours autour de Runu-Didi ? Tu as vu son cartable quelque part ?

Je pose ces questions à Papa comme un détective, elles me paraissent débiles quand elles me parviennent aux oreilles ; j'ai l'impression de parler d'une inconnue, pas de ma sœur.

— Il a dit une chose bizarre, répond Papa en s'adressant à Ma, pas à moi. Il a dit qu'après avoir parlé au coach Runu est allée à l'adda du shaitan, comme l'appelle Jai. Comme si elle cherchait à se faire enlever. Il n'y a jamais personne là-bas, même en plein jour. Le garçon a dit – les épaules et la poitrine de Papa se soulèvent sous les sanglots – que Runu l'a repoussé. Si violemment qu'il est tombé. Après ça, il est rentré chez lui.

— Il est vraiment rentré chez lui ? je demande.

— Les voisins l'ont vu ce soir. Il a aidé leurs enfants à faire leurs devoirs.

— Pourquoi Runu aurait-elle fait ça ? gémit Ma.

— C'est de ma faute, répond Papa en se tirant les cheveux si fort qu'on croirait qu'il veut les arracher jusqu'au dernier. Tout est de ma faute.

Le matin, on se rend…

… au commissariat, où l'ammi de Faiz et Wajid-Bhai se trouvent déjà, debout devant le bureau de l'officier de police. Wajid-Bhai, le dos voûté, exige que justice soit faite ; les mots glissent tout seuls de sa bouche. Cela doit bien faire dix, douze jours à présent qu'il répète la même chose aux policiers. L'ammi de Faiz serre un dossier contre elle, elle le tend continuellement à l'officier qui fait celui qui ne voit rien.

Je regarde le sac en toile blanc que Papa a emporté. Dedans, Ma a mis le bocal de Parachute. Je regrette de ne pas avoir travaillé plus de jours, j'aurais rempli le bocal avec davantage de roupies. Ma ne l'a même pas ouvert pour voir combien d'argent il contenait.

Dans le sac, il y a aussi une photo de Runu-Didi. Je n'ai pas eu besoin de dire à Ma et Papa qu'il en fallait une pour enquêter sur une disparition d'enfant. Ils le savaient déjà. Sur la photo, Runu reçoit un diplôme pour une course qu'elle a remportée à l'école. Avec la personne qui lui remet le diplôme, elles sont à demi tournées vers l'appareil, et Didi sourit de ce sourire qui signifie qu'elle préférerait ne pas sourire. À son cou pend une médaille dorée, accrochée à un ruban orange.

Nous n'avons pas de vraies photos de Runu-Didi prises en studio, comme celles de Bahadur et de Chandni, et pas non plus de photos où toute la famille réunie pose devant les plis d'un rideau peint représentant le Taj.

Une femme en sari vert, la tête enveloppée de son pallu et protégeant son ventre de ses deux mains, s'arrête devant Ma.

— Mes enfants aussi ont disparu, dit-elle. Kabir et Khadifa.

— Vous avez parlé à la police ? demande Papa.

L'homme qui accompagne la femme enceinte, sûrement l'abbu de Kabir et de Khadifa, chuchote :

— Il faut les harceler pour qu'ils fassent quelque chose.

Ils nous prient de venir avec eux parler à l'officier qui, l'air bienveillant, hoche la tête en écoutant un homme vêtu comme s'il travaillait dans un bureau super chic. Un chauffeur de bus a cabossé sa voiture qui vaut plus de trois millions de roupies. Quand il entend le prix, le policier siffle comme s'il s'était brûlé les mains à l'eau bouillante.

— Ce n'est pas moi qu'il faut convaincre de l'innocence de votre fils, lance l'officier en direction de l'ammi de Faiz et Wajid-Bhai. Parlez à votre avocat. Le juge nous a autorisés à le garder quinze jours supplémentaires, lui seul peut nous donner l'ordre de le libérer.

Au moins, ils savent où est Tariq-Bhai, me dis-je, même si c'est horrible d'être en prison. Mais je préférerais savoir Runu-Didi en prison que dans la voiture d'un kidnappeur, dans un four à briques ou dans le ventre d'un djinn.

L'officier nous appelle. Il demande à Wajid-Bhai et à l'ammi de Faiz de partir. En passant devant nous, celle-ci tapote le bras de Ma.

Ma, Papa, l'abbu et l'ammi de Kabir et Khadifa se mettent à parler en même temps.

— Pas si vite, dit l'officier.

Le portable de Ma sonne, ça ne lui prend que deux

secondes pour couper l'appel, mais l'officier lui fait quand même la leçon :

— Je ne tiens pas une échoppe au bazar, ici, vous ne pouvez pas faire le tour du magasin en prenant le temps de décider ce que vous voulez acheter ou pas.

— C'est ma patronne, se justifie Ma. Elle doit se demander pourquoi je ne suis pas encore arrivée.

Papa tend la photo de Runu-Didi à l'officier en précisant qu'elle est la meilleure athlète de son école, peut-être même de tout l'État. Il dit qu'une fois plus âgée, elle participera aux compétitions nationales et à celles du Commonwealth. Runu-Didi va rire quand je lui raconterai comment Papa s'est montré fier d'elle : *Qui aurait pensé qu'il aurait un seul mot gentil pour moi ?* Et puis, ça me revient : je n'entendrai peut-être plus jamais sa voix, ceux qui ont disparu ne sont pas revenus. Les yeux me brûlent comme si je les avais frottés avec de la purée de piment. J'ai mal à la poitrine.

— Je t'ai déjà vu, toi, dit l'officier en agitant un dossier sous mon nez. Tu t'ennuyais, alors tu faisais l'école buissonnière.

Ma et Papa me fusillent du regard.

Je ne vois pas la chaîne en or de la mère de Bahadur autour du cou de l'officier. Peut-être qu'il l'a vendue et qu'il a partagé le fric avec l'agent.

— Est-ce que vous allez mettre la photo de Runu-Didi sur Internet et l'envoyer aux autres commissariats ?

— On a qui, ici ? Byomkesh Bakshi incognito ?

L'officier éclate de rire comme si sa vanne était super bonne. Je me mords l'intérieur des joues, comme fait Faiz, pour ne pas pleurer.

Papa prend le bocal de Parachute dans le sac et le pose sur le bureau de l'officier.

— On peut en avoir plus.

— Vous croyez que j'ai besoin d'huile capillaire ? fait l'officier, qui saisit malgré tout le bocal, l'ouvre et regarde à l'intérieur.

Les ammi-abbu de Kabir et Khadifa ont l'air encore plus abattus. Ils n'ont peut-être pas d'argent à donner au policier.

L'officier rend la photo de Didi à Papa.

— Internet ? je demande à l'officier.

— En panne pour le moment.

Ma et Papa le supplient.

— Revenez dans deux jours, finit-il par lâcher en secouant la tête, comme si c'était nous qui n'étions pas raisonnables.

— On n'a pas de deuxième bocal de Parachute pour le payer encore une fois, je dis à Papa une fois dehors.

— Au moins, vous, il vous a écoutés, dit l'abbu de Kabir et Khadifa. Nous, il nous a menacés de faire démolir notre basti qui ne lui apporte que des ennuis.

Ma lève les yeux vers le ciel, comme si elle espérait que Dieu descende nous donner une réponse, mais le smog, dans son manteau bien zippé, ne laisse pas passer le plus petit filet de lumière.

Papa et Ma décident d'aller voir dans les hôpitaux où Papa n'a pas pu se rendre la nuit dernière. Je crois qu'ils veulent parler des urgences, mais peut-être aussi des morgues, et ils ne veulent pas prononcer « morgues » devant moi.

La riche patronne de Ma l'appelle de nouveau sur son portable. Cette fois, Ma décroche. Elle explique qu'elle ne peut pas venir travailler aujourd'hui. La riche patronne n'est pas sur haut-parleur, mais on l'entend quand même. *Tu viens quand ? Demain ? Après-demain ? Je dois trouver une nouvelle bai pour faire ton travail ? Ta fille a dû partir avec un garçon ! Il paraît que cela arrive très souvent dans votre quartier.*

Ma ne répond pas, elle tire les fils qui pendent au bout de son pallu.

— Deux jours, Madame, dit-elle enfin. C'est tout ce que je demande. Pardonnez-moi de vous donner autant de soucis.

Quand elle a raccroché, Papa dit qu'il va aller dans les hôpitaux avec l'abbu de Kabir et Khadifa. Ma et l'ammi de Kabir et Khadifa rentreront à la maison avec moi.

— Les morgues ne me font pas peur. J'en ai vu dans *Police Patrol* : ce sont des frigos en métal qui doivent sentir le désinfectant.

Les adultes prennent leur air épouvanté comme si je venais de prononcer un mot tabou parce qu'il porte malheur.

— Tu ne voudrais pas plutôt aider ta mère à chercher Runu dans le bazar ? me suggère Papa.

Lui et l'abbu de Kabir et Khadifa montent dans un rickshaw à moteur. Ma, l'ammi de Kabir et Khadifa et moi, on se dirige vers le Bhoot Bazar. Les véhicules nous dépassent à toute vitesse, mais ils ne font plus autant de bruit qu'avant. Il y a comme un mur de verre qui me sépare désormais du reste du monde.

Avec Ma, on remonte toutes les allées du Bhoot Bazar, et on pose des questions sur Runu-Didi. On la décrit, encore et encore.

— Elle a 12 ans, dit Ma.

— 13 dans trois mois.

Mon anniversaire tombe un mois après celui de Didi.

— Elle a une queue-de-cheval, avec un élastique blanc, ajoute Ma.

— Un salwar-kameez gris et marron. L'uniforme de l'école.

— Elle est grande comme ça, reprend Ma, en indiquant ses épaules.

— Elle avait des chaussures noir et blanc.

— Et un cartable, de couleur marron.

Ça ne donne rien, mais tout vaut mieux que de rester à la maison. Ma appelle Papa sans arrêt, et elle pousse un gros soupir de soulagement chaque fois qu'il lui dit « rien, rien ». Je prie Dieu, je prie Maboul, je prie les fantômes qui errent dans le Bhoot Bazar et dont je ne connais pas le nom. Je ne veux pas que Runu-Didi soit à la morgue. *Pitié, pitié, pitié.*

On arrive dans l'allée du theka. L'anda-wallah est en train de réceptionner une livraison d'œufs, entassés sur des caisses en plastique fixées au siège arrière d'une moto, des mains d'un homme qui n'a pas retiré son casque. Quarter et ses acolytes se moquent d'un ivrogne qui somnole par terre. Ils lui enfoncent les pieds dans les côtes. Quarter ne passe jamais ses examens. Pour lui, aujourd'hui est un jour comme un autre.

Ma va parler à Quarter de Runu-Didi. Je ne crois pas que Ma sache qui il est, mais Quarter sait de qui elle parle. Il ouvre grande la bouche, claque des doigts en direction de ses laquais, sort un portable de la poche arrière de son jean noir et parcourt l'écran de haut en bas. S'il a enlevé Runu-Didi, il le cache bien ; il a l'air extrêmement surpris.

— C'est celle qui court tout le temps, c'est ça ? dit-il, les yeux rivés sur son portable. Elle est dans l'équipe de relais ?

Ma hoche la tête, peut-être étonnée de la célébrité de Runu-Didi.

Quarter nous demande d'attendre et marche de long en large tout en passant des appels. Il ordonne à sa bande de *chercher Runu, partout*. Il apprend à Ma qu'il est le fils du pradhan.

— Mon père est préoccupé par ce qui se passe dans votre basti. Il fait tout ce qui est en son pouvoir.

— Votre père ne peut-il pas aller parler à la police ? demande Ma.

— C'est ce qu'il fait, répond Quarter. Rentrez chez vous maintenant. On vous donnera des nouvelles.

Je parle à Ma de Samosa, je lui dis qu'il est capable de reconnaître les odeurs. Ma m'écoute à peine, elle répond seulement « ne t'approche pas des chiens errants, ils ont la rage ». Nous passons devant le tea shop de Duttaram et je lui explique que Runu-Didi a disparu.

— Qu'est-ce qui ne tourne pas rond dans ce monde ? s'exclame-t-il. Qui fait ça à nos enfants ?

Ses enfants à lui sont à l'école, en sécurité, et même pas dans notre basti.

Il propose à Ma un peu de thé, *pas besoin de me payer*, mais elle refuse.

Samosa sort de sous la charrette, secoue les brins de coriandre noircie que le vendeur de samosas s'est amusé à jeter sur son pelage, et vient renifler mes jambes. Samosa peut retrouver Runu-Didi en me flairant. C'est ma sœur.

— Tu sais où elle est ?

Je l'encourage à courir.

— Jai, viens ici, m'appelle Ma.

Je me lève, et Samosa repart aussitôt se réfugier sous la carriole. Il ne pourra pas trouver Runu-Didi en me reniflant. Je sens trop mauvais.

On cherche encore et encore Runu-Didi, dans tout le bazar et aussi dans la décharge, où nous demandons aux petits chiffonniers et à Bottle-Badshah s'ils l'ont vue.

J'essaie de deviner qui aurait pu l'enlever. Pas le chacha de l'atelier de réparation parce qu'il est en prison, pas le boutonneux, et pas Quarter non plus, parce que manifestement il ne savait pas qu'on l'avait kidnappée. Il reste les djinns et les criminels que je ne connais pas.

Les larmes creusent des rides sur les joues de Ma et autour de ses lèvres, qui semblent bleuir. Elle s'appuie sur moi quand nous reprenons enfin le chemin de la maison et je penche légèrement sous son poids. Les voisins nous regardent.

Une fois que nous sommes rentrés, Ma sort le cadre contenant le diplôme de Runu-Didi de notre baluchon d'objets précieux et le débarrasse des dupattas qui l'enveloppent.

— Tu te souviens du jour où elle a gagné ça ?

Non, je ne m'en souviens pas. Ma ne vient presque jamais à l'école, je ne crois pas qu'elle ait déjà vu Runu-Didi courir.

— L'une des coéquipières a lâché le témoin ce jour-là, raconte Ma. Mais Runu courait tellement vite, son équipe a gagné quand même.

On frappe à la porte. C'est Fatima-Ben. Elle force Ma à accepter une boîte qu'elle lui tend.

— Rotis et subzi, rien d'un festin, dit-elle.

Puis elle parle de Baba Buffle.

— Mon cœur brûle depuis que je l'ai trouvé… dans cet état. Qui ferait une chose aussi cruelle, et pourquoi, je ne peux même pas l'imaginer. Rien de comparable à ce qui t'arrive, bien sûr…

Quand elle s'en va, Ma place la boîte sur l'étagère de la cuisine.

Shanti-Chachi aussi apporte de la nourriture, enveloppée dans du papier d'aluminium.

— Des puris, ce que tu préfères, Jai, dit-elle.

Je pose sa gamelle par-dessus celle de Fatima-Ben.

Ma et Shanti-Chachi sortent pour parler de choses sérieuses.

Je regarde les livres de Runu-Didi rangés contre le mur. Ses vêtements sont accrochés à des clous. Son jogging pour le yoga est plié sur un tabouret, il attend vendredi, le jour du cours.

Je sens son odeur sur ses vêtements et sur son oreiller que le poids de sa tête a creusé au milieu. Si je le regarde suffisamment longtemps, le kidnappeur ou le djinn qui a volé Didi la laissera partir. Je regarde et je regarde. Mes yeux me font mal, mais je ne les détourne pas de l'oreiller.

RUNU

Quand la sonnerie retentit, tous les élèves quittèrent aussitôt la classe, mais elle resta derrière son pupitre, prit son temps pour ramasser ses livres, en lissa les pages cornées, puis arrangea les plis de son dupatta de façon à obtenir un V bien dessiné sur sa poitrine. Elle sentait l'âpreté de son uniforme amidonné, soigneusement trempé plusieurs heures dans de l'eau de riz, puis rincé et suspendu à une corde à linge sur laquelle il séchait lentement, en s'imprégnant de toutes les odeurs de la ruelle : épices, smog, crotte de chèvre, pétrole, fumée des feux de bois et des bidis. « Pourquoi se donner la peine de le laver ? » se plaisait à dire sa mère. Le soir, après l'entraînement, l'uniforme était de toute façon poisseux, trempé de sueur.

Ma ne comprenait pas pourquoi Runu se donnait tant de mal pour ces quelques heures durant lesquelles son uniforme semblait sortir de chez le repasseur. Ma ne la comprenait pas. Personne ne comprenait.

Maintenant la classe était vide, les murs noircis par les toiles d'araignée et les doigts tachés d'encre, le tableau aux contours craquelés blanchi par des années de craie. Telles des vrilles indisciplinées, des volutes de smog pénétraient par les fenêtres qui fermaient mal. Elle entrevoyait sa vie comme une série de malentendus, elle se détestait – et détestait le monde – pour ça.

Elle effleura la joue que son père avait giflée la veille au soir. Elle pouvait encore entendre le bruit, la main qui prenait son élan puis en sifflant volait vers elle, raide et tétanisée. Ce moment d'humiliation n'avait heureusement pas laissé de trace sur sa peau, mais une part d'elle-même aurait voulu que son visage soit défiguré pour que même les étrangers puissent dire qu'un homme n'avait pas besoin, comme Laloo l'Ivrogne, de boire jusqu'à plus soif pour être un mauvais père.

Sa décision était ferme. Elle ne rentrerait pas à la maison (ni aujourd'hui, ni jamais). Elle ne porterait plus de boucles d'oreilles (ni aujourd'hui, ni jamais).

Une fois les livres rangés dans son cartable, elle sortit dans le couloir où son frère, jubilant, relatait les événements de la veille en sifflant – *et là, il a giflé Runu-Didi* – à son amie Pari, une fillette cent fois plus intelligente que lui et qui ne se privait pas de le lui faire savoir. Runu lui dit de ne pas l'attendre, et cet âne cracha une injure encore plus obscène que d'habitude.

Depuis la naissance de Jai, elle éprouvait pour lui un mélange de dégoût et de fascination ; il parvenait, lui semblait-il, à arrondir les aspérités de la vie avec ses rêveries, avec cette assurance que le monde prêtait aux garçons (et que, chez les filles, on jugeait comme un défaut ou la preuve d'une éducation désastreuse). Au moins, cette nuit, elle ne serait pas obligée de dormir avec les odeurs qui lui collaient à la peau, tantôt celles de la boucherie du Bhoot Bazar, tantôt celle du thé à la cardamome, et toujours, en hiver, celle de la crasse qui le recouvrait parce qu'il refusait de se laver à l'eau froide.

Runu s'appuya contre un poteau dans le couloir et regarda son frère s'éloigner. Derrière elle se tenait un garçon de sa classe. Où qu'elle aille, Pravin était toujours là, au stade où elle s'entraînait, dans les boutiques où elle achetait la farine et l'huile, à la pompe du basti où sa mère et elle marquaient leur place dans la queue avec leurs jarres pendant qu'elles allaient bavarder avec leurs amies. Au moins, il ne cherchait pas à lui parler.

Elle se sentait étrangère au monde. Le sentiment n'était pas nouveau, il était là depuis quelque temps. Les autres filles souriaient à leur reflet déformé sur les surfaces vitrées, mais son corps à elle était devenu une telle énigme qu'elle parvenait à peine à le regarder quand elle versait dessus un broc d'eau froide dans l'une des salles obscures des toilettes publiques. Ses amies voyaient le bourgeonnement des seins et le port du soutien-gorge comme quelque chose d'exotique, mais à ses yeux, l'arrivée des règles avec leur cortège de douleurs signifiait seulement faire une croix sur d'autres libertés. Les mois où sa mère ne pouvait pas acheter de protections, elle devait se servir de chiffons pliés à l'odeur de sang impossible à faire partir.

Ces derniers temps, il lui fallait éviter les taches sur ses vêtements et se méfier des garçons qui la reluquaient quand elle courait – même ceux qui s'entraînaient avec le coach le matin. Celui-ci avait beau les chasser, ils se débrouillaient toujours pour grimper à une échelle ou dans un arbre pour les filmer, elle et les autres filles, en zoomant sur leurs seins qui, pour être honnête, étaient presque inexistants. Les vidéos étaient ensuite partagées dans l'école, les garçons classaient les filles en fonction de leurs attributs physiques et griffonnaient des notes – *Cinq étoiles ! Trois étoiles ! Une étoile !* – sur les murs des toilettes, où tout le monde pouvait les lire.

Runu souleva la lanière de son sac qui lui rentrait dans l'épaule. Elle faisait comme si ces classements ne lui faisaient ni chaud ni froid, mais ils devenaient parfois une obsession. Pourquoi avait-elle trois étoiles et pas quatre comme Jhanvi, ou même cinq comme Mitali ? Pourquoi deux étoiles à Tara, qui avait tout d'une future Miss Univers ? Les jours où ils revoyaient leurs notes, les garçons les draguaient, Tara et elle, comme s'ils estimaient avoir plus de chances qu'elles acceptent de sortir avec eux quand leur confiance en elles était au plus bas. La dévotion de Pravin à son égard, bizarrement, ne faiblissait jamais quelle que soit la teneur des graffitis.

Runu n'avait aucune envie de tomber amoureuse, ni de Pravin ni des garçons plus âgés qui s'habillaient comme des héros de films, et certainement pas de Quarter le gangster, dont le regard mitraillait toutes les filles qui passaient. L'amour, elle n'en voulait pas. Tout ce qui l'intéressait, c'était de monter sur le podium et de pencher la tête pour recevoir une médaille d'or (nationale ? d'État ? de district ? *de quelque chose*). Mais, en attendant, elle était une mauvaise fille aux yeux de ses parents et, un jour, elle deviendrait une mauvaise épouse aux yeux d'un inconnu. Une athlète privée de sa place dans l'équipe de l'école, voilà à quoi elle se résumait maintenant et à quoi se résumerait son avenir, encore que l'avenir en question lui parût une simple éventualité, une déchirure dans le smog annonçant le soleil, mais pas vraiment.

— Ce n'est pas au tour des filles de s'entraîner, maintenant ? demanda Pravin, qui s'était enfin décidé à venir de son côté du poteau pour lui parler.

Il pointa le nez en direction du coin de la cour où le coach lissait le sol avec le bout de ses chaussures en toile éculées. C'était dans cette cour jalonnée de poubelles-pingouins, de balançoires et de toboggans qu'elle s'entraînait, mais cela ne l'empêchait pas d'être plus rapide que la majorité des élèves venant d'écoles privées. Sa vitesse, c'était sa force. Sans elle, elle n'était rien, une non-personne. À cette pensée, elle eut l'impression qu'on lui écartait les côtes. Une douleur atroce lui déchira la poitrine, sa tête se mit à palpiter.

— Tu ne te sens pas bien ? demanda Pravin, d'une voix frêle, comme s'il avait du mal à réaliser qu'il lui parlait en vrai.

Elle plaqua son dos contre le poteau, regarda les autres filles de l'équipe – non, Harini ne serait jamais aussi rapide qu'elle – hocher la tête pendant que le coach donnait ses instructions. Le souffle lui manquait. L'image devant ses yeux se mit à gondoler et s'effondra sur elle-même. Pravin posa la main sur son épaule, au-dessus de la lanière de son sac.

— Runu, Runu…

Sa voix dissipa l'engourdissement qui déformait sa vision. Elle repoussa son bras, tordit la bouche :

— Ne me touche pas !

— Tu as failli tomber dans les pommes, dit-il.

Les pustules sur son visage étaient plus rouges que jamais.

— Laisse-moi tranquille, fit-elle en piquant un sprint vers la cour.

Le coach lui adressa un signe de tête :

— Je savais que tu n'abandonnerais pas.

— Je ne suis pas là, lança-t-elle, et le simple fait de le dire lui fit monter les larmes aux yeux.

— Je n'aime pas qu'on regarde mon équipe s'entraîner, répondit le coach, avec sa sévérité habituelle. Si tu ne les rejoins pas – il fit un grand geste vers les filles –, je te demanderai de partir.

Ses coéquipières, haletant, soufflant, la dévisagèrent, surprises, quand elle leva légèrement la main en un geste qui, espérait-elle, associait salut et adieu. Ces filles déterminées (même Harini) étaient sa tribu, ses rivales aussi ; elles couraient pour décrocher une bourse d'études sportives, ou avaient l'ambition d'obtenir, après la fac, un poste de fonctionnaire grâce aux quotas sportifs. Elle les enviait. Elle se rappelait leurs voyages en groupe, les compétitions entre établissements, les secrets partagés, bons, mauvais et honteux, et elle ne savait pas ce qu'elle ferait sans elles, sans espoirs, sans rêves.

Le ciel bas rognait le toit de l'école. Elle quitta la cour et s'éloigna dans la ruelle. Par terre, des emballages et des bols en papier d'aluminium vides bruissaient en jetant de petits éclats vifs. Tout était désert. Les marchands ambulants avaient transporté leurs charrettes là où il y avait des clients. Elle se sentait seule, d'une solitude effrayante, mais pas à cause des mauvais djinns qui faisaient peur à son frère, ni des hommes qui, ayant bu la gorgée de trop de desi-daru, cherchaient à pincer les fesses de toutes les femmes qui passaient. Elle était quoi, sinon une athlète ?

Ses parents la laisseraient-ils reprendre l'entraînement quand les enlèvements auraient cessé ? Elle imaginait son père dire : « Fais réviser ses maths à Jai. » Et sa mère : « Il faut aller chercher de l'eau tous les soirs. » Comme si elle n'existait que pour s'occuper de son frère et de la maison. Plus tard, elle devrait de la même façon s'occuper de son mari, et ses mains sentiraient les galettes à la bouse de vache. Ses rêves à elle ne comptaient pas. Personne, lui semblait-il, n'était capable de voir l'ambition qui vibrait en elle ; nul ne l'imaginait *devenir* quelqu'un.

Parvenue au Bhoot Bazar, elle s'arrêta un instant pour resserrer sa queue-de-cheval. Autour d'elle, sur les murs éclaboussés de paan, des publicités pour des cours d'informatique, pour des formations dans la banque et dans les assurances, et des affiches électorales. Elle se fit toute petite en passant sous le regard concupiscent des marchands de carottes, de radis, de poivrons. Elle aurait voulu être un garçon, parce qu'eux avaient le droit de s'asseoir sur des canalisations en fumant des bidis sans que personne leur dise rien.

Elle entra dans un magasin de tissus et, tandis qu'elle flânait, la vendeuse l'observait d'un œil soupçonneux. Runu lui demanda de sortir de l'étagère derrière le comptoir une pièce de corsage bleue comme la mer (elle savait que la mer était bleue parce qu'elle l'avait souvent vue à la télévision). La vendeuse hésita, cherchant à deviner ce qu'une jeune fille vêtue d'un uniforme aussi pitoyable pourrait faire de ce tissu chatoyant. Runu inventa une histoire de mariage auquel elle était invitée, sans cesser de penser à ses coéquipières en train de courir, et elle eut mal de ne pas sentir le goût de la terre dans sa bouche, les grains de poussière dans ses yeux, les battements de son cœur, et cette vision d'elle en pleine course stoppa net son histoire de faux mariage, de telle sorte que la vendeuse s'exclama avec étonnement : « La mariée s'est enfuie ? Et le mariage, alors ? »

Elle avait dû laisser des mots s'échapper, sans le vouloir, comme quand elle parlait dans son sommeil. Gênée, Runu froissa le tissu entre ses doigts et dit : « Non, ça n'ira pas. »

Elle tourna les talons, sortit précipitamment du magasin puis du bazar et courut jusqu'à la route. Avec ses épaules et son cartable, elle bousculait des hommes et des femmes inconnus. Puis elle heurta un enfant en bas âge ; il tomba sur le côté et se mit à crier, alors qu'apparemment il n'avait rien. Sa mère balança son sac de courses sur Runu et la manqua d'un millimètre. Devant cet accès de violence, Runu accéléra le pas. Mais où allait-elle ? Tout le monde s'en fichait, elle la première.

En longeant la route, elle sentit l'odeur des épis de maïs grillant sur des braises, elle regarda les marchands de bhel puri porter leurs paniers presque vides en équilibre sur la tête et replier leurs étals en osier ; une autre journée de dur labeur venait enfin de s'achever. Les dalles de pierre sur le trottoir oscillaient sous chacun de ses pas. Les gens sifflaient parce qu'elle bloquait le passage. Ils devinaient à son allure qu'elle marchait sans but. Eux avaient des dîners à préparer, des métros à attraper, des enfants à surveiller. La foule se dissipa un instant, et elle put voir un jeune homme debout, le torse bombé, à côté d'une boîte en fer montée sur roues proclamant :

EAU FILTRÉE
LA PLUS FRAÎCHE ! LA PLUS PURE ! LA PLUS LIMPIDE !
2 ROUPIES LE VERRE SEULEMENT

Il la regarda, bouche bée, comme si elle était folle ; ce qui, tout bien considéré, était peut-être le cas. Sur la route, les voitures filaient, telles des queues de comète, à toute vitesse. Sa mère devait être rentrée et déjà malade d'inquiétude. Runu entendait la voix de Jai émettre des suggestions stupides, volées dans *Police Patrol*, pour la retrouver. Ses parents l'écouteraient probablement. Jai n'était pas Runu. Il n'était pas une fille. Elle retourna ses mains et observa les cals sur ses doigts, témoins de tous les seaux d'eau qu'elle avait transportés, de toutes les brinjals qu'elle avait coupées, de toutes les chemises qu'elle avait lavées. Les flammes de cuisson avaient laissé des traînées noires sur ses mains. Telles étaient les lignes de vie creusées dans ses paumes, celles qui scellaient son destin.

Le vendeur d'eau s'approcha, hésitant. Sur la route, le klaxon d'un autobus résonnait comme un cri sans fin.

— Tu es perdue ? Qu'est-ce que tu fais là ?

« De quoi tu te mêles ? » maugréa-t-elle, mais seulement dans sa tête. Elle se détourna et s'éloigna, se rappelant la raison pour laquelle elle avait commencé à courir, et à courir vite ; elle ne voulait pas qu'on lui demande pourquoi elle se mouchait le nez, mangeait des gol-gappas ou regardait la pluie tomber du ciel. Nul recoin de sa vie ne lui appartenait, nul recoin du monde non plus. La piste d'athlétisme, c'était l'unique endroit où elle pouvait être seule même sous le regard de centaines d'yeux ; là, il n'y avait plus qu'elle et le bruit sourd de ses chaussures contre la terre.

— Runu ? fit une voix chevrotante d'hésitation.

Pravin s'avança, les mains dans les poches.

— On raconte que des enfants ont été enlevés ici, dit-il. Tu ferais mieux de rentrer.

Elle jeta un regard à la ronde et, voyant le transformateur électrique entouré de sa clôture métallique, comprit qu'elle était dans l'adda du shaitan que Jai avait mentionnée dans ses histoires. Quelque chose l'avait entraînée ici, la colère, le chagrin, ou une émotion qu'elle ne saurait pas nommer.

— Runu, chalo. Ne reste pas là.

— Essaie le Clearasil, fit-elle doucement. Ça pourrait marcher.

— Tu n'as que trois, dit-il.

Runu ne comprit pas tout de suite de quoi il parlait.

— Trois, c'est beaucoup plus que moins cent, ta note à toi.

Elle fut étonnée, et ravie, que son cerveau ait trouvé une si bonne repartie.

Il était au bord des larmes, mais il s'en alla.

À présent, l'adda du shaitan était déserte. Runu sentit son sang cogner de plus en plus vite dans ses tempes. Les djinns avaient beau ne pas exister, c'est bien ici que se produisaient les disparitions. Elle ne voulait pas devenir un numéro, un totem pour l'Hindu Samaj. Elle avait des rêves. Encore. Dans un an ou deux, elle trouverait le moyen de quitter la maison, mais pour l'instant il lui faudrait s'accommoder de leur unique pièce et de son air vicié.

Surgie de l'obscurité, une voix d'homme arriva sur elle en trombe :

— Qu'est-ce que tu fais ici ?

Puis une voix de femme :

— Tu sais ce qu'on dit des filles qui traînent dehors à cette heure ?

Où qu'on aille dans ce basti, on n'était jamais tranquille bien longtemps. Elle aurait dû s'en douter.

Papa dit qu'on organisera une patrouille…

… ce matin, dès que le smog laissera passer un peu de soleil dans le basti.

— Il aurait fallu monter la garde dans votre adda du shaitan, me dit-il. Dès les premières disparitions. On a vraiment été inconscients.

Je n'ouvre pas la bouche. Il ne s'est pas encore écoulé quarante-huit heures depuis que le boutonneux a vu Runu-Didi pour la dernière fois ; ce sera ce soir. Il nous reste un jour entier pour la retrouver.

Quand la patrouille commence, notre groupe se limite à Papa, Ma, l'abbu de Kabir et Khadifa, Shanti-Chachi et moi ; d'autres ne tardent pas à se joindre à nous, des hommes qui n'ont pas besoin de travailler pendant la journée, des grands-pères et des grands-mères, et quelques femmes qui portent des petits bébés étroitement enveloppés dans des châles et des dupattas. Personne ne traite l'abbu de Kabir et Khadifa de terroriste ; peut-être que nous, les hindous, ne haïssons plus les musulmans.

Papa frappe à toutes les portes, écarte tous les rideaux, demande *Où est ma fille ? Vous l'avez vue ? Regardez cette photo, regardez bien, regardez attentivement.* Si Ma connaît la maîtresse de maison, elle dit : *Tu voyais Runu à la pompe, tu te souviens ?*

Les parents de tous les autres enfants disparus nous

accompagnent, sauf l'ammi de Kabir et Khadifa et les parents de Chandni. Même Laloo l'Ivrogne est là. Notre patrouille compte peut-être cinquante personnes maintenant, ou même soixante-dix.

On frappe à d'autres portes. Une femme que Ma connaît de la pompe lui dit : « C'est le mauvais sort. Quelle chose horrible. » Et elle regarde, pleine de reconnaissance, le bébé qu'elle tient dans ses bras, sain et sauf.

Une autre dit que Ma aurait dû se montrer plus sévère avec Didi. « Cette histoire de course à pied, je savais que ça ne pouvait pas bien finir. On ne laisse pas les filles sortir seules. »

Le visage de Ma se tord de douleur, comme si elle avait reçu un coup de poignard.

La nouvelle de notre patrouille se répand dans le basti et le Bhoot Bazar. Quarter débarque avec son gang. Ses yeux furètent partout, des soubresauts nerveux agitent ses jambes et ses bras. Je ne sais pas si c'est parce qu'il s'inquiète pour Runu-Didi ou s'il sait quelque chose qu'il ne peut pas nous dire.

Si c'est Quarter le voleur d'enfants, il ne devrait pas être là. Ou alors il est venu pour détourner les soupçons. Quelle est la bonne hypothèse ? Pari connaîtrait la réponse, elle. Mais Pari est en train de passer son examen de sciences sociales.

— Mon père va parler à un ministre, explique Quarter à Papa. Il va insister pour qu'on mette sur le coup la police spéciale.

— Tu nous prends pour des crétins pour nous faire croire à des mensonges pareils ? lance quelqu'un dans la foule.

— Qui a dit ça ? crie Quarter.

Mais personne ne se dénonce.

— Ton père, est-ce qu'il habite seulement encore ici ? demande Papa.

— Retrouvons d'abord votre fille, répond Quarter.

Il entre de force dans les maisons comme s'il allait découvrir Runu-Didi ligotée à l'intérieur. Personne ne proteste, pas même la vieille femme en train de se déshabiller quand Quarter enfonce sa porte d'un coup de pied. Elle s'enveloppe juste d'un drap à la hâte.

Je vois des sœurs aînées s'occuper de petits bébés, des familles encore indemnes, où personne ne manque, pas la moindre chèvre ou le moindre chaton.

On fait le tour du Bhoot Bazar. On a la gorge sèche. Quelqu'un nous donne de l'eau. Un autre, du thé. La mère de Bahadur ne quitte pas la mienne, mais elle se déplace sur la pointe des pieds comme si elle craignait de marcher sur la tristesse de Ma ; pourtant, même plus ancienne, sa tristesse à elle doit être aussi grande et aussi énorme.

— La décharge ! crie quelqu'un.

Je me mets à courir, avec Ma, Papa et tous les autres. Je trébuche et je tombe.

Les mains de Ma m'aident à me relever.

— Ils ont peut-être trouvé Runu. Peut-être qu'elle se cachait quand on y est allés hier.

Ses yeux brillent comme ceux d'une folle, ses cheveux sont tout défaits, et autour de sa bouche, la salive a laissé des traces d'écume desséchée. J'ai envie de la croire, mais je ne peux pas. On ne trouve jamais rien de bon à la décharge.

— Renvoyez les femmes et les enfants chez eux, rugit une voix d'homme en s'adressant à notre patrouille.

Je ne vois pas qui c'est, je suis trop petit.

— Vous êtes qui, pour nous dire ce qu'on doit faire ? aboie une femme pour toute réponse.

Je me suis entaillé la main dans ma chute. Elle brûle et palpite. Des grands se prennent des vêtements accrochés à des cordes à linge dans le visage. Ils se poussent, se bousculent et crachent des injures. Des coudes me cognent la figure. Je crie mais personne n'entend, c'est un cri silencieux.

— Nous avons le droit de savoir ce qui se passe avec nos enfants, lance une femme. Nous leur avons donné la vie, pas vous.

La foule avance et nous emporte avec elle. Comme une tempête. Ma, Papa et moi on est des cerfs-volants aux cordes cassées, poussés par le vent. Il doit y avoir une centaine de gens autour de nous, deux cents peut-être. L'air, chargé d'odeurs de pourriture, d'excréments, de caoutchouc et de batteries en combustion, tremble sous l'effet de notre peur et de notre colère.

On entre dans la ruelle qui fait face à la décharge. Il y a plus de place, les gens se dispersent et je peux enfin voir ce qui se passe.

Quarter, le père d'Aanchal, le press-wallah et le père de Kabir et Khadifa se tiennent près de Bottle-Badshah et des petits chiffonniers. Je prends la main de Papa et je m'approche avec lui.

— Allez, raconte, n'aie pas peur, dit Bottle-Badshah à un de ses petits morveux.

Le garçon a mon âge, il porte un collier jaune en perles de verre autour du cou et serre entre ses doigts un sac en toile couleur de terre. Je ne crois pas que Ma et moi on lui ait parlé hier.

— Mes gosses sont toujours à l'affût, explique Bottle-Badshah à l'intention de Quarter, comme s'il savait à qui il faut s'adresser ici. Celui qui rapporte les meilleurs objets gagne le plus d'argent.

Je me demande ce que les enfants ont pu trouver. Je veux savoir. Je ne veux pas savoir.

Une fillette aux cheveux retenus par un bandeau rouge pousse le garçon au collier de perles.

— Vas-y, dis-leur.

Il se tait.

Elle, je la reconnais ; c'est la fille qui faisait voler l'hélicoptère cassé quand on est venus ici avec Faiz. Elle n'a pas l'air de se souvenir de moi.

— Arrey, dit-elle, on a vu un homme faire un grand trou au milieu des ordures, il avait caché quelque chose sous sa couverture. Personne ne creuse autant pour faire la grosse commission.

Je regarde autour de moi. Partout, des petits feux, de la fumée, des cochons, des chiens.

— Quand il est parti, on est allés voir – pas trop près au début, au cas où il aurait vraiment fait caca. Et puis on a vu une plante grande comme ça – la fille place sa main à la hauteur de sa taille – avec un chiffon blanc noué autour. Il n'était pas sale, le chiffon. Tout est sale ici, même nous, regardez.

Elle nous montre ses mains noires de suie.

— C'est moi qui l'ai trouvé, dit enfin le garçon au collier de perles. J'ai retiré la plante et j'ai regardé en dessous. Je me suis dit que l'homme avait caché quelque chose qui coûte beaucoup d'argent. Quelque chose qu'il avait volé et qu'il ne voulait pas montrer à sa femme ou à sa mère. Et voilà ce que c'était…

Il baisse les yeux sur le sac qu'il tient à la main.

Bottle-Badshah le lui prend et en sort une boîte en plastique bleue couverte de boue et d'immondices. Elle fait la longueur de son avant-bras et pas plus de trente centimètres de large. Il ouvre le couvercle, mais tout se passe au-dessus de ma tête. Le père d'Omvir pousse un cri. Le père de Kabir et Khadifa aussi.

— C'est… ? demande Papa.

Bottle-Badshah me regarde et baisse la boîte pour que je puisse voir à mon tour :

— Cet élastique… C'est celui de ta didi ?

Il y a plein de trucs là-dedans, une bague lumineuse en plastique blanc, des colliers de perles, une paire de lunettes de soleil noir et jaune, repliée, des bracelets rouges, des chaînes de cheville dont la matière argentée a noirci par endroits, un bandeau orné d'une rose en papier sur le côté, un téléphone HTC et, en dessous, un chouchou blanc. Il pourrait appartenir à Didi, mais aussi à quelqu'un d'autre.

— Jai ? fait Papa, la voix presque brisée, comme s'il m'implorait.

— Le téléphone est à Aanchal. La bague lumineuse à Omvir.

Le père d'Aanchal prend le portable, le retourne.

— Oui, c'est bien le sien.

— Les lunettes de soleil, ce sont celles de mon fils, dit l'abbu de Kabir et Khadifa. Et les bracelets rouges peut-être ceux de Khadifa. Je ne suis pas sûr.

— Vous êtes tous venus ici chercher vos enfants…

Bottle-Badshah marque une pause comme s'il prononçait un discours, mais moi j'aimerais bien qu'il se dépêche.

— … Vous m'avez dit ce qu'ils portaient sur eux.

Il regarde le père d'Aanchal.

— Je me souviens, vous m'avez parlé du téléphone HTC de votre fille. Vous m'avez demandé de vous appeler si je voyais quelque chose de ce genre revendu d'occasion dans le bazar. Et, petit – cette fois, c'est moi qu'il regarde –, quand ta mère et toi vous êtes venus hier, elle m'a parlé de l'élastique de ta sœur. Dès que les enfants m'ont apporté cette boîte, et que j'ai vu son contenu, j'ai compris que c'était grave.

— L'homme qui l'a enterrée, il est où ? demande Papa.

— Les enfants ne l'ont pas suivi, malheureusement, parce qu'il leur a fallu un certain temps pour trouver la boîte. Quand ils me l'ont apportée, il était déjà loin.

— Il était grand, dit le garçon au collier de perles. Comme un arbre.

— Très costaud, acquiesce la fille à l'hélicoptère. On aurait dit un lutteur.

Ma respiration se bloque dans ma gorge.

— Il portait une montre en or ? je demande quand je parviens finalement à articuler.

— Sais pas, répond l'un des petits chiffonniers.

Il boit à une brique de jus de mangue écrasée. J'ai envie de donner un coup de pied dedans.

— Hatta-khatta, une vraie armoire à glace, dit un autre.

Et alors je sais.

Je me tourne vers Quarter. Il connaît le Lutteur. Mais je ne peux pas lui poser la question parce qu'il s'est écarté pour parler dans son portable, la main sur la bouche pour qu'on n'entende pas ce qu'il dit.

La mère de Bahadur, Laloo l'Ivrogne et ma mère se fraient un chemin dans la foule pour nous rejoindre.

— Qu'est-ce que c'est ? Qu'est-ce que c'est ? répète Ma.

— Une boîte avec quelques objets qui semblent appartenir aux enfants disparus, explique Bottle-Badshah.

Ma prend le chouchou.

— Remets-le, je lui dis. C'est une pièce à conviction.

— On n'est pas dans ton émission stupide ! hurle Ma. Qu'est-ce qui ne va pas chez toi ? Je ne veux pas t'entendre une seconde de plus.

Ma le sait, c'est de ma faute si Didi a disparu. Des larmes brûlantes jaillissent de mes yeux. Papa me serre contre lui.

— Bahadur ? demande sa mère.

Bottle-Badshah lui tend la boîte et elle fouille à l'intérieur.

— Il n'y a rien à lui là-dedans.

— C'est possible que quelque chose soit tombé pendant que les enfants jouaient avec. Ils ne l'ont pas fait exprès – ce ne sont que des enfants. Ils n'avaient pas conscience de ce qu'ils avaient trouvé.

Le garçon touche son collier de perles comme pour certifier que c'est bien le sien.

— Où avez-vous trouvé ça ? demande la mère de Bahadur aux petits chiffonniers. Vous pouvez m'y emmener ?

Deux des enfants s'éloignent dans le flot d'ordures. La mère de Bahadur soulève le bord de son sari et les suit. Laloo l'Ivrogne lui emboîte le pas, mais il tombe dans les immondices et elle doit l'aider à se relever. Ça va prendre une éternité. On n'a pas le temps. Il faut retrouver le Lutteur. C'est lui qui retient Runu-Didi prisonnière.

— Papa, je dis, j'ai vu cet homme au tea shop de Duttaram.

Je regarde Ma. Elle s'apprête à hurler de nouveau, alors je fais court.

— Je crois qu'il habite près de l'adda du shaitan. On devrait y aller.

Ce n'est qu'une supposition, mais comme c'est là qu'ont eu lieu les kidnappings, sa maison doit se trouver dans le coin.

— Mes petits vont vous accompagner, dit Bottle-Badshah. S'ils le voient, ils le reconnaîtront, pas vrai ?

Les enfants hochent la tête mais, à voir leurs visages, ils n'en sont pas si sûrs.

Quarter nous informe qu'il a appelé la police. Ils vont venir avec des JCB pour retourner les ordures et fouiller bien comme il faut. Mais la mission de ces engins, c'est de raser nos maisons, pas de retrouver Runu-Didi. Elle n'est pas dans les ordures.

— Le kidnappeur est un membre de ton parti, je dis à Quarter avant que Ma ait le temps de m'en empêcher. Tu le connais. Il ressemble à un lutteur.

— Je ne crois pas, répond Quarter.

Bien que sa voix soit calme, il serre les poings et ses articulations sont devenues blanches.

— Il travaille au Golden Gate, mais il habite dans notre basti. Il a assisté à la puja du baba-frappeur. Je l'ai vu parler à ton père.

— Beaucoup de gens parlent à mon père.

— On va fouiller l'adda, d'accord, Jai ? me propose Papa, un peu comme s'il avait pitié de moi.

— J'attends ici l'arrivée de la police, dit Bottle-Badshah.

Je regarde la boîte dans ses mains. Il y a trop d'empreintes dessus maintenant, et celles des kidnappeurs se sont peut-être effacées.

— Tu ne devrais pas rester ? demande Papa à Quarter qui nous suit, accompagné de ses acolytes. Les policiers ne nous écoutent pas, mais toi, ils t'écouteront.

Quarter agite son mobile sous le nez de Papa :

— Ils me préviendront quand ils arriveront. Ça prendra un certain temps, surtout s'ils doivent faire venir les JCB.

Il me fait signe avec son index en forme de crochet.

— Ce kidnappeur, il s'appelle comment ?

— Sais pas.

J'ai l'impression qu'il va me donner un coup de poing, mais il me laisse rejoindre Papa et Ma.

Ceux qui habitent près de l'adda du shaitan disent qu'il y a un seul hatta-khatta dans le quartier, et ils nous indiquent sa maison. On frappe à sa porte. Un vélo, noir, éclaboussé de boue, est appuyé contre le mur à côté d'une rangée de bidons vides. Le Lutteur sort, l'air fâché.

— C'est lui, je dis à Papa en chuchotant.

— C'était lui, confirme le garçon au collier de perles, d'un hochement de tête énergique.

— Arrêtez-le ! crie la fille à l'hélicoptère, et elle se tourne vers moi, le regard triste.

Quarter et ses acolytes saisissent le Lutteur par le col de son tee-shirt gris. Il se débat avec une telle force que les autres tombent tous en tas sur le côté.

— Qu'est-ce que vous lui voulez, à mon mari ? crie une femme en sortant précipitamment de la maison pour prendre sa défense.

Son sari est de travers, et ses bracelets s'entrechoquent quand elle s'accroche à la manche du Lutteur.

Notre patrouille est suffisamment nombreuse pour former un cordon autour de lui. Il ne peut pas se débarrasser de tout le monde. Papa, Ma et moi, on se rue dans la maison. Runu-Didi est forcément à l'intérieur.

La maison est composée d'une seule pièce, comme la nôtre, et Didi n'est pas là. Ma étouffe un cri et ressort, la démarche pesante.

Quelqu'un allume la lumière. Je regarde sous le charpai, il y a plein d'ustensiles en vrac. Je les soulève. Les acolytes de Quarter ouvrent des bocaux de farine, dont ils vident le contenu par terre. Des couvercles volent et tintent, des étagères en bois clouées au mur se décrochent, des voix m'encerclent comme des volutes de fumée. Je glisse sur le sucre et la farine répandus par terre, mais je continue à ramper dans tous les coins à la recherche du moindre indice. Runu-Didi était-elle ici ? Je ne sais pas. Papa et quelqu'un d'autre – c'est le press-wallah – fouillent dans les vêtements, même pas lavés. D'autres veulent entrer, mais il y a trop de monde à l'intérieur. Le père d'Aanchal demande à certains d'entre nous de partir, de le laisser chercher les affaires de sa fille. Je sors avec Papa, ma main dans la sienne.

L'air est comme de la bourbe, lourd de cris, d'imprécations et d'insultes. Les acolytes de Quarter ligotent les mains du Lutteur à l'aide d'une corde. Il porte sa montre en or au poignet, elle est cassée. Un mouvement de foule, des poings qui se serrent, des muscles qui se tendent, des jambes et des bras qui jaillissent pour le frapper. Le bruit des coups ressemble à celui des tranchoirs sanguinolents qui découpent la viande dans la boucherie d'Afsal Chacha au Bhoot Bazar. Mon cœur pompe le sang, trop vite, jusqu'à l'intérieur de mes oreilles.

La femme du Lutteur hurle et pleure. Une femme lui serre la gorge en lui conseillant de se taire, *ou sinon*... Le vélo que j'ai vu tout à l'heure gît maintenant à terre, le cadre tordu, les pneus crevés. Je me souviens des écorchures que j'avais remarquées au poignet du Lutteur dans le tea shop de Duttaram. Est-ce Bahadur et Omvir qui les lui ont faites en essayant d'échapper à ses griffes ? Il a le corps entièrement lacéré à présent, et les rayures rouges sur sa peau se ressemblent toutes.

Quatre policiers débarquent, dont l'agent et l'officier que j'ai vus de nombreuses fois. Quarter les prend à l'écart pour leur parler. L'officier n'a pas un regard pour la mère de Bahadur, à qui il a pourtant pris la chaîne en or.

L'irruption de la police n'apaise en rien la fureur qui règne dans la ruelle. Le Lutteur se recroqueville sous les coups de poing et de pied qui ne faiblissent pas. Autour de moi, tout se déroule au ralenti. Le smog monte et descend ; les lumières passent du bleu au gris ; un homme se gratte les aisselles ; une question fouette l'air : *Est-ce qu'il se pourrait que les enfants soient… non, pas morts !*

Le grondement dans mes oreilles enfle. Le sang coule sur les lèvres fendues du Lutteur, mais il ne prononce pas un mot. « Où sont les enfants ? » demande chaque homme qui lui porte un coup. Mille questions, et une seule réponse : le silence.

Je m'approche de Quarter. Il est en train de dire aux policiers que le Lutteur s'appelle Varun. Il est venu à quelques réunions de l'Hindu Samaj, mais Quarter ne le connaît pas, et son père non plus. Les policiers posent quelques questions aux petits chiffonniers : *Qui a vu Varun enterrer la boîte ? Qu'y a-t-il à l'intérieur ? Où est-elle ?...* Je ne les vois pas prendre de notes dans un carnet comme le fait Pari.

Je hurle :

— Où est Runu-Didi ?

Dans ma bouche, les mots ont un goût de rouille. Je ne comprends pas ce qui se passe. Je ne peux pas penser comme un détective, je ne suis pas détective. Les policiers me regardent puis détournent les yeux.

Le pradhan arrive en rickshaw. Les policiers forment un demi-cercle autour de lui. Il joint les mains, il dit « merci d'être venus ».

— Je ne peux pas croire que quelqu'un qui vénère notre baba soit un criminel, dit le pradhan. Quand Eshwar m'a appelé et m'a tout raconté, j'en ai eu le cœur brisé.

Je me demande qui est Eshwar, et puis je comprends qu'il s'agit de Quarter.

Le pradhan s'avance vers Ma et la mère de Bahadur, qui se lève. Le père d'Aanchal et le press-wallah ressortent de la maison de Varun, chancelants, les mains vides.

— C'est votre ami, dis-je en poussant les jambes des adultes pour qu'il puisse me voir. Varun le Lutteur. Je vous ai vu lui parler. Demandez-lui où il a enfermé ma didi !

— Selon Eshwar, Varun travaille un peu pour le Samaj, reprend le pradhan, en s'adressant non à moi, mais à la foule. Le Samaj compte tant de membres, et je parle à tant de gens, j'ai bien peur de ne pas connaître cet homme personnellement.

Il n'accorde pas un regard à Varun.

— Soyez sûrs que nous ferons toute la lumière là-dessus. Vous avez ma parole.

— Mais où est ma fille ? demande Ma.

— Et mon fils ? ajoute la mère de Bahadur.

— Pourquoi on a trouvé leurs affaires dans une boîte ? je dis.

— Quand ce sera le moment, répond le pradhan.

— Vous attendez qu'on soit tous morts ? demande Ma, la voix douce et posée. Alors, ce sera *le moment* d'agir ?

Les policiers menottent Varun et sa femme, ils disent qu'ils les emmènent à la décharge.

— Il va nous montrer ce qu'il a caché d'autre, nous explique l'un d'eux. Comme les enfants ne se trouvent pas chez lui, et comme il semble avoir gardé des souvenirs de tous ceux qu'il a enlevés, on devine bien ce qu'il a pu faire d'eux.

— Qu'espèrent-ils trouver là-bas ? demande le press-wallah à mon père tandis qu'on suit les policiers. Nos enfants n'y sont pas.

Il sait pourtant ce qu'ils cherchent ; on le sait tous. On entend les policiers demander à Varun et à sa femme :

— Vous les avez coupés en morceaux et jetés dans les ordures ?

— Pour qu'ils soient dévorés par les chiens et les porcs ?

— Dis-le, fils de pute ! Je vais te faire parler.

Les gens sortent de leurs échoppes et nous observent. « Que se passe-t-il ? » veulent-ils savoir. Les boutiquiers musulmans roulent leurs calottes en boule dans leurs mains et nous regardent, puis se détournent.

— Runu-Didi est vivante, j'affirme à Papa.

Varun a dû la cacher quelque part, peut-être dans une usine désaffectée ou un entrepôt. Les trafiquants vendent les enfants volés, ils ne les tuent pas. À qui le Lutteur a-t-il vendu Didi ? Ou bien Varun est-il un djinn qui a pris l'apparence d'un humain ?

Papa remonte la file et lui saisit le bras :

— Ma fille, Runu, où est-elle ?

Le sang coule sur le pull et le visage meurtri de Varun. Il toise Papa de ses yeux tuméfiés, un sourire narquois aux lèvres.

Parvenus à la décharge, les policiers interrogent de nouveau Bottle-Badshah et les petits chiffonniers, qui tiennent maintenant la boîte en plastique bleue dans leurs mains ; ils ne portent pas de gants.

— Pourquoi votre mari est-il en possession de ça ? demande l'un des policiers à la femme de Varun.

— On n'a rien à voir avec ça, dit-elle.

— Où les avez-vous enterrés ? ajoute un autre policier.

— Nulle part. On ne sait rien.

Le pradhan reste à l'écart des ordures, comme s'il craignait de souiller son kurta-pyjama. Il compose des numéros sur son portable, l'un après l'autre. Quarter va et vient entre les policiers et lui pour jouer les messagers.

Je ne comprends pas pourquoi ils perdent leur temps comme ça. On dirait que ma tête va exploser. J'interpelle un petit chiffonnier qui passe :

— Les enfants disparus sont enterrés dans les ordures ?

— On vous l'aurait dit, non ?

Le moteur crachotant, une jeep de la police s'arrête

devant la décharge. Elle est suivie d'un JCB jaune et d'un fourgon de police aux vitres protégées par des grillages. D'autres policiers et policières, je n'en ai jamais vu autant, descendent des véhicules et s'enfoncent dans les immondices. Les lettres P et O manquent sur le côté de la jeep, et on lit LICE.

— Appelle le père de Chandni, crie un homme à un autre. Il doit être au travail. Il a demandé qu'on le prévienne s'il y avait du nouveau.

— Appelle-le, toi, je n'ai pas son numéro.

La police forme un cordon dans la partie de la décharge où les petits chiffonniers ont découvert la boîte. Varun et sa femme sont conduits au centre. L'excavatrice avance vers le cordon, ses chenilles écrasent les ordures et sa longue pince fait des bonds en avant.

Des hommes et des femmes de notre basti marchent derrière l'engin. Des policiers claquent des doigts et de la langue, ils ordonnent à tout le monde de repartir.

Une vieille femme lance une poignée de pelures noircies sur un agent dont la chemise est dépourvue d'insigne en pointes de flèche. D'autres ne tardent pas à bombarder les policiers avec tout ce qu'ils trouvent par terre, cailloux, pierres, emballages en plastique, journaux roulés en boule, lambeaux de vêtements, briques en carton.

— Traîtres ! hurlent-ils. Tueurs d'enfants ! Assassins !

Une pierre atteint l'officier au genou. Il glapit et se met à sautiller sur une jambe. J'espère qu'elle est cassée.

— Arrêtez, arrêtez ! plaide Quarter. Ils sont là pour travailler. Laissez-les faire.

L'officier de police se fraie un chemin au milieu des ordures et regagne sa jeep en boitant.

— Recommencez ça, et on s'en va ! crie-t-il. On repart avec le JCB !

Ça met un terme aux jets de pierres. Deux petites

chiffonnières se partagent une carotte pleine de terre et pouffent entre chaque bouchée. Le bruit de l'excavatrice fait fuir les cochons. Bottle-Badshah marche de long en large, surveillant son royaume ; il empêche les enfants de fouiller les immondices devant la police.

— Vous allez finir en maison de correction, les menace-t-il.

On attend, on attend, et on attend, Papa, Ma et moi. On pleure chacun à notre tour. Je pleure le premier, ensuite Ma, puis Papa.

— Mes garçons et mes filles, ce sont eux les vrais héros, raconte Bottle-Badshah à un homme qui faisait partie de notre patrouille. Sans eux, on n'aurait jamais arrêté ce criminel. Je le dis à tout le monde, parce que demain on les aura oubliés et l'Hindu Samaj s'attribuera tout le mérite.

Le badshah m'aperçoit entre Ma et Papa. Sa main couverte de cendre s'avance pour ébouriffer mes cheveux. Je me recule dans le sari de Ma et le chandail boutonné qu'elle porte par-dessus.

— Ne t'inquiète pas, ma fille, dit Bottle-Badshah en s'adressant à elle. La police pose les bonnes questions. Enfin.

Une policière vêtue d'une chemise et d'un pantalon kaki, une matraque dans une main et une casquette dans l'autre, s'approche de Ma pour lui parler de Runu-Didi.

— Vous ne prenez même pas nos plaintes, lui dit Ma. C'est pour ça qu'on est tous tellement en colère.

— Je travaille dans un chowki qui dépend du commissariat central, répond la policière. Mais je ne peux pas expliquer à ces gens ce qu'ils doivent faire.

Elle tapote le bras de Ma. Toutes les deux ont l'air gênées.

Il doit s'écouler près d'une heure, je ne suis pas vraiment sûr. Le JCB continue à déplacer les ordures. Ils n'ont rien trouvé. Je ne peux pas dire si c'est une bonne ou une mauvaise nouvelle. Ceux dont les familles sont au complet et ne comptent aucun disparu bavardent autour de nous, ils s'improvisent détectives. *Pourquoi Varun a-t-il fait ça quand a-t-il fait ça comment a-t-il fait ça ?* Pour eux, c'est comme un jeu de devinettes.

Je ne supporte plus de les écouter. Ma non plus. Elle se lève et se rue sur Varun. Je cours derrière elle, Papa aussi. Runu-Didi aurait couru quatre fois plus vite que nous. On finit par atteindre le cordon.

— Demandez-lui de me dire où est ma fille ! crie Ma.

La policière qui disait travailler dans un chowki lui barre la route, la paume à quelques centimètres de son visage.

— Un peu de patience.

Elle l'empêche d'avancer.

Les chiens aboient frénétiquement. Samosa n'est pas là, il doit se cacher sous la charrette près du tea shop de Duttaram. Varun chancelle comme s'il avait bu, il a une entaille à son sourcil, entourée de sang noir coagulé. Sa femme pleure.

La pince de la pelleteuse fouille de nouveau les ordures. Elle dégage un sac en plastique noir.

— Qu'est-ce que c'est ? crie une voix près de ma mère.

C'est le père d'Aanchal.

Un policier prend le sac souillé à mains nues, l'ouvre et le retourne. Il en tombe un tas de vieilles vidéocassettes de films hindis.

— Qu'est-ce que tu as fait à mon Aanchal, espèce de bête ? hurle le père de la jeune fille.

Les yeux de Varun sont tuméfiés. Son menton retombe contre sa poitrine. Un policier le pousse avec une matraque. Il redresse la tête.

C'est la fin de l'après-midi, pas encore quarante-huit heures. Bottle-Badshah demande à ses chiffonniers d'étendre des sacs par terre pour qu'on puisse tous s'asseoir. Je sais que Runu-Didi n'est pas cachée dans les ordures, mais Varun sait où elle est, et s'il reste suffisamment longtemps au milieu de ce déluge de pierres qui lui entament la peau, peut-être que la vérité sortira de sa bouche.

La mère et le père de Chandni arrivent. Les gens tournent autour d'eux comme des vautours.

Le pradhan n'est plus là. Je ne l'ai pas vu partir. C'est Quarter qui a pris les commandes. Ses acolytes lui apportent de la nourriture du Bhoot Bazar dans des boîtes en plastique. Ils mangent debout en cercle.

Pari surgit à côté de moi avec sa mère, qui a dû quitter son travail plus tôt pour aller la chercher à l'école. Faiz n'est pas avec elle.

— On nous a raconté, fait Pari.

Sa mère sanglote.

Je me pousse un peu pour faire de la place à mon amie sur le sac blanc souillé. Elle s'assoit, son épaule contre mon épaule et sa main dans la mienne.

— Ton examen ?

— Fastoche, répond-elle.

Je ne lui demande pas si elle croit que Varun est un djinn. Je sais ce qu'elle va dire.

Laloo l'Ivrogne se bouche une narine avec l'index, et de l'autre expulse un filet de morve. Ma et la mère de Bahadur discutent, têtes baissées, les joues mouillées de larmes. Une autre jeep arrive avec de nouveaux policiers. Varun s'effondre par terre. Les policiers le réveillent à coups de pied ; de leurs bouches pleuvent des crachats en cascades qu'il ne peut essuyer parce qu'il est menotté.

— Non, non, pitié, pitié ! crie sa femme.

Ma se lève et, tel un fantôme, va errer près du tas d'ordures. Une arête de poisson est collée à la semelle de sa sandale gauche. La mère de Pari marche avec elle, répétant « Runu va revenir, c'est sûr ». Mais elle ne cesse de pleurer.

— J'aimerais que ma mère arrête, dit Pari.

L'air se refroidit. Le smog nous lèche de sa langue galeuse et grise, et on frotte nos yeux rougis. Que cache la police derrière le cordon ? Ont-ils trouvé des corps ? On a mis Runu-Didi dans un sac en plastique ? Je ne peux pas y penser, je ne veux pas y penser. La pelleteuse grogne, fait des bips et des drings, avance et recule, crache et tousse.

— La nuit tombe, haan, dit Laloo l'Ivrogne.

Ce doit être le moment où d'habitude il va au daru acheter sa ration de gnôle pour le soir.

— Pars, si tu veux, crache la mère de Bahadur, avec le même dégoût que le mien.

Faiz et Wajid-Bhai arrivent. Les habitants du basti et les marchands du Bhoot Bazar leur ont appris ce qui se passait.

— Tu ne dois pas aller travailler ? je demande à Faiz.

Je sais qu'il continue de remplir les rayons du kirana après avoir passé sa journée à vendre des roses.

— Pas ce soir.

Il s'assoit au bord de notre sac, mais en grande partie sur le sol jonché d'ordures. Ses mains sont couvertes de piqûres d'épines et sa voix est rauque, sans doute à force de respirer les gaz d'échappement sur la route.

— Vous n'êtes pas allés au commissariat ? demande

Pari à Wajid-Bhai. Ils ne peuvent pas garder Tariq-Bhai en prison puisque cet homme – elle tend le bras vers le cordon de police – a été pris. Sur le fait.

— Si. Ils disent que ça prendra du temps. Mais on va relâcher Tariq-Bhai, j'en suis sûr.

Il y a de l'excitation dans la voix de Wajid-Bhai, même s'il s'efforce de garder un visage impassible. C'est comme si une pierre coupante descendait dans ma gorge.

Le pradhan est de retour à la décharge. Il parle aux policiers puis tape dans ses mains : il s'apprête à prononcer un discours.

— Varun et sa femme vont maintenant être emmenés au commissariat, dit-il. Ils refusent de coopérer, et la police n'a rien trouvé d'autre dans les ordures.

— On ne pourrait pas apporter des lampes de chantier pour qu'ils continuent à travailler pendant la nuit ? demande le père de Chandni.

— Ils reviendront demain, dit le pradhan. Vous savez déjà qu'Eshwar – mon fils – a travaillé pour vous sans relâche aujourd'hui. Et je me suis démené de mon côté. Rappelez-vous la puja que j'ai organisée ? Petit à petit, nos prières sont exaucées.

— Mais nos enfants, sanglote l'abbu de Kabir et Khadifa. Ma femme, elle va bientôt accoucher, elle ne peut pas subir toute cette angoisse.

— Et Runu ? demande Papa.

— La police doit remplir les formalités nécessaires pour engager des poursuites contre cet homme et son épouse. Il y a des procédures à suivre. Laissez-les faire leur travail.

— S'ils l'avaient fait, leur travail, on n'en serait pas là aujourd'hui, lance un homme.

— Inutile de nous mettre la police à dos maintenant, dit le pradhan. J'irai personnellement au commissariat pour vérifier que tout se passe dans les règles.

— D'après Duttaram, le Lutteur travaillait dans un immeuble de riches. Tu te souviens de son nom ? me demande Faiz.

— Le Golden Gate.

— Peut-être qu'il séquestre Runu-Didi dans l'immeuble.

— Sa patronne ne le laisserait pas faire.

Mais je repense aux méchantes patronnes que j'ai vues dans *Police Patrol*, et je me trouve vraiment idiot d'avoir oublié un truc aussi important. Comment ça se fait ? Je dois devenir fou. Je n'ai plus les idées claires.

Je parle à Papa et à Ma de cet appartement de riches. Selon Faiz, certains peuvent rester vides pendant une éternité parce que les riches habitent dans d'autres pays ou d'autres villes et ne viennent que de temps en temps. Ma dit que c'est vrai. Papa rapporte le tout au pradhan et à Quarter, qui sont sur le point de partir.

— Il faudrait y aller, dit Papa.

— Pas de temps à perdre, ajoute Ma. Ma fille est peut-être là-bas en ce moment.

— Ce sont des gens haut placés qui habitent dans cet immeuble, répond le pradhan, irrité. Je suis certain qu'ils ne connaissent même pas ce basti. Ce n'est pas de leur faute si on a arrêté leur employé.

— Vous pouvez sûrement demander à la police d'aller voir, dit Papa.

— Le Golden Gate n'est pas un tea shop où on entre boire un verre de thé quand on en a envie.

Des policiers poussent Varun et sa femme à l'arrière du fourgon. Les gens lui crient des insultes, le traitent d'enculé et de fils de pute.

— Ils n'ont pas eu un mot pour nos enfants, dit le press-wallah quand le fourgon et le JCB s'éloignent.

— Je me rends immédiatement au commissariat,

reprend le pradhan. Je vais leur parler de cette histoire de Golden Gate. Je vous appelle.

Quarter demande à un laquais de prendre le numéro de portable de tout le monde. Puis ils s'en vont.

Cela fait presque quarante-huit heures maintenant, et on ne sait toujours pas où se trouve Runu-Didi.

La décharge est devenue un océan…

… noir et bruissant, sauf aux endroits où couvent les braises orange des feux de charbon. Pari me tire par la main.

— Il nous faut des réponses, dit l'abbu de Kabir et Khadifa. On doit obliger les gens du Golden Gate à nous ouvrir.

— Qu'ils voient de quoi on est capables, ajoute le papa d'Aanchal en frappant sa poitrine sifflante.

Laloo l'Ivrogne prend la direction de la décharge :

— On y va !

La mère de Bahadur lui court après et le ramène.

Notre longue procession s'ébranle, passe devant Bottle-Badshah, maintenant allongé sur son charpai-trône devant sa maison.

— Soyez prudents ! nous lance-t-il.

Des inconnus se mêlent à notre groupe, attirés sans doute par nos enjambées furieuses. Leur journée a dû être banale et insipide, comme les miennes auparavant, et les voilà impatients d'assister à un pugilat pour avoir une histoire intéressante à raconter demain au tea shop.

Passé la décharge se dressent les premiers immeubles de riches, dans des rues plus larges, moins accidentées, recouvertes d'asphalte, plantées de margousiers et de cassiers. Pari et Faiz restent près de moi. Je préférerais qu'ils ne voient pas ma tristesse, mais je suis quand même content qu'ils soient là.

Dans la rue sombre, une meute de chiens errants aboie et prend en chasse ses ennemis congénères. Jamais Samosa ne montrerait une telle hargne.

On parvient à une rue latérale, dont la pente monte vers le Golden Gate. Elle est bordée de réverbères et de plantes emprisonnées dans des cages. L'immeuble n'est pas doré, plutôt un mélange de crème et de jaune. J'imagine Runu-Didi, le visage collé à la fenêtre d'un appartement, dessinant de son souffle un cercle humide sur le carreau.

Papa et d'autres hommes du basti s'adressent aux vigiles installés dans deux bureaux près des grilles d'entrée et de sortie. Des caméras en circuit fermé nous reniflent de leurs nez pointus. Dans leurs voitures de luxe et leurs jeeps, des riches franchissent les barrières. Des stickers Golden Gate sont collés à leur pare-brise pour que les vigiles sachent qu'ils ont le droit d'entrer.

— Comment quelqu'un aurait pu faire passer Bahadur, et Aanchal, et Runu-Didi, à travers tout ça ? demande Pari. Ils en auraient fait, du bruit !

— Si Varun avait une voiture, il a pu les cacher à l'intérieur, dit Faiz. Ils – il indique les vigiles – ne regardent pas les sièges arrière si tu habites ici, ils connaissent ton visage, ils te laissent passer. Mais la question est : comment Varun aurait-il eu une voiture ?

Impossible. Il n'a qu'un vélo. Est-ce que ça veut dire que Runu-Didi n'est pas là ?

Papa et les autres sont toujours en train de parlementer avec les vigiles, ils lèvent la voix et les bras. L'un des vigiles s'énerve : « C'est quoi, ce cirque ? Ce tamasha a trop duré, on appelle la police ! »

— Allez-y, dit le papa d'Aanchal. Vous croyez qu'on a peur ?

Le son des sirènes nous oblige à faire volte-face. Aujourd'hui, la police est partout. Pour une fois.

Il y a juste ce qu'il faut d'espace entre les gens pour me permettre de voir les souliers d'un policier qui claquent dans la rue. Des souliers marron, pas noirs comme ceux des officiers : c'est un inspecteur. Un homme, au balcon d'un appartement du premier étage, nous filme avec son portable.

L'inspecteur parle aux vigiles, puis se tourne vers nous et nous précise qu'il a appelé la propriétaire du penthouse où travaillait Varun.

— La propriétaire n'est pas là en ce moment mais, croyez-moi, nous effectuons toutes les vérifications. Seulement n'oubliez pas que des gens importants habitent ici. Essayons de faire le moins de bruit possible.

On attend, une fois de plus. Pari apprend grâce à quelqu'un qu'on appelle « appartement penthouse » l'appartement situé au dernier étage.

« Protège ma fille », prie Ma à côté de moi. Elle répète sa prière neuf fois, comme elle l'a fait toute la journée.

Je lève les yeux. J'imagine que Runu-Didi ouvre une baie vitrée donnant sur le balcon de l'appartement du dernier étage et saute pendant qu'on se précipite tous pour la rattraper avant que sa tête ne s'écrase par terre.

Un autre fourgon de police arrive. Des agents déambulent, tranquillement, comme s'ils se promenaient dans un parc.

— Où est ce Varun ? Et sa femme ? demande Pari qui est allée aborder l'un d'entre eux.

— En cellule, répond l'agent. Ils ne reverront pas le ciel de sitôt.

— Qui a envie de voir ce ciel ? dit son collègue en riant. Il est empoisonné. Ils sont mieux en prison, sans cet air irrespirable.

La foule grossit devant le Golden Gate. Je ne sais pas d'où viennent tous ces gens… De notre basti ou d'ailleurs ?

Les vigiles laissent passer une voiture argentée aussi grosse qu'une jeep, qui s'arrête juste après la grille. Pari, Faiz et moi, on se fraie un chemin vers les barrières pour voir ce qui se passe. Ma, la mère de Pari et Wajid-Bhai viennent avec nous.

De la voiture descend une femme à la chevelure noire et soyeuse retombant sur ses épaules. Elle est vêtue d'un salwar-kameez blanc et or, et chaussée de sandales à talons de la hauteur d'un crayon. De la main gauche elle tient un sac noir, de la main droite un portable. L'inspecteur est autorisé à lui parler. Je ne distingue pas bien le visage de la femme. Elle agite la main vers nous – la foule du basti –, sans cesser de composer des numéros ou de répondre à des appels sur son portable.

L'obscurité s'épaissit. L'inspecteur termine sa conversation avec la femme et ressort. La jeep disparaît derrière les murs. Un vigile propose à l'inspecteur un fauteuil en plastique, et celui-ci grimpe dessus comme sur une estrade. Les agents maintiennent les accoudoirs et le dossier.

— Madame, dit-il, est horrifiée et peinée d'apprendre la tragédie dont votre bidonville a été le théâtre. C'est une personne très importante, une amie de notre commissaire de police.

Du pouce et de l'index dépliés, l'inspecteur caresse les bords de son épaisse moustache en forme de guidon de vélo. Le fauteuil chancelle, les agents resserrent leur étreinte.

— Une citoyenne aussi honorable n'a rien à voir avec ces disparitions. Cependant, pour me rendre service, Madame accepte de m'ouvrir la porte de son appartement, qu'elle dit avoir acheté tout récemment, pour investir. Madame n'y habite pas souvent parce qu'elle possède plusieurs propriétés. Sa seule faute a été d'engager le criminel actuellement sous les verrous. Maintenant, il faut comprendre que sa famille travaille pour celle de Madame depuis trois générations. Ils sont nés au même endroit. Quand Madame cherchait quelqu'un pour s'occuper de cet appartement, on lui a suggéré le nom de cet homme. Elle regrette profondément de l'avoir engagé. À présent, Madame a la générosité de m'autoriser à entrer chez elle sans mandat. Nous allons tout inspecter scrupuleusement. Nous vous demandons de bien vouloir coopérer. Si nous trouvons quelque chose, nous vous le ferons savoir aussitôt.

Ce discours beaucoup trop long a rendu tout le monde nerveux. Des murmures se répandent dans la foule, tourbillonnent et gagnent en puissance, se transforment en cris.

— Non ! lance quelqu'un, le poing levé.

— Nous voulons voir de nos propres yeux si le monstre a ligoté ma fille à l'intérieur, dit Papa.

Il se tient près des bureaux des vigiles, devant la grille.

Le père d'Aanchal, le press-wallah, Laloo l'Ivrogne et l'abbu de Kabir et Khadifa acquiescent et, d'une voix aussi forte que celle de papa, exigent qu'on les laisse entrer. Les agents aident l'inspecteur à descendre du fauteuil. Il passe un appel sur son portable. Puis il annonce que Madame est une femme généreuse et bonne, mais qu'elle ne peut pas laisser la racaille fouiller son appartement, qui coûte entre cinq et dix crores[1].

— Laissez-nous travailler, conclut-il. S'il vous plaît, attendez ici.

— Combien de zéros dans dix crores ? demande Faiz

1. Unité traditionelle de numérotation, largement utilisée en Inde. 1 crore équivaut à 10 millions.

à Pari quand l'inspecteur et les agents franchissent les grilles.

— Huit, répond-elle.

Elle n'a pas besoin de compter sur ses doigts.

L'entaille à ma main me brûle. Je reste à l'écart, les joues ruisselantes de larmes. Je me sens seul. Le frère et la sœur de Bahadur, eux, peuvent s'appuyer l'un sur l'autre.

— Comme c'était prévisible, l'appartement de Madame est vide, déclare l'inspecteur en ressortant.

— Où est ma Runu ? hurle Ma.

— Où est Chandni ? crie la mère de Chandni.

Les autres reprennent leurs mots et les jettent à l'inspecteur :

— Chandni-Runu, Aanchal-Omvir, Bahadur-Kabir-Khadifa… Où sont-ils, où sont-ils ?

— Ils ne sont pas ici. Maintenant je vous invite à vous disperser, faute de quoi nous serons dans l'obligation de prendre des mesures rigoureuses.

— Vous n'avez rien fait pour nous ! crie le papa-press-wallah d'Omvir. Rien. Vous n'avez jamais recherché nos enfants.

— Rien de tout ça ne serait arrivé si vous nous aviez écoutés, dit le père d'Aanchal.

— … écoutés, répète Laloo l'Ivrogne.

Un bruit de casse se fait entendre. Une pierre a brisé le phare d'une jeep de la police. Qui l'a lancée ? Une branche vole dans les airs en zigzaguant ; je la suis des yeux jusqu'au moment où elle fait tomber la casquette de l'inspecteur de police. Les gens jettent tout ce qu'ils peuvent contre les policiers, contre les vigiles et en direction des balcons des appartements.

Une pierre atteint un vigile, le sang jaillit de son front comme l'eau d'un robinet grand ouvert. Les autres vigiles gonflent les joues et soufflent dans les sifflets accrochés à leurs cous. Ça se pousse, ça se donne des coups de coude et de pied à tout va. Pari et Faiz se font écraser comme de l'atta. Les mains de Ma s'agrippent à mes doigts. Je ne vois plus Papa.

Les gens défoncent les cages qui entourent les plantes, cassent des branches et, les brandissant comme des lances, s'approchent des vigiles. Les policiers font tournoyer leurs matraques. On passe en force et, parce qu'on est vraiment nombreux, ils ne peuvent pas nous arrêter. On saute par-dessus les barrières, on entre dans les bureaux des vigiles, on ouvre les grilles. On se précipite, Ma et la mère de Pari, Pari et Faiz, Wajid-Bhai et moi. Je ne sais même pas ce qu'on va faire.

— Runu est sûrement là, dit Ma.

— Leurs tours, on va les réduire en poussière ! crie une voix.

J'entends des sirènes, des coups de matraque sur les chairs, des mains qui claquent et des gens qui pleurent, qui appuient leurs écharpes, leurs casquettes ou leurs foulards-masques sur des têtes, des bras et des jambes en sang. Des dizaines de riches vont et viennent sur les balcons et nous prennent en photo avec leurs portables. Dans le hall d'entrée du Golden Gate, derrière ses portes vitrées, se tient un groupe de femmes de notre basti ; elles travaillent sûrement dans l'immeuble.

Une lampe dorée pend au plafond, et deux ventilateurs aux pales blanc et or tournoient de part et d'autre. Le sol blanc brille comme un miroir. Dans les coins, des plantes poussent dans des pots blancs, leurs feuilles ont une teinte vert profond que je n'ai encore jamais vue, même dans le village de Nana-Nani ou de Dada-Dadi.

— Ô Gita ! Ô Radha ! crie Ma.

— Ô Meera ! hurle la mère de Chandni.

Les femmes du basti qui travaillent au Golden Gate ouvrent les portes vitrées sans la moindre trace de doigt. Elles parlent toutes en même temps.

— Depuis quelques mois, il se passe des trucs bizarres dans l'appartement du dernier étage.

— Depuis que cette madame l'a acheté. Il y a six ou sept mois.

— D'après un gardien, l'appartement reçoit des livraisons jusque tard dans la nuit. Parfois après minuit.

— Varun a dit que c'étaient des meubles neufs, que la propriétaire faisait installer des bibliothèques et un plan de travail dans la cuisine. Qui va aller vérifier si c'est vrai ou pas ?

— Les vigiles répètent des rumeurs sur le compte de Madame. Que toutes les nuits, elle fait venir chez elle un homme différent. Mais comment être sûr ? On ne voit pas leurs visages, même avec les caméras de surveillance. Quand elle passe la barrière au volant de son 4 x 4, ils sont installés sur le siège arrière.

J'entends un long cri monter derrière moi. C'est la mère de Bahadur.

— On doit savoir si nos enfants sont à l'intérieur, dit un homme.

On se rue dans le bâtiment. On court plus vite que les adultes, Pari, Faiz et moi. On monte dans l'ascenseur. On a perdu nos mères et nos pères ainsi que Wajid-Bhai, mais ça ne fait rien car des gens de notre basti sont avec nous. Faiz appuie sur le bouton du dernier étage : 41. On décolle, d'un seul jet, comme des fusées. J'ai le vertige. Je m'appuie contre la paroi en acier miroitant. Je renifle les odeurs de métal, comme Samosa. J'essaie de flairer la piste de Didi.

L'ascenseur donne sur un hall carré au sol de marbre, avec une porte noire étincelante. On appuie sur la sonnette, on frappe et on donne des coups de pied à en avoir mal, jusqu'à ce que la patronne vienne ouvrir, son portable collé à l'oreille. On entre en courant. Elle ne peut pas nous arrêter, de toute façon ; d'autres habitants du basti sont derrière nous, ils la coincent, la poussent contre le mur.

Une chachi lui arrache son portable et le donne à un chacha qui le glisse, tout content, dans la poche de son jean. Le portable ne cesse de sonner.

Les fenêtres de l'appartement s'étirent du sol au plafond. Vu d'ici, tout à l'extérieur paraît minuscule, les galeries marchandes, les routes, les feux blancs et rouges des voitures et peut-être même notre basti, mais je ne sais pas où le situer. Je ne vois pas les gens. Une rame de la Purple Line traverse un pont, train miniature sur un pont miniature.

Pari m'attrape la main.

— Ne reste pas là sans rien faire. Concentre-toi !

On regarde autour de nous. Tout est parfaitement rangé. Les coussins sont assis bien droit sur leurs canapés crème. Les lampes encastrées au plafond luisent comme autant de petits soleils trop brillants pour qu'on les fixe. Des roses jaunes, fraîches et parfumées, se blottissent l'une contre l'autre dans des vases noirs. Des sculptures en métal représentant des oiseaux, des animaux et des dieux se tiennent tranquilles sur les étagères en bois encastrées dans les murs. Par terre, les tapis sont doux comme des nuages.

— La police va tous vous jeter en prison, menace la patronne.

Et puis je me rappelle pourquoi je suis ici. J'avais oublié. C'est surprenant de voir que les autres habitants du basti réagissent comme moi. Nous sommes tous médusés. Nos pieds, nos mains se meuvent avec lenteur dans cette pièce grande comme vingt fois nos maisons. L'appartement de riches exerce sa magie noire, il nous empêche de penser : peut-être est-ce ainsi que les enfants se sont laissé piéger.

— Runu-Didi ?

Je répète, plus fort :

— Runu-Didi ? Runu-Didi ?

Avec nos traces de mains, de doigts et de pieds on va détruire toutes les preuves, mais qu'est-ce qu'on peut faire d'autre ? Un homme qui explique avoir déjà inspecté tout l'appartement crie : « Pas d'enfants ici ! » Il connaît sûrement une incantation qui le protège de la magie noire.

La patronne crie : « Sécurité, sécurité, il y a quelqu'un, quelqu'un ? » Et puis : « Je connais votre pradhan. Vous n'aurez plus de maisons en rentrant cette nuit. Je le ferai raser, votre bidonville puant. »

— Je vais jeter un œil dans la cuisine, dit Pari.

On peut la voir de là où on est.

— Faiz, tu vas regarder dans la chambre, et toi, Jai, dans l'autre pièce.

Impossible de deviner combien il y en a dans cet appartement, ou à quoi elles peuvent servir.

Par un couloir étroit, je parviens en courant dans *l'autre pièce*, une chambre avec un grand lit où on peut dormir à cinq, et un placard en bois à quatre portes qui occupe tout un mur. Je regarde sous le lit. Le couvre-lit blanc est frais et les oreillers bleu paon ont un parfum que je ne connais pas. J'ouvre les portes du placard. Sur toutes les étagères sont soigneusement pliés saris, salwar-kameez, draps, chemises et pantalons d'homme.

Je vais sur le balcon qui longe la chambre. Je n'y vois rien hormis des plantes dans des pots bleus et deux chaises de part et d'autre d'une table basse. Ici, le vent souffle plus fort et il fait un froid glacial. Ça me fait mal aux oreilles. Je frissonne, je scrute le smog, j'appelle « Runu-

Didi, Runu-Didi ! », et j'ai beau crier son nom encore et encore, je n'obtiens pas de réponse, alors je rentre.

Derrière une porte, je découvre une salle de bains équipée de deux lavabos, d'une baignoire et aussi d'une douche. Le sol carrelé est sec et étincelant ; personne ne vient jamais ici.

Au moment où je m'apprête à partir, deux hommes du basti font irruption dans la chambre : « Regarde le ventilateur, regarde le climatiseur, regarde le couvre-lit – il est en soie ? Combien coûte ce lit, d'après toi ? Un lakh[1] ? Trois lakhs ? » Ils se laissent tomber dessus en disant « ce qu'il est moelleux ».

Pari nous appelle, Faiz et moi. S'est-elle fait attraper par la patronne ? Je me précipite dans le couloir embouteillé par les chachas et chachis du basti, puis dans la cuisine, où tout est peint en gris-bleu. Les gens ouvrent les placards, volent des cuillères, du masala, et même des morceaux de sucre et des salières. Un homme glisse une bouteille de daru dans la ceinture de son pantalon.

Je trouve Pari à genoux par terre près de l'évier, la tête penchée au-dessus d'un seau. Faiz est à côté d'elle.

— Qu'est-ce que t'as ? lui demande-t-il. Ça va ?

Pari nous montre le contenu du seau : brosses, savon liquide moussant dans des flacons en plastique, éponges et serpillières. Au fond, trois bouteilles en verre marron foncé portant des étiquettes difficiles à lire. Il me faut une éternité pour déchiffrer sur l'une d'elles : *Chloroforme LR*. Les étiquettes sur les plus petites bouteilles disent *Midazolam Injection BP* et *Mezolam 10 mg*. Je ne sais pas ce que ça signifie.

— Pourquoi c'est là ? demande Pari.

— C'est quoi ? ajoute Faiz.

1. 100 000 roupies.

— Vous vous rappelez, reprend Pari, le directeur a parlé de seringues et de médicaments qui font dormir. Mais vous n'étiez peut-être pas à l'école ce jour-là.

— Faiz était là, je réponds. C'était avant l'arrestation de Tariq-Bhai.

— Le chloroforme, ça endort, poursuit Pari. Parfois pour toujours.

— Ne touche pas aux flacons, je dis. Empreintes. Indices.

— Est-ce que ça veut dire que la patronne est une voleuse d'enfants ? demande Faiz. Est-ce que Varun et elle étaient complices d'enlèvements d'enfants ? C'était leur quartier général ?

— Mais, dit Pari, cette femme est une amie du pradhan et du chef de la police. Est-ce que ça veut dire… Qu'est-ce que ça veut dire ? Qu'ils savaient que c'était une criminelle et qu'ils n'ont rien fait ?

— Et où ont-ils caché Runu-Didi ?

— On va la retrouver, me répond Pari. Maintenant, la patronne va être obligée de dire la vérité à la police.

— Prends une vidéo, dit Faiz à un chacha qui sort des couteaux d'un tiroir et les examine à la lumière comme s'il voulait décider lequel emporter discrètement. Ce flacon, là, il sert à endormir. Ce Varun a dû l'utiliser pour kidnapper les enfants, et ensuite il les a livrés ici à sa patronne.

Le chacha repose le couteau et s'exécute. Les policiers entrent précipitamment dans la cuisine, matraques en l'air, soufflant fort et criant « dehors, tout de suite, espèces de singes ».

— Nous avons la preuve que la propriétaire de cet appartement, la madame meilleure amie du chef de la police, est coupable. C'est une voleuse d'enfants, leur déclare Pari.

— On a déjà pris des vidéos, dit Faiz. On les a envoyées

à des milliers de gens. Vous ne pourrez pas les faire disparaître.

Les policiers abaissent leurs matraques. Ils demandent aux autres personnes présentes dans la cuisine de sortir. Le chacha qui a pris la vidéo reste.

Pari montre les étiquettes aux policiers :

— Regardez. Ces drogues, c'est pour endormir les gens. Pourquoi cette femme a ça chez elle ? C'est illégal. Il faut l'arrêter.

Il n'y a plus un bruit dans la cuisine, hormis un bourdonnement, peut-être le réfrigérateur ou une ampoule. Le policier veut toucher le seau mais Pari l'arrête :

— Ils sont où, vos gants ?

— C'est sûrement Varun qui a caché les flacons ici. Vous croyez qu'une patronne prend la peine de vérifier ce qu'il y a sous son évier ? demande un policier.

Un cri enfle à l'intérieur de moi, j'ai l'impression qu'il va exploser partout, jusqu'au plafond. Je me lève et je tends la main vers une coupe noire remplie d'oranges posée sur le plan de travail. Je la pousse vers le bord pendant que Pari parle aux policiers. Et puis je la fais tomber. La coupe vole en éclats. Les oranges roulent par terre.

Papa et Ma, la mère de Pari et Wajid-Bhai entrent dans la cuisine.

— Pari ! crie sa mère. J'ai cru que tu avais disparu !

— Runu-Didi n'est pas ici, je dis à Ma et Papa.

Dans le salon, l'inspecteur explique à la patronne qu'il est dans son intérêt de le suivre au commissariat.

— Ici, je ne peux pas garantir votre sécurité.

Après quoi, il nous ordonne de partir, sous peine d'arrestation.

— Vous voyez, il n'y a pas d'enfants ici. Madame ne peut pas être tenue pour responsable des agissements de ce misérable. Mais nous l'emmenons quand même pour l'interroger.

Papa et Wajid-Bhai nous ouvrent un chemin dans la foule en écartant les bras. On redescend par l'ascenseur, on traverse l'entrée jonchée de verre, on franchit la grille et les barrières cassées. Des camions de télévision sont garés sur un côté de la route, derrière le fourgon de police. Une journaliste brandit un micro sous un réverbère allumé. Le caméraman lui demande de se décaler un peu sur la gauche.

— Ça va passer à la télévision, s'étonne la mère de Pari. Maintenant, il faudra bien que la police fasse quelque chose.

— C'est trop tard.

Je l'ai dit sans m'en rendre compte. Pourtant, aussitôt, je sais que c'est vrai.

Tout l'hiver, le smog a volé…

… les couleurs de notre basti et à présent tout est devenu blanc-gris, même les visages de Ma et de Papa au moment où une présentatrice leur fourre un micro sous le nez. Je suis devant la porte de Shanti-Chachi, à demi caché derrière elle.

Trois jours ont passé depuis qu'on a trouvé les somnifères dans l'appartement de la patronne, au Golden Gate. Notre basti est devenu célèbre, mais aussi tristement célèbre. Toutes les heures, un nouveau camion de télévision s'arrête devant le Bhoot Bazar. Des journalistes, qui semblent à peine plus âgés que Runu-Didi, courent partout accompagnés d'un caméraman et interrogent quiconque accepte de leur parler.

Celle qui interviewe Ma et Papa réalise un reportage sur les parents des enfants disparus. C'est ce qu'elle nous a dit. Papa tient la photo de Runu-Didi, celle que nous avons montrée à la police. Ma appuie le pallu de son sari sur sa bouche.

— S'il vous plaît, rendez-nous notre fille, dit Papa en présentant à la caméra la photo de Didi.

Sa voix, d'ordinaire tonitruante, est toute petite à présent, le micro parvient à peine à la capter.

La journaliste rejette ses cheveux en arrière.

— Plus fort, articule-t-elle.

— Notre fille, s'il vous plaît, rendez-nous notre fille.

Ensuite, Ma et lui fixent la caméra en silence. La journaliste se passe le pouce sous la gorge, geste s'adressant à celle qui tient la caméra.

Shanti-Chachi appelle la journaliste.

— La police vous a dit pourquoi elle ne tient aucun compte de nos plaintes depuis si longtemps ? Est-ce qu'ils ont dit pourquoi ils n'ont pas recherché un seul enfant depuis plus de deux mois ?

La cadreuse fait un gros plan sur le visage de Shanti-Chachi.

— La police va relâcher la propriétaire de l'appartement parce qu'elle est riche, c'est ça ? veut savoir Chachi. Où cache-t-elle nos enfants ?

— C'est dans la boîte ? demande la journaliste à sa collègue, qui hoche la tête.

Elle tourne le dos à Chachi et s'adresse à la caméra : « Les résidents de ce bidonville sordide accusent la police d'inaction. Des questions se posent quant au rôle joué par Mme Yamini Mehra, propriétaire au Golden Gate d'un penthouse d'une valeur de sept crores. Mme Mehra affirme n'avoir rien soupçonné des activités criminelles de son domestique à l'intérieur de l'appartement. Cependant, les rumeurs concernant les motivations de Varun Kumar se propagent comme un feu de brousse. Alimentait-il un commerce d'enfants ou se livrait-il à un trafic de reins ? Qu'a-t-il fait des enfants qu'il a enlevés ? Pourquoi a-t-il conservé des souvenirs de ses victimes, traduisant ainsi, a fait remarquer la police, le comportement d'un tueur en série ? »

Ma s'effondre sur le sol. La cadreuse se penche et filme le désespoir de Ma pour le journal télévisé de neuf heures. Shanti-Chachi accourt et, devançant Papa, lui pose la main sur le dos.

— Comment pouvez-vous vous regarder en face ? crie-t-elle à la cadreuse. Vous voulez nous voir pleurer, nous arracher les cheveux, nous frapper la poitrine ? Pour obtenir quoi ? Une promotion, un gros bonus au prochain Diwali ?

La femme se redresse.

— On va dans une autre maison, lui dit la journaliste.

— Oui, partez, ce sera très facile pour vous ! hurle Chachi. Nous, on est obligés de rester, aujourd'hui et demain, et le jour d'après. C'est notre vie dont vous parlez comme d'un simple sujet de reportage. Êtes-vous seulement capables de comprendre ça ?

Les amies de Runu-Didi nous rendent visite. Elles sont là, pas Didi, et ça n'a aucun sens. Ma les invite à s'asseoir sur le lit et on se replie dans les coins de la maison. Les filles ne savent pas quoi nous dire ; on ne sait pas quoi leur dire. Le réveil de Ma tictaque pesamment, le temps se détraque entre ses aiguilles traînantes. On se croirait tout à la fois le matin, la nuit, hier, demain et la semaine dernière.

Papa demande aux amies de Didi si Varun Kumar a été aperçu en train de rôder autour de l'école. Elles répondent que non. Je l'ai vu et je lui ai parlé si souvent, jamais je ne l'ai soupçonné d'être le kidnappeur.

L'entraîneur de Didi vient nous voir accompagné de Mitali et Tara, Harini et Jhanvi.

— Runu, c'était la meilleure de toutes, dit-il comme si Didi était morte. Je n'ai entraîné personne de plus rapide de toute ma vie.

— C'est vrai, dit Tara. Ça va être difficile pour notre équipe de gagner sans elle.

Nana et Nani appellent Ma sur son portable. *Je vous*

avais dit que vous ne seriez pas en sécurité là-bas, dit Nani. *Je vous avais dit de nous envoyer les enfants.* Ma raccroche.

Pari et Faiz arrivent avec Wajid-Bhai : l'avocat de son ammi assure que Tariq-Bhai sera bientôt relâché.

— Tout finit toujours par s'arranger, dit-il.

— Tu reviens quand à l'école ? me demande Pari. Le mieux, ce serait après les examens. J'ai dit à M. Kirpal qu'il pouvait compter sur toi.

— La mère de Pari parle de déménager dans un autre basti, cafte Faiz.

— Tais-toi, lui dit Pari. C'est *ton* ammi qui veut déménager.

— Déménager où ?

— Ammi pense qu'on devrait s'installer dans un endroit où on est plus nombreux, me répond Faiz, en grattant sa cicatrice. Où il y a plus de musulmans. Pour que l'Hindu Samaj ne puisse pas nous menacer tout le temps comme ici.

Quand notre maison se vide et qu'il fait nuit dehors, Ma nous sert le roti et l'aloo que le mari de Shanti-Chachi nous a préparés. On fait semblant de manger, en poussant la nourriture d'un côté de l'assiette à l'autre. Je n'ai même pas faim, mais je mâche un morceau de roti pour ne pas avoir mal au ventre cette nuit comme les nuits d'avant.

Shanti-Chachi arrive en courant à notre porte et demande à Papa de mettre le journal à la télé. Ce qu'il fait. Chachi pose ses mains sur les épaules de Ma comme pour la préparer à une nouvelle terrible. Une présentatrice, vêtue d'une veste noire et les cheveux luisants ramenés en chignon, dit que l'affaire des kidnappings du bidonville vient de s'enrichir de détails glaçants.

« Varun Kumar a reconnu avoir attiré ses victimes

avec des confiseries contenant de la drogue ou les avoir endormies au moyen de piqûres de somnifères, dont on a retrouvé des flacons dans l'appartement qu'il était chargé de surveiller. On soupçonne son épouse, qui assurait le ménage et parfois la cuisine dans le même appartement, d'être sa complice. Plus atroce encore, la police révèle que Varun a avoué avoir tué et dépecé les enfants qu'il a enlevés. Il mettait les morceaux de corps dans des sacs en plastique qu'il accrochait à sa bicyclette et s'en débarrassait dans des décharges, des canalisations autour des galeries commerciales ou des stations de métro de la Purple Line. Ces enlèvements ne se limitaient pas au bidonville où il habitait. On le soupçonne de s'être également attaqué à des enfants des rues. On ignore encore le nombre exact des disparus. Sept ou soixante-dix, on ne sait pas. La police espère que les objets qu'il a conservés permettront d'identifier ses victimes. »

Un visage de policier remplit l'écran, un chef de police adjoint sans doute. Des mains invisibles tendent des micros vers sa bouche.

« Nous menons des recherches approfondies pour retrouver les restes des enfants. »

Je ne comprends pas. Est-ce qu'ils parlent de Runu-Didi et de Bahadur ?

La présentatrice revient.

« On apprend que, à la suite des accusations d'incurie proférées contre la police, l'enquête sera vraisemblablement confiée au CBI, qui cherchera à déterminer si Varun Kumar appartenait à un réseau plus étendu de criminels spécialisés dans la pédophilie ou le trafic d'organes. »

Ma arrache la télécommande de la main de Papa.

« On soupçonne le luxueux penthouse d'une valeur de huit crores d'avoir été le théâtre de ces meurtres violents. Le rôle qu'a joué la propriétaire, Yamini Mehra, une femme de la bonne société, aperçue à des réceptions en compagnie d'hommes politiques et de policiers haut gradés – l'écran montre des photos où la patronne pose à côté d'hommes politiques, de chefs de police, de commissaires ou de commissaires adjoints en uniformes –, n'est pas encore établi. »

— Mon enfant n'est pas morte, dit Ma.

— Bien sûr que non, répond Shanti-Chachi.

Ma éteint la télévision et lance la télécommande contre le mur.

Le lendemain, les JCB sont de retour. Ils cherchent *les restes*. Je ne comprends pas pourquoi la police croit que Varun a tué les enfants qu'il a volés. Si c'est ce qu'il a dit, il ment. Ce n'est pas un djinn pour les couper en morceaux ou les manger ; si c'était un djinn, il se serait volatilisé au lieu de croupir en prison.

Papa et moi, on regarde les engins. Papa a convaincu Ma d'aller travailler, craignant qu'elle ne fasse une crise cardiaque si elle assistait à l'ouverture de tous les sacs en plastique de la décharge. « Notre fille n'est pas ici », lui a-t-il promis. Il l'appelle toutes les demi-heures, ou bien c'est elle qui l'appelle. « Rien, répète-t-il chaque fois. Je te l'ai dit, Runu n'est pas ici. »

La police a formé des cordons autour des sections de la décharge labourées par les JCB. Personne ne peut passer, pas même les petits chiffonniers et les gens qui veulent faire la petite ou la grosse commission.

— S'il y avait eu des corps dans les ordures, un de mes enfants les aurait vus, explique Bottle-Badshah à qui veut bien l'écouter.

Le père d'Aanchal vient défier la police :

— Vous disiez que ma fille s'était enfuie avec un garçon, vous voyez ce qui est arrivé ? Vous êtes contents maintenant ?

— Le baba-frappeur ne vous a pas rendu votre fille, je lui dis. Alors que vous pensiez qu'il le ferait.

Je m'en fiche si ça le met encore plus en colère.

— Je ne laisserai plus ce faux baba remettre les pieds dans notre basti. Je n'aurais jamais dû les écouter, lui et le pradhan.

Papa demande à un agent que nous n'avons jamais vu auparavant si ce qu'on a raconté à la télévision est vrai. « Il paraît qu'il a caché les membres des enfants dans des égouts… mais rien qu'avec la puanteur, les gens auraient remarqué quelque chose, non ? »

Le policier explique qu'ils ont déjà localisé un sac derrière une galerie marchande équipée au dernier étage d'une salle de cinéma 3D, mais qu'il est trop tôt pour dire à qui appartiennent *les restes* qu'on a découverts à l'intérieur. Le sac a été retrouvé à l'endroit exact indiqué par Varun Kumar, ce qui signifie qu'il dit la vérité.

— Quant à l'état de nos égouts ? ajoute le policier. Tous puent la mort. Ça vous est arrivé d'en voir un propre ? Regardez comme nos rues sont inondées à la moindre averse !

— Pourquoi quelqu'un comme Varun avouerait-il ces enlèvements ? demande Papa.

— Les enquêteurs ont dû lui injecter du sérum de vérité. Une seule piqûre et il n'est plus possible de mentir pendant des heures. Deux piqûres, et il ne pourra plus la fermer avant d'avoir révélé l'endroit où chaque enfant est enterré.

J'ai vu quelque chose à propos de cette piqûre aux infos, ou peut-être sur *Live Crime*, mais je ne pensais pas que ça existait vraiment.

— Comme ça, dit à présent le père d'Aanchal, cette

Mehra faisait venir des inconnus dans son appartement la nuit ? On dit qu'il y en a quatre-vingts dans cet immeuble. Quatre-vingts appartements, et personne n'a vu ni entendu quoi que ce soit ?

— La police a besoin de temps pour interroger tous les résidents sur ce qu'ils ont vu ou pas, répond l'agent. Pas seulement les résidents, mais aussi les domestiques, les jardiniers, les hommes de ménage, les vigiles. Croyez-moi, nous faisons de notre mieux. Nous vérifions leurs appels pour connaître la liste des personnes que la dame et son domestique ont contactées.

— Mais ce que la télévision dit à propos des amis hommes de Mehra, que c'étaient des chirurgiens venus prélever les reins des enfants, ça ne peut pas être vrai, hein ? insiste le père d'Aanchal.

— Qui sait ? répond le policier. Les riches croient qu'ils peuvent tout acheter, même nous.

— Le problème, poursuit le père d'Aanchal, c'est que vous, les policiers, vous vous méfiez des domestiques, des menuisiers et des plombiers, mais quand vous voyez une riche madame, vous baissez la tête et vous vous écartez du chemin.

Le policier rit, mais c'est un rire jaune.

— Avec des chiens policiers, je lui dis, vous trouverez les enfants disparus plus vite.

Il secoue la tête, comme s'il en avait assez de nous, et commence à s'éloigner. Mais il s'arrête net.

— D'après le chef, il s'agit d'un cas parfaitement clair. Il y a assez de preuves pour inculper ceux qui ont été arrêtés. Et puis, dans ce cloaque, un chien serait bien en peine de flairer la moindre odeur.

On ne trouve rien de notable dans les ordures, hormis des uniformes scolaires en lambeaux et des souliers d'enfants troués. La police les place sous scellés pour les analyser dans le cas où ils appartiendraient aux enfants disparus ; je me demande si Samosa m'a conduit jusqu'ici parce qu'il savait ce qui était enterré dans la décharge. Peut-être sait-il faire des choses dont les chiens policiers sont incapables.

Le soir, quand les JCB se taisent, Papa me ramène à la maison et demande à Shanti-Chachi de me surveiller. Il dit qu'il sera vite de retour.

Quand Chachi s'assoit, elle met son bras autour de mes épaules. Elle veut s'assurer que je n'irai nulle part.

Où est-ce que j'irais à présent ? Je ne suis pas inspecteur. Sinon, je n'aurais laissé personne enlever Runu-Didi.

— Ta didi va bien, me dit Chachi. Je le sais. Je le sens.

Moi, je ne sais rien. Et je ne sens rien. Parfois, comme maintenant, tout s'engourdit à l'intérieur de moi, même mon cerveau.

Ma rentre tôt. Shanti-Chachi lui dit qu'elle ne sait pas où est Papa et Ma la rassure : « Il m'a appelée. » Elle a rapporté des légumes frais et des œufs du Bhoot Bazar. Quand elle a commencé à s'entraîner, Runu-Didi demandait toujours des œufs à Ma, et Ma lui répondait qu'on n'était pas des crorepatis comme les Ambani[1] pour manger ce qui nous faisait envie. Aujourd'hui, Didi n'est pas là, mais il y a des œufs. Ça me met en colère, pourtant je ne dis rien.

Ma ne veut pas que je regarde la télévision, mais le silence dans notre maison est trop bruyant. Je feuillette un livre de classe, je me demande pourquoi Pari et Faiz ne sont pas venus me voir. La mère de Pari ne l'autorise à se déplacer dans le basti qu'avec un adulte. Peut-être

1. Mukesh Ambani est un milliardaire indien.

que Pari n'a pas trouvé d'adulte aujourd'hui. Faiz doit encore travailler. Le couteau de Ma fait chop-chop-chop. L'huile grésille, les graines de cumin crépitent, les oignons brunissent. Notre maison embaume comme lorsque Runu-Didi faisait la cuisine.

Je m'allonge sur le lit, sur le ventre, sans lire mon livre. Je sens l'odeur de Laloo l'Ivrogne et je lève la tête. C'est Papa. Il titube jusqu'au lit et s'assoit, presque sur ma main. Je la retire à temps. Il me demande de me pousser pour pouvoir s'allonger.

— Regarde, j'ai préparé tout ce que Runu aime, dit Ma qui n'a pas remarqué que Papa est ivre. Anda-bhurji, baingan-bharta et rotis.

Elle se lève et se poste à la porte comme si elle espérait, d'un moment à l'autre, voir Runu-Didi débouler dans la ruelle. J'attends avec elle.

Papa s'endort. La nourriture refroidit.

Aujourd'hui, cela fait pile un mois que Runu-Didi…

… a disparu. À la maison, ses vêtements l'attendent encore sur des tabourets ; la nuit, quand je dors, je sors son oreiller et je ne roule jamais de son côté du matelas. Mais dehors, le monde change. Des musulmans, dont Fatima-Ben, ont déménagé dans un autre basti, de l'autre côté du fleuve, où n'habitent que des musulmans. Quelques hindous appellent cet endroit Chhota-Pakistan.

Faiz et sa famille partent s'installer là-bas aussi. Aujourd'hui, c'est son dernier jour dans notre basti. En ce moment même, Pari et moi on les aide, lui et Wajid-Bhai, à faire leurs paquets. On est venus directement après l'école. L'ammi et la sœur de Faiz sont déjà dans Chhota-Pakistan avec le gros de leurs affaires. Tariq-Bhai ne peut pas aider parce qu'il est toujours en prison. Il doit être relâché bientôt, peut-être même cette semaine, mais on n'est sûrs de rien. La police met des siècles à faire la moindre chose.

Quand on a fini, la maison de Faiz paraît grande parce que tout ce qui était dedans est parti, les gens et les objets. Elle sent les toiles d'araignée abandonnées et la poussière accumulée derrière les placards de la cuisine. Pari et moi, on emporte tout ce qui reste dans des sacs en plastique. On attend le rickshaw à vélo que Wajid-Bhai a commandé.

Certains des chachas, des chachis et des enfants du voisinage se tiennent debout devant leurs portes pour faire leurs adieux à Faiz et Wajid-Bhai. J'enlève mon pull et je le noue autour de ma taille. Si Runu-Didi revenait aujourd'hui, ça lui ferait un choc de voir qu'il n'y a presque plus de smog. Il fait aussi beaucoup plus chaud, trop chaud pour un mois de février.

Il m'arrive d'oublier que Runu-Didi est partie. Pour la police, toute personne disparue est présumée morte mais, selon Ma, Didi rentrera demain. Elle le répète depuis des jours. Je ne la crois pas.

— Je ne t'ai jamais rendu l'argent que je t'avais emprunté, dit Pari à Faiz.

Elle parle comme si elle n'allait plus jamais le revoir.

— Quand tu seras médecin, tu me soigneras gratuitement, répond Faiz.

Son visage, ses mains et même sa cicatrice blanche sont tout bronzés à force de vendre des roses sur le bord de la route.

— Si tu me vois à un carrefour quand tu seras au volant de ta grosse voiture, ralentis et achète toutes mes fleurs pour que je puisse chutti-maro tranquille le restant de la journée.

— Tu ne penses pas sérieusement à vendre des roses toute ta vie, j'espère ? Tu devrais t'inscrire dans une école plus proche de ton basti.

J'ai l'impression que des centaines de papillons battent des ailes dans ma poitrine. Quand on meurt encore enfant, est-ce que la vie représente une totalité, une moitié, ou rien ?

— Tu fais quoi ? dit Pari, en repoussant Faiz dont la morve coule sur elle quand il essaie de l'étreindre.

Je serre Faiz dans mes bras. Et puis il va de l'autre côté de la ruelle pour dire OK, à plus à ses voisins.

— Faiz est très triste de vous quitter, dit Wajid-Bhai. Mais on n'est plus en sécurité ici. Quelqu'un, hier, aux toilettes publiques, a encore prétendu que les musulmans ont kidnappé Kabir et Khadifa et tué Baba Buffle pour rejeter la faute sur l'Hindu Samaj. C'est dur d'entendre ces choses-là tous les jours. Allah sait pourquoi ils continuent à nous accuser.

— Ils sont fous, dit Pari.

— Et Tariq-Bhai… Une fois qu'on a fait de la prison, c'est une tache qui ne part pas. Il aura plus de chances de trouver du travail parmi les nôtres.

Pari hoche la tête.

— Tu t'en vas bientôt, non ? lui demande Wajid-Bhai. Tu seras une star dans ta nouvelle école. Il paraît que là-bas chaque élève dispose d'un ordinateur.

Pari tourne les yeux vers moi, elle sait que je n'aime pas qu'on parle de ça.

— Je ne vais nulle part avant la fin de l'année scolaire. Et ce n'est même pas sûr.

Le rickshaw arrive. Wajid-Bhai charge les derniers sacs. Les pieds du chauffeur sont bordés de craquelures et de peaux mortes couleur de cendre. Une sueur argentée luit sur sa nuque.

Faiz revient vers nous en courant.

— J'irai à l'école un de ces jours. Au moment du repas de midi. Comme ça, moi aussi je déjeunerai.

— Ils vont te rayer des listes, dit Pari.

— Ils n'ont pas encore rayé Bahadur et il n'est pas venu depuis trois mois. Il faudra un an ou deux avant qu'ils s'aperçoivent de mon absence.

— Préviens-nous quand Tariq-Bhai sera libéré, dit Pari à Wajid-Bhai. Tu peux appeler ma mère. Faiz a son numéro de portable.

— Inch'Allah, ça ne devrait pas tarder.

— Tariq-Bhai ne voudra plus toucher son portable une fois que la police l'aura relâché, nous explique Faiz. Il ne veut plus entendre parler de portable, alors s'il me donne son téléphone, j'appellerai ton ammi et – son regard passe de mon visage à celui de Pari – ton ammi.

— Pauvre Tariq-Bhai, dit Pari. Si la police avait retrouvé le portable d'Aanchal, comme il nous l'avait expliqué, on aurait attrapé ce monstre de Varun avant...

Elle tousse, elle sait qu'il vaut mieux ne pas terminer cette phrase.

— Les bons djinns du palais des djinns veillent sur Tariq-Bhai, explique Wajid-Bhai. Jai, dis à ta mère d'y aller et de prier.

— Le palais fait moins peur qu'il n'y paraît, dit Faiz, en prenant son amulette.

Il monte sur le rickshaw avec Wajid-Bhai.

— Tu iras, hein ? me demande-t-il en se penchant sur le siège passager.

Je lui fais un geste d'adieu.

Le conducteur du rickshaw appuie sur les pédales, mais le véhicule est très chargé et il lui faut un moment pour démarrer. Pari, moi et les autres habitants de la ruelle, on le regarde qui peine à avancer.

Quelqu'un annonce qu'une famille hindoue va acheter la maison de Faiz. Ils sont quatre enfants, la mère, le père et la dadi. Je ne pense pas que je serai ami avec eux. Ils ne savent probablement même pas ce qu'est un Purple Lotus et un Lux Enrichi.

Je dis à Pari que je vais à la décharge.

— Ma ne sera pas rentrée avant au moins deux heures.

— Je viens avec toi.

Sa mère non plus n'est pas chez elle.

On ne traîne plus dehors le soir. On ne veut pas que nos parents s'inquiètent. Pourtant, ils ont cessé de nous suivre partout. Peut-être parce que personne d'autre n'a été enlevé depuis qu'on a arrêté Varun, sa femme et leur patronne.

— Tu crois que la patronne est innocente ?

Nous en avons déjà parlé un tas de fois.

— Son avocat a demandé sa liberté sous caution.

— Elle ne l'obtiendra pas, me répond Pari. C'est une affaire tellement énorme, elle va passer sur *Police Patrol.*

Je ne regarderai plus jamais *Police Patrol.* S'ils mettent en scène des histoires vraies d'enlèvements ou d'assassinats, j'aurai l'impression de ne plus pouvoir respirer, je le sais. Pour moi, un meurtre ce n'est plus une histoire ; et pas davantage une énigme.

— Les femmes du basti qui travaillaient au Golden Gate, elles disent maintenant que des hommes politiques et des chefs de police se rendaient chez la patronne la nuit. C'est des VIP, ils la feront sortir.

Dans cette affaire, beaucoup de choses n'ont aucun sens pour moi, c'est pourquoi je questionne tout le temps Pari. Même les journalistes de la télévision – que je ne suis pas censé regarder, mais que je regarde en secret avant le retour de Ma – n'y comprennent rien. Ils disent des choses différentes tous les jours, et leurs hypothèses changent comme le prix de l'appartement de la patronne, quatre crores un jour, douze crores le lendemain, et *presque plus rien depuis que les prix ont chuté dans le Golden Gate après les atroces révélations.*

Selon ces mêmes journalistes, la patronne et son employé appartenaient à un réseau de trafic de reins et de pédo-pornographie, c'est-à-dire un genre de trafic qui consiste à faire des films avec des enfants. Ils disent que le domestique est un psychopathe qui violait les enfants et les tuait ; lui et sa femme sont devenus des loups solitaires. Après les avoir kidnappés, ils tuaient les enfants qu'ils auraient dû livrer aux trafiquants ; la patronne, *qui est le cerveau derrière tous ces crimes et jouit de la protection d'hommes politiques indiens haut placés*, est innocente.

Les bannières des journaux télévisés sont horribles. Souvent, quand j'essaie de m'endormir, je les vois qui clignotent tels des néons derrière mes paupières.

EXCLUSIF ! Dans le penthouse des Horreurs !
Le tueur du bidonville révèle les détails horribles de ses crimes
La propriétaire de l'appartement de luxe plaide non coupable
Derrière une façade dorée, l'histoire atroce d'un trafic de reins
Ce qui s'est réellement passé à l'intérieur du Golden Gate. En exclusivité sur cette chaîne !
Les aveux du Cannibale du Golden Gate

— On ne saura peut-être jamais ce qui s'est réellement passé dans cet appartement, me dit Pari, parce que notre police ne fait rien. La seule raison pour laquelle Varun Kumar s'est fait prendre, c'est qu'il est trop stupide. S'il n'avait pas enlevé Kabir et Khadifa, les gens du basti auraient continué à accuser les musulmans. Et il y aurait même eu des émeutes.

— Il n'a sûrement pas pensé qu'ils étaient musulmans, je dis. Tu ne trouves pas que Faiz ressemble à un hindou, toi ?

— Pourquoi cet idiot a-t-il déménagé ?

On arrive devant la décharge. Les JCB sont partis depuis longtemps. Une femme jette dans les ordures un seau de pelures de légumes et d'arêtes de poissons. On entend un cri. C'est le père d'Aanchal, qui surveille les lieux depuis que la police a retrouvé dans le tas d'immondices des bouts du sac de sa fille ainsi que les vêtements qu'elle portait le jour de sa disparition – la kurta jaune que Pari avait notée dans son carnet.

— Tu jettes tes ordures sur la tombe de ma fille ?

— Qu'est-ce que tu veux qu'on fasse ? On devrait garder ça – elle agite son seau vide vers les ordures – à l'intérieur de la maison ?

— Le CBI va t'arrêter. Tu détruis des preuves.

— T'as perdu ta fille, je comprends, mais tu peux nous crier dessus autant que tu veux, ça ne la ramènera pas.

Pari et moi, on voit Bottle-Badshah parler aux petits chiffonniers. On marche jusqu'à eux et on leur demande comment ils vont. La fille à l'hélicoptère, qui nous avait dit, le jour de l'arrestation de Varun, qu'il avait caché la boîte bleue dans les ordures, est là, et aujourd'hui elle a une poupée rose, maigre comme un clou, avec des cheveux dorés et toute nue.

Bottle-Badshah me serre l'épaule. Le perroquet sur son avant-bras me regarde en coin.

— Parfois, quand je vois les infos à la télé, je ne peux pas regarder… Toutes ces choses horribles et dégoûtantes que ces monstres ont faites à nos enfants…

— On devrait rentrer, l'interrompt Pari.

— Oui, bien sûr, dit Bottle-Badshah.

La fille à l'hélicoptère me tend sa poupée, peut-être qu'elle a pitié de moi.

— Il ne joue pas à la poupée, ricane Pari.

Bottle-Badshah s'adresse à moi :

— Tu ne dois pas très bien comprendre ce qui se passe. Mais lorsque tu penseras à ta sœur, mon vœu pour toi est que tu ne penses pas aux atrocités qu'elle a peut-être subies dans cet appartement. Je vais prier pour que tu te souviennes d'elle quand elle était magnifique, qu'elle faisait ce qu'elle aimait, même simplement regarder des émissions à la télévision.

— Ma didi ne regardait pas beaucoup la télévision.

— Crois-moi, aujourd'hui ou demain, chacun de nous perdra un être proche, un être aimé. Comme ils ont de la chance, ceux qui peuvent vieillir en croyant avoir le contrôle de leur vie, mais eux aussi comprendront un jour que tout est incertain et voué à disparaître à tout jamais. Dans ce monde, nous ne sommes que des grains de poussière qui un instant étincellent au soleil, avant de s'évanouir dans le néant. Il te faut apprendre à l'accepter.

— Je vais essayer, je réponds.

Mais je n'ai pas la moindre idée de ce dont il parle.

J'accompagne Pari jusque chez elle. Les chachis du voisinage l'interrogent sur sa nouvelle école. C'est une école privée sur l'autre rive du fleuve, près de la maison de ses dada-dadi. Elle a obtenu une bourse, elle n'a donc même pas à payer les frais de scolarité. L'établissement a été horrifié par les reportages sur notre basti. Pari explique maintenant aux chachis que son père et sa mère doivent trouver un travail près de l'école avant de pouvoir déménager.

Collée sur la citerne de ses voisins, une affichette avec les mots : *Rendez-nous nos enfants*. C'est la vieille affichette que l'Hindu Samaj avait distribuée après la disparition de Chandni. Quelqu'un a dessiné une moustache sur la photo de Bahadur. La police a retrouvé ses chaussures dans un égout, près d'une galerie marchande. Ils ont dit à sa mère qu'ils avaient aussi récupéré ses os, mais qu'il fallait effectuer des tests ADN supplémentaires pour être sûrs à 100 %. Pour Runu-Didi, la police n'a rien retrouvé d'autre que son chouchou.

— Pourquoi tu ne restes pas ? demande Pari alors que je m'apprête à partir. Ce soir, pour le dîner, Ma prépare du Maggi.

— Ma ne sera pas contente si je ne rentre pas.

Je marche vite, tête baissée, sans but. Pas en direction de la maison, parce que je ne veux pas rentrer tout de suite. Mais j'ai beau aller vite, les chachas et chachis me sautent dessus pour me poser les questions qu'ils n'osent pas poser à Ma et Papa. Je devrais me mettre à courir tout le temps, comme Runu-Didi. Alors ils ne pourront plus m'arrêter.

— Des nouvelles de ta sœur ? me demande un homme en me barrant la route.

— Ta sœur, celle qu'on a kidnappée, m'explique une femme, comme si je n'étais pas au courant.

— La police a appelé tes parents à son sujet ? ajoute une fille dont les plis du cou sont remplis de poussière noire.

— Apparemment, on ne connaît pas le nombre d'enfants qui ont disparu, dit la femme en s'adressant à l'homme. Sept, vingt, trente, peut-être cent, ou mille !

— Il n'y a même pas autant d'enfants dans notre basti, répond l'homme.

— Arrey, ils kidnappaient les enfants des rues et aussi des petits chiffonniers.

— La police continue à faire des analyses d'ADN, je dis.

— Combien de temps vont prendre ces analyses ? demande la fille.

— Des mois.

Je n'en ai aucune idée. Peut-être que, quand le CBI

viendra, les choses vont s'accélérer. Peut-être pas. Pari a raison, je crois, on ne saura jamais ce que ces monstres du Golden Gate ont fait à Runu-Didi.

D'autres chachas et chachis surgissent de nulle part, parlant pour ne rien dire, essayant de me coincer avec leurs questions. Je parviens à leur échapper et je cours en direction de la maison de Bahadur. J'ai envie d'espionner les autres familles qui sont tristes comme la nôtre, je voudrais savoir comment s'ils s'y prennent pour empêcher les fantômes de s'agripper à leurs os.

Shanti-Chachi me répète que je dois être un homme maintenant et m'occuper de Ma et de Papa. Je m'inquiète pour Ma. Tous les soirs, quand on mange, elle me regarde fixement, espérant peut-être voir Runu-Didi en moi, puis elle détourne les yeux, déçue, les yeux débordant de larmes. Ma est devenue si maigre et si faible que j'ai peur qu'elle tombe et meure un de ces jours, qu'il ne reste que moi et Papa, et même Papa ne parle presque plus. Quand il rentre, il sent la gnôle et il titube jusqu'au lit. Il est devenu Laloo l'Ivrogne numéro 2.

La maison de Bahadur est verrouillée, mais devant, des reporters de la télévision sont en train d'interviewer Quarter. Il a troqué ses vêtements noirs contre une chemise safran et un pantalon kaki.

— Nous avons été les seuls à intervenir quand la police locale a refusé d'agir, dit-il. Nous faisons partie intégrante de cette communauté.

Je me demande si le pradhan et Quarter connaissaient la vérité au sujet de Varun ; si la patronne donnait au pradhan une commission pour chaque enfant disparu du basti et s'il incitait la police à ne pas enregistrer nos plaintes. J'ai entendu le mari de Shanti-Chachi le dire à un homme qui attendait devant lui aux toilettes publiques.

L'envie me prend de jeter des pierres sur Quarter, mais je renonce, je ne veux pas le mettre en colère. Et s'il me kidnappe ? Qu'arrivera-t-il à Ma et Papa alors ? Je décide plutôt d'aller au Bhoot Bazar. Je dirai bonjour à Samosa et ensuite, je rentrerai, juré.

Notre maison est hantée par les cauchemars. Ceux de Ma et les miens. Dans mes rêves, Runu-Didi s'envole d'un balcon du Golden Gate, déployant ses ailes immenses. Elle est l'oiseau Jatayu des temps anciens, mais elle est blessée et couverte de sang. Ma ne me raconte pas scs rêves, mais à la façon dont elle se réveille en hurlant, je devine qu'ils sont affreux.

Je sens une ombre, froide et solitaire, passer sur moi. Je lève la tête, j'ai peur que ce soit l'oiseau, ou Didi. Mais le ciel est vide. Puis quelque chose me frôle les jambes. C'est Samosa. Je m'accroupis pour lui gratter les oreilles. Il laisse pendre sa langue rose, comme s'il souriait.

Je cherche de la nourriture dans mes poches, il n'y en a pas. Samosa se love contre mes jambes. Il se fiche que je n'aie rien à lui donner. C'est mon véritable ami. Faiz m'a quitté et Pari s'en va, mais lui ne me quittera jamais.

Je vais chez Duttaram. Il ne me parle pas, il est occupé.

Je dis à Samosa de me suivre et nous nous dirigeons vers ma maison. Je vais demander à Ma et à Papa s'il peut venir vivre avec nous parce que, premièrement, Samosa est intelligent ; deuxièmement, Samosa est comme un détective, mais un bon détective ; et troisièmement, Samosa ne laissera personne me kidnapper. Ce sont d'excellentes raisons.

— Le premier arrivé ! je lance à Samosa.

Il me regarde en remuant la queue.

— On va voir qui est le plus rapide. Theek-thaak ? À vos marques, prêts… PARTEZ !

Et je cours aussi vite que je peux. Mon cœur va exploser, ma langue pend comme celle de Samosa, mais je ne m'arrête qu'une fois parvenu devant ma porte. Alors seulement j'inspire et j'expire, les mains posées sur mes genoux.

Je me retourne pour voir où est Samosa. Il trottine vers moi, la langue pendante, l'air intrigué. Je crie « J'ai gagné ! J'ai gagné ! J'ai gagné ! », effrayant les poules et les chèvres à côté de nous. Samosa me lèche la main. Il n'est pas mauvais perdant.

— Je suis le coureur le plus rapide du monde !

— Quelle blague, me répond la voix de Runu-Didi.

— La ferme, je dis, et je me rappelle aussitôt que si sa voix est restée dans ma tête, Runu, elle, n'est plus là.

Je m'assois sur le seuil. Samosa pose la tête sur mes genoux. Son pelage est doux et tiède. La télévision braille dans la maison de Shanti-Chachi. *Faut-il démolir les bidonvilles ? À vous de nous le dire. Faites-nous connaître votre avis sur…*

Je lève les yeux vers le ciel. Aujourd'hui le smog forme un rideau léger, il me laisse apercevoir, derrière lui, le scintillement d'une étoile. Je ne me souviens même pas de la dernière fois que j'ai vu une étoile.

— Regarde, je dis à Samosa.

Mais elle a déjà disparu. Peut-être n'est-elle jamais apparue. Peut-être était-ce un satellite ou un avion. Peut-être était-ce Runu-Didi, venue me dire de ne plus m'en faire, parce que les dieux existent et qu'ils prennent bien soin d'elle. Elle veille sur moi comme Maboul veille sur ses garçons, je le sais.

Et soudain l'étoile réapparaît. Je la montre du doigt à Samosa. Je lui explique que c'est le signal secret que m'envoie Runu-Didi. Il est si puissant, son éclat parvient à traverser les nappes de nuages et de smog, et même les murs que les dieux de Ma ont érigés pour séparer nos deux mondes.

Postface

J'ai été journaliste en Inde entre 1997 et 2008 et, au cours de ces années, j'ai rédigé des reportages et des rubriques ayant trait à l'éducation. Tous les jours, je rencontrais des chefs d'établissement, des professeurs, des représentants de l'État et, surtout, des élèves. Ayant grandi dans un foyer connaissant des difficultés financières, je m'étais crue limitée dans mes ambitions mais, en tant que journaliste, j'ai pu voir que même ces perspectives étroites étaient fermées aux jeunes issus des classes les plus pauvres. J'ai interrogé des enfants qui travaillaient comme chiffonniers ou qui mendiaient sur les routes, qui devaient redoubler d'efforts pour étudier à la maison à cause de problèmes familiaux, et qui avaient dû arrêter l'école, chassés par les violences religieuses. Mais la plupart d'entre eux ne se présentaient pas à moi comme victimes ; ils étaient effrontés, drôles, et faisaient souvent preuve d'impatience face à mes questions. Nous – la société – et les gouvernements que nous avions élus, nous les avions abandonnés, ainsi que mes articles le démontraient clairement mais, sous la contrainte du nombre de mots et des délais, je ne parvenais pas à communiquer leur humour, leur ironie et l'énergie qu'ils dégageaient.

C'est vers la même époque que j'ai voulu en savoir davantage sur ce fléau généralisé : les disparitions d'enfants dans les familles pauvres. En Inde, 180 enfants disparaissent tous les jours. Ordinairement, ces disparitions ne défraient la chronique que lorsqu'un ravisseur se fait arrêter, ou si on dispose de détails scabreux à propos du crime. Peut-être à cause du temps passé à écouter les enfants me parler de leurs aspirations, j'éprouvais une curiosité naturelle pour leurs histoires, mais on ne les racontait nulle part. L'intérêt des médias se portait essentiellement sur les criminels. Avant d'avoir pu mener mon enquête plus avant, poussée par un changement de situation, j'ai quitté l'Inde, le pays où je suis née et où j'ai grandi.

Ce projet d'article sur les enfants disparus et leurs familles ne m'a pas lâchée. À Londres, inscrite à un atelier d'écriture, j'ai tenté pour mon premier projet de raconter leur histoire. Sans succès. J'étais tourmentée par des questions éthiques en lien avec la représentation fictionnelle d'un groupe de gens marginalisés et vulnérables. Je ne voulais pas minimiser les inégalités dont j'avais été témoin, mais le risque, en relatant une tragédie épouvantable, était d'ajouter une pierre à un ensemble stéréotypé d'histoires ayant trait à la pauvreté en Inde, et où les personnes se confondaient avec leur misère.

Au cours de l'hiver 2016, j'ai finalement repris l'histoire que j'avais laissée de côté des années auparavant. C'était en partie parce qu'avec le Brexit et l'élection de Donald Trump, ainsi qu'avec la montée en puissance de la droite en Inde et ailleurs, on avait le sentiment que le monde incriminait ceux qui étaient perçus comme « étrangers » ou les « minorités », groupes auxquels j'appartenais désormais en tant qu'immigrée en Grande-Bretagne. En pensant aux enfants que j'avais interviewés, déterminés à survivre dans une société qui, délibérément, les abandonnait, j'ai compris que l'histoire devait être racontée de leur point de vue. Avec Jai, 9 ans, j'ai pu m'introduire dans la fiction. Chez Jai et ses amis, j'ai tenté de saisir les traits que mes articles négligeaient : la capacité de résilience des enfants, leur vivacité, leur aplomb.

Pour ma part, quand j'ai commencé à travailler sur ce roman, ma vie a brutalement changé. Un oncle, que j'admirais depuis toujours, qui incarnait la bonté même, un médecin qui soignait des patients gratuitement s'ils n'avaient pas d'argent, est mort. On a diagnostiqué chez mon seul frère, de six ans plus jeune que moi, un cancer de stade IV. Brusquement, les questions auxquelles Jai et ses amis étaient confrontés, fût-ce indirectement, sont devenues les miennes et celles de ma famille. Comment vit-on tous les jours avec l'incertitude ? Comment trouver de l'espoir quand on vous dit qu'il n'y en a pas ? Et mon neveu, seulement âgé de 8 ans à l'époque ? Comment explique-t-on la mort à un enfant ? Je me suis trouvée dans l'impossibilité d'en parler avec les autres, pas même avec mes amis les plus proches. Alors je me suis tournée vers les personnages de ce livre, et j'ai cherché des réponses dans leur conduite.

Si des expériences personnelles autant que professionnelles ont donné forme à cet ouvrage, je dois souligner que ce roman ne constitue *pas* mon histoire, et qu'il n'a jamais été conçu comme tel. Mais, en l'écrivant, j'avais conscience des récits que nous produisons pour donner du sens à la tristesse et au chaos, comme Jai et d'autres le font dans ce livre, et de toutes les façons dont ces histoires peuvent avoir pour effet, ou pas, de nous consoler. Cette perception a effacé sur la page les nombreuses années qui me séparent de mes personnages mais, en définitive, dans *Les Disparus de la Purple Line*, il s'agit des enfants, et d'eux seuls. J'ai écrit ce roman pour faire mentir l'idée selon laquelle ils sont réductibles à des statistiques. Je l'ai écrit pour nous rappeler que derrière les chiffres, il y a des visages.

Un dernier point. Au moment où je rédige cette postface, en septembre 2019, l'Inde est le théâtre d'un phénomène alarmant. Des rumeurs et des messages sur WhatsApp ayant trait à des ravisseurs sont à l'origine de lynchages de suspects, pour la plupart innocents, issus de communautés marginalisées et pauvres, perçus comme « étrangers » ou frappés d'infirmité. Ces faits se produisent dans un contexte de violences comparables à l'égard des minorités, particulièrement les minorités musulmanes, et d'une atmosphère croissante de défiance touchant l'ensemble du pays. On ne peut pas ignorer la contradiction inhérente à cette situation : des enfants disparaissent encore en Inde tous les jours, le trafic d'enfants demeure une tragédie à laquelle on ne prête guère attention, mais sur la base de rumeurs et de fausses nouvelles, les gens sont prompts à se faire justice, motivés sans doute par la peur de *l'autre*, entretenue par le pouvoir en place.

L'espoir vient d'organisations caritatives qui travaillent avec les enfants issus de communautés démunies. Ceux qui voudront en savoir davantage pourront consulter les sites des organisations suivantes : Pratham (**https://pratham.org.uk**), Childline (**www.childlineindia.org**), Salam Baalak Trust (**https://www.salaambaalaktrust.com**), HAQ : Centre for Child Rights (**https://www.haqcrc.org**), International Justice Mission (**https://www.ijm.org/india**), Goranbose Gram Bikash Kendra (**www.ggbk.in**) et MV Fondation (**https://mvindia.in**).

Remerciements

Quand j'étais journaliste en Inde, j'ai souvent visité des bastis comme celui de Jai, et je suis profondément reconnaissante aux habitants qui m'ont invitée chez eux pour partager avec moi leurs histoires. Sans cette bonté et cette générosité, je n'aurais pas été en mesure d'écrire ce roman. Je veux également témoigner ma gratitude pour les ouvrages suivants, où j'ai puisé des informations : *The Illegal City: Space, Law and Gender in a Delhi Squatter Settlement* (Ashgate, Surrey, 2012) d'Ayona Datta ; *In the Public Interest: Evictions, Citizenship and Inequality in Contemporary Delhi* (Orient Blackswan, New Delhi, 2016) de Gautam Bhan ; *Swept Off the Map: Surviving Eviction and Resettlement in Delhi* (Yoda Press, New Delhi, 2008) de Kalyani Menon-Sen et Gautam Bhan. Une liste d'ouvrages et d'articles qui ont nourri ce roman est disponible sur mon site : **https://www.deepa-anappara.com**.

J'ai la chance de travailler avec deux agents remarquables et généreux, Peter Straus et Matthew Turner. Ils m'ont guidée dans le processus éditorial avec finesse et chaleur. Merci tout spécialement à Matt pour ses suggestions, sa bonne humeur, et son refus obstiné de se laisser déconcerter par mes questions les plus névrotiques. Merci également au département des droits étrangers à RCW, en particulier à Stephen Edwards, Laurence Laluyaux,

Tristan Kendrick et Katharina Volckmer, ainsi qu'à Gill Coleridge et toute l'équipe de RCW.

Je n'aurais pu rêver éditrices plus enthousiastes et méticuleuses que Clara Farmer chez Chatto & Windus, et Caitlin McKenna chez Random House. Je les remercie d'avoir cru en Jai et ses amis, de leur intelligence et de leur relecture pointue. Ma gratitude à toute l'équipe de Vintage, spécialement à Charlotte Humphrey pour sa patience et son soutien, à Suzanne Dean, Lucie Cuthbertson-Twiggs et Anna Redman Aylward. Merci à David Milner pour ses corrections et à John Garrett pour la relecture des épreuves. Merci également à Emma Caruso, Greg Mollica, Evan Camfield, Maria Braeckel, Melissa Sanford, Katie Tull, et à tous les autres chez Random House, New York. Je suis particulièrement reconnaissante d'avoir bénéficié du soutien et des encouragements de la regrettée Suzan Kamil.

Merci à l'équipe de Penguin Random House, India, spécialement à Manasi Subramaniam pour ses conseils et à Gunjan Ahlawat.

Toute mon affection et ma gratitude aux amis à qui je dois d'être restée saine d'esprit au cours d'une période extrêmement difficile : Roli Srivastava, pour ses remarques et la bonté qu'elle me témoigne depuis plus de vingt ans ; Rineeta Naik pour ses observations et pour le toit qu'elle m'a offert à Delhi, Taymour Soomro pour sa sagesse, ses critiques affûtées et toutes les conversations virtuelles autour de la machine à café ; et à Kriestien Potgieter pour son expérience et sa générosité. Un immense merci à Harriet Tyce pour son soutien. Merci également à Avani Shah et à Rory Power.

À l'université d'East Anglia, je tiens à remercier Joe Dunthorne, Andrew Cowan et mon groupe de travail pour leurs remarques sur les premiers chapitres de ce roman. Merci aussi à Giles Foden.

Pendant l'écriture des *Disparus de la Purple Line*, j'ai très vite été stimulée par des concours de premiers romans en chantier. Merci aux organisateurs, lecteurs, et jurés du Prix Bridgeport/Peggy Chapman-Andrews, au Prix du Roman Lucy Cavendish et au Prix de la Fondation Deborah Rogers.

Merci à Euan Thorneycroft pour son soutien. Un grand merci à ceux qui ont été là depuis le début : Alison Burns, Emma Claire Sweeney et Eddy Pedder. Merci également aux bibliothèques de l'Essex et à la British Library.

Merci à ma famille. Mes remerciements et mon affection à Shailesh Nair, pour ses histoires, son soutien et son enthousiasme.

Enfin, indépendamment de ce qui est écrit ci-dessus, je dois ajouter que je reste seule responsable de toutes les imperfections contenues dans ce roman.

Glossaire

Abaya : robe longue et ample, portée généralement par les femmes musulmanes au-dessus des autres vêtements

Abbu : père

Adda : tanière, repaire, endroit où les gens se retrouvent pour discuter

Akhara : lieu où l'on enseigne et où l'on pratique une discipline, particulièrement les arts martiaux

Aloo tikki : galette à base de purée de pommes de terre, frite, parfumée et épicée

Aloo puri : beignet de pommes de terre épicé

Ammi : mère

Anda-bhurji : œufs brouillés

Anda-wallah : marchand d'œufs

Arrey : mot fourre-tout qui permet d'exprimer plusieurs types d'émotions comme la surprise, l'intérêt, l'exaspération, l'enthousiasme et peut aussi vouloir dire « salut »

Ashram : lieu de retraite spirituelle

Atta : farine de blé utilisée pour faire les rotis, peut aussi désigner la pâte

Baba : saint, sacré, peut également désigner un religieux ou être utilisé comme un terme affectueux

Baba Bengali : nom générique donné aux astrologues et magiciens

Badshah : titre honorifique qui signifie « monarque, roi »

Bai : domestique
Baingan-bharta : purée d'aubergine au curry
Baji : sœur aînée
Bakhwas : idioties, sottises
Basti : bidonville
Bathura : pain frit
Bidi : cigarette indienne
Ben : sœur ; terme qui marque le respect quand il concerne une femme, et qui peut indiquer une certaine intimité
Bewda : poivrot
Bhai : frère ; terme aussi utilisé pour s'adresser à un homme
Bhang : boisson à base de cannabis
Bhangi : fumeurs de cannabis
Bhel puri : en-cas salé à base de riz soufflé, souvent servi dans des cônes en papier
Bhindi bhaji : plat de gombos au curry
Bhoot : fantôme
Bhurji : œufs brouillés (appelé aussi anda-bhurji)
Bindi : marque décorative peinte ou posée sur le front des femmes hindoues
Biryani : plat complet à base de riz et épices, préparé avec de la viande ou des légumes
Brinjal : aubergines
Buddi ka baal : barbe à papa (littéralement « cheveux de vieille »)
Chaat : en-cas salé composé de pâte frite et de divers ingrédients
Chaat masala : mélange d'épices
Chacha, chachi : oncle, tante
Chadi : caleçon
Chai : thé
Chalo : « allons-y ! »
Chappals : sandales

Charpai : lit bas tissé sur un cadre en bois
Chhota : petit
Chole-bhature : curry de pois chiches servi avec des petits pains frits
Chowki : dépôt de police, petit commissariat qui répond aux ordres d'un commissariat plus important
Chow mein : nouilles sautées
Chutti-maro : se la couler douce, prendre un jour de repos
Crorepatis : millionnaires
Dada : grand-père paternel
Dadi : grand-mère paternelle
Dal : plat à base de lentilles ou de légumineuses
Dal-chawal : riz aux lentilles
Daliya : blé concassé cuisiné avec des légumes
Daru : alcool
Desi-daru : alcool frelaté
Dhaba : gargote, restaurant de rue
Dhaba-wallah : livreur de repas
Dhakkan : idiot
Dhoti : vêtement pour homme qui se noue à la taille et descend jusqu'aux pieds
Didi : sœur aînée
Diwali : fête des lumières
Dosa : crêpe à base de farine de lentilles noires, de pois chiches ou de riz, typique du sud de l'Inde
Dupatta : longue écharpe portée par les femmes, généralement avec un salwar-kameez ; châle
Ghee : beurre clarifié
Gol-gappa : boulettes soufflées fourrées aux pommes de terre, pois chiches et chutney de tamarin
Goonda : crapule
Gujiya : pâtisserie frite fourrée à la pâte de lait et aux fruits secs
Gulab-jamuns : boulettes frites à base de lait en poudre,

servies dans un sirop sucré parfumé à l'eau de rose et/ou à la cardamome

Gurudwara : lieu de prière pour les sikhs

Haan : « oui »

Hafta : somme d'argent que l'on paye pour obtenir une protection (littéralement « semaine », cette somme étant généralement versée toutes les semaines)

Halva : dessert à base de semoule de blé, de sucre et de beurre clarifié

Harami : bâtard

Hatta-khatta : de grande taille

Hijab : voile ou foulard que portent les femmes musulmanes sur la tête et qui laisse leur visage apparent

Ittar : parfum sans alcool, obtenu par distillation de végétaux, souvent à base de roses de Damas

Jalebi : confiserie à base de pâte frite

Jantar mantar jadu mantar : phrase utilisée par les magiciens en Inde, équivalant à « abracadabra »

Jasoos : détective ou espion

JCB : multinationale britannique qui fabrique des engins de chantier (bulldozers, pelleteuses, excavatrices, etc.)

Kabadi-wallah : ramasseur de déchets, chiffonnier

Kadak chai : thé noir

Kadhi pakora : curry de yaourt contenant des beignets de légumes

Kajal : maquillage utilisé pour souligner les yeux, khôl

Kameez : chemise ou tunique portée le plus souvent sur un salwar

Khota : bordel, maison close

Kirana : petit commerce, petite épicerie

Kurkure : en-cas industriel à base de maïs

Kurta : chemise

Lehenga : jupe qui arrive à la cheville, brodée et plissée

Malai : crème épaisse obtenue en faisant longuement bouillir du lait entier

Malik : titre attribué à un chef de village ou de communauté, ou à son patron

Masala : mélange d'épices

Mehndi : dessin au henné généralement réalisé sur la main ou le pied à l'occasion de mariages ou de festivités

Mullah : érudit musulman, professeur ou maître spirituel

Munna-munni : chérubins, garçon et fille

Na ? : « Pas vrai ? »

Naan : pain plat cuit au four

Namaste : mot employé pour dire bonjour et au revoir

Namaz : prière islamique

Namkeen : en-cas salés

Nana : grand-père maternel

Nani : grand-mère maternelle

Nankhatai : biscuits indiens à la cardamome

Oye chikna : « mon mignon »

Paan : feuille de bétel garnie que les Indiens mâchent pour ses effets stimulants

Pandal : structure généralement éphémère destinée aux rites religieux

Pallu : partie du sari qui pend, portée sur l'épaule

Papdi chaat : gaufrettes croustillantes servies avec des pommes de terre, du yaourt et du chutney de tamarin

Pappad : galette frite à base de farine de haricots urd

Paratha : petit pain plat à la graisse végétale

Pir : chef spirituel

Phirni : dessert traditionnel à base de riz, lait et sucre

Pradhan : chef

Press-wallah : repasseur

Puja : prière ou rituel de prière pour honorer une divinité et demander une bénédiction

Puri : pain soufflé

Puri-subzi : plat de légumes servi avec un petit pain soufflé
Randi : prostituée
Rani : reine, princesse
Rasgulla : dessert spongieux à base de lait caillé recouvert d'un sirop sucré
Rickshaw : véhicule tricycle utilisé pour le transport de personnes ou de marchandises
Roti : galette, pain rond sans levain
Roti-subzi : assiette garnie accompagnée de rotis, composant un repas complet
Rudraksha : graines de cerisier bleu dont est constitué le chapelet porté par le dieu Shiva, et par extension les rosaires hindous
Saab : monsieur
Salwar : pantalon large mais étroit au niveau des chevilles ; on parle de salwar-kameez quand ce pantalon est porté avec une tunique
Sari : vêtement traditionnel féminin constitué d'une longue étoffe drapée
Saunf : graines de fenouil recouvertes de sucre qu'on mange habituellement après le repas
Shaitan : diable
Shammi-kebabs : boulettes épicées, généralement de viande
Sindoor : vermillon, poudre rouge que les femmes mariées appliquent sur la raie de leurs cheveux
Sona : « mon or »
Subzi : plat à base de légumes
Susu : pipi
Tamasha : cirque, raffut, vacarme, scène
Taweez : amulette qui contient le plus souvent des versets du Coran, talisman
Theek-thaak : « La forme ? »
Theka : débit de boisson, magasin d'alcool

Tikka : marque sur le front comme le tilak, portée par les hindous

Tikki burger : hamburger dans lequel la viande est remplacée par une galette de pommes de terre, des flocons de riz et petits pois

Tilak : marque portée sur le front par les hindous

Wohi toh : expression qui signifie « pareil », « c'est ça, c'est ce que je veux dire »

Composition : Facompo, Rouen

MIXTE
Papier issu de sources responsables
FSC® C003309

L'éditeur de cet ouvrage s'engage dans une démarche de certification FSC® qui contribue à la préservation des forêts pour les générations futures.

Pour en savoir plus :
www.editis.com/engagement-rse/

Cet ouvrage a été achevé d'imprimer en mars 2021
dans les ateliers de Normandie Roto Impression s.a.s.
61250 Lonrai (Orne)
N° d'imprimeur : 2101018

Imprimé en France